HEIDI REHN
DIE LETZTE SCHULD

AF197175

atb aufbau taschenbuch

HEIDI REHN

DIE LETZTE SCHULD

Ein Fall für Emil Graf

Kriminalroman

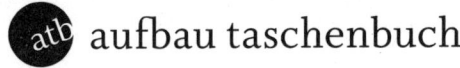

Das Zitat auf Seite 5 stammt von: Erich Kästner,
In memoriam memoriae, zit. nach: Ders., Die Zeit fährt
Auto. Lyrische Bilanz. Leipzig 1968, S. 197.

ISBN 978-3-7466-3708-2

Aufbau Taschenbuch ist eine Marke
der Aufbau Verlage GmbH & Co. KG

1. Auflage 2021
© Aufbau Verlage GmbH & Co. KG, Berlin 2021
Satz LVD GmbH, Berlin
Druck und Binden CPI books GmbH, Leck, Germany
Printed in Germany

www.aufbau-verlage.de

»Wer das, was schön war, vergißt, wird böse.
Wer das, was schlimm war, vergißt, wird dumm.«

ERICH KÄSTNER,
IN MEMORIAM MEMORIAE

PROLOG

Da ging etwas gründlich schief. Das erkannte Korbinian Loibl selbst aus der Ferne. Dabei konnte er von seinem Versteck aus kein einziges Wort von dem hören, worüber sich die drei Männer vorn an der Weggabelung unterhielten. Einzig, dass sie Deutsch miteinander sprachen, stand wohl fest. Sonst würde sein Freund, Ignaz Niedermeier, der eine der drei, kaum so lange mit den beiden anderen reden. Er konnte kein Englisch. Auf seine Worte hin wurden die zwei zunehmend wütender. Immer erregter liefen sie auf und ab, fuchtelten bald wild mit den Armen durch die Luft.

Sie trugen dunkle Lederkluft. Im schwindenden Licht konnte Korbinian ihre Gesichter nicht sehen.

Offenkundig wollte Ignaz sich die Behandlung nicht gefallen lassen. Bedrohlich plusterte er sich vor ihnen auf, stemmte die Hände in die Seiten und reckte den Kopf geradezu trotzig nach oben.

Daraufhin umkreisten die beiden Unbekannten ihn enger. Der eine von ihnen war gut einen Kopf größer als Ignaz, und seine Bewegungen wirkten dank seiner athletischen Figur besonders beeindruckend. Jetzt stellte er sich so nah vor Ignaz, dass sie einander fast berührten. Selbst auf die Entfernung stach Korbinian das auffallend eckige Kinn des Mannes ins Auge. Der zweite bezog in Ignaz' Rücken Position und schlug ihm mit einer sehr schwungvollen Handbewegung den Hut vom Kopf.

Plötzlich zog der Athlet etwas aus der Brustinnentasche, aber nur so weit, dass Ignaz einen Blick darauf werfen konnte. Ein Messer oder gar eine Pistole? Leider konnte Korbinian das von seiner Position aus nicht genauer erkennen. Ignaz dafür umso besser. Ihm genügte der Anblick, um erschrocken zurückzuweichen.

Ausgerechnet der! Korbinian schnaubte entrüstet. Vor ihm markierte Ignaz gern den starken Mann. Ihn jetzt einmal so unterwürfig zu erleben erfüllte Korbinian mit einem Anflug von Genugtuung. Dennoch haderte er mit sich, ob er nicht besser eingreifen und Ignaz helfen sollte. Andererseits: Was würde er in seiner gegenwärtigen Verfassung schon gegen zwei so übermächtige Gegner wie diese beiden da vorn ausrichten können? Selbst wenn Ignaz dank seines Einschreitens neuen Mut schöpfte und sich selbst noch einmal aufbäumte, machte das die offensichtliche Überlegenheit der beiden anderen kaum wett. Wahrscheinlich waren sie zudem bewaffnet.

Korbinian überlegte. Währenddessen bedrohten die Männer Ignaz weiter. Doch Korbinian war sich sicher, dass sie ihn nicht töten würden. Zumindest noch nicht. Vorerst brauchten sie ihn noch, um die Geschichte weiter durchzuziehen. Also blieb Korbinian in seinem Versteck hinterm Baum und verfolgte von dort aus, was noch geschah.

Zweifellos würde die Begegnung Konsequenzen haben. Nicht nur für Ignaz, sondern auch für ihn. Zu tief steckte er mit drin, wenn auch alles andere als freiwillig. Ignaz hatte ihn in der Hand. Seit Jahren schon. Und ließ ihm keine andere

Wahl, als weiter mitzumachen. Für immer und in Ewigkeit. Wie eine Marionette.

Er wischte sich über die schweißnasse Stirn. Nein! Er hielt inne. Damit war es vorbei. Die Stunde Null war längst angebrochen, schon seit fast einem Jahr. Damit waren endlich neue Zeiten da. Für alle. Auch für ihn, und für sein Verhältnis zu Ignaz. Es mochte vielleicht noch nicht ganz vorbei sein, doch er konnte ihm zumindest sagen, dass Schluss war mit diesen Geschichten. Dass sie jetzt besser aufhörten, bevor sie in etwas hineinschlitterten, dem sie nicht gewachsen waren. Weil es mehr als eine Nummer zu groß für sie war. Wie man gerade sehen konnte. Sie sollten die Finger davon lassen. So schnell wie möglich.

Ein Ruck ging durch Korbinians schmächtigen, noch immer ausgezehrten Leib. Lang vermisste Zuversicht erfüllte ihn. Sobald die Männer weg waren, würde er mit Ignaz reden, um ihn zur Vernunft zu bringen. Ignaz war auf ihn angewiesen. Ohne ihn konnte er nichts ausrichten. Das verlieh Korbinian neue Kraft. Er streckte den Rücken durch und sah wieder zu den drei Männern an der Wegkreuzung hinüber.

Der Größere der beiden Fremden verpasste Ignaz einen kräftigen Kinnhaken. Rücklings kippte er um. Während der Zweite das Motorrad startete, das nur wenige Meter entfernt stand, sah der Erste von oben auf Ignaz herunter und trat ihm mit dem Stiefel noch einmal heftig in die Eingeweide. Vor Schmerz krümmte sich Ignaz im Dreck. Der Mann sprang in den anrollenden Beiwagen, und das Gefährt brauste mit aufheulendem Motor davon.

Flach presste Korbinian sich gegen den Baumstamm. Hielt die Luft an, als könnte ihn jetzt doch noch ein Atemzug verraten. Im Stillen begann er zu zählen. Gelangte bis zwanzig. Dann atmete er tief durch.

Es war vorbei.

Eine trügerische Stille legte sich über die einsame Wegkreuzung oberhalb der Hirschau im Münchner Norden. Korbinian vernahm den kehligen Lockruf einer Amsel. Im Unterholz knackte es. Ein Eichhörnchen schoss aus dem Gestrüpp und hielt mitten auf dem Weg in Habachtstellung inne, bevor es nahezu lautlos den nächsten Baumstamm emporhuschte.

Erleichtert schnaufte Korbinian auf. Natürlich hatte er sich viel zu weit weg befunden, um je ernsthaft in Gefahr zu geraten. Außerdem hatte er schon vorhin, als er Ignaz zu dem Treffen im Gehölz gefolgt war, strikt darauf geachtet, nicht entdeckt zu werden. Wenn er eins in den letzten Jahren gelernt hatte, dann war es, sich unsichtbar zu machen. Das hatte ihm im Lager in den entscheidenden Momenten das Leben gerettet.

Mühsam rappelte Ignaz sich vom Boden auf, hob die geballten Fäuste über den Kopf und brüllte vor Wut laut auf.

Korbinian zuckte zusammen. Idiot! Die tiefe Bassstimme röhrte durch den nächtlichen Wald wie das Gebrüll eines brunftigen Hirschs. Wären die Zeiten andere, würde es Korbinian nicht wundern, wenn der Schrei Rotwild anlockte. So bestand nur die Möglichkeit, damit übles Gesindel aufzuscheuchen. Ein einzelner Mann bei heraufziehender Dunkelheit allein auf weiter Flur – das war ein gefundenes Fressen für das Geschwerl jeglicher Couleur, das seit Kriegsende vor knapp einem Jahr in der Stadt und vor allem in ihren nördlichen Außenbezirken sein Unwesen trieb, dem allmählich besser ausgebauten Polizeiapparat und den strengen Patrouillen der amerikanischen Besatzungsmacht zum Trotz.

Zu allem Überfluss hob Ignaz jetzt auch noch einen großen Stein vom Boden auf und schleuderte ihn unter neuerlichem Gebrüll dem längst in der Ferne verschwundenen Motorradgespann nach. Korbinian musste ihn zur Besinnung bringen, bevor er weitere Dummheiten beging.

Kurz entschlossen gab er die Deckung auf und eilte von hinten auf den einige Jahre älteren, aufgrund der Umstände allerdings weitaus kräftigeren Mann zu. Er packte ihn an den Schultern, riss ihn mit aller Kraft herum und rüttelte an ihm.

»Lass gut sein! Richtest jetzt eh nichts mehr aus gegen die.«

»Korbinian, du?«

Ungläubig starrte Ignaz ihn aus den bernsteinfarbenen Augen an. Die hohen Wangenknochen verliehen seinem Gesicht eindrucksvolle Kanten. Er brauchte offenbar einen Moment, bis er vollends begriff, wen er vor sich hatte und was Korbinians Worte bedeuteten. Wahrscheinlich steckte ihm der Schreck noch zu tief in den Knochen. Nur äußerst langsam sickerte die Erkenntnis in sein Hirn. Korbinian konnte es wie auf einer Kinoleinwand in Zeitlupe verfolgen.

»Aufhören sollten wir mit den Geschäften.« Korbinian ließ ihn los. »Eine Nummer zu groß ist das für uns. Mit solchen wie denen ist nicht gut Kirschen essen. Wir beide sind denen nicht …«

Er kam nicht mehr dazu, den Satz zu beenden. Im nächsten Moment dröhnte Ignaz abermals los und stürzte sich auf ihn, begann blindlings mit beiden Fäusten auf ihn einzudreschen.

Von der Wucht des Angriffs, aber auch, weil ihn die letzten Jahre nicht nur Gewicht, sondern auch die vertraute Boxerschlagfertigkeit wie Behändigkeit gekostet hatten, ging er zu Boden und zog Ignaz mit nach unten. Schon presste dessen

Gewicht ihm die Luft ab. Voller Verzweiflung versuchte Korbinian, sich dem weitaus Kräftigeren und durch die bessere Position klar im Vorteil Befindlichen durch eine abrupte Drehung zu entwinden. Als das misslang, probierte er es mit schnellen Bewegungen mal nach rechts, mal nach links, denn Ignaz war trotz allem schwerfälliger und im direkten Kampf weniger geübt als er. Gelernt war eben gelernt, auch wenn seine letzten Wettkämpfe über zehn Jahre und eine schier unendliche, grausame Lagerhaft zurücklagen.

Fast hatte er es geschafft. Ignaz keuchte vor Anstrengung. Sein Gesicht färbte sich dunkelrot. Kein Zweifel, das war er nicht gewohnt. Die Adern an seinen Schläfen schwollen an. Korbinian schöpfte neuen Mut. Offenkundig wusste Ignaz nicht mehr, wie er den unter sich heftig hin und her Zappelnden packen sollte.

Gerade wollte er ihn von sich stoßen, da bemerkte er entsetzt, dass Ignaz einen großen, spitzen Stein in der rechten Hand hielt und damit weit ausholte. Wo und wann hatte er den gegriffen?

Der Film auf der Leinwand wechselte von neuem in die Zeitlupe, dieses Mal allerdings in Korbinians eigenem Kopf. Ganz langsam rieselte das Bevorstehende in sein Bewusstsein. Wenn Ignaz jetzt mit dem Stein zuschlug, von oben auf seinen Schädel eindrosch, mit der ganzen Wut und der enormen Wucht, die er in sich hatte, dann war es vorbei. Dann war er nur noch Matsch und Brei.

Eine ungeheure Angst überfiel ihn. Hatte er dafür überlebt? Hatte er sich dafür all die Jahre über die tiefsten Abgründe menschlichen Seins gerettet, mehr als einmal wider besseres Wissen die eigene Menschlichkeit verdrängt? War er dafür durch die Hölle gegangen und noch einmal zurück, nur um jetzt im Wald bei Freimann, kaum eine halbe Stunde Fußweg von Grete und den Kindern entfernt, sein schmähliches Ende zu finden? Ausgerechnet durch Ignaz, dem er schon seit so viel mehr Jahren ausgeliefert war? Der schon so lange vor dem Sieg von Hitler und seinen braunen Schergen sein Schicksal bestimmt hatte. Und der nach dessen Untergang und der vorgeblichen Befreiung durch die US Army gleich schon wieder auf den Plan getreten war, um ihn von neuem in die Zange zu nehmen. Der ihn schon so oft ans Messer hätte liefern können und es dann doch nie getan hatte, weil er ihm lebendig so viel nützlicher war als tot. Daran hatte sich doch auch jetzt nichts geändert.

Ein fürchterlicher Schrei gellte durch den Wald.

Für einen Moment wurde es totenstill.

Dann setzte das Rufen der Amsel wieder ein.

1

MITTWOCH, 24. APRIL 1946

Die frühlingshafte Szenerie war berauschend. Und das am nördlichen Stadtrand Münchens, der eigentlich von grauen Fabriken, trutzigen Kasernen und furchterregenden ehemaligen Zwangsarbeiterlagern geprägt war. Binnen weniger Hundert Meter gelangte man von dort allerdings bereits in eine friedlich anmutende Kleinbürgeridylle mit winzigen, hell getünchten, sauberen Häusern in umso größeren, sorgsam gepflegten Gärten.

Eine ganze Herde Schäfchenwolken tupfte weiße Flecken an den tiefblauen Himmel darüber, warmes Sonnenlicht umschmeichelte das frische Grün auf den Wiesen. Gelb, rot, blau, violett – in allen nur denkbaren Farben leuchteten die Blüten auf. Ausgelassen tobten Kinder darüber, trampelten auf der Jagd nach einem zerfledderten Lederball mit ihren groben Holzsandalen jeden Grashalm erbarmungslos nieder, tanzten unwillkürlich Ringelreihen oder pflückten bunte Blumensträuße. Die meisten der Kleinen schätzte Billa auf sechs bis höchstens zehn Jahre.

Für den Bruchteil einer Sekunde dröhnte Marschmusik in ihren Ohren, überlagerte das muntere Gebrumm der Insekten und das unbeschwerte Singen der glockenhellen Kinderstimmen. Sie schreckte zusammen. Plötzlich sah sie die Mädchen und Jungen in gestärkten hellen Blusen und kurzen Röcken oder hellbraunen Uniformen mit roten Binden am Arm im Gleichschritt vorbeimarschieren, die rechte Hand zum fatalen Gruß erhoben, die linke eng an die Flanke gepresst und die Augen starr geradeaus auf einen imaginären Feind gerichtet. Ihr wurde angst und bange. Sie hatten es nicht anders gekannt. Sie waren zu jung, um sich an andere Zeiten zu erinnern.

Nein! Energisch zwang sich Billa, die düsteren Bilder aus ihrem Kopf zu verscheuchen. Die Kinder waren zum Glück jung genug, um sich binnen eines Jahres auf Besseres zu besinnen und Neues als scheinbar schon immer vertraut anzunehmen. Fragte sie eines von ihnen, wusste es gewiss kaum mehr, wie es gewesen war, als endlose Kolonnen von zu Skeletten abgemagerten Zwangsarbeitern aus den benachbarten Lagern wie Vieh durch die breiten Siedlungsstraßen zum BMW-Werk getrieben worden oder mit Bomben beladene britische und amerikanische Tiefflieger über die Dächer der Häuser zum nahe gelegenen Fluggelände Schleißheim gedonnert waren, um die Militäranlagen in Schutt und Asche zu legen. Und das angrenzende Dorf weitgehend gleich mit. Kinder vergaßen ebenso schnell das Vergangene, wie sie Neues erlernten. Das schenkte Hoffnung.

»Hey, du Traumliesl. Hörst du mir überhaupt zu?«, fragte Lydia sie auf Englisch und berührte sie sacht am Arm.

»Hast du etwas gesagt?«

Ertappt blieb Billa stehen und hob die flache Hand an die Stirn, um die Augen gegen die Sonne abzuschirmen und der gut einen halben Kopf größeren Kollegin ins Gesicht zu sehen.

Lydia hatte ebenfalls angehalten, zog eine Schachtel Zigaretten aus der Tasche, bot ihr eine an und gab ihr Feuer, bevor sie sich selbst eine anzündete. Genüsslich nahm sie einen Zug und ließ dabei ihre strahlend blauen Augen über die etwas kleinere und gut zwölf Jahre jüngere Billa wandern. Ein fürsorgliches Lächeln umspielte ihre knallrot geschminkten Lippen, die im Vergleich zu ihrem sonst eher burschikosen Auftreten überraschend weiblich wirkten.

Billa brauchte einen Moment, um sich darauf zu besinnen, wen sie vor sich hatte. Wie immer trug Lydia die von ihr so geliebte Uniform der offiziell bei der US Army akkreditierten Reporterinnen, die ihre hochgewachsene, athletische Figur wie auch ihren hellen Teint und das weißblonde Haar hervorragend zur Geltung brachte. Quer über der flachen Brust baumelte der Riemen ihrer Fototasche und über der rechten Schulter der ihrer Handtasche, in der sie so wichtige Dinge wie die Zigaretten und das Feuerzeug aufzubewahren pflegte, außerdem eine Brille mit dunklen Gläsern zum Schutz ihrer lichtempfindlichen Augen vor der Sonne. Zudem war Lydia Linkshänderin, weshalb es für sie so wichtig war, Block und Bleistift für ihre Notizen an der rechten Körperseite zu tragen. Im Falle eines Falles hatte sie die schnell griffbereit.

»Natürlich habe ich etwas gesagt«, entrüstete Lydia sich unterdessen, schüttelte allerdings amüsiert den Kopf.

»Ich habe dir gerade vorgeschlagen, dass wir zum Wagen gehen und uns von Sam zurück zur Reportervilla nach Bogenhausen fahren lassen. Dort können wir uns auf die Terrasse setzen, die Füße hochlegen und uns ausruhen. Ich brauche unbedingt eine Erfrischung. Und du siehst aus, als könntest du jetzt auch einen doppelten Whiskey vertragen.«

»Wahrscheinlich reicht ein doppelter gar nicht«, räumte Billa ein. »Ich muss die vielen Eindrücke von heute erst einmal verdauen.«

Sie verschränkte die Arme vor der Brust und stützte die Hand mit der Zigarette auf dem unteren Arm ab.

»Ist es nicht verrückt, was wir gerade erleben? Wie schnell sich die Welt verändert?«, fragte sie, nachdem sie beide gedankenverloren eine Weile geraucht hatten und im Anblick der Umgebung versunken waren. »Kaum ein Jahr nach Kriegsende spazieren wir schon wieder mitten durch eine deutsche Vorstadtsiedlung, die aussieht, als hätte der Krieg nie stattgefunden. Dabei versinkt die Münchner Innenstadt wie viele andere Städte nach wie vor unter einem gewaltigen Trümmerhaufen. Millionen sind noch immer quer durch Europa unterwegs und versuchen, in ihre alte Heimat zurückzukehren oder eine neue zu finden. In diesem Fleckchen Erde aber erinnert nichts mehr an den Schrecken, der hinter uns liegt. Und das kaum eine Handvoll Meilen entfernt von Hitlers unversehrt gebliebenen Prachtbauten, und wenig mehr als einen Steinwurf entfernt vom KZ Dachau.«

Sie pflückte ein weißes Blütenblatt von ihrer weinroten Kostümjacke und richtete den schräg sitzenden Hut auf ihrem maronibraunen, kurz geschnittenen Haar. Im Gegensatz zu Lydia mied sie bei jeder Gelegenheit die offizielle Uniform, die streng genommen auch die Journalistinnen unter der Obhut der US Army tragen sollten.

»Stimmt«, pflichtete Lydia ihr bei. »Es ist wirklich verführerisch, in einer solchen Idylle schnell zu vergessen. Doch wir und die Jungs aus unserer Army sind hier, um genau das zu verhindern und die Verantwortlichen alle zur Rechenschaft zu ziehen.«

Lydia gönnte sich zwei weitere, sehr ausgiebige Züge an ihrer Zigarette.

»Und ebenso die anzuprangern, die dabei mitgemacht haben«, ergänzte Billa. Unwillkürlich reckte sie das Kinn. »Was wir Juden hier vor dem Krieg erlebt haben, war ein Alptraum. Dabei waren wir hier zu Hause, haben uns als Münchnerinnen und Deutsche gefühlt wie alle anderen auch. Wir müssen zurückkommen und dabei helfen, das Unrecht wiedergutzumachen.«

»Leider sehen das nicht alle so. Seit deiner Flucht sind nur knapp acht Jahre vergangen, eine verdammt kurze Zeit. Dir wird noch mancher von damals begegnen, den du vielleicht nie mehr wiedersehen wolltest.«

»Oder der mich nie mehr wiedersehen wollte«, warf Billa betont munter ein.

Von neuem ließ sie ihren Blick über die Umgebung schweifen. Diesen Teil Münchens hatte sie in ihrer Kindheit und Jugend an der Isar nie kennengelernt. Hier würde sie wohl kaum jemandem von früher über den Weg laufen.

Die Straße war nicht geteert, franste an den Seitenrändern in einen Streifen munter wuchernden Unkrauts aus. Die ungewöhnliche Trockenheit des Frühjahrs sorgte für eine zentimeterdicke Staubschicht, die sich gelblich auf Schuhe und Kleidung legte und im leicht verschwitzten Haar und auf der Haut klebte, wenn man sich längere Zeit im Freien aufhielt, so wie Lydia und sie. Oder wie die Frauen mit den bunten Tüchern um den Kopf und den geblümten Kittelkleidern, die sich in den Gärten und Gemüsebeeten zu schaffen machten, die Fenster an den Häusern putzten oder den unartigen Kindern über die Straße hinterherrannten, um sie für den ungeliebten Besuch in der Badewanne einzufangen.

Auf einmal hatte Billa wieder die lange Schlange Wartender

bei der Egerländer Schule nur wenige Hundert Meter entfernt vor Augen. Auch die waren alle vom Staub gezeichnet gewesen. In einer ordentlichen Zickzacklinie hatte sich die Schlange über den Schulhof gewunden. Auf dem Giebel des vierstöckigen Gebäudes fand sich unter der Sonnenuhr nach wie vor eine Inschrift in Fraktur, die die 1938 errichtete Schule der »Heimkehr der Sudetenlande ins Deutsche Reich« widmete. Wie viele Jahre es wohl dauerte, bis solche Relikte endgültig aus dem Straßenbild verschwanden?

Die vielen Wartenden waren natürlich nichts Ungewöhnliches. An deren Anblick hatte man sich längst gewöhnt – die in der Schlange Stehenden genauso wie die darüber in alle Welt berichtenden Reporter und die Besatzer der US Army. Seit Monaten harrten die Münchner stundenlang bei Wind und Wetter vor den offiziellen Ausgabestellen der Lebensmittelkarten aus. Ebenso reihten sie sich später widerspruchslos vor den behelfsmäßig instand gesetzten Geschäften ein, um die erstandenen Karten gegen streng rationiertes Brot, Gemüse, Milch, Käse oder mikroskopisch kleine Mengen Fleisch zu tauschen, oder am besten gleich gegen illegal aufgetriebene amerikanische Zigaretten oder andere angebotene Luxusartikel wie Shampoo, Seife, Seidenstrümpfe oder Medikamente.

Das Besondere an der heutigen Schlange war jedoch, dass jeder der darin Wartenden zuerst seinen ausgefüllten Fragebogen mit den berühmten einhunderteinunddreißig Fragen zu seiner jüngsten Vergangenheit abgeben musste, um überhaupt einen gültigen Bezugsschein zu erhalten. Das war das Resultat des Anfang März erlassenen »Gesetzes zur Befreiung von Nationalsozialismus und Militarismus«, mit dem die endgültige Entnazifizierung der Deutschen in der amerikanischen Besatzungszone in Angriff genommen werden sollte. Entsprechend gereizt war die Stimmung gewesen, trotz des fast schon sommerlichen Wetters, der überraschend hohen Geschwindigkeit, mit der sich die Schlange vom Fleck bewegte, und der Aussicht auf neue Lebensmittelmarken.

»Schon auffallend, wie sich die Leute vorhin über diesen Fragebogen aufgeregt haben«, sagte Lydia, als könnte sie ihre Gedanken lesen.

»Dabei ist er ein guter Garant für den gerechten Neuanfang, den sich alle seit Kriegsende so sehnlich wünschen«, stimmte Billa zu. »Schließlich müssen ihn alle Deutschen gleichermaßen ausfüllen.«

»Zumindest in der amerikanischen Zone«, stellte Lydia klar. Beim Ausatmen pustete sie eine muntere Reihe runder Zigarettenrauchkringel in die Luft. »Die Beantwortung von mehr als einhundert Fragen stellt allerdings eine enorme Herausforderung für jemanden dar, der es nicht gewohnt ist, sich ausführlich mit der eigenen Vergangenheit auseinanderzusetzen, erst recht nicht mit dem eigenen Verhalten in den letzten zwölf Jahren. Insofern ist es durchaus nachvollziehbar, dass so mancher es als Zumutung empfindet, sich den Besatzungsbehörden gegenüber derart offenbaren zu müssen. Das ist fast, als müsste er sich mitten auf dem Marktplatz nackt ausziehen.«

»Einen Schönheitswettbewerb wird derzeit wohl keiner gewinnen.« Billa versuchte sich in einem müden Lächeln. »Aber irgendwie muss man die Sache in den Griff bekommen. Die Fragebögen garantieren wenigstens dieselbe Chance für alle, Auskunft über ihr Mitwirken bei der Partei und in öffentlichen Ämtern zu geben.«

»Sofern die Fragen ehrlich beantwortet werden. Meist finden gerade diejenigen, die tatsächlich etwas zu verbergen haben, einen Weg, sich erfolgreich durchzuschummeln.«

»Das wird man nie ganz verhindern können«, entgegnete Billa. »Aber zum Glück hat man auch in den letzten zwölf Jahren in Deutschland viel Wert auf Bürokratie gelegt und alles ordentlich dokumentiert, bis in die untersten Ämter und Positionen. Die Wahrscheinlichkeit ist also sehr groß, im Zweifelsfall rasch aufzudecken, wer schummelt und wer nicht. Wer sich tatsächlich nur als kleines Rädchen im Getriebe erweist und keine wirkliche Verantwortung getragen hat, hat nichts zu befürchten. Wer dagegen Zweifel mit seiner Darstellung erregt, der wird sich letztlich vor einer Spruchkammer verantworten müssen.«

»Es war ein kluger Schachzug, die nur mit Deutschen zu besetzen und nicht mit Vertretern der amerikanischen Besatzung. Von Siegerjustiz kann also schwerlich die Rede sein.«

»Auch nicht davon, dass wir Rückkehrer uns zum Richter über die Dagebliebenen aufschwingen, weil auch von uns niemand darin sitzt. Anders, als viele denken, liegt das den meisten von uns sowieso völlig fern.«

Dabei wäre es oft mehr als berechtigt, fügte sie im Stillen hinzu. Sie erinnerte sich an das ein oder andere bekannte Gesicht von früher. Auf einmal hatte sie Erlebnisse vor Augen, die sie sonst nachts aus dem Schlaf aufschreckten. Obwohl sie dank ihrer Mutter und deren Beziehungen lange privilegiert und unbehelligt von den allgemeinen Schikanen in München, der ›Hauptstadt der Bewegung‹, gelebt hatte, war sie froh, bislang den wenigsten Menschen von damals wieder begegnet zu sein. Zu groß war ihre Unsicherheit, wie sie auf sie reagieren würde. Und natürlich umgekehrt auch die auf sie.

»Es muss schlimm sein, im eigenen Land plötzlich als fremd zu gelten. Noch dazu, da du deine Heimat nicht freiwillig verlassen hast.«

Abermals schien Lydia zu ahnen, was gerade in ihr vorging. »Es ist wirklich paradox«, stimmte Billa zu. »Kaum einer will mir zugestehen, dass das hier nach wie vor mein Zuhause ist. Sobald klar ist, dass ich eine aus dem Exil zurückgekehrte Jüdin bin, fühlt sich jeder erst einmal dazu verpflichtet, mir sein Verhalten in den letzten Jahren zu erklären.«

»Ich sehe schon. Es gibt noch vieles, was wir uns gemeinsam anschauen sollten, um darüber für unsere Leute in Amerika zu berichten.« Lydia gab sich entschlossen. »Die Fragebögen sind nur der Anfang. Die ersten Kommentare haben wir heute gehört. Wenn auch bislang nur sehr vorsichtige. Und nur gegen mindestens eine Handvoll Zigaretten.«

»In den nächsten Tagen trauen sich gewiss schon mehr Leute, endlich Tacheles mit uns zu reden«, wagte Billa zu prophezeien. »Es beschäftigt die meisten doch viel zu sehr, als dass sie auf Dauer dazu schweigen können.«

»Sofern wir bereit sind, mehr als nur ein paar Zigaretten für die Auskünfte springen zu lassen«, bekräftigte Lydia.

»Ich glaube nicht, dass es den Leuten allein darum geht.«

»Bestimmt nicht, aber ein materieller Gegenwert für eine Aussage ist durchaus ein probates Mittel, um die Leute zum Reden zu animieren. Gerade jetzt, da seit Anfang des Monats die ohnehin schon lächerliche Zuteilung für einen Erwachsenen von 1550 Kalorien noch einmal weiter auf nur noch 1275 Kalorien reduziert wurde. Jede einzelne Zigarette bedeutet bares Geld auf dem Schwarzmarkt und dadurch etwas mehr Speck, Butter und Brot auf dem Teller zu Hause.«

Billa sagte nichts mehr dazu. Noch hegte sie die Hoffnung, dass sie auch ohne solche Hilfsmittel Auskünfte erhielten.

»Ist es nicht ein seltsamer Zufall, dass die Fragebögen ausgerechnet von Gründonnerstag bis Karsamstag ausgeteilt wurden und direkt nach den Feiertagen zurückgegeben werden mussten?«, wechselte sie nach einer längeren Pause das Thema. »Im überwiegend katholischen Bayern besitzt Ostern eine ganz besondere Bedeutung. Darauf hätte man Rücksicht nehmen müssen.«

»Viel unglücklicher finde ich, dass das Ganze an die Ausgabe der Bezugsscheine gekoppelt ist«, entgegnete Lydia. »Das suggeriert, ohne richtige Antwort gäbe es kein Essen.«

»Manche behaupten ohnehin schon, die Fragebogenaktion stelle die gesamte deutsche Bevölkerung unter Generalverdacht.«

»Was man durchaus als Ausdruck eines schlechten Gewissens verstehen kann.«

»Das gewiss nicht von ungefähr kommt.«

Mit großer Wucht flammten in Billa erneut Erinnerungen an Erlebnisse vor ihrer Flucht im November 1938 auf. Sogar an solche mit langjährigen Nachbarn und Bekannten, Lehrern, Schulkameradinnen und deren Familien. Sechzehn war sie damals gewesen. Zu jung, um bereits das ganze Ausmaß des Geschehens zu begreifen, aber schon alt genug, um mehr mitzubekommen, als mancher gehofft hatte.

Um die Bilder gleich wieder im Ansatz zu ersticken, warf sie die Zigarette mit Schwung zu Boden und bohrte sie mit der Schuhspitze regelrecht in die Erde.

»Ein doppelter Whiskey ist wirklich das Mindeste, was wir jetzt brauchen.«

Entschlossen hakte sie sich bei Lydia ein und dirigierte sie in die Ecke der Siedlung zurück, in der sie vor einer gefühlten Ewigkeit aus dem Jeep gestiegen waren und ihren Fahrer Sam zurückgelassen hatten. Willig kam Lydia mit.

»Wenn ich mich hier umschaue, kann ich mir gut vorstellen, wie das mit dem Nationalsozialismus in den letzten zwölf Jahren in Deutschland funktioniert hat.«

Mit der freien Hand wies Lydia beim Weitergehen auf die endlose Abfolge weißer Häuschen mit roten Satteldächern, winzigen Sprossenfenstern und aufgeklappten Fensterläden inmitten von weitläufigen Gärten. Das milde Frühlingswetter wurde in jedem Winkel genutzt, um Zäune zu reparieren, Beete zu harken, Wäsche aufzuhängen oder die kleinen Hühner- und Kaninchenställe auszumisten, die sich nahezu an jeder Hauswand fanden.

Irgendwo hatte Billa gelesen, dass die Haltung von Kleintier eine der Voraussetzungen gewesen war, um sich für den Erwerb eines der Siedlungshäuser zu bewerben. Ebenso das Anlegen von Gemüse- und Obstgärten. Selbstversorgung war das oberste Prinzip solcher Anlagen, eine weitsichtige Forderung der früheren Machthaber in Bezug auf Hitlers Kriegspläne. In der aktuellen Lage allerdings auch ein Segen. Dennoch waren die Bewohner ebenso auf die Lebensmittelkarten angewiesen wie die übrige Bevölkerung. Alles konnte man in einem solchen Anwesen eben doch nicht selbst anbauen.

Sie und Lydia schlenderten weiter. Hin und wieder streiften sie die misstrauischen Blicke der Siedlungsbewohner. Zwei Frauen wie sie, die eine in amerikanischer Uniform, die andere im Kostüm, fielen schon von Weitem auf, noch dazu, wenn sie so eng aneinandergeschmiegt rauchend und fröhlich plaudernd über die Straßen flanierten.

»Ein eigenes Heim mit Obst- und Gemüsegarten für ›mustergültige deutsche Familien‹«, knüpfte Lydia an ihre vorherige Bemerkung an. »Sieht ganz so aus, als stünden die Häuser vor Dankbarkeit ähnlich stramm in Reih und Glied, wie die Parteigenossen damals hinter der Hakenkreuzfahne marschiert sind.«

»So habe ich das noch nie gesehen.« Nachdenklich betrachtete Billa die akkurat angelegte Siedlung. »Aber du hast recht. Das hier atmet tatsächlich bis ins kleinste Detail den Geist der autoritären Zeit. Nichts tanzt aus der Reihe, nichts ist dem Zufall überlassen. Jede Linie ist mit dem Lineal gezogen, jeder Winkel exakt angelegt. Und jedes Detail genau festgelegt.«

»Selbst die Blumen in den Beeten scheinen nach einem vorgegebenen Muster gepflanzt und die Obstbäume vorschriftsmäßig geschnitten.« Lydia schmunzelte.

»Es würde einen nicht wundern, wenn abends exakt zur selben Zeit aus jeder Tür jeweils exakt die gleichen Frauen und Kinder herauskämen, um die von der Arbeit heimkommenden Väter zu begrüßen.«

»Natürlich gibt es auch bei uns in Amerika oder sonst wo auf der Welt solche akkurat am Reißbrett entworfenen Vorstadtsiedlungen.«

»Dennoch stößt einem diese hier vor dem Hintergrund der Zeit, in der sie entstanden ist, besonders auf«, entgegnete Billa. »Sie wirkt, als hätte die Partei hier alles unter Kontrolle gehabt, und jeder Einzelne hätte folgsam getan, was von ihm verlangt wurde.«

»Umso erstaunlicher, dass man den Bewohnern trotz des

allgegenwärtigen Führerkults eine kleine Kirche zugebilligt hat.« Lydia nickte mit dem Kopf nach rechts vorn, wo ein von einem Walmdach bekrönter Kirchturm über einem lang gestreckten Hallenbau aufragte. Die klobige Form erinnerte an umgefallene Bauklötze. Überhaupt schien ein einfacher Baukasten Pate für die Grundrisse der gesamten Siedlung gestanden zu haben.

»Mich wundert eher, dass die strikt durchgeplante Ordnung die Wirren der letzten Kriegsmonate und das Chaos des ersten Nachkriegsjahres überstanden hat. Und das ohne den geringsten Kratzer. Nicht einmal die Scheiben sind zu Bruch gegangen, geschweige denn dass eine Zaunlatte fehlt oder ein Fensterladen schief hängt.«

»Du meinst, plündernde Horden hätten das alles eigentlich überrennen und blindlings niederbrennen müssen?«

»Sie hätten zumindest die Gemüsebeete zertrampeln, die Obstbäume fällen oder die Hühner und Hasen schlachten müssen«, sagte Billa.

»Vielleicht hat noch die Angst nachgewirkt. Die ehemaligen SS-Kasernen im Osten wie auch die Luftwaffenstützpunkte Richtung Schleißheim sind nah. Die dort stationierten Truppen haben die Gegend sicherlich bis zuletzt allein durch ihre bloße Anwesenheit in Angst und Schrecken versetzt.«

»Auch das ehemalige ›Judenlager Milbertshofen‹ grenzt gleich im Süden an die Häuser, wie du vorhin bei unserer Ankunft sehen konntest«, gab Billa zu bedenken. »Nachdem man die Juden von dort nach Kaunas in den Tod geschickt hat, waren darin italienische Zwangsarbeiter für das BMW-Werk untergebracht, ebenfalls bestimmt nicht unter sonderlich menschlichen Bedingungen. Die hätten also auch mehr als einen nachvollziehbaren Grund gehabt, um sich nach der Befreiung an den gut bestellten Gärten und den schönen Häuschen mitsamt ihren Bewohnern schadlos zu halten.«

»Stimmt«, pflichtete Lydia bei. »Noch dazu, wo deren Bewohner während des ›Tausendjährigen Reichs‹ vor ihrem Elend pflichtschuldig Augen und Ohren geschlossen haben. Sie haben einfach weggesehen, wenn die Ausgemergelten zu Tausenden tagein, tagaus direkt an ihren Fenstern vorbei zur Arbeit in die Fabriken gepeitscht wurden.«

»Was ich nicht sehen will, das sehe ich einfach nicht.« Billa wurde sarkastisch.

»Jeder zimmert sich eben seine eigene Wirklichkeit zurecht, gerade was die Ereignisse der letzten zwölf Jahre betrifft. Ein allzu menschliches Bedürfnis, wenn du mich fragst.«

»Womit wir wieder beim Thema Rechenschaft und den Fragebögen wären. Und bei der Notwendigkeit, schnellstens an einen doppelten Whiskey zu kommen.«

Einvernehmlich beschleunigten sie ihre Schritte. Das Barackenlager rückte in Sichtweite. Trotz weißblauem Himmel und strahlendem Frühlingssonnenschein bot es einen trostlosen Anblick, der sich beim Gedanken an seine beklemmende Geschichte noch weiter verstärkte. Selbst die sonst so neugierigen Siedlungskinder mieden dessen Nähe, als spürten sie, dass es nach wie vor kein geeigneter Platz für Unbekümmertheit und Unschuld darstellte.

Eine bedrückende Stille hing über den Holzunterkünften. Im Innern mochten sie nach wie vor heillos überfüllt sein. Darauf deuteten das unübersichtliche Gerümpel vor den Türen und die viele zerschlissene Wäsche an den kreuz und quer gespannten Leinen zwischen den Hütten hin. Hinter den trüben

Fensterscheiben tauchte ein verängstigtes Kindergesicht auf. Sofort wurde es von einer nicht weniger ängstlich aussehenden Frau weggezogen. Ansonsten war keine Menschenseele zu sehen. Lediglich eine räudige Katze drückte sich zwischen den Baracken herum.

Kaum passierten Billa und Lydia die letzte Straße, die wie fast alle in der Gegend einen böhmischen Ortsnamen trug, entdeckten sie bereits den Jeep mitsamt Billas Lieblingsfahrer Sam. Der Wagen parkte noch an derselben Stelle am südlichen Ende des Lagers, an der sie vor zwei oder drei Stunden ausgestiegen waren. Allerdings stand er dort inzwischen nicht mehr allein. Weitere Fahrzeuge hatten sich am Straßenrand um ihn herum gesammelt, umzingelt von einem größeren Pulk Kinder, die die Wagen von allen Seiten begafften und dabei die von den überwiegend dunkelhäutigen GIs der US Army großzügig verteilten *chewing gums* voller Wonne schmatzten.

Es waren nicht allein Wagen der amerikanischen Militärpolizei. Auch ein vor Kurzem erst vom Wehrmachtsgrau in sattes Tannengrün umgespritzter Adler der Münchner Schutzpolizei sowie der ebenfalls erst unlängst in Dienst genommene Mercedes der Mordkommission befanden sich darunter, wie Billa beim Näherkommen entdeckte. Offenkundig würde sie an diesem vermeintlich friedvollen Frühlingsnachmittag noch einen weiteren Grund für einen doppelten Whiskey auf der Terrasse der Villa für amerikanische Kriegsreporter in Bogenhausen haben.

2

»Sieht mir ganz danach aus, als gäbe es hier gleich noch eine gute Zeitungsstory aus dem Münchner Norden. Und das exklusiv für uns beide«, rief Lydia geradezu übermütig und lief schneller. »Wenn amerikanische Militär- und Münchner Kriminalpolizei gemeinsam anrücken, muss etwas Außergewöhnliches passiert sein. Wir schlagen wohl genau im richtigen Moment auf, um uns vor allen anderen Kollegen die ersten Informationen zu sichern.«

Ihr journalistischer Jagdinstinkt war geweckt, die Erschöpfung verflogen. Im Weiterlaufen angelte sie in ihrer Tasche bereits nach Notizblock und Stift, rückte auch die Kamera vor ihrer Brust zurecht, um sofort einsatzbereit zu sein. Zielstrebig steuerte sie auf das ehemalige Zwangsarbeiterlager zu, das in dieser Ecke in einer schmalen Brache auslief, die sich bis zum nahen Bahndamm erstreckte. Die Strecke gehörte zum Nordring, der zu Beginn des Jahrhunderts angelegt worden und nahezu ausschließlich Militär- und Güterzügen vorbehalten war, um sowohl die Kasernen als auch die Industrieanlagen in diesem Teil Münchens für den Transportverkehr zu erschließen.

Je schneller Lydia rannte, desto langsamer wurde Billa. Im Gegensatz zu ihr hatte sie es auf einmal nicht mehr eilig, zum Ort des Geschehens zu gelangen. Was weniger daran lag, was sie dort womöglich Schreckliches erwartete, als vielmehr daran, wem sie dabei mit großer Wahrscheinlichkeit begegneten. Bereits aus der Ferne hatte sie eine ihr nur zu vertraute Gestalt unter den Anwesenden erspäht.

So schnell hatte sie ihr Wiedersehen nicht erwartet. Vor allem nicht so unvorbereitet wie in diesem Moment. Und nicht unter diesen Umständen, inmitten von so vielen anderen, die über sie beide Bescheid wussten. Sowie wahrscheinlich ausgerechnet am Fundort einer Leiche.

»Mach jetzt nur nicht schlapp.« Sobald Lydia ihr Zaudern bemerkte, drehte sie sich zu ihr um. Allerdings deutete sie es falsch. »Nach allem, was du in den letzten Monaten gesehen hast, dürfte dich der Anblick eines Toten nicht mehr schockieren. Selbst wenn er unter die Räder eines Zuges gekommen und damit alles andere als appetitlich anzusehen sein sollte. Aber vielleicht entpuppt sich das Ganze auch als völlig harmlos oder als falscher Alarm.«

»Auf einen Toten mehr oder weniger kommt es mir wirklich nicht an.«

Billa hoffte, Lydia bemerkte das Zittern ihrer Stimme nicht. Im letzten Jahr war sie mehr als einmal unfreiwillig an einen Tatort gelangt. Was angesichts der vielen Kapitalverbrechen, die seit Kriegsende in der Stadt geschehen waren, kaum verwunderte. Der Anblick eines gewaltsam zu Tode gekommenen Menschen entsetzte sie nicht mehr. Einmal war sie sogar diejenige gewesen, die das Mordopfer als Erste gefunden hatte. Die sich daraus entwickelnde Geschichte hätte für sie jedoch beinahe verhängnisvoll geendet und beschäftigte sie bis zum heutigen Tag. Allerdings seltsamerweise weniger deswegen, sondern aus einem völlig anderen Grund. Und genau der stellte auch jetzt die Ursache für ihr Zögern dar.

Als ihre Freundin sollte Lydia ihre Beweggründe kennen. In

diesem Augenblick schien sie jedoch keinen einzigen Gedanken daran zu verschwenden.

»Vorsicht, die Damen! Passen Sie auf!«, raunzte sie ein schmächtiger, älterer Mann in Zivil an, der gerade mit einem anderen baumlangen und weitaus jüngeren Kollegen kleine, quadratische Blechschilder mit eingestanzten schwarzen Nummern auf dem Boden verteilte. Offenbar sicherten sie Spuren. Es handelte sich um Ludger Seidl und seinen Assistenten Eberhardt Dollinger. Kurz blitzte in Billa ein Déjà-vu auf. Die beiden waren vom Erkennungsdienst, dem Kommissariat K 6, dem auch die Kriminaltechnik angegliedert war. Mit ihnen hatte sie es bei der Leiche damals in Nymphenburg auch gleich als Erste zu tun gehabt. Wo sie auftauchten, war etwas geschehen. Mindestens ein mysteriöser Unfall, noch wahrscheinlicher jedoch ein Verbrechen.

Sie schienen sie allerdings nicht wiederzuerkennen. Seidl würdigte sie nicht einmal eines Blickes, Dollinger hielt zumindest inne und betrachtete sie aufmerksam. Deutlich war ihm anzumerken, wie es dabei hinter seiner hohen Stirn arbeitete.

»Billa Löwenfeld«, erlöste sie ihn aus der Grübelei und streckte ihm die Hand entgegen. »Wir sind uns bereits einige Male begegnet. Ich bin Fotoreporterin. Und das ist meine Kollegin, Lydia Persson.«

»Sie schon wieder. Ich erinnere mich. Der Tote in der Villa in Nymphenburg letzten Sommer. Der Auftakt einer ziemlich üblen Geschichte«, schaltete Seidl sich nicht sonderlich freundlich ein und drängte Dollinger beiseite, um ihre Hand zu schütteln. Lydia gegenüber lupfte er nur kurz den eingedellten Hut auf dem fast kahlen Schädel.

»Tatorte scheinen Sie immer noch anzuziehen, sonst wären Sie jetzt wohl nicht hier. Doch freuen Sie sich nicht zu früh. Inzwischen ist unsere Ausrüstung entscheidend besser geworden. Dieses Mal haben wir selbst einen Film für die Kamera dabei. Auf Ihre Hilfe sind wir bei unserer Arbeit nicht mehr angewiesen.«

Wie eine Trophäe hielt er die kleine Ledertasche hoch, die er an einem brüchigen Lederriemen quer über den Leib trug.

»Was tun Sie hier? Unbefugte haben den Tatort unverzüglich zu verlassen«, ertönte eine weitere Männerstimme.

Auch die erkannte Billa sofort. Sie wandte sich in die Richtung, aus der sie die Stimme vernommen hatte. Ihr Herz begann zu rasen. Dabei hatte sie sich doch eben schon ausgemalt, was ihr bevorstand, und sich darauf vorbereitet, einen zumindest ansatzweise gelassenen Eindruck zu erwecken.

»Billa, du?« Emil Graf erreichte sie. Und starrte sie mindestens genauso perplex an wie sie ihn.

Im ersten Moment kam ihr kein einziges Wort mehr über die Lippen.

Er sah noch genauso gut aus wie im letzten Jahr, wenn nicht sogar besser, fiel ihr stattdessen auf. Mit dem kleinen Unterschied, dass er inzwischen einen hellen, tadellos sitzenden leichten Anzug nebst passendem Hut und weißem Hemd trug, was seine groß gewachsene, schlaksige Gestalt vorteilhaft unterstrich. Ebenso steckten seine Füße statt in klobigen Winter- in fast schon eleganten Lederschuhen. Ob seine Zimmerwirtin von neuem die Kleiderschränke ihres gefallenen Ehemannes für ihn geplündert hatte? Warum hatte sie ihm den dünnen Anzug nicht letzten Sommer schon überlassen? Mehr als einmal hatte Billa es bedauert, wie sehr Emil

damals in seinem Winterzeug unter der sengenden August-
hitze gelitten hatte.

War sie verrückt geworden? Hatte sie etwa vergessen, wen
sie vor sich hatte und wer noch alles zugegen war? Obendrein,
dass sie sich gerade am mutmaßlichen Ort eines Verbrechens
befanden? Ihr Gesicht begann zu glühen.

»Was für eine Überraschung!«, mischte Lydia sich ein und
erlöste sie aus der Verlegenheit. »Kommissäranwärter Emil
Graf vom Kommissariat K1 Verbrechen wider das Leben
höchstpersönlich. Schön, Sie wiederzusehen. Wir sind uns im
letzten Jahr leider nur kurz begegnet. Wahrscheinlich erinnern
Sie sich gar nicht mehr an mich.«

»Doch, natürlich erinnere ich mich an Sie.« Er lächelte sie
an. »Sie sind Billas unerschrockene Kollegin Lydia Persson,
die seit letztem Herbst jeden Prozesstag in Nürnberg aufmerksam verfolgt und zuvor schon die Landung der Alliierten auf
Sizilien und in der Normandie an vorderster Front begleitet
hat. Hut ab vor Ihrem Mut!«

»Sie meinen, ich wäre besonders tapfer, weil eine Frau nicht
unbedingt an die Front gehört? Dabei bin ich nicht die Einzige,
die ganz vorn mit dabei gewesen ist.«

»Wohl eher, weil ich es bewundernswert finde, wie entschlossen Sie als Amerikanerin gegen Hitler und den Faschis-
mus gekämpft haben. Schon einen Teil Ihres Muts hätten wir
hier mehr als nötig gehabt.«

»In der Normandie hätten wir uns fast begegnen können.«

»Allerdings auf verschiedenen Seiten der Front. Was leider
nicht zu meinen Ruhmestaten zählt.«

»Man sucht sich nicht aus, auf welcher Seite man geboren wird. Wenigstens sind Sie bereit, sich mit ihrer Vergan-

genheit auseinanderzusetzen. Das ist nicht selbstverständlich.«

Lydia schenkte ihm ein aufmunterndes Lachen.

Billa beneidete sie um die Unbeschwertheit, mit der sie Emil gegenübertrat. In den Monaten, die sie ihn nicht gesehen hatte, musste ihr die völlig abhandengekommen sein.

»Verrätst du uns, weshalb ihr an diesem wunderschönen Nachmittag in so großer Formation in diese nicht eben sonderlich gemütliche Ecke Münchens ausgerückt seid?«, versuchte sie, ihre Befangenheit zu überspielen und das Augenmerk auf die aktuelle Situation zu lenken. »Wie ich sehe, bist du mit Captain Simon vom Public Safety Office da und nicht mit deinen Kollegen vom K1. Dass Angehörige der Militärpolizei mit dabei sind, wird einen Grund haben. Herkömmliche Morde darf die Münchner Polizei inzwischen doch längst eigenständig aufklären.«

»Wie immer bist du bestens informiert.«

»Das ist mein Job.« Sie erlaubte sich ein Lächeln, was für ein flüchtiges Aufflackern in seinen maronibraunen Augen sorgte. Ermutigt setzte sie nach: »Dann handelt es sich also um einen außergewöhnlichen Fall. Hat er etwas mit dem Flüchtlingslager auf dem Gelände des früheren Judenlagers zu tun? Stammt das Opfer von dort? Oder aus dem Lager für Displaced Persons in Schleißheim? Das liegt ebenfalls in fußläufiger Entfernung und würde die Anwesenheit der amerikanischen Militärpolizei erklären.«

»Kennst du dich in der Gegend aus? Oh stimmt, ich vergaß. Einer unserer Zeugen im letzten Sommer war als ehemaliger ukrainischer Zwangsarbeiter in Schleißheim untergebracht. Deshalb warst du bereits einige Male dort.«

»Lydia und ich recherchieren hier für eine neue Reportage. Deshalb sammeln wir so viele Informationen wie möglich über die Gegebenheiten vor Ort.«

»Wart ihr in den letzten Stunden zufällig in der Gegend unterwegs, habt mit den Leuten hier geredet und dabei vielleicht das ein oder andere aufgeschnappt?«

In seinen Worten schwang eine vorsichtige, aber deutlich herauszuhörende Hoffnung mit. Schon zückte er das ihr wohlvertraute schwarze Notizbuch, das ihm sein Mentor Joe Simon geschenkt hatte und das er wie seinen Augapfel hütete. Sie wunderte sich, dass er darin überhaupt noch leere Blätter fand, so viel, wie er zu notieren pflegte. Vielleicht hatte Joe ihm mittlerweile jedoch ein neues besorgt. Als Angehöriger der Streitkräfte saß er im Gegensatz zu Emil an der Quelle für solche Dinge.

»Du hörst dich an, als könntest du unsere Hilfe gebrauchen.« Billa merkte sogleich, wie sehr sie das insgeheim freute.

»Am besten kommt ihr erst einmal mit.«

Er machte eine einladende Armbewegung. Einen Moment länger als nötig sah er ihr dabei in die Augen. Nur zu gern befolgte sie seinen Vorschlag.

3

Seite an Seite liefen Billa und Emil mit Lydia zu der Gruppe, die sich in einigen Metern Entfernung vor einem Gebüsch am Bahndamm aufhielt. Neben Emils amerikanischem Vorgesetzten, Captain Joe Simon, erkannte Billa den Gerichtsmediziner Ringseisen von der Münchner Kripo. Zwei andere Offiziere des Public Safety Office unterhielten sich mit ihm, Joe hörte ihnen ebenfalls aufmerksam zu. Sobald sie die Männer erreicht hatten, sah er auf und begrüßte sie.

»Wie schön, Sie nach so langer Zeit wiederzusehen, Billa. Wenn auch wieder unter nicht sonderlich angenehmen Umständen. Zwischenzeitlich waren Sie für längere Zeit zurück in New York, wie ich gehört habe. Bei Gelegenheit müssen Sie mir davon erzählen. Manchmal habe ich großes Heimweh.«

»Als Südstaatler Heimweh nach der Ostküste? Dann ist es schlimm um Sie bestellt.«

Amüsiert beobachtete sie, wie er übertrieben das Gesicht verzog.

»Auch von mir ein besonders herzliches Grüß Gott, Fräulein Löwenfeld.«

Ringseisen nahm sich Zeit für einen galanten Handkuss und lupfte bei der Verbeugung sogar den Hut, wodurch er den Blick auf seinen schütteren grauen Haarkranz und den wulstigen Nacken freigab.

Rasch stellten sich auch die beiden anderen Offiziere sowie Lydia vor. Emil erklärte, warum er sie hinzugebeten hatte.

Wie immer sprachen sie Englisch miteinander. Billa wunderte sich nicht zum ersten Mal, wie gut sogar Ringseisen, der nicht eben nach Weltenbummler aussah und es aufgrund seines fortgeschrittenen Alters wohl auch kaum mehr werden würde, das beherrschte. Emil verdankte es dagegen seinen ausgezeichneten Sprachkenntnissen, dass er im Gefangenenlager in der Normandie für Joe hatte dolmetschen dürfen und so die Chance erhalten hatte, ihn zum Aufbau der neuen Kriminalpolizei nach München zu begleiten.

»Wenn Sie die letzten Stunden mit den Leuten aus der Siedlung zu tun hatten, können Sie uns vielleicht weiterhelfen«, riss Joe Billa aus ihren Gedanken. »Die Tote liegt da vorn.«

»Eine Frau?« Sofort zückte sie Notizblock und Stift.

»Hat Emil das noch nicht erwähnt? Viel mehr können wir bislang leider noch nicht sagen. Doch sehen Sie selbst.«

Er ging zum Gebüsch. Billa und Lydia folgten ihm, auch Emil kam mit. Aus der Ferne protestierte Seidl zwar von neuem dagegen, doch die Markierungen auf dem Boden wie die auf einem Stativ befestigte Kamera ließen darauf schließen, dass die Aufnahme der Spuren in diesem Bereich bereits abgeschlossen war. Ohnehin machte die Szene den Eindruck, als wären die Untersuchungen bereits weitgehend beendet und es wurde lediglich noch auf das Eintreffen des Leichenwagens gewartet, sonst würde Joe sie kaum dorthin führen.

»Entgegen den ersten Mutmaßungen sind wir uns inzwischen relativ sicher, dass sie doch nicht aus dem DP-Lager in Schleißheim stammt«, berichtete Joe noch im Gehen. »Das Hinzuziehen der Militärpolizei war so gesehen überflüssig. Zunächst hieß es lediglich, eine unbekannte Leiche sei beim Barackenlager in Milbertshofen gefunden worden. Da schrillen bei uns sofort die Alarmglocken. Die Exzesse aus den ersten Monaten nach Kriegsende sind mittlerweile zwar abgeebbt, aber nach wie vor stehen viele Gewaltdelikte in Zusammenhang mit den Flüchtlingen und den Displaced Persons, die sich immer noch in hoher Zahl in der Stadt aufhalten. Nachher schicken wir jemanden ins Lager, der sich dort umhören soll. Vielleicht findet er Zeugen, die etwas Aufschlussreiches bemerkt haben.«

Sie erreichten die Leiche. Ein dunkelblau uniformierter Schandi, wie die Gendarmen der Münchner Schutzpolizei nach wie vor genannt wurden, hielt Wache. Die Hände hinter dem Rücken verschränkt sah er stur in eine andere Richtung, um so wenig wie möglich von der Leiche mitzubekommen. Die Tote war jedoch nicht unter einen Zug geraten, wie sich zu Billas Erleichterung nach dem ersten Blick auf sie herausstellte.

»Für mich sieht sie sehr ›deutsch‹ aus«, bekannte Joe. Er umrundete die Tote, um sie noch einmal von allen Seiten zu betrachten. »Sie muss seit letzter Nacht hier liegen. Das hat Doktor Ringseisen bereits festgestellt.«

»Er geht davon aus, dass sie gegen Mitternacht getötet wurde. Und zwar genau hier«, ergänzte Emil.

Billa machte sich erste Notizen.

»Wahrscheinlich ist sie mit dem Strick erdrosselt worden«, fuhr Joe fort. »Der Täter muss direkt hinter ihr gestanden haben, wie die Spuren im Gras verraten. Sie kniete mit dem Rücken zu ihm, ihre Hände waren nach hinten gefesselt.«

Das waren sie noch immer, wie sich zeigte.

»Sieht nach Hinrichtung aus«, stellte Emil fest.

»Möglicherweise vor jemand Drittem. Ob er Mittäter oder Zeuge war, wird den entscheidenden Unterschied machen.«

Die brennende Zigarette in der Hand, deutete Joe auf eine Stelle beim Gebüsch, an der das Gras genauso platt getreten war wie am Fundort der Leiche.

Lydia begann zu fotografieren. Offenbar war Joe einverstanden, denn er hinderte sie nicht daran. Emil schwieg.

»Wer hat sie gefunden?«, fragte Billa.

»Die beiden dort drüben.«

Joe wendete den Kopf nach links, wo sich in sicherer Entfernung zum Gebüsch und zu den Offizieren, aber unter strenger Bewachung eines weiteren Schandis ein halbwüchsiges Pärchen ängstlich aneinanderschmiegte. Ihre Gesichter waren noch immer blass, die Augen schreckgeweitet. Billa schätzte sie auf sechzehn, siebzehn, also bestes Backfischalter, und entschied, vorerst auf eine Befragung der beiden zu verzichten. Wahrscheinlich brachten die zwei ohnehin noch kein vernünftiges Wort heraus.

»Die sind geschockt fürs Leben.« Emil klang mitleidig. »Und das, nachdem sie sicherlich schon auf der Flucht Schlimmes erlebt haben. Hier wollten sie jetzt eigentlich ein Schäferstündchen abhalten. Ungestört von lästigen kleinen Geschwistern, viel zu strengen Eltern und der ganzen Bagage, die ständig ein Auge auf sie hat. Sie stammen nämlich aus dem Flüchtlingslager.«

»Sudetendeutsche«, ergänzte Joe auf Deutsch, was dem Wort dank seines starken Akzents Exotik verlieh. »Statt romantischer erster Küsse jetzt also das.«

»Wenigstens waren sie mutig genug, die Polizei zu alarmieren, und sind nicht einfach weggerannt«, betonte Emil.

»Kannten sie die Tote?«, hakte Billa ein.

»Angeblich nicht.«

»Das schließt noch nicht aus, dass sie nicht auch aus dem Lager stammt«, schaltete Joe sich wieder ein. »Dort wohnen derzeit so viele Menschen, außerdem herrscht ein reges Kommen und Gehen, dass kaum einer den Überblick behält, wer dorthin gehört und wer nicht.«

Er trat die Zigarette auf dem Boden aus, verschränkte die Arme vor der Brust und stellte sich breitbeinig hin.

Sein sonnengebräuntes Gesicht mit der Boxernase auf dem kurzen, kräftigen Hals sowie das ausgebleichte Haar und die stahlblauen Augen ließen ihn in dem Moment ganz nach dem zielstrebigen Cop aus Florida aussehen, der er im zivilen Leben vor dem Krieg gewesen sein musste und vor dem kein Ganove sich in Sicherheit hatte wiegen dürfen. Billa widerstand der Versuchung, sich das weiter auszumalen, und wandte sich stattdessen wieder der Leiche zu, betrachtete sie ebenfalls von allen Seiten.

Joe hatte recht. Sie wirkte unverkennbar ›deutsch‹. Sie mochte um die vierzig sein und trug eine lieblose, blaugraue Schürze mit den entsprechenden Spuren von Hausarbeit über einem fadenscheinigen geblümten Kleid, keine Strümpfe. Das strähnige, schlecht frisierte aschblonde Haar und das ungeschminkte Gesicht erweckten den Eindruck, als wäre sie direkt vom Herd, in jedem Fall von ihrem derzeitigen Zuhause, hierher verschleppt worden. Dass sie alles andere als freiwillig mitgekommen war, schien durch die gefesselten Hände festzustehen.

Die ausgetretenen Schuhe waren ihr von den Füßen gerutscht. Frisur, Kleidung, Körper – alles an ihr schien seltsam ungepflegt. Vermutlich hatte sie keine Möglichkeit gehabt, viel Aufhebens darum zu machen, was wiederum für jemanden aus dem Flüchtlingslager sprach, oder für jemanden, der sein Zuhause im Bombenhagel verloren hatte und sich mit einer Behelfsunterkunft bescheiden musste. Davon gab es derzeit mehr als genug in der Stadt. In jedem Fall war sie verheiratet, wie der Ehering an ihrem rechten Ringfinger verriet.

Mit angewinkelten Knien war sie auf die Seite gekippt. Trotz aktueller Lebensmittelrationierung war sie wohlgenährt. Ihr bläulich verfärbtes Gesicht war schauderhaft anzusehen. Die hellen Augen waren aus den Höhlen gequollen, die Zunge aus dem Mund gerutscht. Billa biss sich auf die Lippen. Dieser Anblick würde die beiden Halbwüchsigen noch lange verfolgen.

»Sie macht tatsächlich den Eindruck, als käme sie von hier«, knüpfte sie vorsichtig an Joes erste Annahme mit der deutschen Herkunft an.

»Jemand von den Displaced Persons sieht in der Tat anders aus«, pflichtete Emil bei. »Auch wenn es im Schleißheimer Lager einige Frauen gibt, gehörte die Tote mit ziemlicher Sicherheit nicht zu ihnen. Deshalb konzentrieren wir uns bei der Klärung ihrer Identität zunächst auf das Flüchtlingslager und die Siedlung. Zwei Schandis werden gleich dort herumfragen. Auch Joe und ich gehen später hin. Vielleicht erfahren wir bis heute Abend, um wen es sich handelt.«

»Und wozu braucht ihr unsere Mithilfe?«

»Ihr seid schon seit Stunden in der Gegend und habt mit den Leuten hier geredet, bevor die Tote gefunden wurde. Möglicherweise ist euch etwas aufgefallen, was für unsere Ermittlungen von Bedeutung ist. Irgendwer hat sich vielleicht seltsam verhalten oder eine merkwürdige Bemerkung fallen lassen. Oder es gab sonst etwas, das nicht in den gewohnten Alltag der Leute passt.«

Erwartungsvoll sah er sie an. Von neuem stockte Billa der Atem. Zugleich ärgerte sie sich über ihre mangelnde Professionalität.

»Der gewohnte Alltag existiert schon seit 1933 nicht mehr«, stellte sie klar, bitterer als beabsichtigt. Im nächsten Moment tat es ihr leid. Emil wusste das selbst.

»Derzeit sind nahezu alle Bewohner in der Siedlung und im Flüchtlingslager wegen der Fragebögen in Aufruhr«, mischte Lydia sich ein. »Alles, was gerade gesagt oder getan wird, wirkt entsprechend seltsam.«

»Ebenso seltsam wirkt es, wie die Frau zu Tode gekommen ist.« Joe zündete sich die nächste Zigarette an. »Das kann kein Zufall sein. Jemanden zu erdrosseln verlangt Kraft. Das zeugt von einer gewissen Leidenschaft.«

»Wenn die Frau vor den Augen eines Dritten hingerichtet wurde, wollte sich der Täter wahrscheinlich rächen oder sie für irgendetwas bestrafen«, überlegte Emil laut.

»Wegen der Angaben im Fragebogen?«, griff Billa den Gedanken auf.

»Anzunehmen. Auch wenn sie noch nicht ausgewertet sind, haben manche sicherlich schon jetzt mehr als einen Grund, um jemand anderem deswegen etwas anzutun.«

»Oder um einem Dritten eine eindeutige Warnung zukommen zu lassen«, warf Lydia ein.

»Der allerdings aus dem engsten Umfeld der Frau stammen muss, um sie zu verstehen.«

Billas Gedanken verselbstständigten sich, als sähe sie das Geschehen wie in einem Film vor sich.

Ein dumpfes Grollen riss sie in die Wirklichkeit zurück. Der Boden unter ihren Füßen begann zu vibrieren. Im Westen zeichnete sich eine riesige Dampfwolke am Himmel ab, die das Nahen eines Zuges ankündigte. Unwillkürlich traten sie alle einige Meter nach hinten. Es dauerte, bis das Ungetüm sich mit seinem etwa ein Dutzend Waggons unter gewaltigem Rattern und Zischen an ihnen vorbeigekämpft hatte und nach Osten verschwand.

»Früher oder später wird jemand die Frau vermissen«, behauptete Emil, sobald man sich wieder unterhalten konnte. »Ihr Verschwinden muss Angehörigen, Nachbarn oder Bekannten auffallen, selbst im Tohuwabohu des Flüchtlingslagers. Wenn wir Glück haben, erzählt das nachher jemand einem unserer Schandis. Wenn wir Pech haben, dauert es Tage, bis die Identität geklärt ist. So klein sind das Lager und die Siedlung nicht. Und außerdem gibt es derzeit ständig Zu- und Wegzüge, irgendwer bringt immer noch irgendwen zusätzlich bei sich im Haus unter, der eigentlich nicht dorthin gehört, oder dergleichen.«

»Es ist extrem schwer, in dem ganzen Durcheinander den Überblick zu behalten«, stimmte Joe zu.

»In jedem Fall wäre es gut, wenn ihr uns auf dem Laufenden haltet, falls euch bei euren weiteren Recherchen in der Siedlung noch etwas auffällt«, wiederholte Emil seine Bitte an Billa und Lydia. »Jede Kleinigkeit kann für uns entscheidend sein. Der Hinweis mit dem Fragebogen und der damit verbundenen Unruhe hat uns jedenfalls schon sehr geholfen.«

»Sie meinen, wir erfahren mehr von den Leuten als Sie?«

Lydia schmunzelte. Es war offensichtlich, worauf sie anspielte: Dass Emil und Joe als Polizisten wohl kaum mit einer

43

Stange Zigaretten die Auskunftsfreudigkeit der Leute anstacheln durften.

Billa spitzte den Mund, Emil nickte kaum merklich. Die Andeutung hatte er verstanden.

»Umgekehrt werden wir uns ebenso melden, wenn es von unserer Seite entscheidende Neuigkeiten gibt.« Er warf Billa einen Blick zu, der ihr heiß und kalt zugleich werden ließ.

»Wir melden uns«, beendete sie jäh das Gespräch und eilte davon, um sich von Sam so schnell wie möglich zum doppelten Whiskey auf der Terrasse der Bogenhausener Villa chauffieren zu lassen.

Zum Glück kapierte Lydia ihr Vorhaben sofort und kam ihr ebenso schnell hinterher.

4

Es war ein langer Tag gewesen. Emil war froh, dass Joe die Befragung bei Anbruch der Dämmerung beendete. Dabei hatten sie die Flüchtlingsbaracken noch nicht einmal komplett durchkämmt. Selbst die Unterstützung der beiden Schandis hatte sie nicht wesentlich vorangebracht, um die Identität der Toten herauszufinden. In den zugigen Unterkünften lebten zu viele Menschen auf engstem Raum. Ohnehin war die gesamte Lage zu unübersichtlich, um zuverlässig Aufschluss zu gewinnen, ob wer vermisst wurde oder jemand wen kannte, der wen vermisste. Natürlich war es obendrein eine elende Fragerei, die meisten Menschen nicht sonderlich erfreut, einem deutschen Kriminalpolizisten flankiert von einem uniformierten amerikanischen Public Safety Officer Auskünfte erteilen zu müssen. Das weckte Erinnerungen an finstere Zeiten, die man eben erst ganz tief im Keller des Gedächtnisses vergraben hatte. Noch dazu, da der Amerikaner kein Deutsch sprach und sie von der Toten lediglich eine ungelenke Beschreibung liefern und eine grobe Porträtskizze zeigen konnten.

Ohnehin war es Emil schwergefallen, seine Gedanken zusammenzuhalten. Die unerwartete Begegnung mit Billa beschäftigte ihn weitaus mehr als der Leichenfund. Monatelang hatte er gehofft, sie wiederzusehen. Im letzten Jahr waren sie sich erfreulich nahegekommen. Kaum hatte er gemeint, das unverhoffte Glück mit ihr sei zum Greifen nah, war ihr Kontakt jäh abgebrochen, ohne Vorwarnung. Zwar hatte er rasch begriffen, dass es nicht an ihm, sondern an den Verpflichtungen lag, die ihr Job als Reporterin wie auch der unerwartete Besuch ihrer Mutter in Europa mit sich brachten. Dennoch hatte Billa ihn enttäuscht. Für Monate war sie anschließend aus der Stadt verschwunden. Zurück nach New York, wie sie ihm irgendwann kurz geschrieben hatte. Wann sie zurückkehre, sei ungewiss. Und jetzt hatte sie unvermittelt wieder vor ihm gestanden – und das ausgerechnet am Fundort einer Leiche, wie schon bei ihrem ersten Zusammentreffen im letzten Sommer.

»Emil?«, wandte Joe sich noch einmal an ihn. »Lass uns zum Wagen gehen. Für heute ist Schluss.«

Erleichtert schob Emil den Bleistift zwischen die Seiten, klappte das Notizbuch zu und schlang den Gummizug darum, bevor er es in die Innentasche seines Jacketts steckte. Sie hatten erst gut die Hälfte des Lagers und noch keinen einzigen Straßenzug in der Siedlung geschafft, dennoch hatte Joe recht. Es war sinnlos, weiterzumachen. Um diese späte Stunde sorgte ihr Auftauchen eher für Unmut denn für hilfreiche Erkenntnisse. Das bisherige Ergebnis der Befragung war sowieso ernüchternd. Niemand schien die tote Frau am Bahndamm zu kennen. Oder kennen zu wollen. Niemand vermisste sie. Zumindest nicht in dieser Gegend. Auch die beiden Schandis hatten nichts herausgefunden.

»Billa hatte recht«, meinte Emil, als er mit Joe und dessen Fahrer Jake Woods, einem schmächtigen dunkelhäutigen GI Mitte, höchstens Ende zwanzig, im Jeep saß und sie in die Stadt zurückfuhren. »Die Empörung über die Fragebogenaktion beherrscht derzeit die Gemüter. Deshalb verweigern die Leute ihre Mithilfe. Sie fühlen sich ungerecht behandelt, und dafür rächen sie sich. Erst recht gegenüber jemandem in der Uniform der US Army.«

»Da ich ungern nackt herumlaufe, darfst du dein Glück morgen gern allein probieren. Hoffentlich erfährst du dann mehr. Noch liegen einige Straßen und Häuser vor uns. Ich reiße mich jedenfalls nicht darum, einen weiteren Tag in der Siedlung von Tür zu Tür zu trotten und die bösen Blicke deiner Landsleute zu kassieren.«

»Vielleicht gibst du mir eine Stange Zigaretten, einige Pfund Kaffee oder mehrere Päckchen Kaugummi mit? Das könnte so manche Zunge lösen.«

»Wie ich sehe, lernst du mal wieder sehr schnell. Auf die Idee haben Billa und ihre Kollegin Lydia dich gebracht, was? Weil du vermutest, dass sie damit arbeiten. Von solchen Methoden halte ich allerdings wenig. Aussagen, die man sich erkauft, sind oft nichts wert, weil die Leute dir nach dem Mund reden, um das meiste für sich herauszuschlagen. Du wirst dein Glück leider allein mit deinem höflichen Auftreten versuchen müssen.«

Joe machte es sich auf dem Beifahrersitz bequem und drehte sich halb zu Emil um, die Mütze in den Nacken geschoben, den obersten Knopf seines Hemdes offen und die Ärmel lässig aufgekrempelt. Trotz der unerfreulichen Ereignisse der letzten Stunden war er gut gelaunt, rauchte und schnippte den Rhythmus der Musik aus dem Radio mit, das Jake entgegen den Vorschriften in den Jeep eingebaut hatte.

Jake war Musiker, durch und durch. Vor seiner Einberufung hatte er Trompete und Saxophon studiert, wie er Emil einmal erzählt hatte. Sein Talent bewies er gelegentlich bei Auftritten mit seiner Band im Officers' Club im Haus der Kunst. Während der Fahrten mit dem Jeep drehte er die Musik gern laut auf, summte mit und klopfte den Takt mit seinen langen, schlanken Saxophonistenfingern aufs Lenkrad.

»Die Tote am Bahndamm scheint mir genau der richtige Fall für dich.« Nach einer Weile wandte Joe sich erneut an Emil. »Ab morgen kümmerst du dich allein darum und berichtest an mich. Gleich bei Dienstbeginn regele ich das mit unserem Boss, Major Brown, beim Public Safety Office. Der wird Kriminaldirektor Grasmüller als Leiter der Mordkommission darüber informieren.«

»Und was ist mit den inzwischen vier erschossenen Schandis, die auf das Konto bewaffneter Einbrecherbanden gehen, um die ich mich eigentlich kümmern soll?«, hakte Emil nach. Insgeheim freute er sich jedoch über die neue Aufgabe, die eine echte Herausforderung versprach. Während die Polizistenmorde, die die Stadt seit einigen Wochen in Atem hielten, nach Zufallstaten im Affekt aussahen, witterte er bei dem aktuellen Mord eine Tat aufgrund persönlicher Motive. Das erforderte komplexe Ermittlungsarbeit, wie sie seinem amerikanischen Lehrmeister Joe Simon aus dessen langjähriger Erfahrung als Cop in Florida vertraut war. Dabei konnte Emil wieder viel von ihm lernen und vor allem intensiver mit ihm zusammenarbeiten. Bei allem Respekt gegenüber den erfahrenen deutschen Kollegen bereitete ihm das weitaus mehr Spaß. Joe war lockerer im Umgang und zugleich immer für eine Überraschung gut.

»Es reicht, wenn Huber und Fellner sich voll und ganz auf die Polizistenmorde konzentrieren. Die sind genau die Richtigen dafür, zumal Brinkmeier und Schmied ihnen beistehen und euer Boss Grasmüller ein wachsames Auge auf sie alle hat.«

Mehr sagte Joe zu Emils Freude vorerst nicht. Jake setzte zu einem gewagten Überholmanöver an, womit er Joes Aufmerksamkeit auf sich zog. Wie immer fuhr er viel zu schnell und ganz und gar nicht den abenteuerlichen Straßenverhältnissen angemessen. Emil begann nicht nur um Jakes Zukunft als Musiker, sondern auch um seine eigene zu bangen. Seine Fingerknöchel traten weiß hervor, derart fest umklammerte er den Haltegriff.

Der Platz im Fond des Jeeps erwies sich einmal mehr als der reinste Schleudersitz. Was gäbe er auf einmal darum, trotz Joes Lockerheit und Jakes guter Musik jetzt doch mit den deutschen Kollegen Ringseisen, Seidl und Dollinger im ›Großen Mercedes‹ in die Stadt zurückzufahren. Neuerdings verfügte die Münchner Mordkommission über den Achtzylinder des thüringischen Gauleiters Fritz Sauckel, der sich als früherer ›Generalbevollmächtigter für den Arbeitseinsatz‹ mittlerweile für seine Vergehen während des Dritten Reichs vor dem Nürnberger Kriegsverbrechertribunal zu verantworten hatte. Die amerikanische Militärverwaltung hatte sein Luxusauto beschlagnahmt und auf die Bedürfnisse der Kripo umgerüstet. Verdrängte man pragmatisch jeden Gedanken an den Vorbesitzer und seine gespenstischen Einsätze im NS-Regime, dann bot der Wagen ein äußerst komfortables und vor allem sicheres Fahrerlebnis. Erst recht im Vergleich zu dem spartanischen Jeep, auch wenn es in dem eindeutig die bessere Musik zu hören gab und unter den Insassen die bessere Stimmung herrschte.

Ohne abzubremsen oder wenigstens einen Gang herunterzuschalten, lenkte Jake den Jeep um eine scharfe Kurve, mutete Reifen und Fahrgestell ein tiefes Schlagloch zu und krönte die Kühlerhaube zugleich fast noch mit einem Fahrradfahrer als Galionsfigur, der nach dem Abbiegen wie aus dem Nichts vor ihnen auftauchte. In letzter Sekunde wich Jake ihm aus. Beinahe wäre der Jeep deswegen frontal in die entgegenkommende Tram gedonnert. Jake wie auch die Tram vollführten gerade noch rechtzeitig eine Vollbremsung. Emil hielt die Luft an. Aufgeregt bimmelte der Schaffner die Glocke. Zumindest standen die Fahrgäste in dem weiß-blauen Waggon dicht genug, so dass keiner von ihnen umhergeschleudert worden war. Ungerührt setzte Jake den Jeep zurück, lenkte ihn nach dem ruckartigen Anfahren rechts an der Tram vorbei und brauste bald wieder im selben Tempo munter weiter.

»Jede Wette, die Tote stammt aus dem Flüchtlingslager, aber niemand will es uns sagen«, knüpfte Emil an das vorherige Gespräch an, um sich von Jakes Fahrstil abzulenken. »Angesichts der chaotischen Zustände lässt sich das Verschwinden eines Menschen dort zumindest für eine Weile leicht verbergen.«

»Warum sollte uns jemand verschweigen, dass er die Tote kennt?« Verwundert sah Joe ihn an. »Früher oder später finden wir es sowieso heraus. Im Zweifelsfall nutzt das höchstens dem Täter, weil er Zeit gewinnt, sich aus dem Staub zu machen oder sich womöglich ein weiteres Opfer zu suchen.«

»Die Art der Tötung sieht mir eher nach einer persönlichen Abrechnung als nach dem Beginn einer neuen Mordserie aus.«

»Wusste ich es doch!« Joe boxte ihn spielerisch in den Arm. »Du bist wirklich heiß auf die Geschichte. Und außerdem hast du in den letzten Monaten schon eine Menge von mir gelernt. Wenn ich nicht aufpasse, klärst du die Verbrechen demnächst im Alleingang. Dann kann ich endlich zurück nach New Smyrna Beach ins schöne Florida. Mildred wird jubeln.«

»Bist du sicher?« Emil grinste. »Deine Frau hat mir letztens erst erzählt, wie großartig sie es findet, dass ihr jetzt in eine schicke Villa in Harlaching gezogen seid. Es muss ein wahrer Palast sein.«

»In der Tat sehr hübsch, unser neues Zuhause.«

»Echte Begeisterung hört sich anders an. Dabei hat sich die Besatzungsbehörde wohl wirklich nicht lumpen lassen und einige Perlen für euch Offiziere beschlagnahmt, wenn auch nicht zur Freude der Vorbewohner.«

»Solche Aktionen stoßen verständlicherweise nie auf große Gegenliebe. Es ist allerdings eine sinnvolle Idee der Militärregierung, uns zentral in einem Viertel unterzubringen. Irgendwo müssen wir ja hin. Davon abgesehen hat man sehr genau darauf geachtet, wer vorher in den Häusern gewohnt hat, also gewiss keine Unschuldigen bei der Beschlagnahmung getroffen. Dass wir hier vor Ort noch einige Zeit gebraucht werden, steht außer Frage. Apropos: Hast du nicht Lust, unser neues Heim kennenzulernen? Komm einfach mit zum Abendessen.«

»Aber …«, wollte Emil abwehren, doch Joe ließ ihm keine Chance, abzulehnen.

»Mildred wird entzückt sein, dich zu sehen. Und meine beiden Töchter übrigens auch.« Er lachte.

Die Einladung war wirklich verlockend. Zum einen konnte Emil so tatsächlich seine Neugier stillen, wie Joe und seine im letzten November nach München übersiedelte Frau mitsamt den beiden halbwüchsigen Töchtern Audrey und Eleanor wohnten, zum anderen war Mildred eine hervorragende Köchin und sein Magen war bereits in Alarmbereitschaft.

»Auch wenn Mildred nicht mit einem weiteren Esser gerechnet hat, werden unsere Teller immer noch üppiger gefüllt sein als die deiner Zimmerwirtin«, setzte Joe amüsiert nach, sobald er das Knurren von Emils Bauch durch das Motorbrummen vernahm. »Selbst wenn die gute Hilde dir zuliebe mal wieder auf ihr eigenes Abendbrot verzichtet.«

Den letzten Satz begleitete er mit einem spöttischen Augenzwinkern. Emil seufzte. Ihm war es mittlerweile mehr als unangenehm, wie sehr Hilde Grieshaber ihn bemutterte. Wobei ›Bemuttern‹ der falsche Begriff war. Längst konnte selbst er nicht mehr die Augen davor schließen, dass sie damit durchaus ernste Absichten bei ihm verfolgte. Als Witwe des Assistenten seines früheren Juraprofessors an der Münchner Universität mochte sie gut ein halbes Dutzend Jahre älter sein als er, also etwa Mitte, wenn nicht gar schon Ende dreißig. Um sie nicht völlig vor den Kopf zu stoßen, vermied er es, ihr allzu deutlich zu zeigen, dass er nicht an ihr als Frau interessiert war. Abermals kam ihm die Begegnung mit Billa in den Sinn. Wie hatte er sich nach ihr gesehnt! Ob es ihm dieses Mal gelingen würde, ihr endlich näherzukommen?

Sein Blick schweifte nach draußen. Inzwischen hatten sie Schwabing erreicht. Die Sonne versank im Westen, scharf zeichneten sich davor die Konturen der Dächer und Türme ab. Im letzten Gegenlicht des Tages wirkten sie erstaunlich intakt.

Nach Aufhebung der Ausgangsbeschränkungen Ende März war der Anbruch der Dämmerung neuerdings kein Signal mehr für das Einsetzen von Grabesstille in einer Art Geisterstadt, sondern der Beginn der weitaus unbeschwertesten Zeit des Tages. In unzähligen Kellerlokalen und Clubs konnte man sich mittlerweile bei amerikanischer Musik die Seele aus dem Leib tanzen und zugleich seinen ganz persönlichen Beitrag zur Völkerverständigung leisten.

»Vielleicht sollte Jake besser hier stoppen, und wir gönnen uns einen Herrenabend in einem der angesagten Clubs? Nach dem Anblick vorhin am Bahndamm und dem, was sicherlich die nächsten Tage an unerfreulicher Arbeit auf uns zukommt, haben wir uns das mehr als verdient«, schlug Joe vor und deutete mit der brennenden Zigarette in der rechten Hand auf eine Menschentraube vor einer leeren Hausfassade.

Bei genauerem Hinsehen drängte sich die vor allem aus jungen Frauen in weit schwingenden Röcken bestehende und aufreizend herausgeputzte Ansammlung vor einer Treppe ins Souterrain. Zwei, drei GIs in Uniform begutachteten interessiert das Damenaufgebot. Ein plötzlich einsetzender Trommelwirbel, dicht gefolgt von einem schrillen Trompetenstoß, brachte die Wartenden zum Kreischen. Sofort drängelten sie noch stärker Richtung Tür.

»Kaum zu glauben, was in der Stadt wieder los ist.« Joe schüttelte amüsiert den Kopf. »Manchmal frage ich mich, ob ich der Einzige bin, der nachts seinen Schlaf braucht und nicht bis in die Puppen tanzen und trinken kann, wenn er morgens früh wieder zum Dienst antreten muss.«

»Mildred würde dir die Hölle heißmachen, wenn du nicht pünktlich nach Hause kommst. So gesehen eine überaus kluge Entscheidung der Militärverwaltung, die Ehefrauen von euch Offizieren ins besetzte Deutschland zu schicken. Damit lässt sich die Fraternisierung einigermaßen im Rahmen halten«, spottete Emil, froh um die Retourkutsche für Joes Bemerkung zu Hilde.

»Dir kann man auch gar nichts mehr vormachen.«

»Das habe ich alles von dir gelernt.«

»Ein Jammer, wenn ich mir die vielen schönen blonden

deutschen *Frowleins* ansehe.« Joe seufzte übertrieben laut.
»Falls du allein losziehen willst, lasse ich dich gern aussteigen.«

»Nur wenn du mir Jake mitgibst. Mit ihm an meiner Seite habe ich weitaus bessere Chancen bei den Fräuleins.«

»Ausgeschlossen! Der ist noch im Dienst, bis ich zu Hause bin.«

»Aye, aye, Sir!« Augenzwinkernd tippte Jake sich an die Kappe.

»Dann will ich auch lieber mit zu Mildreds vollen Tellern«, verkündete Emil.

»Tu nicht so, als ginge es dir nur ums Sattwerden. Das Auftauchen von Billa vorhin hat dich ganz schön durcheinandergewirbelt. Da hast du heute Abend sowieso keinen Blick mehr für andere Frauen.«

Emil verzichtete auf eine Antwort. Die kannte Joe ohnehin.

Auf der breiten Leopoldstraße trat Jake wieder stärker aufs Gas. Die Fahrbahn war weitaus besser in Schuss als die der kleineren Nebenstraßen. Rechts und links türmten sich die längst zum vertrauten Anblick der Stadt gehörenden Schuttberge. Der vor knapp zwei Wochen erfolgte Appell von Oberbürgermeister Scharnagl zur freiwilligen Mitarbeit bei der Trümmerbeseitigung zeigte erste Wirkung. Insbesondere die Regelung, dass frühere NSDAP-Mitglieder bei Nachweis einer mindestens sechzigtägigen Tätigkeit eine positive Bescheinigung erhielten, die ihnen wiederum bei den anstehenden Spruchkammerverfahren zugutekam, kurbelte die ›Freiwilligkeit‹ der Maßnahme entscheidend an.

Sie passierten den Anfang Februar zu Ehren der Freiheitsaktion Bayern in »Münchner Freiheit« umbenannten Platz, der an das allerletzte Aufbäumen gegen die Nazidiktatur erinnerte. Nur wenige Stunden vor dem Einmarsch der Amerikaner waren die Aufständischen noch hingerichtet worden, was Emil jedes Mal aufs Neue als völlig absurd empfand.

»Besser, man begreift spät als nie, was in Deutschland schiefgelaufen ist«, bemerkte Joe, plötzlich ebenfalls sehr ernst geworden, als ahnte er, was Emil beim Anblick des Straßenschildes durch den Kopf ging.

»Umso beschämender, dass bis zur letzten Stunde noch Hinrichtungen vollstreckt wurden.«

»Die Verantwortlichen werden zur Rechenschaft gezogen. Deshalb sind wir im Land«, versprach Joe. »Wir sorgen dafür, dass auch die vielen anderen, die am Hitlerregime beteiligt waren, endlich Farbe bekennen müssen. Ohne die Zigtausend auf der mittleren Ebene hätte das System niemals so viele Jahre so gut funktionieren können.«

»Aber auch nicht ohne die vielen Millionen Mitläufer wie mich. Wir haben zwar nicht aktiv mitgemacht, aber auch nicht entschieden dagegen gekämpft, sondern einfach nur die Klappe gehalten, was auch schon schlimme Folgen gehabt hat«, räumte Emil ein.

»Zum Helden wird man geboren, das sucht man sich nicht unbedingt aus. Frag Jake!« Plötzlich unerwartet bewegt tätschelte Joe seinem Fahrer die Schulter, ließ die Hand darauf einen Moment länger als nötig liegen.

Schon hoffte Emil, er würde endlich verraten, was sie beide so eng miteinander verband. Lange schon vermutete er ein folgenreiches Erlebnis beim D-Day, der Landung der Alliierten in der Normandie im letzten Sommer vor Kriegsende, die sie beide mitgemacht hatten. Nach Joes Andeutung jetzt war er sich noch sicherer, dass Jake ihm damals wohl das Leben gerettet hatte. Wieder einmal aber schwieg Joe sich über die Details aus und Jake nickte wie gewöhnlich nur zustimmend.

»Davon abgesehen zeugt die Fähigkeit, sich mangelndes Heldentum einzugestehen, von einer gewissen Größe, die auch schon Anerkennung verdient«, setzte Joe nach einigen weiteren tiefen Zügen an der Zigarette nach, nahm die Hand von Jakes Schulter und suchte Emils Blick.

»Was aber niemanden von den Millionen Toten wieder lebendig macht, die wegen des Unrechts, zu dem solche wie ich geschwiegen haben, ihr Leben lassen mussten.«

»Auch Heldentum fordert mitunter leider unschuldige Opfer. Jetzt hast du allerdings die Chance, aus deinem Fehler zu lernen, und es künftig besser zu machen. Deshalb habe ich dich zur Kripo geholt.«

»Danke für dein Vertrauen. Du weißt, dass ich trotzdem damit hadere, ob ich es wirklich verdiene und ob ich überhaupt der Richtige für die Aufgabe bin. Es ist einfach absurd, jemanden, der selbst an der Front getötet hat, jetzt Mörder überführen zu lassen.«

»Eben weil dich das so beschäftigt, habe ich dich für diesen Job gewollt.«

5

Mittlerweile hatten sie die Stadt nahezu vollständig durch-
quert. Joe bot Emil eine Zigarette an, zündete sich ebenfalls
schon die nächste an, nachdem er die letzte gerade erst aus
dem fahrenden Jeep geschnippt hatte. Dankbar inhalierte
Emil den guten amerikanischen Tabak, lauschte wieder der
Musik und sah ziellos nach draußen.

Erstaunlich schnell war bereits im letzten Herbst ein Großteil der Straßenbeleuchtung wiederhergestellt worden. Zumindest in der Innenstadt schien sie nahezu komplett in Be-
trieb, so dass der Jeep selten an schlecht ausgeleuchteten
Ecken vorüberfuhr. Das Licht fehlte eher in den Ruinen und
an den Häusern selbst, deren Fenster nach wie vor meist mit
Brettern und Kartons vernagelt statt mit Glasscheiben ausge-
stattet waren.

Jake steuerte den Jeep über die Wittelsbacherbrücke, die
wie alle Isarbrücken nahezu unbeschädigt die Fliegerangriffe
überstanden hatte. Dafür hatte es die Gebäude kurz vor dem
Giesinger Berg umso schlimmer erwischt. Von den meisten
standen nur noch leere Fassadenhüllen, die im Dunkeln noch
bedrohlicher wirkten als bei Tag. Emil atmete auf, als sie die
triste Ecke endlich hinter sich ließen und wenig später das
idyllisch angelegte Harlaching mit seinen schmucken Einfami-
lienhäusern und Gärten erreichten. Hier nahm der Verkehr
amerikanischer Militärfahrzeuge merklich zu, dafür gab es
kaum noch Radfahrer und Fußgänger. Stattdessen patrouil-

lierten bewaffnete GIs in Zweierformationen auf den leeren Trottoirs.

Einmal mehr wunderte Emil sich, wie selbstverständlich er mittlerweile den ständigen Wechsel zwischen ausgebombter Innenstadt und nahezu unversehrt gebliebenen Außenbezirken hinnahm. Auffällig war außerdem, dass sich die völlig überfüllten Unterkünfte für ehemalige Zwangsarbeiter und Verfolgte des NS-Regimes sowie für Flüchtlinge aus dem Osten auf den Münchner Norden konzentrierten. Im Vergleich dazu war Harlaching mit der Requirierung von Häusern durch die Militärverwaltung gut davongekommen. Die Gegend war zwar nicht ganz so großbürgerlich-elegant wie Bogenhausen, aber weitaus vornehmer als die Kleinbürgersiedlung Am Hart. Und weder von Fabrikanlagen noch von trostlosen Notunterkünften zerpflügt. Vor allem aber auch nicht am Reißbrett entstanden. Kein Haus glich hier dem anderen, jedes war von einem liebevoll angelegten Garten umsäumt.

Jake stoppte den Jeep vor einer von dichtem Grün überwucherten, mannshohen Backsteinmauer am Waldrand.

Emil und Joe sprangen heraus, kaum eine Sekunde später fuhr Jake mit quietschenden Reifen davon. Kurz wunderte Emil sich darüber, dann aber folgte er Joe neugierig durch ein gusseisernes Tor auf den schmalen Gartenweg zum Haus.

Efeu rankte sich an der Fassade des zweigeschossigen Gebäudes empor. Zwei Marmorsäulen flankierten die doppelflügelige Eingangstür. Sobald sie sie erreichten, schwang sie wie von Geisterhand geführt auf.

»Warum hast du nicht Bescheid gegeben, dass du jemanden mitbringst?«, rief Mildred ihnen statt einer Begrüßung vorwurfsvoll entgegen. Wie üblich war sie allerdings derart perfekt zurechtgemacht, dass sie sogar jederzeit den amerikanischen Präsidenten angemessen hätte empfangen können.

»Für Sie lege ich natürlich gern noch ein Gedeck auf«, versicherte sie zwar mit einem routinierten Lächeln, dennoch spürte Emil deutlich, wie ungelegen ihr sein Besuch kam. In ihren Augen blieb er stets »der Deutsche«, also einer der besiegten Nazis.

»Jake ist wieder gefahren?« Sicherheitshalber warf sie einen Blick zum Gartentor hinüber. Im selben Moment begriff Emil, was das bedeutete: Der dunkelhäutige Jake rangierte in ihren Südstaatlerinnenaugen sogar noch eine Stufe unter ihm, ›dem Deutschen‹. Ihm dämmerte, warum Jake es so eilig gehabt hatte, wieder von hier wegzukommen. Am liebsten hätte Emil auf der Stelle kehrtgemacht und wäre ihm hinterhergeeilt. Sowohl seine Neugier auf das Haus als auch sein Appetit auf das Essen waren verflogen. Vielleicht konnte er Jake in einem der Clubs aufspüren und auf ein Bier einladen. So viele gab es derzeit nicht in der Stadt, in denen er sich gern herumtrieb.

»Kommen Sie nur herein«, riss Mildred ihn jedoch aus seinen Fluchtgedanken und wies auf das Haus. »Bestimmt will Joe Ihnen unser neues Heim zeigen.«

»Wen hat Daddy eingeladen?«

Sobald Emil die geräumige Diele betrat, schoss Joes dreizehnjährige Tochter Eleanor über die Treppe aus dem Obergeschoss herunter, begleitet von ihrer fröhlich bellenden Hündin Winnie. Im Laufen richtete Eleanor ihre Brille vor den kurzsichtigen Augen, die sie sich mit zu langem Lesen bei schlechtem Licht verdarb. Das widerborstige dunkelblonde Haar zu einem zerzausten Pferdeschwanz gebunden, den rosa-weiß geringelten Pullover unordentlich über der schmalen hellen Hose hängend, die Füße barfuß erregte sie sofort die Missbilligung ihrer Mutter. Vor Emil wollte sie offenbar jedoch nicht mit Eleanor schimpfen.

»Winnie, aus!«, forderte sie stattdessen die Hündin energisch auf und schenkte ihrer Tochter einen genervten Blick.

»Schön, dass Sie wieder mal bei uns sind«, ignorierte Eleanor das und streckte Emil nach deutscher Manier die Hand entgegen. »Sie werden Bauklötze staunen, wie luxuriös wir neuerdings wohnen. Audrey und ich haben das ganze Dachgeschoss für uns. Allerdings teilen wir uns ein Bad. Sollten wir jemals wieder nach New Smyrna Beach zurückmüssen, wird meine Schwester sich bestimmt weigern, mitzukommen. Sie müssten mal lesen, was die in ihren Briefen an ihre Freundinnen über unser Leben in Deutschland schreibt. Das klingt, als wohnten wir in einem echten Schloss! So wie dieser schöne König, der so traurig im See ertrunken ist.«

»Du meinst König Ludwig auf Schloss Neuschwanstein? Das wäre gewiss die geeignete Umgebung für zwei so reizende Prinzessinnen wie deine Schwester und dich.«

Emil zwinkerte ihr zu.

»Ich mag keine Prinzessin sein. Das ist langweilig. Schon allein diese unpraktischen Kleider! Und Audrey hofft darauf, eines Tages eine berühmte Schauspielerin in Hollywood …«

»Halt die Klappe, Eleanor!«, schrillte die Stimme ihrer drei Jahre älteren Schwester aus dem Esszimmer. Joe und Emil wechselten amüsierte Blicke.

Wütend stürmte die sechzehnjährige Audrey in die Diele, um mit glutroten Wangen jäh abzustoppen, sobald sie Emil erkannte. Offenbar hatte sie mit jemand anderem gerechnet. Verlegen strich sie sich eine blonde Locke hinters Ohr, glättete ihren lavendelfarbenen Tellerrock und richtete sich kerzengerade auf.

»Schön, dass Sie da sind, Emil. Wir haben Sie sehr lange nicht gesehen.«

Sie reichte ihm ebenfalls die Hand und deutete dabei einen wohlerzogenen Knicks an. Ihr Bemühen um ein erwachsenes Auftreten hatte etwas Rührendes.

»Zwei Wochen, um genau zu sein«, stellte Eleanor klar.

»Leg bitte noch ein Gedeck für unseren Gast auf«, wies Mildred sie an.

»Und du fragst bitte Ruby in der Küche, wie weit das Essen ist«, scheuchte sie auch Audrey eilig fort.

»Möchtest du Emil und mir keinen Drink anbieten?«

Joe hängte seine Mütze an die Garderobe, legte auch Emils Hut dort ab und wollte mit ihm ins Wohnzimmer gehen.

Schnell wie der Blitz postierte Mildred sich in der offenen Tür, die Arme in die Seiten gestützt, als wollte sie ihnen den Zugang verwehren, überspielte das jedoch mit einem aufreizenden Augenaufschlag, der besser zu ihrer ältesten Tochter gepasst hätte.

»Aber natürlich will ich das«, flötete sie. »Einen Brandy oder lieber einen Whiskey? Zeig Emil in der Zwischenzeit doch das Haus. Deswegen ist er ja hier. Am besten fangt ihr in deinem *Herrenzimmer* an.«

Sie benutzte das deutsche Wort und sprach es sogar nahezu korrekt aus.

»Willst du Daddy und Emil nicht das Kunstwerk zeigen, das Lieutenant McIntosh vorhin gebracht hat?«, schlug Eleanor vor, die bereits wieder aus dem Esszimmer zurückgekehrt war.

»Du hast dich doch so darauf gefreut, Daddy damit zu überraschen. Bestimmt findet Emil es auch großartig. Es soll ja so *deutsch* sein.«

Auch ihr gelang die Aussprache des deutschen Worts nahezu akzentfrei.

»Du hast *was* gekauft? Kunst? Von Lieutenant McIntosh? *Dem* Bob McIntosh, vermute ich mal, den wir letzten Sonntag auf der Party bei Major Brown und seiner reizenden Gattin kennengelernt haben? Warum erzählst du mir nichts davon?«

Verwirrt sah Joe seine Frau an. Emil war es unbehaglich, Zeuge des Gesprächs zu sein. Aus der Art, wie Joe mit seiner Frau redete, schloss er, dass der Erwerb des Kunstwerks weder mit seinem Wissen noch mit seinem Einverständnis geschehen war. Erst recht nicht in Verbindung mit dem Lieutenant, dessen Name ihm bislang nichts sagte. Aber er war auch nur ein deutscher Kriminalbeamter, eigentlich nicht einmal das, weil es derzeit keinerlei Beamtenstatus gab, obwohl sich seine Kollegen aus alter Gewohnheit als solche bezeichneten, und natürlich erst recht kein Angehöriger der US Army, der von Major Brown, dem Leiter des Münchner Public Safety Office zu einer privaten Party an Ostern gebeten wurde.

»Mir ist gerade eingefallen, dass ich dringend nach Hause muss. Ich sollte gleich gehen, dann erwische ich die Tram«, versuchte er, sich aus der Affäre zu ziehen.

»Du bleibst.« Entschlossen versperrte Joe ihm den Weg. »Wenn meine Frau neuerdings Kunst kauft, musst du dir das ansehen. Wer weiß, was dir sonst entgeht. Lieutenant McIntosh ist im zivilen Leben Kunstgeschichtler an der Universität und blickt dank seiner beeindruckenden Größe obendrein auf eine beeindruckende Karriere als Basketballspieler zurück. Jetzt gehört er zu den berühmten Monuments Men, die sich im Central Collecting Point im ehemaligen Parteigebäude der Nazis mit den Kunstwerken befassen, die Hitler und seine Leute für sein Renommiermuseum in Linz oder für ihre Privathäuser in ganz Europa haben klauen lassen. Wenn sich also einer mit Kunst auskennt, dann McIntosh. In Zeiten, in denen ihr Deutschen für eine Seite Speck, ein Pfund echten Kaffees oder eine Stange Zigaretten eure Großmutter verkauft, können wir Amerikaner uns natürlich nicht die Gelegenheit entgehen lassen, zu echten Sammlern zu werden.«

Sanft, aber bestimmt schob er seine Frau beiseite und winkte Emil, ihm ins Wohnzimmer zu folgen. Einmal mehr musste Emil hartnäckig seinen Fluchtinstinkt niederringen.

Das fragliche Stück thronte mitten auf dem Couchtisch, zweifellos voller Stolz von Mildred so inszeniert, um Joe bei seiner Heimkehr zu überraschen. Neugierig trat er darauf zu und umrundete es einmal rechts, einmal links herum, um es von allen Seiten aufmerksam zu begutachten. Dann winkte er Emil näher heran.

Es handelte sich um eine Bronzeplastik. Zwei athletische nackte Körper, Mann und Frau, verschlungen in einer innigen Umarmung. Die Bronze war etwa ellenbogenhoch. Zwar war Emil nicht sonderlich versiert in solchen Dingen, dennoch ordnete er die sehr perfekten, sportlich-schlanken, gesunden Leiber der Figuren einem von den Nationalsozialisten verherrlichten Bildhauer zu. Oft genug war diese Art von Kunst in den einschlägigen Schauen der letzten Jahre im mittlerweile nur noch schlicht als ›Haus der Kunst‹ statt vormals ›Haus der *Deutschen* Kunst‹ bezeichneten Bau zu besichtigen gewesen.

»Wenigstens hast du keines dieser monumentalen Dinger von Hitlers Lieblingskünstlern erstanden. Dann müssten wir uns jetzt einen eigenen Saal dafür errichten lassen«, lautete Joes erster, etwas hilfloser Kommentar. Es überforderte ihn sichtlich, sich angemessen zu der Plastik zu äußern.

»Das ist keine Nazikunst«, entrüstete sich Mildred. »Wie kannst du nur denken, ich würde so etwas je …«

»Natürlich würde ich das nie denken«, versicherte Joe hastig. »Allein die Tatsache, dass McIntosh dich beim Kauf beraten hat, ist mir Garantie genug.«

»Auch Emils Bruder war dabei«, erklang Eleanors helle Stimme aus dem Hintergrund.

»Mein Bruder? Wie kommt er dazu? Wieso kommt er überhaupt …«

»Das würde mich auch sehr interessieren.« Verärgert sah Joe seine Frau an.

»Ich dachte, ihr wüsstet, dass Doktor Friedrich Graf …«, begann Mildred sichtlich verzagt, um sogleich von Joe unterbrochen zu werden. »Ob er sich jemals wieder *Doktor* nennen darf, wird noch zu klären sein. Ich weiß jedenfalls von nichts. Weder von der Wiederzuerkennung seines einstigen akademischen Titels noch davon, dass er etwas mit Lieutenant McIntosh von den Monuments Men oder mit dem Handel von Kunst zu schaffen hat.«

Mit jedem Wort schwoll seine ohnehin schon gewaltige Stimme weiter an.

»Und überhaupt weiß ich erst recht nicht, was er mit uns zu tun hat. Und Emil anscheinend ebenso wenig. Das hoffe ich zumindest.«

Jäh fuhr er zu Emil herum. Und schenkte ihm einen so eigenartigen Blick, dass Emil meinte, im Erdboden versinken zu müssen. Damit schüchterte Joe in seinem Polizeirevier in New

Smyrna Beach gewiss die übelsten Schurken ein. Ihn hatte er bislang noch nie so angesehen. Emil wurde bang. Wie kam Joe dazu, ihn überhaupt derart nach seinem Bruder zu fragen? Natürlich hatte er nichts mit Friedrich zu tun. Er wollte auch nichts mit ihm zu tun haben. Er interessierte ihn nicht. Deshalb wusste er auch nicht, was sein zehn Jahre älterer Bruder im Schilde führte. Dass es nichts Gutes war, lag auf der Hand. Emil konnte sich nicht erinnern, ob Friedrich überhaupt je etwas Gutes in seinem Leben getan hatte. Die letzten dreizehn Jahre jedenfalls nicht. Daran änderte auch die Tatsache nichts, dass er seit seiner Rückkehr von der Ostfront im letzten August hartnäckig versuchte, ihn vom Gegenteil zu überzeugen. Er hatte bereits einen Keil zwischen ihn und Billa getrieben. Nun versuchte er offenbar dasselbe bei Joe.

6

DONNERSTAG, 25. APRIL 1946

Der Tag steckte voller Überraschungen, dabei war er erst wenige Stunden alt. Wenn das in dem Tempo weiterging, konnte es anstrengend werden, mutmaßte Billa. Und das nur einen Tag nachdem sie mit Lydia nahe der Siedlung Am Hart in einen Tatort gestolpert war – und sie ausgerechnet dort Emil wiedergesehen hatte.

Die halbe Nacht hatte sie darüber gegrübelt, wie sie sich ihm gegenüber weiter verhalten sollte, und war zu keiner Entscheidung gekommen. Das Einzige, was ihr das bislang beschert hatte, war eine bleierne Müdigkeit. Auf dem Weg zum Frühstück im Gartenzimmer der Bogenhausener Villa, in der sie gemeinsam mit einigen anderen bei der US Army akkreditierten Reportern untergebracht war, fing die Hausdame Felicitas Zur Mühlen sie mit einer weiteren Überraschung ab.

»Ein Anruf für Sie, drüben im Herrenzimmer«, verkündete sie, bevor sie nach einem despektierlichen Blick und der für sie so charakteristischen hochgezogenen linken Augenbraue hinzufügte: »Ein Mann, der mir partout nicht seinen Namen nennen wollte und noch dazu schwer zu verstehen ist. Ein Informant, vermute oder vielmehr hoffe ich. Sie wissen, dass ich private Anrufe dieser Art nicht dulden kann.«

Billa nickte. Obwohl sie die Anspielung lachhaft fand. Doch es würde nichts bringen, Frau Zur Mühlen darauf anzusprechen. Letztlich sorgte sie als Hausdame nur dafür, die Regeln einzuhalten.

Nach dem kurzen Telefonat, in dem der Dialekt des Mannes selbst für eine gebürtige Münchnerin wie Billa tatsächlich schwer zu verstehen war, ahnte sie, warum er seinen Namen nicht preisgab. Sie war gespannt, ob sich das Risiko lohnte, ihn nachher allein zu treffen.

Ausdrücklich habe er sie sprechen wollen, weil sie als Jüdin in ihre frühere Heimat zurückgekehrt sei. Woher er das wusste und wie er an ihren Namen und die Telefonnummer gekommen war, hatte er jedoch nicht verraten.

»Als Jüdin aus München wird's Sie ganz besonders interessieren, was ich Ihnen zu sagen hab«, hatte er nur kryptisch hinzugefügt.

Sicherheitshalber verlangte sie bei der Fahrbereitschaft, die ihr und den Kollegen bei der Army zur Verfügung stand, nach Sam Shepard als Chauffeur, der sie zu der Verabredung bringen sollte.

»Der Mann will dich allein sprechen? Sei vorsichtig! Wenn Sam dich fährt, bin ich beruhigt. Er wird auf dich aufpassen. Leider kann ich dich nicht begleiten. Kurzfristig muss ich heute schon nach Nürnberg zurück«, lautete Lydias überraschende Reaktion, als sie sich in der Diele begegneten.

Untergehakt schlenderten sie zum Frühstück, das Felicitas Zur Mühlen im sonnendurchfluteten Gartenzimmer zu servieren pflegte.

Es erleichterte Billa zwar, wie leicht es die Freundin nahm, dass der Mann sie und nicht Lydia kontaktiert hatte. Zugleich bedauerte sie es, die Recherchen in der Siedlung Am Hart vorerst ohne sie fortzusetzen. Eigentlich sollte daraus eine gemeinsame Reportage entstehen. Die schwebte ihnen seit ihrem Kennenlernen im letzten Sommer vor. Obendrein hatte sich durch den Leichenfund am Bahndamm unerwartet eine Exklusivgeschichte für sie ergeben. Noch am Vorabend war Lydia Feuer und Flamme dafür gewesen.

Ob es etwas änderte, wenn Billa den ausdrücklichen Wunsch des Mannes, sie als Jüdin sprechen zu wollen, erwähnte? Vielleicht. Aber irgendwie störte es Billa, sollte es tatsächlich daran hängen. Deshalb verschwieg sie es Lydia doch.

Am Frühstückstisch geriet Billa derart durcheinander, dass sie sich den heißen Kaffee über die Bluse goss, erschrocken aufsprang und ihrem Kollegen Kurt Deißler dabei die Brille von der Nase schlug. Und das alles nur, weil ihnen zu allem Überfluss ihr zweiter Lieblingsreporterkollege Daniel Eigenstein, der ebenfalls ursprünglich aus Deutschland stammte und mit den amerikanischen Soldaten in die frühere Heimat zurückgekehrt war, gerade überraschend eröffnete, künftig für niemand Geringeren als Erich Kästner, den von ihnen allen vergötterten Feuilletonchef der *Neuen Zeitung*, zu arbeiten.

»Dir geht man heute wohl am besten weitläufig aus dem Weg«, spottete Daniel, statt zu verraten, was er künftig für die in Billas Augen wichtigste und beste Zeitung der amerikanischen Zone schreiben sollte. Sie beneidete ihn wahnsinnig um diese Aufgabe.

»Sofern man Wert auf die Gebrauchsfähigkeit seiner Brille und einen starken Kaffee legt, sollte man Billa im eigenen Interesse meiden«, stimmte Kurt ihm zu und hielt das verbogene Gestell wie eine Trophäe in die Luft.

»Hätte ich geahnt, wie sehr dich die gestrige Begegnung mit Emil verwirrt, hätte ich abgelehnt, früher als geplant nach

Nürnberg zurückzukehren. Ab sofort sollte ich besser hierbleiben und auf dich aufpassen«, sagte Lydia.

Zerknirscht versuchte Billa unterdessen, durch behutsames Biegen der Bügel die Brille zu retten, während Lydia den Kaffeefleck auf Billas Bluse durch das hektische Reiben mit der Stoffserviette eher vergrößerte.

»Wenn du magst, versuche ich, einen Tag Aufschub herauszuschinden«, fuhr Lydia fort, sobald sie erkannt hatte, wie sinnlos ihr Tun war. »Dann kann ich dich nachher zu diesem Treffen in der Siedlung begleiten. Dort solltest du auf keinen Fall allein hingehen, solange wir nicht wissen, wer dieser mysteriöse Mann ist, der dich da sprechen will.«

»Warum erfahren wir erst jetzt, dass dieser attraktive junge Kommissär wieder in Billas Leben getreten ist?«, griff Daniel den ersten Teil von Lydias Bemerkung auf. Seine Augen sprühten vor Begeisterung. Er hegte ein Faible für Männer von Emils Aussehen, wie er Billa vor einiger Zeit in einem schwachen Moment anvertraut hatte.

»Viel gefährlicher klingt doch die Sache mit dem Unbekannten«, mischte Kurt sich ein. »Was will er von dir? Lydia hat recht. Es wäre unklug, wenn du so jemanden allein triffst. Ich kann meine Abreise nach Hamburg problemlos auf morgen verschieben und dich heute begleiten. Das ist wahrscheinlich die beste Lösung.«

Schon erhob er sich, knöpfte das Jackett zu und sah Billa unternehmungslustig an.

»Danke für dein Angebot, aber das ist wirklich nicht nötig«, lehnte sie ab. »Der Mann klingt absolut harmlos und will mir lediglich noch etwas zu der Fragebogenaktion sagen, zu der Lydia und ich gestern vor der Ausgabestelle für die Bezugsscheine Fragen gestellt haben. Außerdem habe ich mir Sam als Fahrer bestellt. Der weiß, wie er mich zu beschützen hat. Das hat er letztes Jahr bestens bewiesen.«

Sie nahm Lydia die Serviette ab und versuchte selbst, die helle Bluse zu trocknen. Es half wenig. Am besten zog sie sich noch einmal um, bevor sie das Haus verließ.

»Hat es wirklich nichts mit der Toten zu tun? Vielleicht findest du durch ihn heraus, wer sie war, bevor Emil und Joe von der Polizei ...« Gespannt sah Lydia sie an.

»Das hätte er bestimmt gleich gesagt«, winkte Billa ab. »Trotzdem halte ich euch auf dem Laufenden. Jetzt aber los, wir haben heute einiges zu tun.«

Ihre Stimme hörte sich mutiger an, als sie sich fühlte. Ihre ohnehin reichlich geschrumpfte Courage schmolz gänzlich dahin, als wenig später statt des tatkräftigen, väterlichen Sam, mit dem sie schon so manche Gefahr überstanden hatte, der blasse, rothaarige Graham O'Neil am Steuer des Jeeps saß, um sie zu der Verabredung zu bringen.

»Sam ist leider schon seit heute früh in einem anderen Auftrag unterwegs«, erklärte er, sobald er Billas Enttäuschung bemerkte, und reichte ihr beim Einsteigen auf der Beifahrerseite galant die Hand. »Und da ich Sie ohnehin um etwas bitten wollte, habe ich mich für die Fahrt gemeldet. Ich hoffe, das ist Ihnen recht.«

So viel hatte er im ganzen letzten Jahr noch nicht mit ihr geredet. Ein Widerspruch wäre ohnehin zwecklos, sie waren schon zu spät dran. Also stieg sie ein und war selbst ausnahmsweise einmal diejenige von ihnen beiden, die sich wortkarg gab.

Was Graham nicht davon abhielt, die Unterhaltung nahezu

allein zu bestreiten. Während der Fahrt ins nordwestliche München erzählte er ihr erstaunlich freimütig, dass er in einem der Clubs zusammen mit einem befreundeten GI zwei hübsche *Frowleins* kennengelernt hatte.

»Und jetzt möchten Sie Deutsch lernen? Oder vielmehr von mir die wichtigsten Sätze beigebracht bekommen, um die jungen Damen zu verführen?«, kürzte Billa ungeduldig das Ganze ab, woraufhin sich Grahams Gesicht bis unter den Haaransatz glutrot färbte. Kaum wagte er, einmal kurz zu ihr herüberzusehen.

Längst rückte Freimann sowie linker Hand die Funkkaserne ins Blickfeld, die von den Amerikanern als Durchgangsstation für aus den Vernichtungslagern im Osten befreite jüdische Displaced Persons genutzt wurde. Schwer beladene Lastwagen karrten Material heran, streng bewacht von bewaffneten GIs, die unter der Aufsicht eines höherrangigen Offiziers mit undurchdringlicher Miene standen. Pflichtgemäß grüßte Graham im Vorbeifahren mit einem kurzen Tippen an die Mütze, dann bog er zwischen dem ehemaligen Kasernengelände und dem Eisenbahnnordring auf eine breit ausgebaute Straße, die sie westwärts zur Siedlung Am Hart brachte. Ähnlich idyllisch und friedlich wie am Vortag streckte sie sich im Aprilsonnenlicht aus.

»Am besten fangen wir auf dem Rückweg mit der ersten Lektion an«, verkündete Billa, bevor sie ihn durch die kleinen Straßen zur Egerländer Schule lotste.

»Bleiben Sie in meiner Nähe, so dass Sie sofort eingreifen können, falls mich mein Informant bedroht«, wies sie den überraschten Graham an. »Ich schätze mal, es handelt sich um den älteren Mann mit dem Holzbein da vorn.«

Sie zeigte zu einem auf den ersten Blick gutmütig wirkenden Grauhaarigen. Inzwischen war sie lange genug als Reporterin unterwegs, um sich mit Informanten auszukennen. Der Mann mochte um die fünfzig Jahre alt sein. Er drückte sich bemüht unauffällig und dadurch umso auffälliger abseits der Warteschlange vor der Ausgabestelle der Bezugsscheine herum. Sein abgetragener Anzug, das helle Hemd und der ausgebeulte Hut ließen vermuten, dass er sich herausgeputzt hatte, um einen ordentlichen Eindruck zu machen. Die Hände auf dem Rücken ging er ungeduldig in einem Radius von etwa zwei Metern auf dem asphaltierten Schulhof auf und ab. Dabei zog er das linke, steife Bein sichtlich nach.

Sobald er den Jeep entdeckte, zuckte er zusammen und winkte ihn unauffällig an sich vorbei. Anscheinend hatte er zwar für alle gut sichtbar auf Billa gewartet, wollte aber vermeiden, mit ihr gesehen zu werden.

»Fahren Sie langsam bis vorn zur Straßenecke weiter«, bat Billa Graham. »Dort steige ich aus und warte auf den Herrn. Sie biegen rechts um die Ecke und behalten uns von dort aus im Blick.«

Der Hinkende kapierte ihr Vorhaben sogleich und beeilte sich, dem Jeep zu folgen. An der Ecke verließ sie wie verabredet den Wagen und wartete auf ihn. Er aber hielt nicht an, sondern raunte ihr im Vorbeigehen hinter vorgehaltener Hand zu, in der nahe gelegenen Grünanlage weiter zu einer Parkbank zu gehen.

Er wirkte unbeholfen. Offenbar war er die Geheimniskrämerei nicht gewohnt. Von so jemandem schien wohl kaum eine Gefahr auszugehen. Er erweckte auch nicht den Eindruck, eine Pistole zücken und sie erschießen zu wollen. Die

Parkbank mitten in der Siedlung, um die eine Horde Kinder herumtollte, schien dafür mehr als ungeeignet, was selbst ihm klar sein musste.

»Münchnerin sind Sie?«, begann er, sobald sie neben ihm Platz genommen hatte. Sein glatt rasiertes Gesicht glänzte hellrosa, als wäre er eben erst der Badewanne entstiegen. Danach roch er auch, wie Billa registrierte. Ein Badetag mitten in der Woche musste für jemanden wie ihn einen außergewöhnlichen Luxus darstellen.

»Woher wissen Sie, dass ich Jüdin bin? Und wie sind Sie überhaupt an meinen Namen und meine Telefonnummer gekommen?«, fragte sie zurück.

»Sie und Ihre Kollegin haben gestern die Leute vor der Schule befragt, wie es unsereins so geht mit dem vermaledeiten Fragebogen, auf dem wir Auskunft geben sollen über die Jahre unterm Hitler«, wich auch er ihren Fragen aus. »Gesehen hab ich Sie da. Dem Lambrecht Bertl, der in der Ausgabestelle das mit den Bezugsscheinen regelt, haben Sie Ihren Namen und die Telefonnummer gegeben, falls ihnen noch jemand etwas erzählen will. Der Bertl und ich, wir kennen uns von der Arbeit bei BMW. Freiwillig aber waren wir nicht da, müssen Sie wissen.«

Er schürzte die Lippen, legte eine Pause ein, um dem Gesagten mehr Bedeutung zu verleihen. Dann besann er sich und redete weiter.

»Obendrein hab ich gehört, wie Sie einem in der Schlange gesagt haben, Sie wären jüdisch und hier in München aufgewachsen.«

»Wieso spielt das eine Rolle?« Alarmiert horchte sie auf.

»Ein Geschäft haben daraus einige ihrer Glaubensbrüder ...«

»Was soll das heißen?« Sie rang mit sich, ruhig zu bleiben. Nach einer kurzen Pause, in der sie mehrere Male tief Luft geholt hatte, setzte sie nach: »Hören diese üblen Unterstellungen nie auf? Sie wissen doch, in welche Katastrophe uns das geführt hat. Millionen sind vergast worden, nur weil sie Juden gewesen sind! Frauen, Kinder, Alte. Einfach so. Haben Sie nicht den Film *Die Todesmühlen* Anfang des Jahres im Kino gesehen? Das sollten Sie schleunigst nachholen. Am besten gehe ich, dann können Sie das sofort tun.«

Sie sprang auf. Geschwind griff er nach ihrem Handgelenk und hielt sie fest.

»Was fällt Ihnen ein? Lassen Sie mich los!«

Eine Weile rangelten sie miteinander. Aus dem Augenwinkel bemerkte Billa, wie Graham aus dem Jeep sprang und zu ihnen rannte.

»Schon gut! Ich will Ihnen doch nichts tun!«

Jäh gab der Unbekannte sie wieder frei. Graham blieb in einigen Metern Entfernung stehen, allerdings jederzeit zum Eingreifen bereit.

»Tut mir leid«, erklärte der Mann. »Eine interessante Geschichte ist es. Höchste Zeit, dass eine jüdische Reporterin der mal auf den Grund geht. Erzählen kann ich sie Ihnen, ohne dass ich die Hand aufhalte für eine Packung Zigaretten. So einer bin ich nämlich nicht. Aber wenn Sie die Wahrheit nicht hören wollen, dann eben nicht. Pfiat Ihnen!«

Jetzt machte er Anstalten, von der Bank aufzustehen.

Billa überlegte einen Moment, ob er es wirklich nicht auf eine Bezahlung angelegt hatte, beschloss jedoch, ihn beim Wort zu nehmen. Sie gab Graham ein Zeichen, sich noch etwas weiter zu entfernen. Die Hände in die Seiten gestemmt signalisierte er ihr, trotzdem gut aufzupassen. Dankbar nickte sie ihm zu, dann wandte sie sich wieder an den Unbekannten.

»Erzählen Sie bitte, Herr …?«

Seinen Namen hatte er immer noch nicht genannt, ignorierte jedoch weiterhin stur ihren Versuch, den aus ihm herauszukitzeln.

»Nie behauptet hab ich, dass es die Idee der Juden gewesen wär«, fuhr er stattdessen fort. »Tatsache ist aber, dass da eine ziemlich krumme Sache läuft. Gefallen wird die Ihnen gewiss genauso wenig wie mir. Wer weiß, was ein anderer am Ende daraus strickt. Allweil geht die Saat noch auf. Genau deshalb erzähle ich Ihnen das. Und zwar nur Ihnen. Weil Sie selbst Jüdin sind. Damit es die anderen, die immer schon gegen die Juden gehetzt haben, nicht für ihre Zwecke ausschlachten.«

»Um was geht es genau, Herr …?«, hakte sie nach, insgeheim nicht mehr ganz so entschlossen, ihn wegen rassistischer Bemerkungen anzuzeigen. Vielleicht meinte er das tatsächlich so, wie er gerade behauptete. Sie klappte ihren Reporternotizblock auf, um sich für alle Fälle seinen Namen und seine Anschrift aufzuschreiben. Den Wink verstand er dieses Mal auf Anhieb.

»Haller, Erwin, wohnhaft in der Mährischen Straße.« Knapp lupfte er den Hut. »Und wenn Sie schon dabei sind, schreiben Sie gleich auch den Namen von der Stadler, Edeltraud auf. Traudl wird sie gerufen. In der Karlsbader Straße wohnt die, gleich vorn an der Ecke zur Kirche.«

»Warum sollte ich das tun?«

»Weil Sie die unbedingt auch befragen müssen. Weitaus besser als ich weiß die über die Geschäfte Bescheid.«

»Von welchen Geschäften reden Sie eigentlich? Die von Juden oder die von anderen, die mit dieser Traudl Stadler zu tun haben?«

Allmählich verlor sie die Geduld. Wahrscheinlich saß sie gerade einem alten Wirrkopf auf, der sich nur wichtig machen wollte.

»Die mit den Bescheinigungen natürlich.«

Er wurde ebenfalls ungeduldig, weil sie in seinen Augen offenbar zu begriffsstutzig war.

»Welche Bescheinigungen? Und was hat das jetzt mit Juden …«

Weiter kam sie nicht. Schon fuhr er ihr herrisch über den Mund. »Bescheinigungen, dass einer in der Hitlerzeit den Juden geholfen hat. Oder sonst einem, der verfolgt worden ist. Dass er sie versteckt oder mit Essen versorgt und rechtzeitig vor der Deportation in den Osten gewarnt hat. Bei den Behörden legt man die vor, um besser dazustehen mit dem, was man unterm Hitler gemacht und auf dem Fragebogen angegeben hat. Verstehen Sie das jetzt?«

Er legte eine Pause ein, um ihr Zeit zu geben, alles zu notieren. Ihre Finger zitterten, derart unglaublich fand sie das. Sollte sie ihm das wirklich abnehmen? Von neuem musterte sie ihn, überlegte, ob sein Geisteszustand tatsächlich in Ordnung war, schrieb jedoch hastig weiter auf ihren kleinen Notizblock.

»Seit Monaten läuft das schon«, fuhr er ungebeten fort, sobald sie den letzten Punkt unter ihre Stichworte gesetzt hatte. Zum Glück beherrschte sie Stenographie. Zu neugierig sah er auf ihre Aufzeichnungen. Sie aber wollte nicht, dass er sie kontrollierte.

»Angefangen hat es im letzten Sommer, als sich die Ersten vor den Amerikanern haben rechtfertigen müssen, wenn sie ihren Posten im Amt oder als Lehrer in der Schule wiederhaben wollten. Nach Hause geschickt haben die Amis ja einen jeden bei Kriegsende erst einmal, ganz egal, ob er überhaupt ein Parteibuch besessen oder eine schwarze SS-Uniform getragen hat oder meinetwegen nur ein einfacher Pedell im Rathaus oder Aufseher im Museum gewesen ist. Gut angekommen ist es da natürlich gleich, wenn einer so einen Schrieb hat herzeigen können, dass er einem Nachbarn oder Kollegen in schweren Zeiten beigestanden ist. Und jetzt, wo ein jeder den Fragebogen abzugeben hat, blüht das Ganze erst recht auf. Kann ja keiner nicht wissen, ob und wann er vor eine Spruchkammer geladen und dort als belastet eingestuft wird. Besser ist es da, gleich von Anfang an so ein Zeugnis beizulegen. Eine schlaue Idee einerseits. Aber andererseits unaufrichtig und falsch. Helfen wird es nur wieder denselben Schweinen von früher. Nie hört das auf, Fräulein. Leider. Fragen Sie die Stadler Traudl. Die kann Ihnen noch viel mehr darüber erzählen als wie ich.«

Er erhob sich überraschend flink von der Parkbank und humpelte davon.

Fassungslos sah sie ihm nach.

7

»Der Haller schickt Sie? Der alte Hallodri? Und dem glauben Sie auch nur ein einziges Wort?«

Traudl Stadler reagierte alles andere als erfreut, nachdem Billa ihr nach dem Läuten an der Tür in wenigen Worten ihr Anliegen vorgetragen hatte. Statt sie ins Haus zu bitten, wo sie sich in Ruhe hätten unterhalten können, verharrte Traudl mit vor der Brust verschränkten Armen abweisend an der Tür.

Sie wohnte in einem der Siedlungshäuser im Schatten der Bauklötzchenkirche, die Billa und Lydia am Vortag bei ihrem Spaziergang durch die Siedlung schon aufgefallen war. Auf den ersten Blick war sie eine resolute Frau, die kräftiges Zupacken gewohnt war. Während der Kriegsjahre, die der Mann vermutlich an der Front gewesen war, hatte sie die Familie gewiss allein durchgebracht. Gemüsebeet, Kaninchen- und Hühnerstall sowie die Obstbäume und -sträucher rund ums Haus waren weiterhin tadellos gepflegt.

Traudl trat Billa in einer frisch gestärkten Kittelschürze gegenüber, die sie mit eigener Würde zu tragen verstand. Fast wie ein Kostüm im Film. Unter dem ausgebleichten Kopftuch, das einmal knallbunte Blumen geziert hatten, wovon deren blasse Schatten noch zeugten, lugten dunkelblonde Locken hervor. In früheren Jahren musste Traudl eine atemberaubende Schönheit gewesen sein.

Auf Haller war sie nicht so gut zu sprechen. Abschätzig sah

sie Billa an, bevor sie im nächsten Augenblick eine wahre Tirade startete.

»Was hat der Ihnen für einen Schmarren erzählt? Hätte ich mit solchen Geschäften zu tun, würde ich bestimmt nicht mehr in der Schürze vor Ihnen stehen und im Suppentopf rühren, um meine Schratzen satt zu kriegen. Richtig Geld hätte ich dann gemacht und wäre längst von hier weggezogen. Mit Kind und Kegel und Maus und Karnickel! In der Siedlung würde mich nichts mehr halten. Bestimmt wissen Sie, wie einer früher an so ein Grundstück in so einer ›Reichskleinsiedlung‹ gekommen ist? Ist ja nicht die einzige davon in München oder sonst wo im Land. Bewerben hat man sich dafür müssen. Schriftlich. Mit Tausenden von Nachweisen. Nur ›rassisch einwandfreie, erbgesunde und zuverlässige‹ Deutsche haben überhaupt eine Chance gehabt, dafür ausgewählt zu werden. Drei Jahre hat man sich bewähren müssen, bevor man das Grundstück endgültig in Erbbaurecht bekommen hat. Den Garten hat man exakt so bestellen müssen, wie es verlangt worden ist, außerdem Kleinvieh halten und natürlich auch sonst so leben sollen, wie sich die Zuständigen eine ordentliche deutsche Kleinfamilie vorgestellt haben. Alles hat mein Schorsch darangesetzt, dass wir zum Kreis der Auserwählten gehören. Allweil schon geträumt von so einem Haus mit Garten hat er. Nie und nimmer aber hätten wir uns das anders leisten können als über die Partei. Von den Roten ist er in jungen Jahren hart enttäuscht worden. Deshalb hat er gemeint, genauso gut könnte er dann bei den Braunen mitmarschieren. Und dann hat er mich hier allein gelassen mit unseren drei Kleinen. Gleich als einer der Ersten hat er sich an die Front gemeldet, um ›für Führer, Volk und Vaterland‹ zum Helden zu werden, statt daheim für uns da zu sein. Ob er's geschafft hat, weiß ich nicht. Gehört hab ich seit zwei Jahren nichts mehr von ihm. Dafür hör ich umso mehr Geschrei von meinen Kindern. Wenn's auch nur zwei Mädel und ein kleiner Bub sind. Aber Hunger haben die trotzdem. Ganz allein muss ich schauen, wie ich die satt kriege, und mir obendrein Schmarotzer wie den Haller vom Leib halten. Jeden Tag scharwenzelt der um mein Haus herum und hat nicht nur große Augen für mein Gemüse, sondern auch für meinen Busen.«

Mit Daumen und Zeigefinger formte sie einen Kreis vor ihrem Gesicht, um Billa die Größe der Augen, mit denen Haller auf ihre Besitztümer schielte, eindrucksvoll zu demonstrieren.

»Eins auswischen will der mir jetzt doch nur. Deshalb behauptet er den Schmarren mit den Bescheinigungen«, setzte sie empört nach. »Dabei kenne ich keinen einzigen Juden nicht. So viele hat es ja nie gegeben bei uns in München, zumindest nicht da, wo ich allweil gelebt hab. Und von den Zwangsarbeitern drüben im Lager kenne ich auch keinen einzigen nicht. Wen also sollte ich bitten, falsche Sachen für wen aufzuschreiben, damit ich die gegen Geld verkaufen könnte?«

Breitbeinig baute sie sich vor Billa im Türrahmen auf und pustete sich eine Locke aus der Stirn.

»Gestern erst hab ich dem alten Haller wieder die Tür vor der versoffenen Nase zugeschlagen. Sich eingebildet hat er allen Ernstes, ich würde ihn jetzt, wo mein Schorsch in Russland vermisst und seine Resl beim Fliegerangriff gestorben ist, in mein Bett holen. Kein Wunder, dass er mich heute bei Ihnen anschwärzt. Für unwiderstehlich hält er sich, trotz seines Hinkebeins und seines Alters. Ein elender Weiberer ist er, ganz ein elender. Hinter jedem Rock ist er her. Und das in seinem Alter!«

Es fehlte nicht viel und sie hätte vor Billa ausgespuckt. Über ihren Worten war Billa unwillkürlich einen Schritt zurückgetreten. Jäh hielt Traudl inne, besann sich dann jedoch offenbar, wen sie vor sich hatte, und setzte versöhnlicher nach: »Zum Ignaz Niedermeier gehen Sie besser und fragen bei dem nach. Wenn einer was weiß von Geschäften mit Bescheinigungen hier in der Siedlung, dann doch wohl der. Gleich da drüben wohnt er, direkt gegenüber von der Kirche in der Naagerstraße. Blockwart ist der Ignaz Niedermeier hier in der Siedlung gewesen, bis letztes Jahr im Mai. So einer wird jetzt zum Glück nicht mehr gebraucht. Viel aber kriegt der allweil noch mit und kennt jeden hier. Sogar die Juden und die Zwangsarbeiter. Glatt könnte man meinen, der bleibt Blockwart bis an sein Lebensende. Wenn also einer weiß, was ein anderer hier so treibt, dann der Niedermeier. Andererseits braucht es schon ein bisschen Hirn im Kopf für eine solche Sache wie die mit den Bescheinigungen. Ob es das hier in der Siedlung ausreichend gibt, weiß ich nicht. Aber fragen Sie den Niedermeier. Einfach alles weiß der, sogar, wie einer wie er als Erster wieder auf die Füße fällt, nachdem er so viel Dreck am Stecken gehabt hat. Viel Glück!«

Ehe Billa noch einmal nachhaken konnte, machte sie auf dem Absatz kehrt und schloss die Tür. Billa seufzte. Erneut blieb ihr nichts anderes, als sich zu der angegebenen Adresse aufzumachen.

Der Weg war nicht weit. Im Schritttempo folgte Graham ihr mit dem Jeep und blieb vor dem Haus am Straßenrand stehen. Dabei behielt er sie weiterhin aufmerksam im Blick.

Gleich nach dem ersten Klingeln öffnete eine junge Frau die

Tür. Billa schätzte sie auf höchstens zwanzig, obwohl sie sich durch Lippenstift, Schminke und kräftig auftoupiertes blondes Haar deutlich älter zu machen versuchte. Sobald sie Billa erblickte, verschloss sich ihr eben noch so erwartungsfroh aussehendes Gesicht mit den hohen Wangenknochen, das eine gewisse Würde ausstrahlte. Offenbar hatte sie mit anderem Besuch gerechnet.

»Herrn Ignaz Niedermeier möchte ich gern sprechen«, sagte Billa.

»Kommen Sie später. Mein Vater ist nicht da.«

Schon wollte die junge Frau die Tür wieder schließen, doch Billa war schneller und fing das Türblatt mit der ausgestreckten Hand auf.

Irgendetwas an der Bewegung musste Graham aus der Entfernung bedrohlich vorgekommen sein. Wie aus dem Nichts stürzte er aus dem an der Straße parkenden Jeep und hastete in großen Schritten herüber, um ihr beizustehen.

»Gehört der zu Ihnen?«

Bei seinem Auftauchen hellte sich das Gesicht des Fräuleins auf. Auch er entspannte sich sichtlich, postierte sich geradezu lässig neben Billa und setzte ein verführerisches Lächeln auf.

»Hello, Miss.« Zum Gruß tippte er sich an den Mützenschirm.

»Kommen Sie doch herein und warten drinnen auf meinen Vater. Es ist wieder sehr warm heute. Bestimmt haben Sie Durst. Gern gebe ich Ihnen ein Glas Wasser. Etwas anderes habe ich leider nicht.«

Die junge Frau lächelte scheu mehr zu Graham als zu Billa. Zwar verstand er kein Wort von dem, was sie sagte, dennoch begriff er, dass sie sie ins Haus einlud. Amüsiert verzichtete

Billa darauf, ihm das Angebot mit dem Wasser zu übersetzen, und folgte den beiden durch einen engen Vorraum in die Wohnküche.

Ein penetranter Geruch nach Kohlsuppe hing in der erstaunlich geräumigen Küche mit der niedrigen Decke. Dabei war penibel aufgeräumt. Weder auf dem Herd noch auf dem Tisch stand ein Topf, der den Essensdunst erklärt hätte. Überhaupt stand nichts Überflüssiges herum. Ein viel zu wuchtiges Küchenbuffet an der Längsseite verschluckte vermutlich das meiste. Der Spülstein und der Herd waren blank geputzt, auch die rot-weiß karierte Tischdecke und die Gardinen wirkten sehr sauber.

Allerdings war es überraschend kühl in dem Raum. Das Fenster war nach Norden ausgerichtet, mit direktem Blick auf die Kirche. Die Gardinen sorgten dafür, dass kaum Licht hereinfiel – schon gar kein wärmendes Sonnenlicht. Billa begann zu frösteln.

»Was wollen Sie von meinem Vater?«, erkundigte sich die junge Frau vorsichtig. Unschlüssig stand sie mitten im Raum und wickelte sich eine Strähne ihres welligen, nackenlangen Haares um einen Finger. »Hat er etwas angestellt?«

Billa horchte auf. »Haben Sie Anlass, das zu vermuten?« Die junge Frau erschrak.

»Wollen Sie sich nicht erst einmal setzen?«, lenkte sie sofort ab und zeigte zu der Eckbank gleich neben dem Fenster. Dann trat sie zum Schrank und holte Gläser und einen Krug heraus. Billa und Graham ließen sich auf der Bank nieder.

Neugierig schweifte Billas Blick in der Küche umher. In Bauernstuben nannte man diese Ecke ›Herrgottswinkel‹. Das Fehlen der entsprechenden Utensilien wie Kreuz und Heiligenbilder erklärte sie sich damit, dass Ignaz Niedermeier als Blockwart überzeugter Nationalsozialist gewesen sein musste. Der helle Rand um ein kleines, gerahmtes Familienfoto an der Wand verriet, dass dort bis vor wenigen Monaten vermutlich das für treue Anhänger obligatorische Führerbild in größerem Format gehangen hatte. Faszinierend, wie schnell ein Ersatz gefunden worden war.

Sie kniff die Augen zusammen, um das Foto genauer zu betrachten, was im schlechten Licht der Küche trotz des gleißenden Sonnenscheins draußen gar nicht so einfach war. Dennoch stutzte sie.

»Ist etwas?«, erkundigte sich die junge Frau, die mit dem gefüllten Wasserkrug zum Tisch kam.

»Darf ich mir das Foto näher ansehen?«

Billa wartete ihr Einverständnis gar nicht erst ab, sondern erhob sich, um es abzuhängen.

Mit dem Bilderrahmen in der Hand trat sie ans Fenster, schob die Gardine einen Spalt zurück und betrachtete das Foto der vierköpfigen Familie genauer. Vater, Mutter, Sohn und Tochter in bestem Sonntagsstaat. Letztere eindeutig die junge Frau, die sie in die Küche gebeten hatte, wenn auch zwei, drei Jahre jünger. Auffallend ähnelte sie ihrem Vater. Die hohen Wangenknochen wie auch der mysteriöse Gesichtsausdruck stammten offensichtlich von ihm. Dafür glich der etwa zwei Jahre jüngere Sohn zweifellos der Mutter, die ungewöhnlich grobschlächtig wirkte. Dabei musste auch sie einmal attraktiv gewesen sein, worauf ein feiner Zug um den Mund und der geheimnisvolle Schwung um ihre hellen Augen schließen ließ.

Billa war sich sicher, die Frau schon einmal gesehen zu haben. Gestern. Allerdings nicht im Sonntagsstaat, sondern in weitaus nachlässigerer Aufmachung und nicht mit so gesunden Apfelwangen. Auch nicht lebendig, sondern tot. Sie musste das Mordopfer vom Bahndamm sein, davon war Billa auf einmal überzeugt.

»Ursi! Was fällt dir ein? Holst du uns jetzt deine Amis schon ins Haus? Mitten am Tag? Und das so, dass es ein jeder gleich an dem Jeep vor unserer Tür sieht?«

Ein mittelalter Mann in staubigem Karohemd, derber Arbeitshose und schmutzigen Stiefeln polterte in die Küche.

Das musste Ignaz Niedermeier sein, begriff Billa, der Mann neben der Toten auf dem Foto. Zwar war das erste Nachkriegsjahr nicht spurlos an ihm vorbeigegangen, doch die Attraktivität aus früheren Zeiten hatte er sich trotz der verschlissenen Arbeitskleidung bewahrt. Und auch seine Autorität. Seine als Ursi angesprochene Tochter reagierte zunächst sichtlich eingeschüchtert. Nach einem scheuen Blick auf Graham flammte jedoch trotziger Widerspruch in ihren bernsteinfarbenen Augen auf.

»Schön, Sie zu treffen«, überrumpelte Billa den Mann und streckte ihm lächelnd die Hand entgegen. »Ihre Tochter war so freundlich, uns ein Glas Wasser anzubieten. Wo ist eigentlich Ihre Frau? Können wir mit ihr sprechen?«

Blitzschnell hatte sie beschlossen, sich unwissend zu stellen. Ursis wie auch Niedermeiers Verhalten erweckten den Eindruck, dass sie die Tote aus irgendeinem Grund nicht vermissten, und genau den wollte sie herausfinden.

»Meine Mutter?«, setzte Ursi überrascht an und holte Luft, um gleich noch etwas hinzuzufügen, doch ihr Vater stieß sie mit dem Ellenbogen von Billa und Graham weg.

»Die ist nicht da«, erwiderte er barsch und riss Billa den

Bilderrahmen aus der Hand. »Was wollen Sie überhaupt bei uns? Und wieso starren Sie das Foto an?«

»Wann kommt Ihre Frau zurück?«

»Keine Ahnung!«

Niedermeier wandte ihr den Rücken zu, um das Bild wieder über der Eckbank aufzuhängen.

»Meine Mutter ist schon seit Dienstag weg«, schaltete Ursi sich ein, woraufhin ihr Vater wütend zu ihr herumschoss und die Hand hob, als wollte er ihr eine Ohrfeige verpassen. Sobald Graham sich breitbeinig zwischen sie stellte, ließ er die Hand wieder sinken.

»Seit zwei Tagen schon? Und Sie wissen nicht, wann sie wieder ...«, setzte Billa an, um sofort von Niedermeier unterbrochen zu werden. »Was geht Sie das an?«

»Ich fürchte, ich weiß, wo Ihre Frau ist.«

Sie hielt inne. Natürlich war ihr klar, welche Lawine sie da gerade lostrat. Allerdings blieb ihr keine Wahl. Sie musste handeln. Und tun, wovor ihr selbst bangte.

»Am besten begleiten Sie uns ins Polizeipräsidium in der Ettstraße.«

»Was soll das heißen? Hat man sie verhaftet?«

Aus Ursis Gesicht war alle Farbe gewichen. Ihre grell geschminkten Lippen begannen zu beben, aus ihren Augen sprach blanke Angst. Jäh stürzte sie sich auf ihren Vater und begann wutentbrannt, mit den Fäusten auf dessen Brust zu trommeln.

»Hast du das gehört? Ins Polizeipräsidium müssen wir! Wegen der Mutter! Ist sie deshalb seit Tagen nicht mehr heimgekommen? Hast du das wirklich nicht gewusst? Und trotzdem dem Franzl und mir gesagt, alles wäre in Ordnung mit ihr?

Dabei ist nichts in Ordnung! Schon lange nicht mehr. Das habt ihr jetzt davon, dass ihr nie den Hals voll genug kriegt! Aber mir werft ihr vor, ich wäre ein Amiflitscherl und würde mich für eine Stange Zigaretten als Hure verkaufen.«

8

»Hast du das gesehen? Zu einem Ami in den Jeep gestiegen
sind die Ursi und ihr Vater und mit ihm weggefahren. Wo sie
wohl hinwollen, mitten am Tag? Eine junge Frau ist auch dabei gewesen. Ausgerechnet der Ignaz! Bei einem rothaarigen
GI im Auto. Wenn ihm das früher einmal einer gesagt hätte!
Zum Glück ist die Gundl nicht da. Nie und nimmer hätte die
das zugelassen. Himmel und Hölle hätte die in Bewegung gesetzt, um ihn daran zu hindern.«

Kopfschüttelnd kam Grete aus dem Haus zu Korbinian in
den Garten gelaufen, wischte sich im Gehen die Finger an der
Schürze trocken und blieb erst stehen, als er laut »Vorsicht!«
rief. Mit ausgestreckten Händen signalisierte er ihr, wie weit
sie kommen durfte, bevor sie sein frisch angelegtes Kräuterbeet
zertrampelte. Gerade hatte er die erste Aussaat fertig. Zum
Glück verstand sie die Geste sofort.

Damit sie nicht die gesamte Nachbarschaft mit dem Tratsch
über Ursi, Ignaz und die Amis unterhielt, zu denen sie ins Auto
gestiegen waren, balancierte er ihr so flink wie möglich entgegen. Das Brett, das er dafür zwischen den für Petersilie, Schnitt-
lauch, Salbei und Dill gezogenen Linien ausgelegt hatte, war eigentlich zu schmal für die klobigen Holzpantinen an seinen
Füßen. Allerdings zahlte es sich aus, dass er im Lager gelernt
hatte, mit solchen Widrigkeiten umzugehen. Nah bei seiner
Frau angelangt lupfte er die Mütze, um sich den Schweiß von
der Stirn zu wischen, und behielt sie dabei aufmerksam im Blick.

Schön war sie noch immer, seine Grete, wenn auch deutlich ausgezehrter als früher. Aber wer war das nicht, nach allem, was geschehen war? Ihr dunkles, kräftiges Haar, das sie inzwischen kurz geschnitten hatte wie ein Mann, hatte seinen Glanz zwar verloren, dennoch trug sie es mit demselben Stolz wie früher. Ebenso die schlichte Kittelschürze und die aus alten Gummireifen gefertigten Sandalen. Ihre grünblauen Augen wie auch der schmale, feine Mund unterstrichen, wie energisch sie inzwischen der Welt entgegenzutreten gewohnt war.

Er schwankte zwischen banger Erwartung, was genau sie vorhin gesehen und daraus geschlossen haben mochte, und schlechtem Gewissen, weil er ihr noch immer nicht einmal ansatzweise die Wahrheit über Ignaz gebeichtet oder sie zumindest in das, was er über Gundl wusste, eingeweiht hatte. Wurde es nicht höchste Zeit, ihr die Wahrheit zu sagen? Nach allem, was sie für ihn getan hatte? Andererseits ließ er sie seit Jahren im Unklaren, um sie zu schützen, auch wenn er sich unendlich dafür schämte.

»Komm lieber mit nach drinnen!«, riet sie besorgt und deutete sein Zögern völlig falsch. »Knallrot wie eine Tomate ist dein Kopf schon. In der prallen Sonne zu schuften tut dir nicht gut. Besser auf dich achtgeben musst du.«

Bevor er widersprechen konnte, packte sie ihn am Oberarm. Der war noch immer derart abgemagert, dass sie ihn locker mit einer Hand umfassen konnte. Sonderlich viel Kraft brauchte sie nicht aufwenden, um ihn nach drinnen zu bugsieren.

Manchmal kam er sich vor wie ein kleines Kind. Mutter und Sohn statt Mann und Frau. So weit war es also schon mit ihnen gekommen. Dennoch folgte er ihr bereitwillig ins Haus, sank in der Küche matt auf den Stuhl und trank das Glas Wasser, das sie ihm reichte, gierig in einem Zug aus.

»Warum warst du eigentlich schon wieder draußen beim Aussäen? Hast du nicht mehr schlafen können? Vor zwei Stunden erst hast du dich hingelegt. Die Kinder sind weg, irgendwo in der Siedlung unterwegs mit ihren Freunden. Ruhe hättest du jetzt mehr als genug im Haus. Leg dich noch ein bisserl hin, sonst schaffst du es heute Abend nicht zum Dienst. Oder du schläfst am Ende während der Arbeit ein. Und dann schmeißen sie dich womöglich raus. Das hätte uns noch gefehlt!«

Auf ihrem schmal gewordenen Gesicht lag Besorgnis.

Zärtlich strich sie ihm über die Wange, dann schüttelte sie abermals sacht den Kopf.

»Das große Los hast du gezogen, dass du im Haus der Kunst arbeiten darfst«, setzte sie nach. »Ein Segen, dass der Ignaz dir das vermittelt hat. Wovon würden wir sonst leben? Mit dem bisserl Garten, den wir hier jetzt haben, und dem, was es auf die Marken gibt, kriegen wir unsere Kinder gewiss nicht satt. In einem Alter sind die jetzt, in dem sie einen ganzen Heuschober voll Essen verdrücken. Und das jeden Tag. Alle vier, selbst die Mädchen. Zu lange fort bist du gewesen, um zu begreifen, was aus unseren Kindern inzwischen geworden ist.«

»Und aus uns«, fügte er leise hinzu.

Er griff nach ihrer Hand, versuchte, sie an sich zu ziehen, ihr die Arme um die Hüften zu schlingen, ihren angenehmen Duft einzuatmen und die beruhigende Kraft zu spüren, die von ihr ausging. Die reichte für sie beide. Er würde alles dafür tun, ihr bald wenigstens einen Teil davon zurückzugeben.

Dann konnte sie sich endlich etwas ausruhen. Das hatte sie verdient. Er hatte es ihr versprochen.

Was wäre er all die Jahre nur ohne sie gewesen? Der Gedanke, dass sie und die Kinder irgendwo da draußen auf ihn warteten und ihn nicht aufgaben, hatte ihm Hoffnung geschenkt. Nur so hatte er ertragen können, nicht wie ein Mensch, sondern wie ein Tier behandelt zu werden. Seit der Befreiung vor einem Jahr versuchte er, sich seine Würde zurückzuerobern. Auch dabei stand Grete ihm bei. Und die Kinder, so jung sie auch waren. Nie mehr wollte er ohne sie sein.

»Noch schlimmer hätte es kommen können«, erwiderte sie, bevor sie sich ihm wieder energisch entwand und zwei Schritte von ihm wegtrat, die Arme vor der Brust verschränkte und von oben auf ihn herabsah.

»Dem Himmel sei Dank, dass der Ignaz uns trotz allem allweil beisteht. Damals wie heute!«

»Weil ausgerechnet der Ignaz allweil auf die Füße fällt«, rutschte ihm heraus, ehe er es so recht bedacht hatte.

Kaum sah er Gretes Gesicht, hätte er sich am liebsten die Zunge abgebissen. Es hatte zu abfällig geklungen. Dabei meinte er es gar nicht so.

Sie hatte recht. In gewisser Hinsicht hatten sie das alles Ignaz' Fürsprache zu verdanken. Selbst in der Hitlerzeit hatte er sie nicht im Stich gelassen. Und somit profitierten sie davon, dass er sich in allen Lebenslagen durchzuboxen verstand. Dabei war Korbinian der Boxer, schon seit frühester Jugend. Aber das war vorbei. Umso mehr war es ein unverschämtes Glück, dass Ignaz ihnen half.

Den wahren Preis dafür aber kannte Grete nicht. Besser, sie erfuhr ihn niemals. Immerhin war Ignaz ein überzeugter Nazi gewesen und Korbinian ein Gewerkschafter, der für seine Überzeugung im KZ gelandet war. Hätte Ignaz ihm nicht beigestanden, wäre es noch schlimmer gekommen. Ein endloser Alptraum, aus dem es kein Erwachen gab, auch nach der Befreiung nicht. Denn Ignaz gab ihn nicht frei. Verzweifelt raufte Korbinian sich das dünn gewordene Haar.

»Was war das denn jetzt vorhin mit der Ursi, dem Ignaz, der fremden jungen Frau und dem rothaarigen Ami? Was genau hast du da gesehen?«, wechselte er rasch das Thema. Zum Glück war ihm wieder eingefallen, warum sie vorhin zu ihm in den Garten gelaufen war. »Weggefahren sind die zusammen? Aber warum? Und wohin? Und die Gundl ist immer noch nicht wieder da?«

Siedend heiß fiel ihm plötzlich auf, wie fatal die Frage war. Sie barg bereits das nächste Stichwort für Grete: Gundl! Genau die zu erwähnen, hatte er unbedingt vermeiden wollen.

»Warum der Ignaz und die Ursi das gemacht haben, weiß ich nicht«, erwiderte Grete. »Aber eins steht fest: Die Gundl ist noch nicht wieder daheim. Nie und nimmer hätte die das zugelassen. Du weißt ja, wie sie ist. Dass die Ursi mit den Amis flirtet, ist das Allerschlimmste für sie. Und wenn jetzt sogar noch der Ignaz mit in den Jeep von dem GI gestiegen ist, dann …«

Mitten im Satz brach sie ab, sah ihn plötzlich mit schreckgeweiteten Augen an. Manchmal fiel bei ihr der Groschen pfennigweise. Aber irgendwann fiel er. Immer. Jetzt gab es kein Zurück mehr. Sie hatte es kapiert.

Ihm wurde speiübel. Ein wilder Schwindel erfasste ihn. Wegen der Bilder, die immer wieder in ihm aufloderten und ihn seit Tagen nicht mehr schlafen ließen. Wieder so eine Sache, von der er ihr nichts sagen konnte. Niemals. Beschämt senkte er den Blick.

»Was wirst du jetzt so blass? Doch nicht etwa wegen der Gundl?« Gretes Stimme war gefährlich leise. Und schwankte zwischen Vorwurf und Angst.

»Denkst du, der ist was passiert?« Das hauchte sie mehr, als dass sie es richtig aussprach. »Seit Tagen haben wir die schon nicht mehr gesehen. Zu einer Cousine ins Allgäu ist sie angeblich gefahren, hat der Ignaz gesagt, als ich ihn nach ihr gefragt habe. Als hätte sie plötzlich Verwandtschaft auf dem Land! Erwähnt hat sie das bisher nie. Seltsam ist es mir gleich vorgekommen, als der Ignaz mir das erzählt hat. Und jetzt ist er mit der Ursi und einem Ami weg. Ob der ihn nicht vielleicht doch wegen der Gundl abgeholt hat? Schaut ganz so aus, als wäre ihr wirklich was passiert. Oder sie hat was angestellt, das könnte ja auch sein. Gerade sie, die die Amis so hasst. Und auf den Hitler und die Nazis nach wie vor nichts kommen lässt. Jetzt sag doch auch endlich mal was, Korbinian!«

Sie hielt inne und rieb sich mit den rauen Händen über die Oberarme. Dabei schob sie die dünnen Ärmel ihres verschlissenen Kittels nach oben. Die trockene Haut knisterte unter der Berührung. Er spürte förmlich, wie ihr durchdringender Blick ihn aufspießte.

»Was soll ich sagen?«, brachte er endlich angestrengt heraus. Räusperte sich einige Male, bevor er nachsetzte: »Du kennst doch den Ignaz und die Gundl inzwischen sogar weit besser als ich. Und du weißt doch, wie die Ursi ist. Dass sie und der Ignaz zu einem Ami ins Auto gestiegen sind, kann alles Mögliche heißen. Genauso, dass die Gundl so lange fort ist. Außerdem: Warum soll das mit der Cousine im Allgäu gelogen sein? Ihre ganze Familiengeschichte hat die Gundl dir sicher noch nicht erzählt. Weißt ja selbst, wie das jetzt ist nach dem Krieg. In allen Ecken tut sich plötzlich wieder entfernte Verwandtschaft auf, vor allem auf dem Land, wo es mehr zu essen gibt als bei uns in der Stadt. Gut möglich ist es also, dass die Gundl da noch irgendwo wen hat, an den sie lange nicht gedacht hat, und jetzt hingefahren ist, ohne viel davon zu erzählen. Aber wenn es dich gar zu sehr interessiert, geh doch nachher zu den Niedermeiers rüber und frag, was es mit der Cousine auf sich hat. Vielleicht sagen sie es dir. Möglicherweise ist die Gundl bis dahin auch wieder zurück. Ich bin müde. Ein bisserl lege ich mich noch hin, sonst schaffe ich den Dienst heute Nacht wirklich nicht.«

Mühsam erhob er sich. Seine Beine zitterten vor Erschöpfung, aber auch vor Angst. Dennoch schaffte er es irgendwie, an Grete vorbei aus der Küche zu gehen und sich im angrenzenden Schlafzimmer ins Bett zu legen. Mit der dreckigen Hose und dem verschwitzten Hemd. Das aber war vorerst das kleinere Problem.

9

Es bedurfte keiner Worte. Emil und Joe waren sich einig. Der heftige Ausbruch musste noch eine andere Ursache haben als nur den Schmerz über den persönlichen Verlust. Gerade bei jemandem wie Ignaz Niedermeier, der vorhin wie ein Berserker ins Polizeipräsidium gestürmt war und der auch sonst nicht unbedingt den Eindruck einer sensiblen Seele machte.

Derweil brach Niedermeier vor dem Sektionstisch vollends zusammen und überließ es seiner etwa zwanzigjährigen Tochter Ursula, genannt Ursi, ihn aufzufangen, was angesichts seiner kräftigen Statur und ihrer zierlichen Figur schon rein äußerlich grotesk anmutete. Dabei war er der Vater, sie die Tochter. Von seinem großspurigen Benehmen war nicht mehr das Geringste zu ahnen. Hatten Joes Ausführungen zum Leichenfund, die Emil eine Spur rücksichtsvoller ins Deutsche übersetzt als der sie formuliert hatte, Niedermeier scheinbar noch kaltgelassen, schien ihn der Anblick der erdrosselten Frau auf der blanken Bahre in der Gerichtsmedizin nun sichtlich außer Fassung zu bringen.

Erst schrie und heulte er laut wie ein waidwundes Tier auf, bevor er wie ein geprügelter Hund winselnd in die Knie ging. Sobald ihn seine Tochter stützte, klammerte er sich an ihren zarten Schultern fest, als würde sie allein ihm noch Rettung vor der bitteren Wahrheit verschaffen können.

Dagegen wirkte Ursi plötzlich bewundernswert gefasst, obwohl sie vorhin noch völlig verängstigt in Niedermeiers Schatten das Büro in der Ettstraße betreten hatte. Nicht einmal Billa und ihr Fahrer Graham, die die beiden begleiteten, hatten ihr erfolgreich den Rücken stärken können. Stattdessen war sie hinter dem breiten Kreuz ihres Vaters regelrecht abgetaucht, als der sich nach Billas Ankündigung, sie vermute, bei der Toten vom Bahndamm in Milbertshofen handele es sich um seine Ehefrau, aufgeplustert hatte wie ein Pfau.

»Sind wir hier in München jetzt schon so weit, dass eine amerikanische Reporterin und ein GI einfach so in mein Haus eindringen und mich und meine Tochter gegen unseren Willen ins Polizeipräsidium verfrachten dürfen?«, hatte er losgepoltert, bevor Emil auch nur die Chance gehabt hatte, ihn freundlich zu begrüßen und Billa für ihre Initiative zu danken. Auch Emils ältere Kollegen Eugen Brinkmeier und Wiggerl, eigentlich Ludwig, Schmied, zwei besonnene, altgediente Kriminaler aus der Vor-Hitlerzeit, waren chancenlos gewesen, die Situation mit wohlwollenden Worten auch nur ansatzweise zu entschärfen.

»Meine Frau und ermordet! Wer soll ihr so etwas antun? Warum überhaupt? Ein völliger Schmarren! Niemandem hat sie je etwas getan«, hatte Niedermeier weiter gewettert. »Als anständiger Bürger habe ich darauf verzichtet, mich gegen das blödsinnige Theater zu wehren. Zu verbergen habe ich nämlich nichts, weder vor der Münchner, noch vor der amerikanischen Polizei. Und erst recht nicht vor der Presse. Dafür will ich jetzt aber verdammt nochmal sofort wissen, was das soll. Und wie es überhaupt dazu kommt, dass ein unbescholtener Mann wie ich grundlos in die Ettstraße verschleppt wird. Noch dazu nicht einmal von der Münchner Polizei, sondern von einer amerikanischen Reporterin und ihrem Fahrer. Ich dachte, mit solchen Methoden hätte es ein Ende. Die Amis wollten uns doch Recht und Ordnung bringen und ihre hehre Demokratie, in der ein jeder frei ist und vor allem die gleichen Rechte hat. Wenn das aber so aussieht wie jetzt, dann verzichte ich liebend gern darauf.«

Seine Lautstärke hatte dazu geführt, dass Emils Kollegen Huber und Fellner aus dem Nachbarzimmer aufgeschreckt hereingestürmt waren, um sich zu vergewissern, ob alles in Ordnung war. Der weißhaarige Brinkmeier hatte ihnen jedoch bedeutet, dass keine Gefahr in Verzug war und sie die Lage im Griff hatten. Nach einem misstrauischen Blick auf den zeternden Niedermeier und die eingeschüchterte Ursi waren Huber und Fellner wieder abgezogen, doch nicht, ohne Emil noch ein Zeichen zu geben, von nebenan weiterhin alles wachsam mitzuverfolgen.

Letztlich erwies sich nun also Niedermeiers Auftritt im Polizeipräsidium als das eigentliche Theater und das, was sich hier im Sektionssaal ereignete, als die wahre Tragödie. Ein Ehegatte vor dem Leichnam seiner brutal erdrosselten Frau. Die er, wie er auf der Fahrt von der Ettstraße ins gerichtsmedizinische Institut in der Thalkirchner Straße nicht müde geworden war zu betonen, seit Dienstag bei ihrer Cousine im Allgäu wähnte.

Bei aller Tragik, die das hatte, hakte da etwas. Das spürte Emil.

»Warum soll sie dann hier in München einer umgebracht haben?«, hatte Niedermeier voller Unverständnis im Wagen weiter gegrantelt. »Sie kann doch nicht an zwei Orten gleichzeitig sein. Warum hätte sie mich überhaupt belügen sollen, dass sie wegfährt, um dann doch hierzubleiben? Wie kommen

Sie eigentlich dazu, das von meiner Frau auch nur zu denken? Eine anständige deutsche Frau wie sie!«

Joe und Emil hatten dazu geschwiegen und ihn und Ursi durch den verwinkelten Flur des Pathologischen Instituts der Universität zu Doktor Ernst Ringseisen gelotst. Einvernehmlich hatten sie dabei einen Umweg eingeschlagen, um Niedermeier die Gelegenheit einzuräumen, sich zu besinnen. Sobald ihnen ein Sarg entgegengetragen worden war, war er auch tatsächlich ehrfürchtig verstummt, als wäre ihm in dem Moment klar geworden, wo sie sich inzwischen befanden und dass er sich in wenigen Augenblicken eine Leiche ansehen musste, die nicht nur auf unnatürliche Weise zu Tode gekommen, sondern womöglich seine Ehefrau war.

So unsympathisch Niedermeier Emil auch war, hatte er die plötzliche Beklommenheit gut nachvollziehen können. Obwohl er inzwischen seit einem Dreivierteljahr als Kommissäranwärter beim K1 beschäftigt war und vor allem in den Anfangswochen seiner Tätigkeit nahezu täglich in der Gerichtsmedizin zu tun gehabt hatte, kostete es ihn nach wie vor große Überwindung, sich dorthin zu begeben.

Weil es dort nach Tod roch. Gleich beim Betreten des schnörkellosen dreistöckigen Gebäudes an der Westseite des Alten Südfriedhofs schlug einem der süßliche Verwesungsgeruch entgegen. Zwar konnte Emil ihn dank der großzügigen Versorgung mit *chewing gum* durch die GIs vom Public Safety Office einigermaßen gut verdrängen, doch der Geschmack nach frischer Pfefferminze konnte die aufsteigenden Erinnerungen an fatale Erlebnisse an der Front niemals vollständig besiegen. Unablässig war Emil dort mit grausam zugerichteten Toten konfrontiert gewesen. Unablässig hatte er deren Geruch in der

Nase gehabt. Dagegen vermochte auch das stundenlange Kauen nichts auszurichten. Hinzu kamen seine Schuldgefühle, widerspruchslos in der Wehrmacht mitmarschiert zu sein und das elende Massenabschlachten tatenlos hingenommen zu haben. Und das, obwohl er schon früh geahnt hatte, wie falsch es gewesen war.

»Keep strong – behalte die Nerven«. Aufmunternd hatte Joe ihm vorhin beim Betreten des Gebäudes auf die Schulter geklopft, weil er offenbar genau gespürt hatte, was in ihm vorging. »Unser Kamerad hier hat heute den weitaus schlimmeren Job vor sich als wir.«

Und so war es auch gewesen. Dennoch hatte Emil Niedermeiers Zusammenbruch im Sektionssaal völlig überrascht. Und ihn zugleich aufhorchen lassen. Weil etwas daran nicht stimmte. Ihm geradezu falsch vorkam. Und Joe offenkundig auch, wie ihr einvernehmlicher Blickwechsel über den weiblichen Leichnam auf dem marmornen Seziertisch hinweg bewies.

Bei Niedermeier handelte es sich eigentlich um ein »gestandenes Mannsbild«, wie man in München jemanden zu bezeichnen pflegte, der sowohl vom Äußeren als auch von seinem entschlossenen Auftreten her sofort klarmachte, dass ihn nichts so leicht umhaute. Und jetzt klappte er derart leicht zusammen! Dabei hatte er bis eben ganz und gar nicht den Anschein erweckt, seiner Frau in besonderer Liebe oder gar Hochachtung zugetan gewesen zu sein.

Emil konnte das Elend nicht länger mit ansehen und eilte Ursi zu Hilfe. Auch Joe war sofort zur Stelle. Gemeinsam packten sie den schweren Mann rechts und links unter den Armen und schleppten ihn zu einem Stuhl, den Ringseisen nahe bei der mit gelben Fliesen gekachelten Wand hinschob.

»Das ist also tatsächlich Ihre Frau?«, fragte Emil Niedermeier. Wie ein Häufchen Elend kauerte der auf dem Stuhl, den Blick ziellos ins Nirgendwo auf dem blank geputzten Boden gerichtet.

Ursi hatte sich hinter ihrem Vater postiert, nah genug, damit sie ihn jederzeit wieder auffangen konnte, und zugleich weit genug entfernt, als wollte sie die zwischen ihnen bestehende Distanz in jedem Fall aufrechterhalten. Ihr Gesicht war zwar blass, sie wirkte aber weiterhin bewundernswert ruhig. Jetzt, da sie so dicht beieinander waren, wurde die Ähnlichkeit zwischen Vater und Tochter offensichtlich. So ungehobelt Niedermeier auftrat, so attraktiv war er dank der hohen Wangenknochen, dem leicht mysteriösen Gesichtsausdruck, den bernsteinfarbenen Augen und dem grau melierten, schwungvoll aus der Stirn frisierten Haar.

»Das ist meine Gundl«, hauchte er endlich. Gierig stürzte er das Wasser herunter, das Ringseisen ihm reichte.

»Wissen Sie schon, wer das getan hat?«, wollte Ursi wissen. »Wann ist sie gefunden worden? Von wem? Und wie lang hat sie am Bahndamm gelegen?«

»Die Antworten erhoffen wir uns eigentlich von Ihnen«, gab Emil zurück. »Wann genau ist Ihre Mutter am Dienstag zu ihrer Cousine ins Allgäu aufgebrochen? Wie lange wollte sie dort bleiben? Können Sie uns den Namen und die Adresse der Cousine geben, damit wir mit ihr sprechen können?«

»Das können Sie sich sparen. Die habe ich nicht. Ich glaube auch nicht, dass meine Mutter wirklich …«, erwiderte Ursi, um mitten im Satz abzubrechen, weil ihr Vater sich mit einem Schnauben regte.

Zunächst dachte Emil, er wollte etwas hinzufügen, doch Niedermeier drehte sich von ihnen weg. Damit machte er klar, dass er weder ihn noch Joe und vor allem nicht den Marmortisch mit seiner toten Ehefrau länger sehen wollte. Fragen würde er so schnell wohl auch nicht beantworten. Also konzentrierte Emil sich ganz auf Ursi, die ihm offen entgegenblickte.

»Fräulein Löwenfeld hat vorhin erwähnt, Sie hätten sofort vermutet, Ihre Mutter wäre verhaftet worden, als sie Sie und Ihren Vater gebeten hat, mit ins Polizeipräsidium zu kommen. Außerdem hätten Sie ihm vorgeworfen: ›Das habt ihr jetzt davon, dass ihr nie den Hals voll genug kriegt.‹ Worauf wollten Sie damit hinaus? Haben Sie Anlass anzunehmen, Ihre Eltern würden ...«

»Das war nur der erste Schreck«, wiegelte sie ab. »Oder was denken Sie, was einem so in den Sinn kommt, wenn es heißt, man soll mit zur Polizei?«

Nachdenklich hielt sie inne, überlegte. Dann reckte sie das Kinn und suchte entschlossen Emils Blick. Ihre Augen funkelten.

»Meine Eltern sind anständige Leute. Das hat mein Vater Ihnen doch schon selbst versichert.«

Es war offensichtlich, dass sie genau das Gegenteil meinte. Selbst Joe, dem Emil das erst noch übersetzen musste, zog wegen des Tons, in dem sie das sagte, eine Augenbraue nach oben.

»Und im Dritten Reich? Es heißt, Ihr Vater wäre ...«, bohrte Emil nach. Damit lieferte er ihr genau das richtige Stichwort.

»Mein Vater ist Blockwart gewesen«, bestätigte sie noch

einmal, was Billa bereits erwähnt hatte. »Und meine Mutter war in der NS-Frauenschaft. Mütterschulungskurse hat sie in der Siedlung geleitet, Ratschläge für Hausfrauen erteilt und das Winterhilfswerk organisiert. Natürlich alles im Sinn der Partei. In der Siedlung wissen das alle. Schließlich waren meine Eltern auch nicht die Einzigen dort, die ›Heil Hitler!‹ gebrüllt haben.«

»Gibt es jemanden, der deswegen …«

»… schlecht auf die zwei zu sprechen ist?« Bitter lachte sie auf. »Bestimmt mehr als einen. Vor allem jetzt, wo keiner mehr was davon wissen will, wie hoch er selbst bis vor einem Jahr noch den rechten Arm in die Luft gereckt hat. Aber mein Vater müsste es doch eigentlich eher noch schwerer haben als meine Mutter. Sie wissen doch selbst, für was ein Blockwart zuständig gewesen ist. Der ein oder andere hat bestimmt einen Grund, ihm für seine Spitzelei böse zu sein.«

Ihr Blick streifte ihren Vater, der auf dem Stuhl saß, als könnte er keiner Fliege etwas zuleide tun. Sacht schüttelte sie den Kopf.

»So richtig schlimme Sachen sind bei uns in der Siedlung gar nicht passiert«, wandte sie sich nach einer kurzen Pause wieder an Emil. »Letztlich waren die sich alle immer sehr einig, sonst wären sie auch nicht an die Häuser und Grundstücke gekommen. So viel Macht hatte ein Blockwart in dem ganzen System nicht, so ungern mein Vater das auch gehört hat. Sie haben eben ja selbst erlebt, wie gern er sich aufplustert. Doch er hat schon unterm Hitler nur ganz unten auf der Leiter gestanden, besonders im Vergleich zu den anderen, die wirklich was zu sagen gehabt haben in der Partei. Das aber hört heutzutage niemand mehr gern. Neuerdings sind ja alle die reinsten Unschuldslämmer gewesen. Das ist nicht mehr auszuhalten. Deswegen wollen der Franzl und ich übrigens auch weg.«

»Wer ist der Franzl?«

»Mein kleiner Bruder.« Ihre Stimme wurde weich, ihre Miene besorgt. »Bitte lassen Sie den in Ruhe. Schlimm genug, wenn ich ihm nachher sagen muss, dass unsere Mutter tot ist. Richtig schlecht geht es dem. Gezwungen haben sie ihn, sich ›freiwillig‹ an die Front zu melden. Sechzehn ist er da gewesen. Ein halbes Kind noch! Wahrscheinlich wissen Sie selbst, was er in vorderster Linie mitgemacht hat. Und das kurz vor Schluss, im Sommer 44. So ein Schmarren! Seit einem Jahr verkriecht er sich stundenlang bei den Hühnern. Oder er redet mit seinen Karnickeln. Wird wirklich Zeit, dass wir aus der Siedlung wegkommen und er wieder ein normaler Mensch wird.«

»Könnte er Ihre Mutter …?«

»Der Franzl? Niemals!« Sie schnaubte. »Nicht einmal einem von seinen Hühnern kann er den Hals umdrehen. Was denken Sie, was das schon an Streit gegeben hat? Verdroschen hat mein Vater ihn mehr als einmal deswegen. Mit dem Gürtel oder dem Stock. Oder gleich mit beidem, direkt hintereinander. Und dann hat er ihn gezwungen, zuzuschauen, wenn er selbst einem der Viecher die Kehle durchgeschnitten hat. Der arme Franzl! In die Hose gepieselt hat er sich dann meist.«

Sie musste einige Male tief Luft holen, derart hatte sie sich in Rage geredet, bevor sie zärtlich nachsetzte: »Früher ist der Franzl einmal völlig anders gewesen. Ein richtiger Lausbub. Aber dann hat er an die Front gemusst und ist als menschliches Wrack zurückgekommen. Keiner Fliege kann er seither mehr was zuleide tun. Schuld daran ist nur der Krieg.«

»Und die, die ihn angezettelt haben«, fügte Emil leise hinzu.

10

Das Gespräch mit Ursis jüngerem Bruder hätte Emil sich sparen können. Doch um den Mordfall aufzuklären, musste er jede Spur verfolgen, selbst die aberwitzigste. Zumindest wusste er jetzt, dass Ursi die Wahrheit gesagt hatte, als sie Franz Niedermeier als völlig unzurechnungsfähig geschildert hatte. Sowohl als Zeuge als auch als Täter. Dabei wirkte ›der Franzl‹, wie sie ihn nannte, auf den ersten Blick durchaus kräftig genug, um eine ebenfalls kräftige Frau wie Gundl Niedermeier zu überwältigen, ihr eine Schlinge um den Hals zu ziehen und sie hinterrücks zu erwürgen. Auf den zweiten Blick aber war klar, dass er tatsächlich keiner Fliege mehr etwas zuleide tun konnte. Höchstens sich selbst, fürchtete Emil, nachdem er eine halbe Ewigkeit mit dem Achtzehnjährigen, der seiner toten Mutter wie aus dem Gesicht geschnitten war, vor dem Kaninchenstall gekauert hatte. Geduldig hatte er dessen Ausführungen über das richtige Futter, die beste Fütterungszeit, die ideale Einstreu für den Stallboden sowie natürlich die geschickteste Auswahl von Rammler und Weibchen gelauscht. Franzl hatte währenddessen unablässig mit dem Klappmesser in seiner rechten Hand gespielt, es ständig über seine Pulsadern an der linken gezogen, das ein oder andere Mal die Klinge etwas tiefer in die Haut geritzt. Mit Schorf überkrustete Wunden bewiesen, dass er durchaus bereit war, Ernst zu machen. Andererseits sprach er derart liebevoll von seinen Tieren, den Kaninchen wie den Hühnern, die er alle einzeln beim Namen rief, dass Emil sich nicht vorstellen konnte, er würde sie im Stich lassen. Oder ob er sie im Fall eines Falles erst noch tötete, bevor er sich selbst etwas antat? Nur um sicherzugehen, dass sein Vater das nicht auf brutale Weise übernahm?

Ratlos verabschiedete er sich schließlich von Franzl, nach wie vor unschlüssig, ob er überhaupt begriffen hatte, dass seine Mutter tot war. Ermordet. Und das Emil ihn deswegen zu befragen versucht hatte. Er schien unerreichbar, steckte tief in seiner eigenen Welt mit den Hühnern und Kaninchen fest.

Nach dem Gespräch hätte Emil ab sofort selbst eine erfolgreiche Zucht starten können. Sofern er jemals seinen Rücken wieder vollständig aufrichten und die schmerzenden Knie bewegen konnte. Das lange Kauern in der Hocke hatte ihn steif werden lassen. Amüsiert sah Joe ihm entgegen, als er sich immer noch leicht nach vorn gekrümmt in die Küche der Niedermeiers schleppte.

Dort hatte Joe sich zu seiner Überraschung unterdessen bestens mit Ursi unterhalten, die, wie sich herausstellte, ein erstaunlich gutes Englisch sprach. Seine Dolmetschertätigkeit in der Gerichtsmedizin erwies sich im Nachhinein also als völlig überflüssig.

»Das habe ich mir selbst beigebracht«, erklärte sie stolz, als sie Emils Verwunderung bemerkte. »Der Franzl und ich wollen nämlich nach Amerika. Deshalb hören wir seit letztem September den Englischkurs auf Radio München. Kennen Sie den? ›Englisch macht Spaß!‹ heißt er. Zweimal am Tag gibt's den, jeweils eine Viertelstunde lang. Wenn man das ernst nimmt und richtig mitmacht, bringt er wirklich was. Außerdem habe ich mich mit einigen amerikanischen Besatzungssoldaten angefreundet. Praktische Übung ist immer noch das Allerbeste. Sie können sich denken, wie in der Siedlung darüber getratscht wird. ›Amiflitscherl‹ nennen sie mich. Aber die sind alle nur neidisch. Und dumm.«

»Kommen Sie wirklich allein mit Ihrem Vater zurecht?«, erkundigte Joe sich bei ihr auf Englisch und erhob sich von der Eckbank im Herrgottswinkel.

»Wo steckt der überhaupt?« Suchend sah Emil sich in der Küche um. Einfaches, aber zweckmäßiges Vorkriegsmobiliar ohne jede persönliche Note, aber ordentlich gepflegt und somit bestens geeignet, sich wie seine Bewohner mit einigen wenigen Eingriffen jederzeit an sämtliche neue Herausforderungen anzupassen.

»Er hat sich hingelegt, nebenan in der Schlafkammer. Zum Glück ist er sofort eingeschlafen«, erwiderte Ursi.

»Ihr Bruder ist Ihnen sicherlich keine große Hilfe.«

»Passt schon«, antwortete sie augenzwinkernd auf Deutsch und fügte dann wieder auf Englisch an Joe gerichtet hinzu: »Das bin ich seit Jahren nicht anders gewohnt. Notfalls kann ich die Nachbarn fragen. Die Loibls gleich nebenan helfen mir gewiss.«

»Inwiefern?« Emil wurde hellhörig. Auch Joe sah sie interessiert an. »Stehen die Ihnen und Ihren Eltern nah?«

»Die Loibls?«

Ursi stutzte, als würde ihr erst in diesem Moment bewusst, was sie da gerade gesagt hatte. Nervös zwirbelte sie sich eine Haarsträhne um den rechten Zeigefinger.

»Sie sind unsere Nachbarn. Aber erst seit einigen Monaten. Mein Vater hat ihnen geholfen, das Haus zu bekommen. Die Vorbesitzer sind nach Kriegsende auf einmal weg gewesen.

Dafür waren die Loibls dann da. Fast über Nacht. Ich glaube, mein Vater kennt den Korbinian Loibl schon von ganz früher. Meine Mutter war zwar nicht so begeistert, als der dann nebenan mit der Grete und den Kindern eingezogen ist, weil sie die wohl alle nicht so mag. Aber die sind wirklich sehr nett. Anständig. Und immer hilfsbereit. Vor allem die Grete. Manchmal übertreibt sie es ein bisschen und tut so, als hätte mein Vater ihnen das Leben gerettet. Dabei hat er ihnen nur das Haus verschafft. Meine Mutter hat deswegen sogar einmal mit meinem Vater gestritten. Oh!«, rief sie auf einmal und schlug die Hand vor den Mund, sah erst Joe und dann Emil mit schreckgeweiteten Augen an. »Meinen Sie, die könnten etwas mit dem Mord …?«

Auf dem kurzen Weg zum Haus der Loibls blieb Emil und Joe wenig Gelegenheit, sich über das, was sie gerade bei den Niedermeiers erfahren hatten, auszutauschen. Inzwischen arbeiteten sie jedoch lange genug zusammen, um sich mit wenigen Worten einig zu sein, was als Nächstes zu tun war. Nach Ursis Bemerkung lag es ohnehin auf der Hand, worauf es im folgenden Gespräch ankam.

»Du machst das schon!«, spornte Joe Emil an, als sie sich nebeneinander vor der Tür postierten, und tätschelte ihm die Schultern, dabei grinste er triumphierend. »Immerhin hast du in mir einen ausgezeichneten Lehrmeister.«

Kaum öffnete ihnen Grete Loibl die Tür, beschlich Emil der Verdacht, sie hätte bereits mit ihrem Auftauchen gerechnet. Jedenfalls wirkte sie nicht sonderlich überrascht, als sie sich als Polizisten auswiesen und um Einlass baten, um ihr und ihrem Mann einige Fragen zu den Niedermeiers zu stellen.

»Gleich als die Ursi heute Mittag mit dem Ignaz zu dem GI und der Frau in den Jeep gestiegen ist, habe ich mir gedacht, dass was passiert sein muss. Freiwillig würde der Ignaz das nie tun. Und jetzt, wo die Gundl schon so lange weg ist und niemand weiß, wann sie zurückkommt …« Mitten im Satz brach sie ab und sah sie bang an. »Ist was mit ihr?«

Emil verzichtete auf eine Antwort. Zwischen Tür und Angel wäre es unpassend gewesen, ihr von Gundls Tod zu erzählen. Zumal es auch sehr darauf ankam, wie Grete und ihr Mann auf die Nachricht reagierten. Schweigend folgte er ihr und Joe ins Innere des Hauses.

Anders als bei den Niedermeiers herrschte bei den Loibls ein heilloses Durcheinander. In der Küche ging es hoch her. Vier Kinder, zwei Mädchen und zwei Jungen im Alter von etwa zehn bis sechzehn, saßen dort zusammen mit einem abgemagerten Mann mit eingefallenen Wangen und fehlenden Zähnen um den Tisch. Einträchtig löffelten sie eine dünne Suppe. Aufgeschmalzene Brotsuppe, wie Emil sowohl am Geruch als auch an der Konsistenz erkannte. Die servierte ihm seine Zimmerwirtin mindestens dreimal die Woche. Das machte satt, war aber kulinarisch nicht eben ein Hochgenuss, insbesondere wenn statt des Schmalzes Margarine verwendet wurde. Genau darüber echauffierten sich jetzt auch die Halbwüchsigen, deren ewiges Magenknurren Emil noch über die aufgebrachte Diskussion zu hören meinte.

»Schleicht's euch!«, befahl Grete gebieterisch, was die vier erst recht protestieren ließ. Dennoch erhoben sie sich von ihren Plätzen.

»Sollen nicht besser wir …«, setzte Emil an, doch Grete scheuchte ihre Kinder unerbittlich zur Tür.

»Ich mach das schon«, erklärte Joe und folgte ihnen nach draußen. Das beruhigte Emil. Wie er ihn kannte, hatte er noch Schokolade, Coca-Cola oder Kaugummi im Jeep. Vielleicht spendierte er ihnen auch eine Fahrt durchs Viertel, inklusive lauter Jazzmusik aus dem Radio, um sie für eine Weile zu beschäftigen. Jake hätte gewiss ebenfalls großen Spaß daran.

Hastig versuchte Grete, in der Küche Ordnung zu schaffen, stellte die Teller mit den kostbaren Resten der Suppe vorsichtig auf die Anrichte, damit die Kinder später weiteressen konnten, wischte mit der Handkante die Krümel vom Tisch und wies dann mit scheuem Lächeln auf die frei gewordene Bank. Emil rutschte darauf vor die Wand und Joe, der vergnügt wieder hereinkam, wählte den Stuhl am Kopfende zu seiner Linken, genau gegenüber von Korbinian, so dass Grete ein Platz auf der zweiten Längsseite blieb.

»Nur hier können wir in Ruhe reden«, fühlte sie sich zu einer Entschuldigung bemüßigt, während Korbinian schweigend die Finger knetete.

»Draußen im Garten hört und sieht uns ein jeder. Nebenan schlafen die Kinder, in dem anderen Schlafzimmer Korbinian und ich. Das Dach könnte noch ausgebaut werden. Aber daran ist vorerst nicht zu denken.«

Unwillkürlich wanderten Emils Augen umher, streiften das bei aller Unordnung gepflegte Mobiliar bestehend aus wuchtiger Anrichte, großem Vorratsschrank, Herd und Spüle.

»Von der Vorbesitzerin haben wir das übernommen«, beeilte Grete sich zu erklären. »Der Ignaz Niedermeier hat das vermittelt. Aber das wissen Sie gewiss schon, wenn Sie von drüben kommen. Ausgebombt worden sind wir nämlich, noch kurz vor Kriegsende. Nichts als unser nacktes Leben haben wir gerettet. Und die Frau war wirklich froh, es uns lassen zu können. Nachdem klar war, dass ihr Mann nicht aus dem Krieg zurückkehrt, ist sie zu ihrem Bruder und seiner Familie aufs Land gezogen, irgendwo im Bayerischen Wald. Kaum was außer der Kleidung hat sie mitgenommen. Trotzdem hat sie es da gewiss besser als hier. Allein in der Stadt mit zwei hungrigen kleinen Buben, das ist doch kein Leben nicht.«

»Was für ein Glück, dass Ignaz Niedermeier Ihnen so großzügig unter die Arme gegriffen hat.«

Emil rang sich ein Lächeln ab, während er erst Grete und dann ihren Mann aufmunternd anlächelte. Die nächste Frage richtete er direkt an ihn.

»Seine Tochter, die Ursi, meinte, Sie beide kennen sich schon von früher?«

»Aufgewachsen sind sie quasi Tür an Tür. In der Au, nah beim Mariahilfplatz. Allweil wie ein großer Bruder ist der Ignaz für meinen Mann gewesen.«

Wieder war es Grete, die für Korbinian antwortete. Er ließ sie gewähren, ohne das geringste Anzeichen, ob er damit einverstanden war oder nicht.

Emil wunderte sich, dass sie Ignaz Niedermeier als ›großen Bruder‹ bezeichnete. Er hätte Korbinian für den Älteren der beiden gehalten. Wofür die fehlenden Zähne und das spärliche graue Haar sprachen, ebenso der dumpfe Blick aus den wässrig blauen Augen, der sehr müde wirkte. Die Zeiten waren jedoch nicht danach, jemanden direkt nach dem zu fragen, was ihn so rapide hatte altern lassen. Ein wenig fürchtete Emil sich auch davor, was Korbinian ihm erzählen würde. Falls er je etwas erzählen würde. Insbesondere ihm, einem Kriminalpolizisten.

»Was genau ist denn jetzt passiert? Wollen Sie uns das nicht endlich sagen?«, meldete Grete sich erneut zu Wort und unterbrach seine Gedanken.

»Gundl Niedermeier ist tot.«

»Was?«

Grete schrie auf, schlug sich dann jedoch die Hand vor den Mund, ebenso erschrocken über die Nachricht wie über die eigene Reaktion.

»Ist ihr unterwegs ins Allgäu was passiert?«

»Sie wurde ermordet«, erwiderte Emil und ignorierte Gretes neuerlichen Aufschrei. Stattdessen wandte er sich abermals Korbinian zu.

Der saß immer noch völlig reglos an seinem Platz, mit dem Rücken zum Fenster. Viel zu reglos angesichts der gerade übermittelten Nachricht, fand Emil. Leider war das von hinten durch das kleine Küchenfenster einfallende Licht zu schlecht, um Feinheiten auf Korbinians Gesicht zu erkennen. Dennoch war er sich sicher, dass ihn die Nachricht nicht annähernd so überraschte wie seine Frau.

»Wo waren Sie in der Nacht von Dienstag auf Mittwoch?«

»Bei der Arbeit.« Das kam wie aus der Pistole geschossen, allerdings von neuem von Grete. »Mein Mann ist Nachtwächter im Haus der Kunst. Natürlich nicht bei den Amerikanern, sondern in dem Teil, der wieder von den Deutschen genutzt wird: der Staatsgemäldesammlung und der Verwaltung. Fragen Sie ruhig nach. Bestätigen können die Ihnen, dass er da gewesen ist.«

»Können Sie das ebenfalls bestätigen?«, versuchte Emil erneut sein Glück bei Korbinian und erntete dieses Mal wenigstens ein zustimmendes Nicken von ihm.

»Haben Sie schon eine Ahnung, wer der Gundl das angetan hat?«

Nun doch völlig erstaunt, weil Emil nie und nimmer damit gerechnet hatte, dass Korbinian sich überhaupt noch einmal zu Wort melden, geschweige denn eine direkte Frage an ihn stellen würde, starrte er ihn an. Vermutlich wie ein Gespenst, das plötzlich redete.

Joe, der das bislang komplett auf Deutsch geführte Gespräch mangels Übersetzung allein anhand der Gesten und Blicke verfolgt hatte, horchte ebenfalls auf. Den unauffälligen Wink, den er Emil gab, als er die Zigarette zum nächsten Zug an den Mund führte, hätte er sich sparen können. Emil wusste auch so, wie er zu reagieren hatte.

»Warum steht Ignaz Ihnen und Ihrer Familie derart auffällig bei? Doch nicht nur, weil Sie sich von früher kennen?«

»Geholfen hat er mir allweil gern, schon früher, als wir noch Buben waren. Nachbarskinder sind wir gewesen. Wie ein großer Bruder ist er für mich.«

Emil blieb skeptisch.

»Bis zum heutigen Tag?«

»Jederzeit haben wir uns auf den Ignaz verlassen können«, mischte Grete sich wieder ein. »Selbst in der allergrößten Not. Essen hat er uns besorgt, wenn die Teller leer waren, eine Arbeit beschafft, wenn es drauf ankam. Und bei Briefen an die Behörden hat er uns geholfen. Allweil konnten wir ihn bitten, wenn Not am Mann war. Nichts lass ich da auf ihn kommen. Auch wenn die Leute jetzt hässlich über ihn reden, weil er Blockwart gewesen ist. Wirklich sehr, sehr schlimme Zeiten haben wir hinter uns. Das müssen Sie mir glauben. Dass der Ignaz uns trotzdem beigestanden hat, gebe ich Ihnen gern schriftlich. Sowieso habe ich das schon getan, für seine Entnazifizierung im letzten Herbst. Die reine Wahrheit ist es.«

»Was genau sind das für schlimme Zeiten gewesen?«, hakte Emil ein.

»Im Lager ist mein Mann gewesen«, sagte Grete tonlos. Korbinian zog den Kopf zwischen die Schultern.

»Im Konzentrationslager. Mehrere Jahre«, ergänzte Grete nach einem besorgten Blick auf ihn. »Mal in Dachau, mal woanders. Aber der Ignaz hat allweil zu uns gehalten.«

»Das ist echte Freundschaft.« Anerkennend nickte Emil. Insgeheim ertappte er sich bei dem Gedanken, Niedermeier das nicht zugetraut zu haben. So konnte man sich täuschen.

»Haben Sie das Ihrem Freund auch schon schriftlich bestätigt, Herr Loibl?«, drehte er sich schließlich noch einmal zu Korbinian um, der zögerte, bevor er von neuem nur schweigend nickte.

Aus dem Augenwinkel bemerkte Emil, dass Joe die Szene weiter aufmerksam beobachtete und jede Geste genau registrierte, ohne ein Wort zu verstehen. Wieder glitt Emils Blick über den ausgemergelten Mann zu seiner Rechten, dann sah er zu Grete am anderen Ende des Tisches und lächelte sie gewinnend an.

»Wie hat sich Gundl Niedermeier Ihnen gegenüber verhalten? Hat sie Ihnen auch so selbstlos beigestanden wie ihr Mann?«

»Die Gundl? Was hat die damit zu tun? Der Ignaz ist doch derjenige, mit dem der Korbinian in der Au aufgewachsen …

Also, der Ignaz hat allweil … Und als Blockwart unterm Hitler sowieso und dann nachher hier in der Siedlung … Die Gundl jedenfalls …«

Mitten in ihrem immer hilfloser werdenden Gestammel brach sie ab. Anscheinend merkte sie selbst, wie sehr sie in Bedrängnis geriet, wenn es um Gundl ging. Sie senkte den Blick, tat, als müsste sie unbedingt Dreck von ihrem Kittel kratzen. Angesichts des fadenscheinigen Stoffs ein gewagtes Unterfangen.

»Gundl Niedermeier hat wohl nicht so viel auf die innige Verbundenheit zwischen Ihren Männern gegeben«, erlöste Emil sie aus der Bredouille, nichts Schlechtes über die Tote sagen zu wollen, aber auch nicht annähernd so viel Gutes über sie ins Spiel bringen zu können wie über deren Mann. »Kein Wunder. Mit jemandem in Verbindung gebracht zu werden, der im KZ …«

»Ich weiß nicht, ob sie das gewusst hat«, warf Grete ein. »Ich hab es ihr nicht gesagt. Und der Ignaz sicher auch nicht.«

»Trotzdem war sie wenig begeistert, wenn Sie zu den Niedermeiers gekommen sind. Und nach Kriegsende hat sich das leider auch nicht geändert. Zumindest hat uns Ursi berichtet, dass Sie und ihre Mutter wohl lange kein so enges Verhältnis hatten wie Ihre Männer. Eigenartig. Angesichts der Entnazifizierung wäre es für Gundl als Frau eines Blockwarts doch eigentlich enorm wichtig gewesen, von Ihnen ebenfalls eine schriftliche Bestätigung für die geleistete Hilfe zu bekommen. Ähnlich der, die Sie für Ignaz abgegeben haben.«

»Die Gundl hat uns noch nie so recht leiden mögen«, war alles, was Grete erwiderte. Sie erhob sich vom Stuhl und zeigte zum Fenster, hinter dessen dünnen Vorhängen zu sehen war, dass der Jeep mit Jake und den begeistert jauchzenden Kindern wieder vor dem Haus hielt.

»Wenigstens ihre Suppe sollen meine Kinder fertig essen dürfen. Sonst fallen die mir noch ganz vom Fleisch.«

»Was habe ich dir gesagt? Ist das nicht wieder einmal genau der richtige Fall für dich, an dem du dir deine frisch geschärften Ermittlerzähnchen ausbeißen kannst?«, neckte Joe Emil, als sie wieder auf der Straße standen und er ihm das Wichtigste aus dem Gespräch knapp auf Englisch zusammenfasste.

»Klingt ganz so, als hätte hier jemand sein erhitztes Gemüt mit einer brutalen Tat kühlen müssen. Der toten Gundl Niedermeier ist jedenfalls nicht sonderlich Sympathie entgegengeschlagen.«

»Zumindest nicht vonseiten des ältesten Freundes ihres Mannes und dessen Frau. Aber das macht die beiden nicht gleich zu Mördern«, erwiderte Emil. Hastig hielt er noch einige Stichworte in seinem Notizbuch fest. »Schon eigenartig, wie man sich in einem Menschen täuschen kann. Leider muss ich zugegeben, Iganz Niedermeier nie im Leben zugetraut zu haben, einem KZler beizustehen. Selbst wenn es sich um seinen ältesten und besten Freund gehandelt hat.«

»Denk an deine Schubladen, Emil!«, war alles, was Joe dazu sagte. Nachdenklich rieb er sich das Kinn.

»Unabhängig davon scheint Gundl nicht sehr erfreut über die enge Bindung ihres Mannes an die Loibls gewesen zu sein. Obwohl sich sein Einsatz für sie im Nachhinein positiv auf seine Entnazifizierung ausgewirkt hat«, setzte Emil nach. »Am besten schicken wir morgen einige Kollegen in die Siedlung, um weitere Meinungen einzuholen, damit wir uns ein besseres Bild von ihr machen können.«

Wie immer gut gelaunt erwartete Jake sie bereits am Jeep, um sie zurück in die Stadt zu bringen.

»Sieht mir ganz nach einem Abend aus, den man schon auf der Terrasse genießen kann«, stellte Joe nach einer Weile bereits wieder völlig unbekümmert fest. »Mit einer dicken Decke um die Hüften und einem guten Glas Whiskey in der Hand lässt es sich bestimmt eine Weile draußen aushalten. Vorausgesetzt, man hat die richtige Gesellschaft.«

Mit der glühenden Zigarette in der Hand wies er aus dem fahrenden Auto auf den Abendhimmel, der die ausgehöhlten Ruinen regelrecht zum Leuchten brachte. Nur zu gern ließ Emil sich ablenken und versank eine Weile ebenfalls in dem trügerisch romantischen Anblick.

»Was hältst du davon, Billa zu besuchen? Jake fährt dich am besten gleich in Bogenhausen vorbei.«

Jäh wandte Joe sich zu ihm um und boxte ihm spielerisch in den Arm. Emil wich verlegen seinem Blick aus.

»Dass sie mit ihrer Recherche mitten in unseren Fall geplatzt ist, ist ein eindeutiger Wink des Schicksals«, fügte Joe fröhlich hinzu.

Zunächst erwiderte Emil nichts. Nichts würde er lieber tun, als Billa wiederzusehen. So schnell wie möglich. Und natürlich am liebsten unter vier Augen. Die neuen Erkenntnisse im Mordfall boten einen ausgezeichneten Vorwand dafür. Ohne Billa hätten sie sicher noch lange auf die Identifizierung der Toten warten müssen. Dennoch zögerte er, ob es wirklich eine gute Idee war, an diesem Abend schon bei ihr aufzutauchen. Besser wartete er noch zwei, drei Tage.

»Sei kein Greenhorn und nutze die Gelegenheit.« Joe schien sein Schweigen falsch zu interpretieren. »Natürlich ist Billa im letzten Herbst mit ihrer Mutter viel zu schnell aus München abgereist. Du weißt, ich hätte dir von ganzem Herzen gegönnt, dass ihr mehr Zeit miteinander gehabt hättet. Ihr zwei würdet wirklich hervorragend zusammenpassen. Das hat Mildred sofort gesagt, als sie euch damals beim Willkommensdinner im Club miteinander hat tanzen sehen. Du solltest dein Glück unbedingt noch einmal versuchen. Schon wie sie dich gestern angesehen hat, ist mir Beweis genug, dass es sich lohnen wird. Gib ihr einige Stichworte zum aktuellen Fall und sie wird dich nur zu gern wieder in die Arme schließen. Glaub mir.«

Er bot ihm eine Zigarette an.

Auf einmal fiel es Emil wie Schuppen von den Augen. Was für ein ausgekochtes Schlitzohr! Am liebsten hätte er laut aufgelacht, als er Joes treuherzigen Augenaufschlag beim Aufflammen des Feuerzeugs bemerkte. Obwohl er ihm gewiss auch das Vergnügen mit Billa gönnte, wusste er, worauf Joe in Wahrheit abzielte.

»Du meinst, ich soll Billa bei einem gemeinsamen Drink beiläufig erzählen, was wir heute Nachmittag von Ursi, Grete und Korbinian über Gundl und ihren Mann erfahren haben. Insbesondere die Tatsache, dass er als Blockwart seinem Freund und dessen Familie beigestanden hat. Obwohl es ganz danach aussieht, als wären die Loibls keine strammen Nazis gewesen. Und hoffen, dass Billa mir im Gegenzug verrät, was sie bei ihrer Recherche in der Siedlung noch herausgefunden hat, ehe sie mich küsst? Klingt wirklich nach einem sehr romantischen Abend zu zweit auf der Terrasse. Und das nur, weil du dich nicht mehr traust, sie direkt danach zu fragen, so sauer, wie sie heute Mittag im Präsidium über deine Abfuhr gewesen ist, weil du sie nicht mit in die Gerichtsmedizin hast nehmen wollen.«

»Du kennst die Vorschriften. Das durfte ich schlichtweg nicht.«

»Eben weil ich die Vorschriften genau kenne, weiß ich auch, was mich gleich in der Reportervilla erwartet«, gab Emil amüsiert zurück. »Du weißt, dass dort Herrenbesuche am Abend nicht erwünscht sind. Ihrer vornehmen Erziehung zum Trotz wird die Hausdame zur Furie, verstößt jemand gegen die Regeln. Wenn wir Glück haben, schickt sie uns Billas Lieblingskollegen Daniel und Kurt als Aufpasser. Dann wird es wenigstens lustig. Übernimmt Frau Zur Mühlen den Job selbst, kann ich dir leider für nichts garantieren.«

»Und du weißt, wie sehr die feine Lady Pralinés liebt. Sei charmant und mach ihr eine kleine Freude. Du wirst sehen, wie schnell sie dahinschmilzt.«

Flink griff Joe unter seinen Sitz und zog eine aufwendig mit Schleife und in Geschenkpapier verpackte Schachtel hervor. Unzweifelhaft stammte sie aus einem PX Store, den eigens für die Versorgung der US-Streitkräfte eingerichteten Läden, in denen es für Amerikaner alles gab, was das Herz begehrte.

»Und Billa erst recht«, fügte er frech grinsend hinzu. »Sieh ihr nur lang genug tief in die Augen. Oder brauchst du auch in dem Fach Nachhilfe? Auf mich als deinen exklusiven Lehrmeister kannst du dich in allen Lebenslagen verlassen.«

»Weißt du, was man in solchen Fällen zu jemandem wie dir hier in München sagt?«

»*Gerissener Fuchs?*«, erwiderte Joe stark überbetont, aber in erstaunlich korrekter Aussprache auf Deutsch.

»A Hund bist scho«, gab Emil dagegen in nicht ganz korrekter bayrischer Aussprache zurück. Es genügte, um wenigstens Joe zu beeindrucken, der den Rest der Fahrt unter albernem Lachen versuchte, das auch nur annähernd verständlich wiederzugeben. Was wiederum ihren Fahrer Jake derart amüsierte, dass er darüber fast die Auffahrt auf die Max-Joseph-Brücke über die Isar verpasst und den Wagen gegen die steinerne Brüstung gelenkt hätte.

11

Manchmal kam Freya Schönpflug sich in dem schmalen Büro mit der außergewöhnlich hohen Decke vor wie in einer Klosterzelle. So gigantisch das inzwischen als Haus der Kunst firmierende Gebäude am Südende des Englischen Gartens von außen auch anmutete, so winzig waren die Arbeitsräume für die Mitarbeiter im Innern. Zellenartig reihten sie sich entlang der südlichen Fassadenseite aneinander und boten kaum Platz für das Nötigste.

Die Einrichtung bestand aus zwei gegenüberstehenden, wuchtigen Schreibtischen aus dunklem Holz, einem abschließbaren Rollschrank und einem offenen Regal dicht befüllt mit akkurat beschrifteten Aktenordnern. Wegen der vorgelagerten Arkaden mit den monumentalen Säulen fiel durch das hohe doppelflügelige Fenster nur spärlich Licht herein. Bereits am späten Nachmittag breitete sich Dämmerung aus. Dabei wurden die Tage Ende April stetig länger und der sonnige Frühling tat das Seine, um über die düstere Nachkriegsstimmung hinwegzutrösten.

Dennoch störte sich Freya kaum an der bedrückenden Atmosphäre. In den letzten knapp zwei Jahren hatte sie weitaus Schlimmeres erlebt als zu früh am Tag anbrechendes Zwielicht. Insbesondere auf ihrer Flucht aus Königsberg ganz allein mit ihrer kleinen Sonja. Umso glücklicher schätzte sie sich, vor Kurzem die Stelle im Haus der Kunst ergattert zu haben. Ein echter Glücksfall.

Den größten Teil des Tages teilte sie sich das enge Büro mit Elisabeth Koch, einer Frau Mitte vierzig mit einer Vorliebe für graue Kleidung. Schon zur Hitlerzeit war sie in der Buchhaltung beschäftigt gewesen. Nun war sie zusammen mit einer Handvoll langjähriger Mitarbeiterinnen im Auftrag der amerikanischen Militärverwaltung mit der Abwicklung der noch im Gebäude verbliebenen Gemälde und Plastiken aus der letzten NS-Kunstschau betraut. Freya dagegen galt als rechte Hand des neu eingesetzten zivilen Direktors des Hauses und war damit für nahezu alles zuständig, was rund um die Verwaltung an neuen Aufgaben anfiel.

Zu Freyas Verdruss endete Elisabeths tägliche Arbeitszeit schon um drei Uhr nachmittags, zwei Stunden vor der ihren. Damit begann für sie die Zeit, in der sie das zellenartige Büro mitunter verfluchte. Kunstschutzoffizier Lieutenant Bob McIntosh von den Monument Men pflegte seit Kurzem um diese Stunde bei ihr aufzutauchen. Die räumliche Enge lieferte dem groß gewachsenen Sportsmann einen willkommenen Vorwand, ihr zu nahe zu rücken, was sie an den Rand der Selbstbeherrschung brachte. Sie hatte kaum eine Chance, ihm auszuweichen. Ohnehin haderte sie mit sich, ob sie das überhaupt wollte. Welche Konsequenzen würde es schon haben, wenn sie seinen Avancen nachgab? Nervös drehte sie an dem schmalen goldenen Ehering an der rechten Hand. Wie es aussah das Letzte, das ihr von Hendrik geblieben war. Und natürlich ihre kleine Sonja.

Kaum, dass Elisabeth gegangen war, erschien Bob auch an diesem Donnerstagnachmittag in der offenen Tür zu ihrem Büro, in der Hand ein maschinengetipptes Schreiben.

»Ein gewisser Erwin Hausenstein aus Miesbach fordert von

der Militärverwaltung ein Landschaftsbild in Öl zurück. Ich dachte, wer, wenn nicht Sie, liebe Freya, kann mir dabei helfen?« Flüchtig sah Freya vom Schreibtisch auf. Er schloss die Tür, schlenderte betont lässig zu ihr herüber und baute sich direkt hinter ihrem Stuhl auf, als müsste er unbedingt über ihre Schulter sehen, um zu prüfen, womit sie gerade befasst war.

»1943 hat Hausenstein das Bild auf Einladung des damaligen Direktors höchstpersönlich für die Jahresschau hierhergebracht, aber bis heute angeblich nicht zurückerhalten«, fuhr er fort.

»Und wieso wendet er sich damit an die Militärverwaltung und nicht direkt an die Abwicklungsstelle hier im Haus?«

Verwundert schüttelte Freya den Kopf. Bob schien kurzzeitig irritiert von ihrer Frage, dann verzog er den Mund zu einem Schmunzeln.

»Im allgemeinen Chaos weiß wohl niemand mehr so wirklich, wer für was zuständig ist. Sicherlich können Sie rasch nachprüfen, ob stimmt, was dieser Hausenstein schreibt.«

Noch ehe sie das bejahen konnte, lehnte er sich so nah über ihre rechte Schulter, dass sie fast schon sein Gewicht auf sich spürte, während er mit den schlanken Fingern nach den Papieren vor ihr auf der Schreibtischplatte griff. Instinktiv schlug sie den Aktendeckel zu. Wie zufällig berührten sich ihre Hände. Elektrisiert fuhr sie zurück.

Bob roch gut. Viel zu gut. Das Aftershave, das er benutzte, gefiel ihr. Es ging eine verführerische Mischung mit seinem Atem aus Tabak, Pfefferminzkaugummi und Kaffee sowie dem Rosmarinshampoo für sein brünettes, welliges Haar und dem dezenten Waschmittel- und Schweißgeruch seiner tadellos am durchtrainierten Leib sitzenden Uniform ein. Gut sah er aus, keine Frage. Obwohl sie das eckige Kinn in dem länglichen Gesicht mit den auffallend weißen Zähnen etwas zu dominant fand. Sehr amerikanisch. Mit seinen etwa fünfunddreißig Jahren war er obendrein im richtigen Alter. Freya kannte viele Frauen, die in diesem Moment sofort mit ihr tauschen würden. So viel Auswahl an Männern gab es derzeit für Frauen nicht. Noch dazu an derart kultivierten Männern, mit denen sich auch einmal ein vernünftiges Gespräch führen und kulturelle Interessen teilen ließen. Trotzdem rückte sie jetzt so weit wie möglich weg, als er sie eindringlich aus seinen grünbraunen Augen fixierte. Seine glatt rasierte linke Wange blieb dennoch so nah neben ihrer, dass sie die drei winzigen schwarzen Haare auf dem Muttermal knapp unter dem Auge genau unterscheiden konnte. Sie schürzte die Lippen. Er beugte sich noch ein Stück weiter zu ihr herunter und lächelte süffisant.

»Natürlich kann ich Ihnen die entsprechenden Unterlagen schnell heraussuchen«, erklärte sie. »Meine Kollegin hat mir gezeigt, wo sich was befindet. Sogar die Ausstellungskataloge der acht Kunstschauen sind komplett vorhanden. Letztlich ist das allerdings überflüssig. Dieser Hausenstein kann einen solchen Verlust gar nicht bei der Militärverwaltung geltend machen. Sämtliche Kunstwerke von 1943 befinden sich schon seit Frühjahr 1944 nicht mehr hier. Sein Gemälde muss also anderweitig verloren gegangen sein. Zur Einlagerung der Kunstwerke haben hier im Haus immer schon die Kapazitäten gefehlt. Bevor jeweils im Sommer eine neue Schau eröffnet wurde, hat man die nicht verkauften Stücke der vorangegangenen ...«

»Danke, ich vergaß!« Lächelnd richtete Bob sich wieder auf, verschränkte die Arme hinter dem Rücken und sah schräg von oben auf sie herunter.»Mein Fehler. So oft haben Sie mir schon erklärt, wie das abgelaufen ist. Allmählich sollte ich es wissen. Wie gut, dass Sie nie die Geduld mit mir verlieren.«

»Bei solchen Anfragen sollten wir vorsichtig sein. In letzter Zeit sind einige ähnlich lautende Schreiben eingegangen. Möglicherweise simple Versuche, auf unlautere Weise Entschädigungen für angeblich in diesem Haus verloren gegangene Gemälde geltend zu machen.«

Kaum hatte sie die Vermutung ausgesprochen, zuckte es verräterisch um Bobs Mundwinkel. Sie wusste nicht, wie sie das interpretieren sollte, also redete sie einfach weiter.

»Dabei wird unterschätzt, mit welcher Akribie die deutsche Bürokratie funktioniert hat. Buchstäblich bis zur letzten Stunde wurde quasi über das Schicksal jeder einzelnen Büroklammer Buch geführt. Auch hier im Haus der Deutschen Kunst. Das erleichtert die Rückabwicklung der Kunstwerke erheblich. Angefangen bei den Bewerbungen der Künstler ab Gründung des Hauses 1937 über eine detaillierte Liste aller je ausgestellten Werke bis zu den Verkäufen inklusive der dabei erzielten Preise und den Namen der jeweiligen Käufer ist jedes Detail dokumentiert. Genauso wurde auch die Rückgabe der unverkauften Stücke an die Künstler stets ordentlich quittiert. Sollte also jemand einen etwaigen Verlust geltend machen, lässt sich schnell klären, ob das gerechtfertigt ist. Wenn überhaupt, ist das sowieso nur für die letzte Schau denkbar. Die wurde im Juli 1944 eröffnet und lief bis kurz vor Ende des Dritten Reichs. Der letzte Verkauf in dem Zusammenhang ist für den 24. April 1945 datiert. Das habe ich zufälligerweise vorhin erst nachgelesen.«

»Wieder mit exaktem Preis und Käufer, oder? Und natürlich sind die Kunstwerke dieser letzten ›Großen Deutschen Kunstausstellung‹ ebenfalls vollständig katalogisiert, so dass wir genau wissen, was im Depot lagert, seit unsere GIs das Haus okkupiert haben. Ein Hoch auf die deutsche Bürokratie! Der entgeht wirklich gar nichts.«

»Hier verschwindet nicht einmal ein Staubkorn, ohne dass wir das schriftlich haben.«

»Dennoch soll jetzt ausgerechnet die berühmte Bronzetafel mit den Namen der achtzehn stolzen Grundsteinstifter verschwunden sein«, entgegnete er mit einer gewissen Schadenfreude. Oder deutete sie den Ausdruck auf seinem Gesicht völlig falsch?

»Sie erinnern sich?«, fuhr er fort. »Gut sichtbar hat sie im Foyer gehangen, bis unsere Jungs einmarschiert sind. Angeblich wurde sie in den Keller geräumt. Und jetzt ist sie weg, ohne dass man weiß, wohin. Eigenartig, angesichts der zuverlässigen Ordnung hier im Haus, finden Sie nicht auch? Ein so schweres Stück kann man sich schließlich nicht einfach unter den Arm klemmen und damit unbemerkt hinausspazieren. Noch dazu bei der strikten Bewachung durch GIs und deutsche Wachleute. Dagegen sind die englischen Kronjuwelen geradezu frei zugänglich, habe ich mir sagen lassen.«

»Haben Sie eine Ahnung, wie unübersichtlich die Lagerräume im Keller sind? Und wie viel dort herumsteht, längst bereit für den Abtransport? Erst heute morgen habe ich gehört, wie Direktor Ade am Telefon …« Mitten im Satz brach sie ab. Siedend heiß fiel ihr ein, wen sie vor sich hatte. Darüber durfte sie nicht sprechen. Das waren Interna, die niemanden etwas angingen. Auch nicht Lieutenant Bob McIntosh von den Monument Men.

»Schon gut.« Spitzbübisch zwinkerte er ihr zu. »Ich habe nichts gehört. Worüber haben wir gerade noch einmal geredet? Über Lumpen wie diesen Hausenstein, die plump versuchen, die ausgezeichnet funktionierende deutsche Verwaltung auszutricksen. Wenn er so schlecht malt, wie er sich dabei anstellt, hat er es nicht anders verdient, als am Hungertuch zu nagen.«

Erleichtert erwiderte sie nun doch sein Lächeln. Sobald er sich auf mindestens zwei Schritt Abstand zu ihr befand, tat sie sich leichter, seine Anwesenheit zu genießen. Er begegnete ihr stets mit Respekt und guten Manieren. Vielleicht sollte sie der Versuchung doch endlich nachgeben. So wie es aussah, standen die Chancen, dass Hendrik wirklich noch aus Sibirien zurückkehrte, schlecht. Außerdem wusste sie nicht, in welchem Zustand er dann vor ihr stand. Warum sollte eine Frau wie sie sich unterdessen nicht etwas Vergnügen gönnen? Auch ihre kleine Sonja würde davon profitieren. An ihren Vater besaß sie keine Erinnerung. Bob liebte Kinder. Das hatte sie erst vor Kurzem beobachtet, als eine Horde Jungen und Mädchen von Mitarbeitern der Streitkräfte das Haus hatten besichtigen dürfen. Spontan hatte er sich ihnen angeschlossen und an ihrer Spitze das Basketballfeld in einem der früheren Ausstellungssäle gestürmt. Zwei Körbe hatte er binnen Sekunden erzielt.

»Schade eigentlich, dass mit einer deutschen Verwaltung auch nach dem Zusammenbruch noch zu rechnen ist.« Er schmunzelte vielsagend. »Ich hatte gehofft, das Chaos wäre groß genug, damit wir beide uns zusammentun und uns einen netten Nebenverdienst aufbauen, in dem wir das ein oder andere Kunstwerk aus dem Keller unbehelligt abzweigen, um es auf dem Schwarzmarkt zu verhökern. Die Nachfrage nach sogenannter ›deutscher‹ Kunst soll nach wie vor hoch sein.«

»Verrückt, oder?«, stieg sie vergnügt darauf ein. »Dabei sind Sie nicht einmal der Erste mit dieser Idee. Immer wieder klopfen Armeekollegen von Ihnen hier an und erkundigen sich charmant, ob sie unter der Hand etwas aus dem Depot des Hauses kaufen könnten.«

»Dann hoffe ich mal, ich bin trotz allem der Erste, an den Sie als Kompagnon denken, sollten Sie sich jemals entscheiden, auf diese Art von Kunsthandel einzusteigen.«

Von neuem schenkte er ihr einen Blick, den sie nicht so recht zu deuten wusste.

»Am besten sehe ich nach, wann diesem Hausenstein sein angeblich verloren gegangenes Gemälde zurückgegeben wurde, damit Sie ihm eine Nachricht schicken können«, wechselte sie das Thema.

In einer grazilen Bewegung erhob sie sich von dem harten Holzdrehstuhl, strich den engen Rock über Hüften und Gesäß glatt und trat vor das Regal neben der Tür. Suchend glitten ihre sorgfältig manikürten Finger über die Ordnerrücken. Deutlich spürte sie, wie Bob sie beobachtete.

»Hier ist es auch schon.« Flink zog sie einen Ordner heraus und blätterte ihn auf, überflog die darin abgehefteten handschriftlichen Listen und verkündete dann: »Ein Erwin Hausenstein hat seine Voralpenlandschaft bei Miesbach in Öl nach Beendigung der Schau im Frühjahr 1944 ordnungsgemäß zurückerhalten. Das hat er bei der Abholung eigenhändig quittiert. Wenn Sie mir seinen Brief geben, kümmere ich mich morgen früh gleich als Erstes darum.«

Sie wollte Bob das Blatt aus der Hand nehmen und auf

ihrem Schreibtisch deponieren. Es war Zeit, Feierabend zu machen und Sonja bei ihrer Freundin Hilde Grieshaber abzuholen. So gern Hilde nach der Schule auf die mittlerweile Sechsjährige aufpasste, so streng legte sie Wert auf pünktliches Abholen. Freya wusste, wie wichtig es ihr war, aus den bescheidensten Mitteln ein warmes Abendessen für ihren Untermieter Emil Graf auf den Tisch zu zaubern.

Bob aber hielt das Papier fest.

»Müssen Sie schon los? Ist es schon wieder so spät?« Überrascht sah er auf seine Armbanduhr. »Wahrscheinlich ist es vergebens, Sie auf einen Drink im Casino einzuladen?«

»Tut mir leid, aber ...«, setzte sie an, doch Bob winkte gleich ab. »Kein Anlass, sich zu entschuldigen. Bewundernswert, wie Sie das hinkriegen, ganz allein mit Ihrer entzückenden kleinen Tochter. Wie hätten Sie das nur bewerkstelligt, wenn Sie tatsächlich statt dem Job hier im Büro den als Küchenhilfe im Officers' Club bekommen hätten? Da fängt die Schicht um diese Uhrzeit gerade erst an.«

»Darüber denke ich lieber nicht nach. Es hätte schon irgendwie funktionieren müssen.«

»Ein Hoch auf unseren Freund Fritz Graf! Immerhin hat er Sie vor einigen Wochen rechtzeitig in der langen Schlange der Arbeitssuchenden entdeckt. Es wäre wirklich ein Jammer gewesen, wenn eine Frau mit Ihren Qualifikationen, studierte Kunsthistorikerin, langjährige Galeriebesitzerin und noch dazu perfekt Englisch sprechend stattdessen beim Kartoffelschälen und Zwiebelhacken in den Untiefen des feuchten Kellers verschwunden wäre. Ganz abgesehen davon, welcher Verlust es für mich persönlich gewesen wäre, Sie niemals kennengelernt zu haben.«

Dicht baute er sich vor ihr auf und nahm ihre Hand, um einen galanten Kuss darauf zu hauchen. Länger als nötig hielt er sie fest.

»Das wäre in der Tat sehr schade gewesen«, entgegnete sie und entzog sich ihm behutsam.

Es war wirklich höchste Zeit zu gehen. Die Straßenbahnen waren um diese Zeit völlig überfüllt. Meist musste sie erst zwei oder drei passieren lassen, ehe sie überhaupt mitfahren konnte. Und dass, obwohl zwischen vier und sieben Uhr nachmittags wie auch schon morgens zwischen sechs und neun nur Berufstätige mit Dauerausweis sowie Einzelne mit begrenzten Berechtigungsscheinen die Tram benutzen durften. Zudem dauerte die Fahrt nach Laim unendlich lange, weil die heillos überfüllten Waggons angesichts der schweren Last und der schlechten Schienenverhältnisse nur langsam vorankamen. Zum Glück bewohnten Sonja und sie inzwischen ein kleines Zimmer am Agricolaplatz gleich an der Grenze zu Pasing, so dass sie es von Hildes Wohnung in der Agnes-Bernauer-Straße nicht mehr weit nach Hause hatten und die Strecke notfalls laufen konnten.

»Grüßen Sie mir Ihre Freundin Hilde unbekannterweise. Möglicherweise habe ich mehr Glück bei Ihnen, wenn ich Sie bitte, sie ebenfalls einmal zu einem Drink einzuladen. Vielleicht kann Hildes Untermieter in der Zeit auf Ihre Tochter aufpassen. Ich werde unseren gemeinsamen Freund Fritz bitten, ihm das vorzuschlagen. Für irgendetwas muss es doch gut sein, dass das sein kleiner Bruder ist.«

Bob schmunzelte. Offenbar fiel ihm gerade eine noch bessere Lösung ein. Er hob den rechten Zeigefinger, als wollte er ihre Aufmerksamkeit vergrößern.

»Ich hab's!«, rief er vergnügt. »Unser lieber Freund Fritz heuert gleich selbst als Babysitter für Ihre Sonja an und Hilde bringt ihren Untermieter mit in den Club. Er ist ein hervorragender Tänzer. Einige Male habe ich ihn hier schon mit seinem amerikanischen Vorgesetzten getroffen. Ich liege doch nicht falsch, wenn ich der guten Hilde unterstelle, ernste Absichten bei ihm zu verfolgen? Wer kann es ihr verdenken. Für eine Witwe ist sie noch viel zu jung. Und so ein fescher angehender Kriminalkommissär wäre wirklich eine ausgezeichnete Partie.«

Sein Schmunzeln verwandelte sich in ein anzügliches Grinsen, wie Freya fand. So ausgezeichnet waren Bobs Manieren anscheinend wohl doch nicht. Dann aber hatte er sich wieder im Griff und öffnete ihr zuvorkommend die Tür.

»Einen schönen Abend, meine Liebe. Und vergessen Sie meine Einladung nicht, ganz einerlei, was Hilde davon hält. Es wäre sehr schade, wenn Sie mir und vor allem sich selbst noch länger das Vergnügen verwehren.«

Auf einmal fühlte Freya sich ertappt. Ihre Wangen glühten. Rasch schob sie sich an Bob vorbei in den düsteren Flur.

»Ich denke darüber nach«, murmelte sie leise und hastete, so schnell es ihr auf den hohen Schuhen und dem glatten Steinboden möglich war, zum Ausgang.

12

Die Situation war absurd. Seit einer halben Stunden saßen Emil und sie auf gut zwei Meter Entfernung zueinander auf der Veranda. Zwischen ihnen thronte Kollege Daniel, den die Hausdame Felicitas Zur Mühlen als unfreiwilliges Anstandshündchen dort platziert hatte.

So sehr es Billa freute, dass Emil die Initiative ergriffen hatte und in der Bogenhausener Reportervilla mit dem Hinweis aufgetaucht war, sich dringend dienstlich mit ihr austauschen zu müssen, so deutlich spürte sie, dass sie gründlich aneinander vorbeiredeten und vorerst keine Chance bestand, dem entgegenzutreten. Zumindest nicht in dieser Konstellation.

Artig nippten sie an ihren Drinks, plauderten vermeintlich harmlos vor der märchenhaft untergehenden Sonne. Wobei ihre Plauderei ebenso wenig harmlos wie die Sonnenuntergangszenerie vor der zerstörten Stadtsilhouette märchenhaft war. Immerhin ging es um Mord. Und außerdem sprachen sie vor Daniel zwar relativ locker, aber eben nicht so offen und ehrlich, wie wenn sie allein gewesen wären. Selbst wenn sie sich auch dann vermutlich erst einmal auf rein Berufliches beschränkt hätten, um sich gegenseitig vorsichtig abzutasten, statt auf das zu kommen, was ihnen beiden eigentlich auf dem Herzen lag.

»Was für ein Zufall, dass ich bei meinen Recherchen ausgerechnet bei den Niedermeiers in der Küche gelandet bin und dort das Familienfoto entdeckt habe, auf dem ich die Tote vom

Bahndamm erkannt habe«, erklärte sie. »Auch wenn ich deshalb nicht dazu gekommen bin, ihn auf den Handel mit gefälschten Leumundszeugnissen anzusprechen. Gut möglich, dass er nicht nur darüber Bescheid weiß, wie von Traudl Stadler vermutet, sondern selbst kräftig dabei mitmischt. Immerhin kennt er ihrer Aussage zufolge Täter wie Opfer rund um die Siedlung, also Abnehmer wie Lieferanten. Solche Geschäfte wären natürlich auch ein plausibles Motiv für den Mord.«

»Vergesst nicht, dass ausgerechnet Niedermeiers bester Freund Loibl im KZ gesessen und ihm selbst eine entsprechende Bescheinigung ausgestellt hat«, griff Daniel den Faden auf.

»Du meinst, er könnte das im Auftrag Niedermeiers auch für andere tun?« So logisch das klang, wirkte Emil nicht sonderlich überzeugt von der These. »Loibl sah mir nicht danach aus, als wäre er dazu bereit. Er schien mir eher jemand, der tatsächlich stets nach innerer Überzeugung handelt. Deshalb war er wohl auch im KZ.«

»Aber er ist Niedermeier wiederum sehr viel schuldig: Hilfe für seine Familie während seiner Zeit im Lager, neuerdings das Haus …« Billa dagegen gefiel die Idee. »Vielleicht übernimmt es auch seine Frau Grete, solche Bescheinigungen auszustellen, und Korbinian weiß gar nichts davon.«

»Trotz allem stellt sich dann immer noch die Frage, wieso Niedermeiers Frau Gundl und nicht er umgebracht wurde«, gab Emil zu bedenken.

»Weil Grete Loibl endgültig genug von ihren ewigen Sticheleien hatte«, meldete Daniel sich gleich mit einer weiteren Theorie zu Wort. »Sonderlich beliebt scheint Gundl ja nicht gerade gewesen zu sein.«

»Das schließen wir allein aus den Andeutungen der Loibls. Wir müssen aber unbedingt vorsichtig mit Vermutungen sein. Auch die Idee mit dem illegalen Handel ist bislang nur die Behauptung eines womöglich rachsüchtigen alten Schwätzers und noch lange keine bewiesene Tatsache. Erst recht nicht in Zusammenhang mit den Niedermeiers.«

»Da spricht der korrekte Kriminaler.« Daniel nickte amüsiert. »Du hast viel gelernt in den letzten Monaten. Und natürlich hast du recht.«

»Am besten rede ich morgen noch mal mit Erwin Haller«, überging Billa die Bemerkung. »Er soll mir Stichhaltigeres nennen, am besten Namen von Personen, die solche Aussagen gegen Geld abgeben, und Abnehmer aus der Siedlung.«

»Damit könnten wir Niedermeier dann direkt konfrontieren«, griff Emil das dankbar auf. »Sein heftiger Zusammenbruch vor der Leiche im Obduktionssaal deutet natürlich darauf hin, dass er nicht allein den furchtbaren Tod seiner Frau betrauert, sondern dass ihn da noch mehr umtreibt. Aber dafür brauchen wir, wie gesagt, unbedingt eindeutige Beweise. Uns Polizisten gegenüber geben sich die Leute in der Siedlung leider nicht sehr auskunftsfreudig. Du als Reporterin hast da sicher mehr Glück.«

»So einfach ist es auch für mich nicht. Die meisten sind vorerst auf die Abgabe der Fragebögen und den Erhalt der neuen Bezugsscheine fixiert. Kein Wunder. Beides aneinanderzukoppeln, war nicht sonderlich geschickt. Das bringt die Menschen noch mehr gegen die amerikanischen Besatzer auf. Die Rationen sind äußerst spärlich, vor allem seit der letzten Kürzung Anfang des Monats. Wie man mit noch einmal dreihundert Kalorien weniger am Tag auskommen soll, ist schleierhaft.

Der Klecks Fett und die winzige Menge Fleisch oder Wurst sind auf einem normal großen Teller kaum mehr auszumachen. Zudem gibt es in der Stadt kaum eine Gelegenheit, sich jenseits des Schwarzmarkts mit dem Nötigsten zu versorgen. So gesehen wird die gekürzte Ration von einigen schon als vorweggenommene Strafe für die Beantwortung der Fragebögen interpretiert. Als ich heute Nachmittag nochmals in der Siedlung unterwegs gewesen bin, hat übrigens noch niemand von dem Mord geredet. Was wahrscheinlich vor allem damit zusammenhängt, dass ihr gestern von einem Opfer aus den Flüchtlingsbaracken ausgegangen seid und nur dort herumgefragt habt. Was bei den Sudetendeutschen passiert, interessiert in der Siedlung niemanden. Die haben genug mit sich und ihrem Alltag zu tun. Trotzdem werde ich morgen in jedem Fall wieder hinfahren und mich weiter umhören. Wenn ich mit Zigaretten, Kaffee oder Lippenstiften nachhelfe, werden die Leute wahrscheinlich redseliger.«

Konkret dachte sie dabei vor allem an Traudl Stadler. Die mochte mehr über die Zustände in der Siedlung im Allgemeinen und die Niedermeiers im Besonderen zu erzählen haben. Wichtig war nur, dass es ihr gelang, von Traudl nicht gleich wieder an der Tür abserviert zu werden.

»Das heißt, du machst morgen früh erst einmal Großeinkauf im PX Store? Soll ich mitkommen und dir schleppen helfen?«

Daniel gefiel die Idee sichtlich. Unternehmungslustig rieb er sich die Hände.

»Sam wird mich fahren und mir wie immer unter die Arme greifen«, wehrte Billa seinen Vorschlag ab. »Du willst mir sowieso nur die Story klauen. Frag erst mal deinen neuen Chef, den Kästner, ob er so etwas überhaupt für seine *Neue Zeitung* haben will. Ein Mord im Münchner Norden ist eigentlich nicht intellektuell genug für das Blatt.«

»Aber vielleicht im Zusammenhang mit der Tatsache, dass das Opfer die Ehefrau eines früheren Blockwarts ist«, mischte Emil sich ein.

»Pst!« Übertrieben legte Billa den Zeigefinger an die Lippen. »Schlimm genug, dass Daniel schon so lange Ohren wie ein Osterhase hat, um die Geschichte mitzuverfolgen. Du musst ihm nicht noch die richtigen Stichworte in den Mund legen, um sie am geschicktesten an die Redaktion zu verkaufen.«

»Ich verspreche dir hoch und heilig, dir die Story zu überlassen, solange ich einfach nur weiter deine und Emils Gegenwart genießen darf.« Theatralisch presste Daniel sich die rechte Hand aufs Herz und setzte eine Unschuldsmiene auf.

Dass er wenig Interesse an der Geschichte hatte, glaubte sie ihm. Sie fiel nicht in sein gewohntes Themenumfeld. Zumindest nicht, solange sie Hallers Hinweis, darin könnten Juden verstrickt sein, für sich behielt. Das könnte zum Anlass neuer antisemitischer Hetze und damit eben doch zum Thema für die *Neue Zeitung* werden.

Nur zu gut wusste sie, dass es Daniel durchaus genügte, an diesem ungewöhnlich milden Frühlingsabend bei ihr und vor allem Emil auf der von blühenden Sträuchern und Bäumen eingerahmten Veranda zu sitzen. Dennoch wollte sie ihn gern loswerden. So schnell wie möglich. Und ihn zugleich dazu bringen, die Hausdame von Emil und ihr abzulenken, damit sie ihn nicht hinauswarf, ehe sie allein miteinander gesprochen hatten.

Obwohl Billa als Journalistin darauf brannte, sich mit Emil über den Mordfall auszutauschen, spürte sie, dass sie eigentlich ganz anderes miteinander bereden wollten. Was sie jedoch in Daniels Gegenwart unmöglich ansprechen konnten. Wenn er wenigstens einige Meter wegrücken würde und sie ungestört miteinander flüstern ließe! Dann könnten sie sich zumindest ansatzweise verständigen, vielleicht anderweitig verabreden. Sämtliche Andeutungen dazu ignorierte er allerdings geflissentlich. Versank stattdessen zu ihrem Verdruss gerade in einem besonders schmachtenden Blick auf Emil, der ungewohnt lebhaft seine Eindrücke von der auskunftsfreudigen Niedermeier-Nachbarin Grete und dem verstockten Korbinian Loibl schilderte.

Gegen ihren Willen musste sie plötzlich laut lachen. Verwundert brach Emil mitten im Satz ab und sah sie an. Daniel hing noch einige Atemzüge verdutzt an seinem Gesicht, bevor er sich ebenfalls ihr zuwandte. Mit deutlicher Verzögerung stimmte er in ihr Lachen ein.

»Auf euer Wohl!«, verkündete er augenzwinkernd und hob sein Whiskeyglas. »Am besten erlöse ich jetzt Frau Zur Mühlen von ihrer Neugier und erzähle ihr brühwarm von euren skandalösen Liebesflüstereien auf der Veranda. Angesichts des romantischen Sonnenuntergangs konnte euch wirklich nichts Besseres einfallen, als über eine erdrosselte Blockwartsgattin an einem Bahndamm zwischen Displaced-Persons-Lager und Flüchtlingsbaracken zu plaudern. Das ist das Thema, das jedes Frauenherz höherschlagen lässt und bei den Herren der Schöpfung die Schmetterlinge im Bauch zum Flattern bringt.«

Amüsiert stieß er erst mit Billa, dann mit Emil an.

»Hoffentlich bleibt unserer geschätzten Hausdame vor

Aufregung nicht eines der Pralinés im Hals stecken«, ging Billa darauf ein. »Nicht, dass das Emil noch als Mordanschlag ausgelegt wird. Dazu hat er sie nicht mitgebracht. Halte dich also bitte etwas zurück und trag nicht allzu dick auf, wenn du ihr Bericht erstattest.«

»Das soll wohl der finale Rauswurf sein?«

»Endlich hast du es kapiert! Mach, dass du wegkommst. Ich habe schon befürchtet, ich muss handgreiflich werden, um dich von der Terrasse zu vertreiben.«

»Das werde ich dir nie verzeihen!« Daniel erhob sich und tat beleidigt, beugte sich dann aber im Vorbeigehen noch einmal zu ihr herunter, um ihr ins Ohr zu flüstern: »Dabei habe ich mir schon Hoffnungen gemacht, du würdest als Erste die Waffen strecken und Emil mir überlassen. Zwei Männer allein auf der Terrasse sind laut Frau Zur Mühlen absolut unverfänglich. Solltest du es dir also anders überlegen, gib Bescheid. Du kennst meine Schwäche für ihn.«

»Die aber wohl nicht auf Gegenseitigkeit beruht«, wisperte sie zurück.

»Darauf würde ich es an deiner Stelle nicht ankommen lassen. Du ahnst nicht einmal, wozu ich in der Lage bin, wenn ich will«, erwiderte er ebenso leise und rauschte davon.

»Bist du sicher, dass es eine gute Idee ist, wenn wir jetzt hier nur noch zu zweit ... Eure Hausdame hat sich ausdrücklich verbeten, dass ich allein mit dir ...«, setzte Emil an, sobald Daniel verschwunden war.

»Hast du neuerdings Angst vor mir?« Von neuem lachte sie.

»Eher vor Frau Zur Mühlen, die die Tugend von euch Reporterinnen gewiss wie ein tapferer Ritter zu verteidigen weiß.«

»Im Zweifelsfall werfe ich mich zwischen euch beide. Ich

habe mal geboxt. Nur, damit du weißt, mit wem du es in meinem Fall zu tun hast.« Sie hob die Arme und demonstrierte zwei, drei typische Schläge mit geballten Fäusten in der Luft. »Daniel wird allerdings schon dafür sorgen, sie zumindest die nächste halbe Stunde aus den Augen verlieren zu lassen, dass er uns hier entgegen ihrer Anordnung allein gelassen hat. Und die Pralinés, die Joe für sie ausgesucht hat ...«

»Woher weißt du, dass Joe ...?«

»Ich kann eins und eins zusammenzählen.« Seine Naivität rührte sie. Es war typisch für ihn, zu hoffen, sie würde die wahren Umstände seines Auftauchens nicht durchschauen.

»Erstens hättest du keine Schnapspralinen ausgewählt, sondern eher welche mit Nougat oder Fruchtfüllung. Und zweitens passt es einfach nicht zu dir, ohne Einladung bei mir hereinzuschneien und mich nach meinen Recherchen auszufragen. Einerlei, wie viel Mühe du dir auch gibst, mir umgekehrt von euren Erkenntnissen etwas preiszugeben. Eigentlich bist du viel zu gut erzogen für ein derartiges Verhalten.«

»Schön zu hören, dass du wenigstens noch eine einigermaßen gute Meinung von mir hast.« Seine Stimme wurde rau. Verlegen kippte er den letzten Rest Whiskey aus seinem Glas in einem Zug herunter und beschäftigte sich dann mit dem Anzünden einer Zigarette.

»Du weißt, dass ich die immer haben werde.«

»Warum bist du dann im letzten Herbst so schnell abgereist, ohne dich richtig von mir zu verabschieden? Der Brief, den du mir Wochen später aus New York geschickt hast, war auch nicht sonderlich auskunftsfreudig.«

»Tut mir leid. Das war nicht in Ordnung«, räumte sie ein.

»Spätestens, als du im März wieder hier warst, hättest du

dich melden können. Hätte es gestern die Tote nicht gegeben ...«

»Die vergangenen Wochen war ich schlichtweg zu feige, um mich mit dir zu treffen. Weil ich nicht wusste, wie ich dir mein langes Schweigen plausibel erklären sollte. Der Besuch meiner Mutter im letzten Oktober hat mich maßlos überfordert. Du hast selbst erlebt, wie anstrengend Lilo ist. Niemals hätte ich damit gerechnet, dass sie nach den schrecklichen Ereignissen im Sommer so schnell nach Deutschland käme, um sich vor Ort mit ihrer eigenen Verstrickung in die Geschichte auseinanderzusetzen. Plötzlich wollte sie all die Orte sehen, an denen wir vor unserer Flucht 1938 unsere Zeit verbracht haben. Sogar zu unserer ersten Wohnung in der Klenzestraße sind wir gepilgert. Leider steht davon kaum mehr als die Brandmauer im Hof, keiner der früheren Bewohner scheint mehr auffindbar. Wenigstens haben Lilo und ich das zum Anlass genommen, um endlich einmal offen miteinander über unsere damaligen Nachbarn, die Schratzlers, zu reden. Wohl überhaupt das erste Mal, seit unserem Umzug in die vornehme Maximilianstraße 1930. Damals hat Lilo leider darauf bestanden, den Kontakt zu ihnen abzubrechen. Ohnehin sind sie zur selben Zeit ebenfalls weggezogen, und wir haben nie wieder voneinander gehört. Unfassbar! Dabei waren Rosl und ich einmal die besten Freundinnen. Und ihren Vater Gustl, einen tapferen Schandi, habe ich als kleines Mädchen für seine Aufrichtigkeit und Rechtschaffenheit geradezu angebetet. Bis heute ist er übrigens für mich das Idealbild eines Münchner Polizisten.«

Sie hielt inne und zwinkerte Emil zu, der aufmerksam lauschte. So viel hatten die Schratzlers ihr bedeutet, und dann waren sie komplett aus ihrem Leben verschwunden. Als sie dann im letzten Sommer als Zeugin in den Mordfall in Nymphenburg geschlittert war und im Polizeipräsidium in der Ettstraße hatte vorsprechen müssen, war sie wieder an den von ihr früher so verehrten Polizisten Schratzler und seine Tochter, ihre einstmals beste Freundin, erinnert worden.

»Seltsamerweise habe ich keinen blassen Schimmer, was es mit der zugehörigen Ehefrau und Mutter auf sich hatte«, fügte sie nach einer Weile nachdenklich hinzu. »Auch Lilo wusste das nicht mehr. Und nun gibt es nicht einmal mehr das Haus, in dem wir alle einmal daheim gewesen sind.«

Sie seufzte, besann sich dann aber wieder auf die Fortführung ihres eigentlichen Berichts.

»In Gauting bei den Stamms waren Lilo und ich im Herbst auch noch einige Male. Dabei wollte ich sie natürlich erst recht nicht allein lassen. Und dann kam unvermittelt noch ein lukratives Angebot für mich über eine längere Reportage aus Paris dazu und da Lilo ohnehin noch dorthin wollte, sind wir letztlich völlig überstürzt aus München abgereist. Darüber habe ich dann komplett versäumt, mich noch einmal bei dir zu melden.«

»Du hättest mich wenigstens kurz anrufen oder mir eine Nachricht schicken können.«

Sichtlich enttäuscht schüttelte er den Kopf.

»Du hast recht.«

Verlegen sah sie nach unten, zündete sich hastig ebenfalls eine Zigarette an und scheiterte fast daran, weil ihre Finger so stark zitterten. Kaum gelang es ihr, das Feuerzeug still an die Zigarette zu halten. Endlich war es geschafft. Die Zigarette brannte. Nach einigen tiefen Zügen fand sie ihre Ruhe wieder.

»Oder gehst du mir wegen meines Bruders aus dem Weg?«,

platzte Emil unerwartet heraus. »Seit Friedrich hier aufgetaucht ist, hast du wahrscheinlich Angst, dass er …«

»Seine Vergangenheit bei der SS und als Staatsanwalt hier in München ist seine Geschichte, nicht deine«, unterbrach sie ihn hastig, insgeheim erleichtert, dadurch die für sie selbst viel quälenderen Gedanken an die Schratzlers wegschieben zu können. »Ebenso die Frage, was er an der Ostfront getan und erlebt hat. Du weißt, wie strikt ich das trenne. Könnte ich das nicht, wäre ich besser niemals in meine Heimat zurückgekehrt. Mir ist durchaus bewusst, dass weder alle, die hiergeblieben sind, automatisch zu den Nazis gehört und bei ihren schändlichen Verbrechen mitgewirkt haben, noch, dass ich ganze Familien in Sippenhaft für das Verhalten einzelner ihrer Mitglieder nehmen kann. Ebenso weiß ich, dass du zwar wie dein Bruder in der Wehrmacht gedient hast, aber deshalb nicht gleich ein überzeugter Anhänger Hitlers gewesen bist. Gerade deine Aufrichtigkeit in diesem Punkt bewundere ich, genau wie deinen hohen moralischen Anspruch, vor allem an dich selbst.«

»Ich weiß nicht, ob ich das wirklich als Kompliment sehe. Zu oft stehe ich mir dadurch selbst im Weg.«

Eine Spur zu fest drückte er die Zigarette im Aschenbecher aus, griff bereits nach der nächsten und suchte zwischen dem Ausatmen des Rauchs ihren Blick.

»Deine Mutter sieht mich wohl anders«, setzte er nach. »Bestimmt hat sie dir geraten, dich von mir fernzuhalten. Bei unserer kurzen Begegnung letzten Oktober im Officers' Club war sie mir gegenüber jedenfalls sehr frostig und hat nur das Nötigste mit mir gesprochen.«

»Vor Lilo musst du keine Angst haben. Erstens ist sie weit weg und zweitens weißt du, wie wichtig es mir ist, meine Entscheidungen selbst zu treffen. Vor allem solche, die mein Leben betreffen.«

»Dann besteht also durchaus Hoffnung für mich?«

Langsam erhob er sich aus seinem Stuhl, kam zu ihr herüber. Unwillkürlich stand auch sie auf. Dicht standen sie voreinander. Berührten sich beinahe.

»Es käme auf den Versuch an.«

Sie neigte sich vor, genoss es, seinen warmen Atem auf den Wangen zu spüren, schloss die Augen und spitzte den Mund.

»Billa, Emil! Ihr werdet es nicht fassen …«, platzte Daniel vom Aufenthaltsraum her auf die Terrasse.

Erschrocken fuhren sie beide herum. Daniel erstarrte mitten in der Bewegung.

»Oh!« Zerknirscht sah er sie beide an. »Wie ungeschickt von mir. Ich hätte es ahnen müssen. Genau im falschen Augenblick. Tut einfach, als wäre nichts geschehen. Ich setze mich drinnen aufs Sofa und lese … Ach, verflixt! Natürlich habe ich jetzt alles kaputt gemacht. Es tut mir leid.«

»Schon gut«, winkte Billa ab.

Emil drehte sich verlegen zur Seite, sah auf seine Fußspitzen, rauchte wieder. Auf einmal wirkte er verloren.

Sie ertrug es nicht länger, ihn so vor sich zu sehen, und sie wusste, dass Daniel sie verstehen würde. Er ganz besonders.

Im nächsten Moment schlang sie die Arme um Emil und zog ihn zu sich herum, presste ihre Lippen fest auf seine.

Verdutzt ließ er es geschehen. Dann hob er ebenfalls die Arme, legte sie um ihren Körper und erwiderte ihren Kuss.

»Endlich!«

Leise applaudierte Daniel in ihrem Rücken.

13

Sobald sich die Tür öffnete, streckte Billa Traudl Stadler an diesem Morgen ein Päckchen Kaffee und einen knallroten Lippenstift entgegen. Dazu lächelte sie gewinnend. Legte ihre ganze Hoffnung hinein, um dieses Mal endlich über die Schwelle nach drinnen zu gelangen.

»Die Farbe passt. Genau Ihr Rot«, behauptete sie kühn.

»Wenn Sie jetzt noch eine Zigarette für mich haben, brühe ich uns einen frischen Kaffee dazu auf«, erwiderte Traudl ebenfalls lächelnd.

»Und sogar noch ein Stück Schokolade dazu.«

Zur Bestätigung hielt sie die in glitzerndes Stanniol eingewickelte Tafel in die Höhe.

»Das ist zu schön, um wahr zu sein.«

Mit einer schwungvollen Armbewegung lud Traudl sie nach drinnen ein. Billa freute sich, den Geschmack der etwa zehn Jahre älteren Frau getroffen zu haben. Sie gönnte Traudl aus ganzem Herzen den Spaß, den sie offenbar an dem Geschenk hatte. Voller Zuversicht folgte sie Traudl ins Innere des winzigen Hauses.

Dort war alles so, wie sie gestern nach einem flüchtigen Blick über Traudls Schultern bereits vermutet hatte: Bis in den letzten Winkel herrschte vorbildliche Ordnung, in die sich die Kinder offenkundig brav fügten. Billa malte sich aus, wie

Traudl sie streng, aber auch sehr liebevoll dazu anhielt, wenn sie so wie jetzt vor dem Garderobenspiegel stand und sich flink die Lippen nachzog.

»Perfekt«, rief sie begeistert und strahlte Billa an.

»Passt!«, erwiderte Billa ebenso vergnügt.

Neugierig wanderten ihre Augen weiter. Anders als bei den kleinbürgerlichen Niedermeiers wies Traudls Ordnung einen sympathischen Hang zum Lässigen auf. Im Flur war es ein ungerahmtes Foto von Traudl in sichtlich besseren Zeiten, auf dem sie in einem weit ausgeschnittenen Sommerkleid verführerisch auf einer Decke in einer Blumenwiese posierte, daneben eine Skizze von drei hübschen Kinderköpfen – zwei Mädchen und einem kleinen Jungen –, die scheinbar achtlos, aber dennoch mit einem unverkennbaren Gespür für die beiläufige Platzierung mit Stecknadeln an die Wand gepinnt waren. In der Küche die halb offene Tür zum Wohnzimmer, die einen flüchtigen Blick auf das Sofa mit einem sorglos drapierten, bunt gemusterten Überwurf gewährte. Und überhaupt die Art, wie Traudl die Vorhänge am Fenster, die Kissen auf der Eckbank und die bunt geblümte Decke auf dem Tisch anzuordnen wusste. Auf Anhieb fühlte Billa sich wohl, vergaß leicht, in einem Reihenhaus einer im Dritten Reich errichteten Mustersiedlung und nicht in einer der ihr vertrauten Flats von Künstlern oder Bohèmiens in New York zu stehen. Selbst der in den Mauern gleich mit verputzte Geruch nach Kohl und Steckrüben trat in den Hintergrund.

Im Handumdrehen hatte Traudl den Kaffee aufgebrüht und den Tisch wie zum Kaffeeklatsch unter besten Freundinnen mit einfachem, aber geschmackvollem weißen Geschirr gedeckt. Und genau so saßen sie sich dann auch gegenüber.

Traudl mit der ersehnten Zigarette zwischen den Fingern auf einem Stuhl, die langen, wohlgeformten Beine übereinandergeschlagen, den Kopf mit den dunkelblonden Locken unter dem ausgebleichten Tuch geschickt ins Licht gedreht, dass ihr ausgewogenes Profil bestens zur Geltung kam. Billa auf der unvermeidlichen Eckbank an der Wand. Für einen Moment fühlte sie sich zu den Niedermeiers zurückversetzt, als sie bei ihnen am Vortag das Familienfoto an der Wand entdeckt hatte.

»Sind Sie gestern noch bei den Niedermeiers gewesen?«, erkundigte Traudl sich passenderweise in derselben Sekunde. »Es heißt, der Ignaz und seine Tochter wären mittags zu einem GI und einer Amerikanerin in den Jeep gestiegen. Das waren wohl Sie? Und ein paar Stunden später wären die zwei mit einem Kommissär und einem anderen Ami im Jeep zurückgekommen. Der Ignaz ganz klein, die Ursi ganz resolut. Und der Kommissär und der Ami wären sogar noch zu den Loibls gegangen, um mit denen zu reden. Gewiss ging's dabei auch um die Niedermeiers. Hat es was mit der Ursi zu tun? Und mit ihren vielen amerikanischen Freunden? Fesche Burschen sind das, die sie ab und an heimbringen. Manchmal sehe ich sie. Da bekäme ich schon auch wieder Lust zum Tanzen und Leben und Amüsieren. Aber mit drei kleinen Kindern am Rockzipfel, für die ich jetzt ganz allein sorgen muss, ist ans Vergnügen leider gar nicht mehr zu denken.«

Sie hielt inne, rauchte, trank einen Schluck Kaffee und richtete den Blick sehnsüchtig in den blauen Himmel vor dem Fenster.

»Bös getratscht wird hier in der Siedlung natürlich über die Ursi und ihre Burschen von der Army.« Aufmerksam sah

Traudl Billa wieder an. »Je weniger einer selbst hat, desto weniger gönnt er einem anderen. Vor allem, was den Spaß am Leben betrifft. Leider. Aber das kennen Sie natürlich selbst. ›Amiflitscherl‹ schimpfen sie die Ursi natürlich längst. Dabei hat das Mädel recht. Man ist nur einmal jung. Und hat noch so viele große Träume für so viel kurzes Leben.«

Von neuem wanderten ihre Augen in die Ferne. Ihre Träume waren vermutlich einmal ähnlich groß und leidenschaftlich gewesen wie die von Ursi.

»Von Herzen würde ich es der Ursi gönnen, wenn sie und ihr Bruder, der Franzl, es schaffen, nach Amerika zu gehen«, fuhr sie fort. »Ist ja kein Leben nicht, was sie hier führen. Vor allem nicht mit dem Drachen von Mutter. Was ein Weibsbild! Zum Glück ist die Gundl gerade nicht da. Besucht ihre Cousine im Allgäu, heißt es. Jetzt hat ihre Familie wenigstens ein bisserl Ruhe.«

»Sie sind bestens informiert«, stellte Billa fest und hoffte, Traudl verstünde das als Aufforderung, in ihrer Schilderung fortzufahren.

So war es auch.

»Hier in der Siedlung kriegt ein jeder alles vom anderen mit. Ob einer will oder nicht«, setzte sie schließlich nach. »Hocken ja alle eng genug aufeinander und belauern sich wie die Geier. Unter den Nazis genauso wie jetzt. Alles gäb ich dafür, endlich von hier wegzukommen. Letzte Nacht erst hab ich wieder drüber nachgedacht. Auch darüber, was der alte Haller Ihnen über mich erzählt hat. Dass ich in den Handel mit falschen Aussagen für die, die bei den Fragebögen als belastet eingestuft werden, verwickelt wär. Keine dumme Idee, nicht? Schade, dass mir die nicht selbst eingefallen ist. Leider kenne ich niemanden, der mir solche Aussagen schreibt. Oder ich müsste mein Glück doch beim Haller probieren, dem alten Weiberer. Dereinst war der ein armes Schwein bei BMW, wo auch die Italiener aus dem Lager hingemusst haben. Kann gut sein, dass der noch wen von damals kennt, der solche Bestätigungen schreiben würde. Noch nicht alle von denen sind wieder zurück in ihre Heimat. Einen Versuch wär's wert, und kosten würde es mich gewiss auch nichts. So viel Aufregung verträgt der alte Haller nicht mehr. Einen tiefen Blick in den Ausschnitt und ein bisserl Angrapschen würde dem schon langen.«

Mit der Zigarette zwischen den Fingern fasste sie sich an den Busen, knetete ihn, als wollte sie testen, wie sich das anfühlte, wenn Haller beherzt zupackte. Dann verzog sie das Gesicht. Offenkundig ekelte es sie bereits allein bei der Vorstellung vor dem alten Mann.

»Aber wie immer bin ich zu spät dran. Allweil bin ich zu spät dran in meinem Leben. Vor allem mit den großen Geschäften. Sonst würde ich schon lang nicht mehr hier hocken und darauf warten, dass mein Schorsch endlich von der Front heimkommt.«

»Warum fragen Sie nicht den Niedermeier? Könnte der Ihnen nicht helfen, in einen solchen Handel mit Leumundszeugnissen einzusteigen?«, versuchte Billa ihr Glück. »Gestern meinten Sie doch, der kenne hier jeden, selbst Juden und Zwangsarbeiter, und wüsste ohnehin über alles Bescheid, auch jetzt, nach seiner Zeit als Blockwart. Warum tun Sie sich nicht mit dem zusammen? Das könnte doch sehr lukrativ für Sie beide werden.«

»Hat der Ihnen gestern was von solchen Geschäften erzählt? Macht der die etwa selbst?« Erwartungsvoll schaute

Traudl sie an. Dann aber winkte sie enttäuscht ab. »Wenn es so wäre, wären Sie wohl kaum wieder zu mir gekommen. Dann wüssten Sie jetzt, was Sie wissen wollen, und müssten es nicht noch einmal bei mir probieren.«

Sie beugte sich vor, drückte die Zigarette energisch im Aschenbecher aus, trank einen Schluck Kaffee.

Auffordernd hielt Billa ihr von neuem das Zigarettenpäckchen hin. Traudl zögerte zuzugreifen. Zigaretten waren kostbar, sie zu rauchen Verschwendung. Erst als Billa ihr wortlos ein weiteres Päckchen hinschob, zündete sie sich doch noch eine an und lächelte geradezu triumphierend. In ihren Augen blitzte es geheimnisvoll.

»Nobel geht die Welt zugrunde. Man gönnt sich ja sonst nichts.«

Fast schon andächtig genoss sie die nächsten Züge, träumte dem ausgeatmeten Rauch hinterher, bis sie sich wieder auf Billas Gegenwart besann.

»Ich rede und rede. Wie ein altes Waschweib. Weshalb aber sind Sie jetzt gleich wieder noch mal zu mir gekommen? Was wollen Sie wissen?«

»Erzählen Sie mir ruhig noch ein wenig mehr von den Niedermeiers. Vor allem von Gundl.«

»Ein echter Drache ist das. Leiterin der NS-Frauenschaft ist sie in der Siedlung gewesen. Viel mehr weiß ich nicht über sie zu sagen. Einen großen Bogen mache ich um sie, wann immer es geht.«

Traudl schenkte sich Kaffee nach. Billa entging nicht, wie sich ihre eben noch so offene Miene plötzlich verschloss. So lebhaft sie sonst losplapperte, wollte sie jetzt nicht mehr so richtig heraus mit der Sprache.

»Einiges haben Sie ja trotzdem von Gundl Niedermeier mitbekommen. Etwa, wie strikt sie bei sich zu Hause das Kommando führt. Dabei ist ihr Mann doch Blockwart gewesen und sieht eigentlich auch sehr selbstbewusst aus.«

»Gut schaut er aus, der Ignaz, was?« Traudl zwinkerte ihr durch den Zigarettenrauch verschwörerisch zu. »Da fragt sich einer schon, wie der an eine Frau wie die Gundl kommt. Richtig gehen lassen hat die sich in den letzten Monaten. Vielleicht hat sie doch ein Herz und leidet tatsächlich darunter, was aus ihrem armen Franzl geworden ist. An die Front geschickt haben sie den nämlich noch, kurz vor Schluss. Und vielleicht leidet sie auch darunter, dass ihr Ignaz in der Siedlung nichts mehr zu sagen hat. Auch wenn er nach wie vor so tut, als ob hier nichts ohne ihn ging.«

»Was hat er eigentlich beruflich gemacht? Im Krieg war er vermutlich nicht.«

Sie verschwieg, dass Ursi ihr das am Vortag bereits verraten hatte.

»Nein, natürlich nicht. Erst groß das Maul aufreißen und bei jeder Gelegenheit ›Sieg Heil!‹ brüllen, sich dann aber auch als Erster wegducken, wenn Freiwillige für die Front gesucht werden. Und dann einen auf u. k. machen. Unabkömmlich! Als ob ein Aufseher im Haus der Deutschen Kunst wirklich unersetzlich gewesen wäre. Wer hätte die grässlichen Bilder und die noch grässlicheren Figuren da überhaupt freiwillig stehlen wollen? Da hätte einer einem eher schon was für zahlen müssen, damit er den Schmarren freiwillig mitnimmt. Ganz wichtig ist er sich da vorgekommen, der Ignaz. Vor allem im Sommer, wenn er bei der Eröffnung der großen Ausstellungen Aufsicht gehabt und den Hitler aus der Ferne hat vorbeiwandeln sehen.«

»Und jetzt ist er nicht mehr dort, dafür aber sein Nachbar …«

»Genau! Im letzten Sommer haben die Amis alle Nazis rausgeschmissen, die im Haus der Deutschen Kunst gearbeitet haben, ganz einerlei ob als Direktor, Techniker oder Aufseher. Allein das Parteibuch hat gezählt. Und das hat der Ignaz natürlich gehabt, sogar eins von den ganz frühen. Er war nämlich schon bei den ›Alten Kämpfern‹, also bei denen, die schon vor 1933 mitmarschiert sind. An den Posten als Aufseher ist er deshalb wohl überhaupt erst gekommen. Haben wollten den natürlich viele. Weil man sich da nicht so schmutzig gemacht hat, zumindest nicht an den Händen. An der Seele dafür ganz gewiss.« Bitter lachte sie auf, schüttelte den Kopf.

»Mechaniker bei BMW ist der Ignaz übrigens vorher gewesen«, erzählte sie weiter. »Eine dreckige Arbeit. Der Posten als Aufseher ist da natürlich viel feiner gewesen. Eine Uniform hat er dabei tragen müssen. Gut hat er ausgeschaut damit. Richtig fesch.«

»Und jetzt ist sein Nachbar Korbinian Loibl Nachtwächter im Haus der Kunst«, fügte Billa hinzu, froh, das bereits von Emil erfahren zu haben.

»Ein schöner Zufall, was?« Amüsiert griff Traudl die Bemerkung auf. »Gerade, wo die Loibls kurz vorher das Haus neben den Niedermeiers gekriegt haben. Aber wenigstens waren die nie in der Partei und sind auch sonst keine Nazis nicht gewesen.«

»Sie verstehen sich aber trotzdem bestens mit den Niedermeiers. Zumindest die beiden Männer«, warf Billa halb fragend ein.

»Weil die sich schon von ganz früher kennen«, stimmte

Traudl zu. »Aufgewachsen sind die zwei zusammen. Beim Mariahilfplatz in der Au. So eine Art großer Bruder ist der Ignaz für den Korbinian gewesen. Gekümmert hat er sich allweil um ihn. Das hat die Ursi mir erzählt.«

»Aber seine Frau Gundl ist nicht so begeistert davon.«

»Nicht wirklich. Vielleicht weiß der Korbinian etwas über den Ignaz, was er besser nicht wissen sollte. Sie wissen schon, so ein Geheimnis von früher, wovon keiner nichts wissen soll, weil es einen in große Schwierigkeiten bringen würde. Vielleicht hat es ja auch was wie mit den falschen Zeugenaussagen zu tun. Klingt doch ganz danach.«

Auf einmal wurde sie nachdenklich, richtete den Blick wieder aus dem Fenster. Offenbar schwirrte ihr noch etwas durch den Kopf.

Geduldig wartete Billa.

»Im Lager ist der Korbinian gewesen, müssen Sie wissen. Also nicht im Flüchtlingslager, sondern im KZ. Bei den Roten war er nämlich, also bei den Sozis. Bei der *Münchner Post*, der Zeitung von den Sozialdemokraten, hat er als Drucker gearbeitet, und obendrein war er in der Gewerkschaft. Die *Münchner Post* hat von Anfang an gegen den Hitler und seine Nazis geschrieben. 1933 ist sie deshalb gleich verboten worden. Aber der Korbinian hat sein Maul auch danach weiter aufgemacht. Deshalb ist er immer wieder nach Dachau gekommen. Und für einige Jahre sogar ganz woanders hin. Schon in der Hitlerzeit ist seine Frau, die Grete, allweil bei den Niedermeiers aufgetaucht und hat sie angefleht, ihr und den Kindern zu helfen. Die Loibls haben vier Kinder, die Niedermeiers nur zwei. Schon das ist der Gundl ein Dorn im Auge gewesen. Ausgerechnet sie, die bei der Frauenschaft so groß aktiv gewesen ist und es mit allem, was der Führer und seine Partei herumschwadroniert haben, so wichtig genommen hat, ausgerechnet die hat dem Führer nur zwei Kinder geschenkt. Und solche wie die roten Loibls vermehren sich wie die Karnickel! Bestimmt hätten die noch mehr Kinder gekriegt, wenn der Korbinian nicht so viel im KZ gewesen wär. Jedenfalls hat die Grete allweil bei den Niedermeiers vor der Tür gestanden und sie um Hilfe angefleht. Und die Gundl ist schier aus der Haut gefahren vor Wut. Der Ignaz hat wirklich versucht, den Korbinian vor dem Allerschlimmsten zu bewahren. Das ist ihm auch gelungen. Jedenfalls ist der Korbinian einigermaßen unversehrt heimgekommen und der Ignaz hat ihn weiter versorgt.«

»Was Gundl auch nicht wirklich gefallen hat, oder?«

»Das können Sie laut sagen! Gebrüllt hat sie vor Wut, als der Ignaz es ihr gesagt hat. Bis hier bei mir in der Küche hab ich es gehört. Wissen tue ich das deshalb noch so genau, weil meine kleine Sophie …« Mitten im Satz brach sie ab und sah Billa auf einmal mit großen Augen an.

»Warum reden wir eigentlich jetzt die ganze Zeit darüber? Warum fragen Sie bei allem, was Sie von mir über die Loibls und Niedermeiers wissen wollen, ständig nach, wie die Gundl das gesehen oder empfunden hat? Warum ist die Gundl Ihnen überhaupt so wichtig? Warum fragen Sie die Niedermeiers und die Loibls das alles nicht selbst? Warum vor allem die Gundl nicht?«

»Weil sie tot ist.«

»Tot? Aber wie denn das? Pumperlgesund ist die doch gewesen. Und gut genährt. Ist ihr bei ihrer Cousine im Allgäu was passiert? Von der hat sie früher nie geredet, dabei wohnen wir hier schon bald zehn Jahre beieinander. Sie hätte doch wenigstens einmal von ihr erzählen können. Vielleicht hätte die einem mal mit was aushelfen können, wenn sie auf dem Land wohnt und sogar einen eigenen Hof hat.«

»Ermordet wurde sie. Gleich hinten am Bahndamm.«

»Was?« Traudl entfuhr ein spitzer Schrei. Dann schlug sie sich die Hand vor den Mund.

»Das wünscht einer keinem nicht. Nicht einmal so einem Drachen wie der Gundl.«

14

Schon aus der Entfernung war zu erkennen, dass etwas an Erwin Hallers Grundstück nicht stimmte: Das Gartentor hing schief in den Angeln, auf der ansonsten penibel gefegten Straße türmte sich der aus einem Mülleimer ausgekippte Dreck. Alarmiert beschleunigte Billa ihre Schritte. Traudl hatte eben noch gemeint, um diese Zeit träfe sie Haller ganz bestimmt zu Hause in seinem Garten an, gerade an einem so sonnigen Tag wie diesem. Hoffentlich war ihm nichts passiert.

Beim Näherkommen offenbarte sich das ganze Ausmaß des Anschlags auf sein Anwesen: Die Fensterscheibe zur Küche gleich vorn neben dem Eingang war eingeworfen, der Vorgarten verwüstet. Die Blumen waren mutwillig niedergetrampelt, ganze Grasbüschel herausgerissen.

Aufs Schlimmste gefasst lief Billa hinters Haus. Dort sah es noch verheerender aus: Die frisch gesetzten Salatpflanzen waren ebenfalls herausgerissen, die Saatbeete zerwühlt, die frischen Triebe an den Sträuchern gerupft. Mutwillig war die Arbeit mehrerer Tage zerstört, die Aussicht auf eine bescheidene Ernte in wenigen Wochen vernichtet. Zudem standen die Türen an den Kaninchenställen sperrangelweit offen, ebenso der Verschlag für die Hühner. Die verschreckten Tiere waren allerdings nicht weggelaufen, sondern hatten sich völlig verängstigt unter die Bank an der Hauswand verkrochen. Einzig die Hühner gackerten los, als sie Billa bemerkten, und kamen aufgeregt zu ihr gerannt.

»Herr Haller?«, rief Billa und versuchte, das verstörte Federvieh zu beruhigen. Nichts rührte sich. Langsam ging sie wieder zur Vorderseite und stieß den ramponierten Flügel des Küchenfensters vorsichtig auf, damit nicht noch mehr Glas zu Bruch ging. Zugleich ahnte sie, wie zwecklos es war, nach Haller zu rufen. Wäre er zu Hause, hätte er sich gewiss schon gezeigt. Es sei denn, ihm war tatsächlich etwas zugestoßen.

Kurz schloss sie die Augen und verdrängte aufsteigende Bilder von niedergeschlagenen Menschen, erdrosselten Toten, durchgeschnittenen Kehlen. Sie durfte nicht immer gleich das Schlimmste befürchten.

Sie schlug die Lider wieder auf und sah, so gut es ging, von draußen ins Innere. Außer einer reichlich ungepflegten Küche mit schmutzigem Geschirr auf dem Tisch und ebenso dreckigen Töpfen auf dem Herd entdeckte sie jedoch nichts Auffälliges. Eine echte Männerwirtschaft. Dabei hatte Haller am Vortag so reinlich gewirkt. Zumindest schien niemand gewaltsam ins Haus eingedrungen zu sein. Allerdings gab es auch keinerlei Spur von Haller.

Sollte sie es wagen und sich Zutritt verschaffen, um im Rest des Hauses nach ihm zu suchen? Oder rief sie nicht doch besser erst Sam zu Hilfe?

Kaum dachte sie an ihren Lieblingsfahrer, der längst ein Freund für sie geworden war, fiel ihr ein, dass er sie vorhin vor Traudls Haus nur abgesetzt hatte und gleich nach Dachau weitergefahren war. Erst hatte er auf sie warten wollen, doch sie hatte ihn gedrängt, seinen Auftrag zu erledigen. In der Siedlung fühle sie sich sicher und errege allein weitaus weniger Aufsehen als mit dem amerikanischen Jeep im Nacken. »Und dem dunkelhäutigen Fahrer am Steuer«, hatte er hinzugefügt.

Erst mittags wollte er sie auf dem Rückweg vor der Egerländer Schule wieder aufsammeln.

Dort gab es bestimmt ein Telefon, um die Polizei zu alarmieren. Am besten auch Emil und Joe, denn wahrscheinlich gab es einen Zusammenhang zwischen der Verwüstung von Hallers Anwesen, seinem Verschwinden und dem Mordfall. Sie hoffte, in der Schule außer dem Telefon auch ein oder noch besser zwei mutige Männer zu finden, die mit ihr zu Hallers Haus zurückkehren würden, um dort nach ihm zu suchen.

»Was machen Sie da? Scheren Sie sich fort!«

Kaum erreichte sie das Gartentor, entdeckte sie einige Meter die Straße hinunter einen Mann mit geröteten Wangen und einem viel zu weiten, zerschlissenen Anzug. Wild ruderte er mit den Armen, während er sichtlich langsamer heranschlurfte, als ihm lieb war.

»Sie haben hier nichts verloren!«, rief er Billa zu.

Er zog die Füße so dicht über den unebenen Boden, dass sie fürchtete, er würde stolpern und hinfallen. Sein Gang ähnelte dem eines alten Mannes. Doch sein dichtes, braunes Haar verriet, dass er jünger war. Als er nur noch wenige Meter entfernt war, wusste sie, dass es sich um Bertl Lambrecht von der Ausgabestelle der Lebensmittelkarten handelte. Haller hatte ihr am Vortag seinen Namen verraten. Angeblich sein Freund. Er kam also gerade recht, um ihr jetzt in dessen Haus beizustehen.

Lambrecht erkannte sie nun ebenfalls. »Sie schon wieder? Was schnüffeln Sie immer noch hier herum?«

Nervös blickte er sich um, als fürchtete er, beobachtet zu werden. Dann drängte er Billa unmissverständlich in Richtung Haus. Die offensichtlichen Einbruchsspuren kümmerten ihn erstaunlicherweise nicht im Geringsten.

»Sie werden hier nicht gern gesehen. Haben Sie das noch nicht gemerkt? Die Leute mögen es nicht, wenn eine wie Sie hier auftaucht und Fragen stellt.«

»Es steht jedem frei, mir das persönlich zu sagen. Ich bin Münchnerin wie alle anderen und lasse mich bestimmt nicht noch einmal aus meiner Heimatstadt vertreiben. Eigentlich wollte ich mit Herrn Haller reden. Jetzt fürchte ich allerdings, ihm ist etwas Schlimmes passiert. Schauen Sie, wie es um sein Haus herum aussieht. Gehen Sie mit mir rein? Wir sollten nachsehen, ob er schwer verletzt drinnen liegt und Hilfe braucht. Er ist doch Ihr Freund.«

»Das können Sie sich sparen.« Lambrecht winkte ab. »Gestern Mittag schon ist der Haller zu seiner Schwägerin, der Frau von seinem gefallenen Bruder Emanuel, nach Berchtesgaden gefahren. So schnell kommt er nicht zurück. Gleich nachdem er mit Ihnen vorn bei der Schule auf der Bank gesessen ist, hat er sich auf den Weg gemacht. Den haben Sie wohl reichlich verärgert. So eilig, wie der es gehabt hat, von hier wegzukommen. Gleich hab ich's ihm gesagt, dass es nur Ärger gibt, wenn er mit Ihnen redet. Aber das hat er ja nicht hören wollen.«

»Wieso sollte ich ihn verärgert haben? Es war seine Idee, mit mir zu reden. Er hat mich angerufen. Was er mir dann erzählt hat, hat eher mich verärgert. Aber den weitaus größeren Ärger hat er wohl ohnehin mit jemand anderem. Sonst sähe es hier jetzt wohl kaum so aus.«

»Kapieren Sie es immer noch nicht? Sie will man hier nicht haben! Jemand muss gesehen haben, wie Sie gestern Mittag mit dem Haller geredet haben, und jetzt muss er es ausbaden.«

»Sie wollen doch nicht ernsthaft behaupten, das wäre meinetwegen passiert?«

»Weiß man's?«

»In jedem Fall sollten wir sofort die Polizei rufen.«

»Das lassen Sie lieber!« Auf einmal versperrte er ihr den Weg. »Die hilft eh nicht. Nicht einem wie dem Haller. Dem haben die noch nie geholfen. Nicht unterm Hitler und nach dem Krieg erst recht nicht.«

»Aber wieso nicht? Was hat Haller getan, dass er sowohl damals als auch nach Kriegsende Schwierigkeiten gehabt hat? Die Traudl Stadler hat ihn mir gegenüber einen ›alten Weiberer‹ geschimpft. Hat er noch jemanden gegen sich …«

»Auf das Flitscherl hören Sie besser nicht! Hält sich wohl für Marlene Dietrich persönlich! Und hat's trotzdem nur zur Frau vom Stadler Schorsch geschafft. Aber sei's drum. Keiner weiß, ob der jemals wieder heimkommt, der Schorsch. Die Traudl hat trotzdem ihren Spaß und macht solchen wie dem armen Haller das Leben schwer.«

In seinem Rücken zog sich der eben noch strahlend blaue Himmel düster zu. Dicke Wolken türmten sich aufeinander. Der Wind frischte auf. Ein Gewitter zog auf. Im Sturzflug drängten die Schwalben zu ihren Nestern unter den Dachfirsten.

»Haller hat mir erzählt, Sie beide kennen sich aus Ihrer gemeinsamen Zeit bei BMW«, wechselte Billa das Thema, bevor es zu regnen begann und Lambrecht ihr entwich. »War das zu der Zeit, als auch Ignaz Niedermeier dort …«

»Mit dem wollen wir nichts zu schaffen haben! Damals nicht und jetzt erst recht nicht.«

»Was haben Sie gegen den Niedermeier? Hatten Sie Ärger

mit ihm in seiner Funktion als Blockwart? Hat er immer noch so viel Macht in der Siedlung?«

»Dazu sag ich nichts.«

»Was ist bei BMW geschehen? Sie und Haller sind wohl nicht eben freiwillig dort beschäftigt gewesen.«

»Nicht eben freiwillig ist vornehm ausgedrückt.« Bitter lachte er auf. »Aber nachdem Sie selbst als Jüdin nicht eben freiwillig aus Ihrer Heimat haben wegmüssen, lasse ich es Ihnen durchgehen, so darüber zu reden. Harte Zeiten waren das. Ganz harte. Das können Sie mir glauben. Der Haller hat's mit seinem Bein bezahlt. Und ich krieche in der Gegend herum wie ein Greis, dabei bin ich noch keine vierzig.«

Im letzten Moment unterdrückte Billa einen entsetzten Aufschrei.

»Aber ein Grundstück und ein Haus haben Sie beide trotzdem in dieser ehemaligen ›Reichskleinsiedlung‹ bekommen?«, fragte sie stattdessen. »Obwohl die doch eigentlich nur für verdiente …«

»Das war alles ganz anders, als Sie denken. Aber wenn Sie meinen, Sie wüssten schon Bescheid, was damals gewesen ist …«

Er wandte sich ab.

Jetzt war sie diejenige, die sich ihm in den Weg stellte. »Dann klären Sie mich doch endlich auf, was damals geschehen ist.« Sie versuchte sich sogar in einem auffordernden Lächeln. Als er trotzig weiterschwieg, zog sie eine Packung Zigaretten aus ihrer Handtasche.

Über sein viel zu früh gealtertes Gesicht huschte eine Mischung aus Abneigung und Gier. Schon wollte er nach den Zigaretten greifen, doch sie zog sie zurück. Seufzend schob er die Hände in die Hosentaschen und blieb nach einem argwöhnischen Blick über die Schulter abwartend vor ihr stehen.

»Wenn Sie und Haller beide bei BMW beschäftigt waren, haben Sie sicherlich mit den Zwangsarbeitern zu tun gehabt, die dort ebenfalls eingesetzt waren«, begann sie. »Deren Unterkunft in den Baracken im ehemaligen ›Judenlager‹ an der Knorrstraße ist ohnehin nur einen Steinwurf von hier entfernt gewesen.«

»Und ob wir mit denen zu tun gehabt haben!«, entrüstete er sich. »Tagein, tagaus mussten wir mit denen zusammenarbeiten. Aber geredet haben wir natürlich nicht mit denen. Strikt verboten war das. Verstanden hätten wir die sowieso nicht. Waren ja fast alle aus Italien oder der Ukraine. Den Kopf hätte es uns gekostet, wenn uns einer dabei erwischt hätte, wie wir uns mit denen abgeben.«

»Kann es sein, dass Haller immer noch Kontakt zu einigen von ihnen hat? Zum Teil sind die ehemaligen Zwangsarbeiter im Lager Schleißheim untergebracht. Das ist nicht weit entfernt. Hat Haller von einem von denen etwas über die krummen Geschäfte mit den Leumundszeugnissen …?«

»Sind Sie wahnsinnig?« Er wurde aschfahl. Ebenso schnell fing er sich wieder und brummte: »Ein Schmarren ist das, ganz ein dummer. Geben Sie nichts drauf, was der Haller Ihnen da erzählt hat! Ein elender Hallodri ist er. Der will sich bloß wichtigmachen. Auf das Geschwätz von ihm sollten Sie besser nichts geben.«

»Warum regen Sie sich dann so auf? Wenn nichts dran ist an der Sache, dann …«

Langsam ließ sie die Zigarettenpackung zurück in ihre Tasche gleiten.

»Sie geben wohl keine Ruhe nicht, was?« Lambrecht seufzte noch einmal und schüttelte den Kopf. Die Zigaretten behielt er fest im Blick.

»Versprechen Sie mir, dass Schluss ist mit der Fragerei, wenn ich Ihnen jetzt etwas sage?«

Sie nickte und reichte ihm die Zigarettenpackung.

»Also gut«, begann er und steckte sie rasch ein. »Das mit den Aussagen über angebliche Hilfe in der Hitlerzeit, die man gegen Geld oder dergleichen kaufen kann, läuft schon, seit die Amis im letzten Herbst mit der Entnazifizierung angefangen haben. Zuerst haben sie die Parteigenossen geschasst. Irgendwann haben der Haller und ich Wind davon bekommen. Einer von denen, die mit uns bei BMW haben schuften müssen, hat uns davon erzählt. Ein paar Mark oder auch Zigaretten wären da schon drin, wenn man jemandem so einen Wisch schreibt, dass er einem unterm Hitler ein bisserl geholfen hat.«

»Wer war das? Einer aus München? Oder doch einer von den Zwangsarbeitern, mit denen Sie …«

»Der Name nutzt Ihnen nichts«, unterbrach er sie brüsk. »Der kann Ihnen nicht mehr viel weiterhelfen. Der ist längst wieder dahin zurück, wo er hergekommen ist.«

»Haller hat mir gegenüber etwas von jüdischen Beteiligten erwähnt.«

»Davon weiß ich nichts.«

Erleichtert atmete Billa auf. Zugleich spürte sie jedoch auch Enttäuschung in sich aufsteigen. Das war alles viel zu vage und erklärte nicht, warum Lambrecht vorhin derart entsetzt auf ihre Fragen reagiert hatte. Und wohl auch schon hatte verhindern wollen, dass Haller mit ihr darüber sprach.

»Wissen Sie wenigstens, an wen Ihr Bekannter die Aussagen verkauft hat?«, versuchte sie, doch noch etwas mehr von Lambrecht zu erfahren, und zauberte noch ein kleines Päckchen Kaffee aus der Tasche. Der Abstecher zum PX Store vor der Herfahrt hatte sich gelohnt.

»An den Niedermeier etwa?«, versuchte sie, Lambrecht auf die Sprünge zu helfen, als er dennoch stumm blieb. »Haben Sie und Haller jetzt Angst vor ihm, weil Sie dabei nicht mitmachen wollten? Hat er Ihnen deshalb gedroht?«

Abermals wurde er blass, dann räusperte er sich und erklärte in bemüht festem Ton: »Fahren Sie nach Pasing und fragen Sie da nach einem gewissen Rudolf Großmann. Und sagen Sie ihm, der Niedermeier schickt Sie. Als Jüdin, die vor dem Krieg noch in München gelebt hat, kann er was mit Ihnen anfangen. Und außerdem weiß er dann Bescheid, dass er Ihnen vertrauen kann, weil der Niedermeier ihm stets gute Leute schickt.«

»Also steckt Niedermeier doch mit drin. Warum sagen Sie das nicht gleich? Haller hätte es mir auch schon sagen können. Warum hat er mich stattdessen erst an Traudl Stadler verwiesen?«

»Weil der Haller davon gar nichts weiß.« Blitzschnell schnappte er sich das Päckchenen Kaffee. »Ein alter Schwätzer und Weiberer ist er, der wo noch eine Rechnung mit der Traudl offen hat. Jedenfalls ist das alles, was ich Ihnen dazu zu sagen hab. Und jetzt sehen Sie zu, dass Sie die Siedlung verlassen und aufhören, Fragen zu stellen. Sie sehen ja, wo das hinführt.«

Mit dem schlecht rasierten Kinn wies er noch einmal auf Hallers verwüsteten Garten. Dann stieß er sie unerwartet heftig beiseite und stolperte davon.

»Verraten Sie mir wenigstens noch, wo ich diesen Großmann in Pasing genau finde?«, rief sie ihm hinterher.

Er antwortete nicht mehr und drehte sich auch nicht noch
einmal zu ihr um, sondern winkte nur abschätzig über die
Schulter zurück.

»Den lassen Sie besser in Ruhe, Fräulein! Der verrät Ihnen
eh nichts mehr.«

Im gegenüberliegenden Haus lehnte eine Frau mit dunklem
Kopftuch im Fenster, wie Billa in diesem Moment erst bemerkte. Wahrscheinlich hatte sie das Gespräch die ganze Zeit
schon aufmerksam verfolgt. Rasch wollte sie zu ihr, um sie
nach Haller zu fragen. Vielleicht hatte sie gesehen, wer sein
Haus und seinen Garten verwüstet hatte. Doch die Frau war
schneller. Billa hatte noch nicht das Gartentor ihres Grundstücks erreicht, da wich sie bereits in ihre Küche zurück, ver-
riegelte demonstrativ das Fenster und zog die Vorhänge zu.
Auf das Klingeln an der Haustür reagierte sie nicht.

Billa unterdrückte den Wunsch, ihrem Zorn mit einem kräftigen Tritt gegen die Tür Ausdruck zu verleihen. Noch dazu
fielen auf einmal dicke Regentropfen vom Himmel. Ein Blitz
zischte über den düsteren Himmel. Mit etwas Abstand folgte
ein lauter Donner. Sie beschloss, zur Egerländer Schule zu laufen. Dort konnte sie sich wenigstens unterstellen. Vielleicht
hatte sie Glück und erhielt dort weitere Auskünfte. Noch hatte
sie genug Zigaretten, Kaugummi und Schokolade in der Tasche, um die Zungen zu lösen. Warum sollte sie also nicht irgendwen auftreiben, der ihr, der zurückgekehrten Münchner
Jüdin, weitere Informationen gab? Bei Traudl Stadler, Erwin
Haller und letztlich vor allem bei Bertl Lambrecht war es ihr
schließlich auch gelungen.

Weit kam sie allerdings nicht. Ein burgunderrotes Cabriolet mit champagnerfarbenem Verdeck verstellte ihr kurz vor der Kreuzung zur Gablonzer Straße den Weg. Sie erschrak. Den Fahrzeugtyp kannte sie noch von früher: ein Adler Trumpf Sport Baujahr 1937 oder 1938. Eilig wollte sie daran vorbeihuschen, doch schon öffnete sich die Fahrertür und ein Mann in einem eleganten, gut sitzenden Sommeranzug schälte sich heraus. Verwundert blieb sie stehen. Emil? In diesem Aufzug? Im ersten Moment meinte sie, ihren Augen nicht zu trauen. Dann aber begriff sie und wollte jetzt noch schneller an dem Wagen vorbei.

»Welch Zufall! Schön, Sie hier zu treffen, Billa.«

In wenigen Schritten stand Friedrich oder vielmehr Fritz, wie er sich inzwischen nannte, vor ihr. Emils älterer Bruder. Und das ausgerechnet jetzt, da sie am Vorabend nach fast einem halben Jahr erstmals wieder mit Emil zusammen gewesen war.

Fritz kannte sie bislang kaum. Zwar waren sie sich im letzten Herbst einige Male begegnet, hatten aber nur wenig miteinander geredet. Emil ging ihm weitgehend aus dem Weg. Also war auch sie ihm möglichst ausgewichen. Ohnehin war sie recht bald mit ihrer Mutter Lilo aus München abgereist und erst vor wenigen Wochen wieder an die Isar zurückgekehrt. Darüber hatte sie Fritz komplett vergessen. Jetzt aber stand er vor ihr und lächelte zu allem Überfluss exakt dasselbe Lächeln wie Emil. Sie musste schlucken. Und konnte sich nicht von ihm losreißen.

Das gleiche dunkle, schwungvoll aus der Stirn frisierte Haar, die gleichen lebhaften, kastanienfarbenen Augen, die gleiche viel zu große Nase mit der kecken, leicht nach oben gebogenen

Spitze. Nur eben alles eine Version älter. Zehn Jahre, um genau zu sein. Sie entdeckte natürlich auch das gleiche Muttermal am rechten Nasenflügel wie bei Emil. Das Erkennungszeichen der Familie Graf, wie er ihr einmal versichert hatte. Wie konnte die Natur nur derart durchtrieben sein und im Abstand von zehn Jahren zwei exakt gleich aussehende Exemplare produzieren? Vermutlich war der Vater der beiden der Dritte von ihrer Sorte gewesen. Allerdings war er früh verstorben.

»Seien Sie ehrlich«, sagte sie, sobald sie sich wieder einigermaßen im Griff hatte. »Um einen Zufall handelt es sich wohl kaum, dass wir uns hier treffen.«

»Ihnen kann man auch gar nichts vormachen.«

Er schmunzelte entwaffnend, bot ihr eine Zigarette an.

Eine Weile konzentrierten sie sich aufs Rauchen.

»Ich bekenne mich schuldig! Seit heute Morgen bin ich Ihnen von Bogenhausen aus gefolgt.«

»Sie verfolgen mich?«

Entrüstet lachte sie auf und überschlug in Windeseile sämtliche Eventualitäten, warum er dies tun sollte. Bestand ein möglicher Zusammenhang mit Emils gestrigem Auftauchen bei ihr in der Bogenhausener Reportervilla, mit dem Mordfall an Gundl Niedermeier oder gar mit ihren eigenen Recherchen zum Thema Entnazifizierung? Letzteres schien die naheliegendste Variante, da Emil Fritz nach wie vor weitgehend mied und ihm gewiss nichts davon erzählte, wenn er sie traf. Daran durfte sich auch in den Monaten ihrer Abwesenheit wenig geändert haben. Der Mord an Gundl interessierte ihn bestimmt nicht. Leute wie die Niedermeiers oder die anderen Bewohner in der Siedlung zählten sicherlich nicht zum Umgang eines ehemaligen Staatsanwaltes wie ihm, Doktor der Rechtswissenschaften und noch dazu höherrangiges Mitglied der SS, wie Emil ihr einmal erzählt hatte. Selbst wenn Fritz ähnlich wie Niedermeier altgedientes Parteimitglied war. Was natürlich jetzt, da er wie Millionen andere Deutsche in der amerikanischen Besatzungszone mittels der berühmten einhunderteinunddreißig Fragen Auskunft über seine jüngste Vergangenheit erteilen musste, am schwersten wog. Wahrscheinlich wollte er also wissen, was sie über die berühmten Fragebögen an Informationen zusammengetragen hatte, und einen Nutzen daraus ziehen.

»Keine Sorge. Ich will Ihnen nichts Böses«, wiegelte er in zuvorkommendem Ton ab, als ahnte er ihre Gedanken. »Ich will Sie nur einmal in Ruhe sprechen.«

»Und das gedenken Sie zu tun, indem Sie mir nachspionieren?«

»Ich weiß, sonderlich charmant ist es nicht gerade, einer Frau wie Ihnen ...«, setzte er sichtlich verlegen an.

»Sogar sehr uncharmant, um genau zu sein«, stellte sie klar, spürte aber im selben Moment, wie schwer es ihr fiel, ihm ernsthaft böse zu sein. Zu sehr interessierte sein Fall sie als Reporterin. Und zugleich erinnerte er sie in seinem ungelenken Verhalten an Emil.

»Zugegeben. Ich habe beobachtet, wie Sie vorhin mit diesem Herrn geredet haben. Streng genommen habe ich Sie sogar belauscht«, fügte er nach einer längeren Pause freimütig hinzu. »Deshalb weiß ich, dass Sie jetzt dringend von hier weg wollen. Nach Pasing. Um dort einen gewissen Großmann zu suchen.«

»Sie haben großes Talent zum Detektiv. Kein Wunder, als früherer Staatsanwalt ...«

»Leider wissen Sie jetzt nicht, wie Sie dorthin kommen«, überging er ihre Anspielung amüsiert. »Ihr Fahrer Sam taucht nicht vor zwölf Uhr wieder auf, um Sie hier abzuholen. Doch wenn Sie wollen, bringe ich Sie in der Zwischenzeit nach Pasing. Ich kann Ihnen sogar helfen, die Adresse von diesem Herrn herauszufinden.«

»Gratulation! Sie sind wirklich der geborene Ermittler.«

»Das liegt in der Familie. Denken Sie nur an meinen kleinen Bruder. Nach allem, was man so hört, ist der ähnlich talentiert.«

Er schnippte die Zigarette zu Boden, trat sie mit den Fußspitzen aus und schob die Hände in die Hosentaschen. Lächelte apart. Viel zu apart. Sie biss sich auf die Lippen.

»Pasing ist ein Heimspiel für mich. Seit mehr als zehn Jahren besitze ich dort ein Haus und kenne genügend Leute, die mir gern mit Auskünften behilflich sind. Denken Sie darüber nach. Es würde Ihnen viel Zeit sparen.«

Wieder das Emil-Lächeln! Das an ihm zu sehen war kaum mehr zu ertragen. Von neuem musste sie den Blick abwenden.

Nichts sprach dagegen, den Vorschlag anzunehmen. Noch dazu, da es eine Gelegenheit war, mit Emils Bruder zu reden. Früher oder später sollte sie das tun. Am besten, solange sie noch die Kraft dafür besaß, danach Emil gegenüber fair zu bleiben, falls sie von Fritz zu Belastendes erfuhr. Zum anderen ließe es sich womöglich gut für ihre aktuellen Recherchen zur Entnazifizierung nutzen. Wann bot sich ihr schon ein Mann mit seinem Hintergrund im Dritten Reich freiwillig zum Gespräch an? Das weckte ihre Neugier auf seine Beweggründe noch mehr.

»Ich bin ein umsichtiger Fahrer. Fast so gut wie Ihr Lieblingsfahrer Sam Shepard«, schob er unterdessen nach. »Aus meinem

Radio hören Sie außerdem sogar den Sender der Army mit der besten Jazzmusik weit und breit.«

»Das ist wohl das beste Argument, gerade aus Ihrem Mund.«

»Sie meinen, weil amerikanische Jazzmusik in Nazideutschland verpönt war? Stellen Sie sich vor, selbst jemand wie ich kann durchaus Geschmack haben. Und lernfähig sein.«

»Das lässt hoffen.«

Den gleichen Humor wie Emil schien er in jedem Fall zu haben.

»Lassen Sie mich nur kurz von der Schule aus telefonieren, damit Sam Bescheid weiß, dass er sich auf der Rückfahrt von Dachau den Schlenker hierher sparen kann, um mich abzuholen.«

»Und damit er informiert ist, dass Sie zu mir ins Auto gestiegen sind. Falls ich die Gelegenheit nutze, Sie zu entführen oder gar über Sie herzufallen.«

»Danke für den Tipp. Sie denken einfach an alles.«

»Sie auch.«

15

Als Jake den Jeep schwungvoll nach rechts in die Naagerstraße lenkte, stießen sie dort fast mit einem burgunderroten Adler Cabriolet zusammen. Erschrocken riss Emil die Augen auf. Im ersten Moment meinte er, am Steuer seinen Bruder Fritz und auf dem Beifahrersitz Billa zu erkennen. Das musste eine Täuschung sein! Noch dazu, da laute Jazzmusik aus dem offenen Wagenfenster dröhnte und beide in ein angeregtes Gespräch vertieft schienen. Wie sollte ausgerechnet Fritz wieder an seinen Wagen aus der Vorkriegszeit gekommen sein? Soweit er wusste, war der von der Besatzungsbehörde beschlagnahmt worden.

»Die Frau sah aus wie Billa«, kommentierte Jake zu allem Überfluss, mindestens ebenso überrascht wie er, nachdem er den Jeep zum Ausweichen nach rechts gerissen und den Motor erst einmal abgewürgt hatte.

Der Fahrer des Adlers hupte nicht einmal, sondern fuhr ungerührt weiter, als wäre nichts geschehen. Emil unterdrückte den Wunsch, sich noch einmal nach ihm umzusehen, als fürchtete er, dadurch seine Vermutung erst recht zu bestätigen.

»Haben die Reporter jetzt etwa einen neuen Fahrdienst mit zivilen Wagen? Noch dazu mit einem so schnittigen Adler Trumpf Sport aus besten Vorkriegszeiten? Nobel, nobel.« Jake brachte den Motor nach einigen Anläufen endlich wieder in Schwung. »Oder denkt sie, so fällt sie hier weniger auf als in einem Jeep der Army, womöglich noch mit einem dunkelhäutigen Fahrer wie Sam?«

Kopfschüttelnd fuhr er weiter, erwartete offenkundig keine Bemerkung von Emil dazu.

Das erleichterte Emil, ebenso wie die Tatsache, dass Jake offenbar nicht auf den Fahrer des Adlers geachtet hatte. Sonst hätte ihm die Ähnlichkeit zwischen ihnen auffallen müssen. Jake war Fritz bislang erst ein- oder zweimal flüchtig begegnet und hatte seine Existenz hoffentlich längst wieder vergessen. Erstaunlich geschickt parkte er den Wagen in Höhe der Kirche zwischen Loibls und Niedermeiers Haus.

»Bis gleich!« Froh, bei der anstehenden neuerlichen Vernehmung von Grete und Korbinian die gespenstische Begegnung sicherlich rasch vergessen zu können, sprang Emil aus dem Jeep.

Die eben noch spärlichen Regentropfen fielen inzwischen heftiger. Es war wohl nur noch eine Frage von wenigen Minuten, bis sich das Unwetter vollends Bahn brach. Wohlweislich hatte Jake schon vor dem Losfahren vom Polizeipräsidium das Verdeck zugeklappt.

Drei Häuser weiter erspähte Emil die Kollegen Brinkmeier und Schmied. Gleich nach der Morgenbesprechung waren sie aus dem Präsidium aufgebrochen, um sich in der näheren und weiteren Nachbarschaft vorsichtig nach den Niedermeiers umzuhören. Gespannt wartete er, was sie ihm zu berichten hatten.

»Nichts Neues.« Der hagere Wiggerl Schmied winkte ihm mit seinem abgegriffenen Notizblock zu, während er näher kam. »Sonderlich viele Freunde scheinen die in der Siedlung wirklich nicht gehabt zu haben, besonders die Gundl Niedermeier nicht.«

»Aber das sagt sich jetzt halt so leicht«, schaltete sich Eugen Brinkmeier ein, nachdem er zu ihnen aufgeschlossen hatte.

Ein Wunder, dass er Schmieds Worte verstanden hatte, wo er doch aufgrund eines Schusstraumas aus dem ersten Großen Krieg auf dem rechten Ohr nahezu taub war und sonst oft mehrfach nachfragen musste, ehe er sich an einem Gespräch beteiligen konnte. »Kennt man alles doch leider nur zu gut. Solange er Blockwart gewesen ist und sie die NS-Frauenschaft in der Siedlung angeführt hat, haben sich alle lieb Freund bei denen gemacht. Und jetzt tun sie so, als wären sie noch nie sonderlich gut mit denen ausgekommen. Ob das Grund genug ist, ihr nachts am Bahndamm den Strick um den Hals zuzuziehen, weiß ich allerdings nicht.«

»Dafür sind sich alle einig, wie sehr der Niedermeier seine Frau geliebt haben muss«, fügte Schmied hinzu und Brinkmeier ergänzte abermals in seiner jovialen Art: »Und wie sehr sich die Gundl trotz allem darüber geärgert hat, dass sein Freund Loibl mit seiner Familie gleich nebenan ins Haus gezogen ist. Ein ehemaliger KZler. Das ist für viele immer noch ein Unding. Man glaubt es einfach nicht.«

»Das ändert sich so schnell wohl nicht«, stimmte Emil zu und verabschiedete sich von den beiden. Unter den dicker werdenden Regentropfen hastete er zur Haustür der Loibls, vor der ein kleines Dach schützenden Unterschlupf bot.

»Sie schon wieder«, begrüßte Grete ihn direkt nach dem Öffnen wenig begeistert, als hätte sie ihn auch jetzt bereits erwartet. Dennoch machte sie keine Anstalten, ihn hereinzubitten, sondern sprudelte gleich los. »Wollen Sie nicht lieber erst bei den Niedermeiers nebenan nachschauen, wie es denen geht? Gerade komme ich von drüben. Den Ignaz hat es übel erwischt. Damit hat wirklich keiner gerechnet. Völlig stumm liegt er in seinem Bett und stiert den Fliegendreck in der Lampe an. Der Franzl hockt derweil noch verzweifelter als sonst bei seinem Federvieh im Garten. Und die arme Ursi muss schauen, wie sie allein damit klarkommt. Und so was schimpft sich Mannsbilder! Beim ersten Schlag vom Schicksal lassen sie sich völlig aus der Bahn schmeißen. Dabei hat's andere die letzten Jahre viel schlimmer getroffen.«

Fahrig rieb sie mit den Händen über die bloßen Unterarme. »Einen Topf Suppe hab ich der Ursi rübergebracht. Wenigstens kochen muss sie dann nicht. Mehr haben wir selbst leider nicht. Versprochen hab ich ihr zudem, dass sie jederzeit rüberkommen kann zu uns, wenn sie Beistand braucht. Nach allem, was der Ignaz für uns getan hat, war mir das wichtig. Eine Schande, dass man derzeit nicht mehr für sie tun kann, gerade in so einer Situation. Aber allweil besser als gar nichts.«

»Sie tun schon das Möglichste. Genau deshalb bin ich zuerst zu Ihnen gekommen. Kann ich Ihren Mann sprechen?«

»Was wollen Sie von ihm? Muss das sein? Gestern haben Sie doch schon gesehen, wie schlecht es dem Korbinian geht. Schwer hat er es gehabt in den letzten Jahren. Gerade hat er angefangen, sich davon zu erholen. Und jetzt das mit der Gundl! Was ein Schreck! Der Korbinian braucht jetzt Ruhe, sonst schafft er es nicht einmal zum Dienst im Haus der Kunst. Und die Kinder haben Hunger. Satt werden sie leider nie so richtig. Deshalb habe ich leider keine Zeit für Sie.«

Sie wollte die Tür schließen. Emil kam ihr zuvor und hielt sie mit Hand und Fuß auf. Durch den Spalt sah er ein etwa zehnjähriges Mädchen neugierig heranhüpfen. Es verbarg sich hinter dem Rücken seiner Mutter und sah ihn aus großen Augen an.

»Ihren Mann muss ich trotzdem noch einmal kurz sprechen. Wirklich nur zwei, drei Fragen«, wandte er sich von neuem an Grete.

»Da sind Sie zu spät dran.«

Täuschte er sich oder triumphierte sie gerade ein wenig?

»Fort geradelt ist der Papa«, fügte das Mädchen vergnügt hinzu.

»Vor heute Abend kommt er gewiss nicht wieder zurück«, erklärte Grete bestimmt.

»Wann genau ist er los? Und wohin?«

Kurz sah er über die Schulter zum Himmel hinauf, der sich inzwischen bedrohlich verdunkelt hatte.

Sie seufzte, verschränkte abwehrend die Hände über der Brust.

»Bitte!«, insistierte Emil. »Es geht um den Mörder von Gundl Niedermeier. Ihrer Nachbarin. Der Frau des besten Freundes Ihres Mannes. Und der Mutter von Ursi und Franzl. Sicher wollen auch Sie, dass der Täter möglichst schnell gefunden wird. Nicht, dass noch ein weiteres Unglück geschieht. So nah vor Ihrer Haustür.«

»Und warum denken Sie, dass Ihnen ausgerechnet mein Korbinian dabei helfen kann, den Mörder zu finden?«

»Das kann ich Ihnen erst sagen, wenn ich ihn gesprochen habe.«

Er setzte sein flehendstes Gesicht auf. Lächelte zaghaft.

»Ich weiß nichts Genaues«, erwiderte sie zögernd.

»Bitte denken Sie genau nach. Ich gebe Ihnen mein Ehrenwort, ihn ganz behutsam …«

»Nach Dachau wollte er radeln, hat er gesagt«, platzte das Mädchen voreilig dazwischen.

»Nach Dachau? Ausgerechnet dahin, wo er im KZ …?«

»Warum nicht?«

Hastig fiel Grete ihm ins Wort. Zu seinem Bedauern wurde ihm erst dadurch klar, dass das Kind bislang vermutlich noch gar nicht gewusst hatte, wo sich sein Vater in den letzten Jahren befunden hatte. Möglichst beiläufig setzte er nach: »Was er da will, wissen Sie nicht zufällig?«

»Jemanden besuchen, denke ich.« Betont achtlos zuckte Grete mit den Schultern. »Gibt ja immer noch genug, die dort wohnen.«

»Durchs Schwarzhölzl radelt der Vater am liebsten. Da, wo die dunklen Geister sind«, plapperte die Kleine dagegen munter weiter und fing sich dieses Mal dafür einen leichten Hieb auf den Kopf.

»Danke!«

Nach einem knappen Nicken wandte Emil sich ab. Das mit Korbinian Loibl klang vielversprechend. Vor allem, weil Grete es ihm zunächst nicht hatte sagen wollen. Wenn er sich beeilte, holte er ihn noch ein. Er konnte ihn beschatten, um zu sehen, was er in Dachau genau vorhatte.

In großen Schritten rannte er zum Wagen, rief Jake, der rauchend inmitten einer Schar quengelnder Kinder stand, an die er die obligatorische Schokolade und Kaugummis verteilte, nur kurz »Wir müssen los!« zu und freute sich, wie schnell der begriff und wieder hinterm Steuer saß, um den Jeep zum größten Vergnügen der Kinder mit aufheulendem Motor und quietschenden Reifen zu starten. Dreck spritzte auf, als er auf die Straße bog.

Ein tiefroter Sozi sowie ehemaliger KZler und ein dunkelbrauner, überzeugter Nazi – was war das für eine seltsame

175

Freundschaft, gerade in Zeiten wie diesen? Noch dazu, da die Frau des Sozis nichts auf den Nazi kommen ließ, ihn trotz all der bösen Erfahrungen in den letzten zwölf Jahren vehement gegen alle und jeden verteidigte. Wohingegen die Frau des Nazis keinen Hehl aus ihrer Abneigung gegen den Freund ihres Mannes und seine Familie gemacht hatte. Was es umso seltsamer erscheinen ließ, wie herzerweichend der Nazi jetzt um sie weinte, auch wenn es hieß, er habe sie schon immer über alles geliebt. Emil musste sich die Krawatte am Hals lösen, den Kragen weiten und tief ein- und ausatmen. Die Geschichte steckte voller Ungereimtheiten. Er hatte nicht die geringste Idee, wie er sie auflösen sollte. Und dennoch spürte er, wie notwendig das war, um den Mord aufzuklären.

Fahrig wischte er sich mit der Hand durchs Gesicht. Erstaunt bemerkte er, wie ruhig und zielstrebig Jake den Jeep lenkte. Ungewöhnlich für ihn. Zum Glück wusste er mittlerweile bestens in der Gegend Bescheid und fand auf direktem Weg die Strecke ins Schwarzhölzl.

Den Namen trug das Waldstück zwischen dem äußersten nordwestlichen Rand Münchens und dem südöstlichen Zipfel des Dachauer Mooses völlig zu Recht. Dunkel ragten die Mooskiefern aus dichtem Untergehölz auf. Es roch nach brackigem Wasser. Angesichts des aufziehenden Gewitters lag selbst mitten am Tag eine unheimliche Stimmung in der Luft.

Jake drosselte das Tempo. Es dauerte eine Weile, bis auf dem breiten Waldweg ein Radfahrer in Sicht kam, bei dem es sich um Korbinian Loibl handeln musste. Beim Treten in die Pedale schwankte er hin und wieder gefährlich, was an seiner schlechten Kondition, aber auch an dem prallen Rucksack liegen mochte, den er auf dem Rücken trug. Und an den tiefen

Schlaglöchern, Wurzeln und Steinen, die den Weg mehr als holprig machten.

Emil drehte das Radio ab, bedeutete Jake, noch langsamer zu fahren, um den Abstand zwischen ihnen und Korbinian zu vergrößern, sowie sich möglichst ruhig zu verhalten. Keinesfalls wollte er Korbinian erschrecken und ihm das Gefühl geben, sie würden ihn mit dem Jeep auf dem Rad vor sich her durch den Wald treiben, wie das andere in früheren Zeiten schon einige Male getan hatten.

Ein kluger Entschluss. An der nächsten Wegkreuzung warteten bereits ein Motorrad mit Beiwagen sowie zwei Männern in schwarzer Ledermontur. Einer von ihnen besaß tatsächlich die Idealstatur eines hoch aufgeschossenen, durchtrainierten Athleten und wäre vor gar nicht allzu langer Zeit als Vorzeige-Arier und SS-Mann durchgegangen. Loibl schienen sie bereits zu erwarten. Geradewegs steuerte er auf sie zu.

Jake lenkte den Jeep mit ausgeschaltetem Motor vom Weg unter die Äste eines Baumes, so bestens vor dem Entdecken geschützt, aber zugleich noch nah genug, um beobachten zu können, was die drei dort vorn miteinander zu tun hatten.

Emil wagte kaum zu atmen, um die plötzlich eingekehrte Stille nicht zu stören. Irgendwo zirpte ein Vogel, es raschelte im Unterholz, ansonsten war es absolut still. Selbst das Gewitter hatte eine Pause eingelegt.

Kaum hatte Loibl die Motorradfahrer erreicht, zog er den offensichtlich schweren Rucksack von den Schultern und öffnete ihn, um etwas herauszuholen. Leider waren Emil und Jake zu weit entfernt, um genauer zu erkennen, was. In jedem Fall waren es mehrere, in helles Papier eingeschlagene und grob verschnürte Päckchen. Waren das etwa ganze Stapel mit

Leumundszeugnissen? Zu gern hätte er das genauer gesehen, aber einer der beiden Motorradfahrer verstaute sie bereits im Beiwagen und stieg auf das Motorrad, um es zu starten.

Der andere redete noch eine Weile wild gestikulierend auf Loibl ein, der ihm mit gesenktem Kopf und hochgezogenen Schultern zuhörte. Kaum knatterte der Motor durch den Wald, sprang der zweite flink in den Beiwagen und schon brausten sie davon, Loibl in eine Wolke aus Staub einhüllend.

Langsam trottete der zu seinem Fahrrad zurück. Emil hielt die Luft an. Radelte er zurück, käme er unweigerlich an ihnen vorbei. Sollten sie sich zu erkennen geben? Oder sollten sie dem Motorrad hinterherfahren, um herauszufinden, wer die beiden Männer waren und was sie von Korbinian übernommen hatten? Irgendetwas riet ihm, noch etwas zu warten und nicht zu früh zu entscheiden.

Loibl entschied sich ohnehin anders und lenkte das Rad Richtung Dachau. Jake wartete noch kurz, bis ihm ein Gewitterdonner den passenden Einsatz gab, den Motor zu starten. Ganz langsam und weiterhin auf gebührenden Abstand bedacht, fuhren sie in Schritttempo weiter, bis sie endlich Dachau erreichten.

Die Stadt selbst war durch nur wenige Luftangriffe nicht merklich in Mitleidenschaft gezogen worden. Die letzten Verteidigungskämpfe kurz vor dem Einmarsch der Amerikaner wie auch der Aufstand gegen SS und Volkssturm hatten vor allem zur Sprengung der Amperbrücke wie auch zur Zerstörung einiger Wohnhäuser in deren Nähe geführt. Inzwischen prägten die in großer Hast errichteten Baracken zur Unterbringung von befreiten Zwangsarbeitern und ehemaligen Lagerinsassen sowie immer zahlreicher eintreffenden Flüchtlingen im südöstlichen Teil Dachaus das Bild.

Die Menschen, die man in den Straßen erspähte, wirkten reichlich ausgezehrt. Bei ihrem erbarmungswürdigen Anblick wagte Emil kaum, zu Jake hinüberzusehen. In drei Tagen jährte sich der Einmarsch der Amerikaner und die durch sie erfolgte Befreiung des KZ Dachau zum ersten Mal. Anders als ein Großteil der in München stationierten Angehörigen der US-Streitkräfte war Jake nicht daran beteiligt gewesen. Zu jener Zeit hatte er sich wie sein Vorgesetzter Joe in der Normandie befunden und dort jenes Gefangenenlager bewacht, in dem Emil als Dolmetscher zu ihnen gestoßen war. Dennoch empfand Emil tiefe Scham vor Jake, wenn er daran dachte, was in dem ersten von den Nazis auf deutschem Boden errichteten Konzentrationslager zwölf Jahre lang vorgegangen und der Auftakt für eine unermessliche Barbarei gewesen war.

Jake schien offenbar von ähnlichen Gedanken ergriffen. Angestrengt richtete er den Blick nach vorn.

Loibl radelte zügig auf die im letzten August schon wieder errichtete Amperbrücke zu, hielt sich anschließend noch ein Stück unterhalb des Schlosses, bis er nach links in eine steile Gasse einbog. Überraschend stramm nahm er den Anstieg. Vor einem der kleineren Häuser stieg er schließlich vom Rad und schob das Rad durch ein niedriges Tor in den Garten. Gemächlich fuhr Jake mit dem Jeep an dem Grundstück vorbei und hielt erst einige Häuser weiter am Straßenrand an. Durch den Rückspiegel behielt Emil Loibls Ziel im Auge.

Was Loibl dort tat? Der Rucksack jedenfalls hatte nach dem Zwischenstopp im Wald schlaff, da leer auf seinem Rücken gehangen. Je länger Emil darüber nachdachte, desto si-

179

cherer wurde er, dass Grete von Korbinians Vorhaben gewusst hatte. Unvorstellbar, dass ihr nicht aufgefallen wäre, wenn ihr Mann mit schwerem Gepäck von zu Hause losgeradelt war. Hatte sie deshalb verhindern wollte, dass Emil ihm folgte? Weshalb aber hatte das Mädchen überhaupt gewusst, dass er weiter nach Dachau fahren würde? Hatte er das zu Hause erwähnt? Und was genau war in den Päckchen gewesen? Für die üblichen Tauschwaren auf dem Schwarzmarkt wie Schmuck, Bilder und Silberbesteck waren die Loibls eigentlich zu arm. Für Eier oder tote Kaninchen waren die Päckchen aus dem Rucksack sichtlich zu klein gewesen. Außerdem ergab es wenig Sinn, so etwas aus der Stadt aufs Land zu schaffen. Mit Lebensmitteln war man dort im Gegensatz zur Stadt weitgehend versorgt. Ob Korbinian während seiner Nachtschicht im Haus der Kunst Dinge von dort mitgehen ließ, die er heimlich verhökerte? Nach allem, was man hörte, gab es nach wie vor einen großen Markt für Nazidevotionalien, also Gegenstände, die in Hitlers früherem Kunsttempel en masse vorhanden waren. Allerdings wurden sie inzwischen auch akribisch von den Amerikanern bewacht. War Korbinian kaltblütig genug, dennoch mit ihnen zu handeln?

Wie schon bei der Sache mit der seltsamen Freundschaft zwischen Ignaz und Korbinian konnte Emil sich letztlich keinen Reim darauf machen. Und wunderte sich einmal mehr, warum er schon wieder über die beiden Männer nachdachte, wo doch Ignaz' Frau eigentlich das Mordopfer war. Über Gundl wusste er nach wie vor so gut wie gar nichts.

Ratlos schweifte sein Blick hinüber zu Jake. Der schien ebenfalls ganz in Gedanken versunken. Vermutlich drehten die sich jedoch nicht um den Mordfall oder die Ereignisse der letzten Stunden. Sobald er Emils Blick bemerkte, zog er die Augenbrauen hoch, nickte einige Male rhythmisch mit dem Kopf und bedeutete ihm so, dass er in Musik schwelgte. Beneidenswert! Emil hätte gern gehört, welche Melodie ihm durch den Sinn ging. Doch noch immer wagten sie nicht zu reden oder das Radio anzuschalten.

Irgendwann griff Emil nach der Zigarettenpackung, gab auch Jake eine ab. Schweigend rauchten sie. Das Gewitter hatte sich verzogen. Nach den ersten, spärlichen Regentropfen war es trocken geblieben. Der Himmel blieb jedoch dunkelgrau und von Wolken verhangen.

Vor dem Anwesen, in das Loibl verschwunden war, blieb alles ruhig. Von der anderen Seite näherte sich zögerlich eine Handvoll Kinder mit großen, hungrigen Augen dem Wagen. Als Jake ihnen aufmunternd winkte und Emil lächelte, fassten sie sich ein Herz und kamen heran. Für alle Fälle hatte Jake noch einige Kaugummis im Jeep gebunkert. Die verteilte er nun zur Freude der Kinder. Jake war anzusehen, wie sehr er die Bewunderung der Kinder genoss. Er sah fast so glücklich aus wie vorhin, als er an die Musik gedacht hatte.

»Ich sehe nach, was Loibl so treibt«, erklärte Emil leise, als ihm das Warten zu lang wurde, und stieg aus.

Trotz seiner Ungeduld zwang er sich zu einem gemächlichen Gang und schlenderte wie zufällig auf den Garten zu. Beim Näherkommen fiel ihm auf, dass es sich bei dem Eingang, in dem Loibl vor einer gefühlten Ewigkeit, in Wahrheit vor kaum mehr als einer knappen Viertelstunde, verschwunden war, um einen Hintereingang handelte. Offenbar lag die Frontseite des Hauses zu einer parallel verlaufenden Gasse.

Vorsichtig, um nicht vom Fenster aus entdeckt zu werden, schlich er über den schmalen, gepflasterten Weg zu der Holztür und überlegte, ob er sich durch Klopfen bemerkbar machen oder lieber noch abwarten sollte. Von drinnen erklang ein merkwürdiges Schnaufen, das ihn irritierte. Vorerst nahm es ihm die Entscheidung ab.

Er lehnte das Ohr gegen das Türblatt, lauschte. Plötzlich vernahm er ein lustvolles Aufstöhnen. Er drückte sich eng an der Wand entlang bis zum Fenster. Der Vorhang war geöffnet.

Trotz des dämmrigen Lichts im Raum erkannte er deutlich zwei in einer leidenschaftlichen Umarmung miteinander verschlungene Körper. Der eine, lediglich mit Unterhemd und halb vom Hintern gerutschter, aufgeknöpfter Drillichhose bekleidet, gehörte zu einem athletisch gebauten Mann von höchstens dreißig Jahren. Und der andere – zu Korbinian Loibl!

Beschämt zuckte Emil zurück. Unbeabsichtigt stieß er einen an der Hauswand lehnenden Besenstiel um. Der fiel zu Boden, was reichlich Lärm verursachte.

Das erschreckte Emil.

Aber nicht nur ihn.

Im selben Augenblick drehten Korbinian und sein Liebhaber ebenfalls ihre Blicke zum Fenster und sahen Emil direkt ins Gesicht.

Es dauerte nur den Bruchteil einer Sekunde.

Doch Korbinian Loibl begriff sofort, wer da vor dem Fenster stand und ihn in der verfänglichen Situation entdeckt hatte. Das Entsetzen ließ alle Farbe aus seinem Antlitz weichen. Wie gelähmt stand er da, während der andere sich blitzschnell die Hose hochzog und zuknöpfte.

Emil taumelte zurück. Zu allem Überfluss stolperte er über einen Blecheimer und fluchte laut. Er fühlte sich selbst wie ertappt.

In Rekordzeit rannte er zum Jeep zurück, als wäre der Leibhaftige hinter ihm her, sprang zum zweiten Mal an diesem Tag atemlos hinein und erteilte Jake den Befehl, sofort loszufahren.

»Wohin?«, fragte Jake, während er den Wagen bereits geradeaus über unebenes Kopfsteinpflaster den Berg hinunter lenkte.

»Zurück in die Siedlung«, krächzte Emil, nachdem er wieder etwas zu Besinnung gekommen war und sich mit zittrigen Fingern eine Zigarette angezündet hatte.

16

Wider Erwarten wich die Anspannung schnell von Billa, nachdem sie am späten Vormittag mit Fritz in dessen Adler von der Egerländer Schule Am Hart losgefahren war. Fritz erwies sich als ähnlich umsichtiger Chauffeur wie ihr Lieblingsfahrer Sam, und das lag nicht nur an dem komfortablen Wagen. Fast hatte sie vergessen, wie bequem Autofahren sein konnte – sofern man nicht in einem Jeep der amerikanischen Streitkräfte über von Bombentrichtern aufgerissene Landstraßen holperte.

Bei leiser Swingmusik aus dem Autoradio drehte sich ihre anfangs etwas gezwungene, allmählich lockerer werdende Unterhaltung um Belanglosigkeiten wie das sommerliche Frühlingswetter im April, den seit Tagen herbeigesehnten und jetzt anscheinend doch wieder ausbleibenden Regen sowie die erstaunlich vielseitige erste Nachkriegsmodekollektion, die unlängst in den Ruinen Münchens fotografiert worden war. Weder Fritz noch sie hatten es eilig, über das zu reden, was ihnen beiden vermutlich gleichermaßen auf dem Herzen lag: seine Vergangenheit als Staatsanwalt in der einstigen ›Hauptstadt der Bewegung‹ und das, was dadurch zwischen ihm als früherem Mitglied der SS und ihr als damals ins Exil geflüchteter Jüdin stand.

»Wollen Sie auch einmal ans Steuer?«

Noch ehe sie hatte antworten können, lenkte er den Wagen bereits an den Straßenrand, sprang heraus und beeilte sich, ihr die Tür zum Aussteigen zu öffnen.

»Woher wissen Sie …?«, fragte sie verblüfft.

»Haben Sie vorhin nicht mein detektivisches Gespür über den Klee gelobt? Also beweise ich es Ihnen gern ein weiteres Mal: Eine taffe junge Frau wie Sie, obendrein inzwischen waschechte Amerikanerin, besitzt doch selbstverständlich einen Führerschein. Alles andere würde mich wundern.«

»Ich sehe schon. An Ihnen ist wirklich ein Meisterdetektiv verloren gegangen.«

Nur zu gern ging sie auf den ironischen Ton ein. Er schmunzelte zufrieden.

Ehe sie sichs versah, saß sie hinter dem Lenkrad und er auf dem Beifahrersitz.

»Danke, nicht nötig. Ich weiß Bescheid«, lehnte sie seinen zaghaften Versuch, ihr den Umgang mit dem Adler zu erklären, ab. »Vor unserer Flucht aus Deutschland hat meine Mutter exakt das gleiche Modell gefahren. Öfter als einmal habe ich mich damals für erste Trockenübungen heimlich hinters Steuer geschlichen. Zu mehr hat mir allerdings der Mut und letztlich auch die Gelegenheit gefehlt.«

»In New York haben Sie sicher so rasch wie möglich die Fahrprüfung abgelegt?«

»Aber sicher! Ich habe es geliebt, selbst zu fahren.« Sie geriet ins Schwärmen. Plötzlich hatte sie die einst vertrauten Routen und Touren wieder ganz klar vor Augen. »Waren Sie schon einmal drüben? Kennen Sie die Weite der Landschaft? Einfach irre, über einen Highway zu fahren! Da spüren Sie, was Freiheit wirklich bedeutet. Jede Gelegenheit habe ich genutzt, um einfach loszupreschen. Egal wohin, Hauptsache, ich saß am Steuer. Mitten in Manhattan bin ich ebenso gern unterwegs gewesen wie auf dem Land. An den Winterwochenenden bin ich zum

Skifahren in die Catskill Mountains gefahren, nicht weit von New York, und im Sommer nach Long Island. Irgendwer hat einen dort immer zum *weekend* in sein Landhaus eingeladen.«

»Vor allem die Tochter einer so interessanten und bewundernswerten Frau wie Ihrer Mutter Lilo.«

»Stimmt. Letztlich dreht sich alles immer um sie und ich bin nur ›die Tochter von‹. Im vergangenen Herbst haben Sie Lilo beim Empfang im Officers' Club ja selbst erlebt.«

Bei der Erinnerung lächelte sie. Wieder einmal war es Lilo bei der Gelegenheit im Handumdrehen gelungen, insbesondere die männlichen Anwesenden binnen kürzester Zeit für sich einzunehmen und auf die ihr eigene Weise klug und charmant zu unterhalten.

»Oder kennen Sie sie schon aus der Zeit vor dem Krieg, als sie noch Gesellschaftsreporterin hier in München war …?«, setzte sie nach einer kurzen Pause nach.

»Wer hat die berühmte Lilo Löwenfeld nicht gekannt? Jeder, der damals in München etwas sein wollte, musste sie kennen. Sie war schlichtweg legendär. Es war eine Ehre, wenigstens in einem Nebensatz ihrer Artikel einmal namentlich erwähnt zu werden«, antwortete er amüsiert und wechselte dann geschickt das Thema. »Ihre Erzählungen vorhin hören sich an, als hätten Sie sich in New York sehr wohlgefühlt.«

»Das habe ich.« Nur zu gern schob sie den Gedanken an Lilo wieder beiseite. Auf einmal sehnte sie sich nach ihrer Studienzeit am berühmten Vassar College in Poughkeepsie, nach den Recherchetouren in den Mittleren Westen während ihrer ersten Jobs für amerikanische Zeitungen und nach den Urlaubsreisen zur kalifornischen Küste, einmal sogar in den Süden hinunter bis Mexiko.

Ähnlich trocken-staubig und holprig wie dort empfand sie auch jetzt die Strecke entlang des nordwestlichen Münchner Stadtrands. In der Ferne dräute weiterhin das Gewitter, gelegentlich zuckte ein Blitz über das dunkelgraue Gewölk am Himmel, in immer größeren Abständen gefolgt von einem erschlafften Donner. Mit dem Regen wurde es wieder nichts. Stattdessen nahm die Schwüle schon fast sommerliche Ausmaße an. Sie kurbelte das Seitenfenster noch ein Stück weiter hinunter, genoss es, den erfrischenden Fahrtwind auf dem Gesicht zu spüren.

»Trotzdem kennen Sie sich hier nach wie vor noch bestens aus«, bemerkte Fritz nach einer Weile anerkennend, als sie mit dem Wagen schließlich links abbog, um auf der parallel zur Würm verlaufenden Straße südwärts Richtung Pasing zu brausen.

»Außerhalb der Innenstadt hat sich in den letzten acht Jahren zum Glück kaum etwas verändert«, erwiderte sie. »Im Trümmerlabyrinth der Altstadt oder Schwabing findet man sich dagegen schon als Fußgänger oft nur noch mittels der neu aufgestellten Wegweiser zurecht.«

»Dafür tun sich dort inzwischen ganz neue Ecken und vor allem verblüffende Abkürzungen auf.«

»Sofern man mutig genug ist, sich quer durch den Schutt zu wagen«, warf sie ein.

»Sie sehen nicht so aus, als fürchteten Sie verdeckte Hohlräume im Boden oder gar einstürzendes Mauerwerk.«

»Kommt ganz darauf an, zu welchem Zweck ich mich auf solch gefährliche Pfade begebe.«

»Ich wusste gleich, dass Sie nicht die Frau sind, die sich bei der erstbesten Schwierigkeit einschüchtern lässt.«

»Das fasse ich als Kompliment auf.«

»So war es gemeint.«

Er schmunzelte abermals, wie sie aus dem Augenwinkel bemerkte. Sie schluckte. Warum zum Teufel sah er Emil nur so verdammt ähnlich?

Zum Glück erreichten sie in diesem Augenblick Pasing, und sie musste sich ganz auf die Umgebung konzentrieren. In der bis vor acht Jahren noch eigenständigen Stadt im Westen Münchens schien alles anders, als sie es aus Kindheit und Jugend kannte. Beim vorletzten Luftangriff wenige Tage vor dem Einmarsch der Amerikaner in Hitlers einstige Lieblingsstadt war ein Großteil des Stadtkerns rund um das Rathaus zerstört worden.

Zu ihrer Überraschung lotste Fritz sie gar nicht erst zu dem in Trümmern liegenden Gebäude östlich des Pasinger Marienplatzes, sondern zu einem Haus unweit des Schererplatzes.

»Bin gleich wieder da«, erklärte er und hastete bereits aus dem Wagen, kaum dass sie angehalten hatte.

Zuerst war sie versucht, ihm zu folgen. Zu gern hätte sie herausgefunden, wen er nach der Adresse von Hallers Schwägerin befragte. Dann aber blieb sie doch sitzen und nutzte die Zeit, um das gepflegte Innere des Sportwagens zu bewundern.

Versonnen strich sie mit den Fingerkuppen über die Armaturen, die schwarzen Ledersitze, den Steuerknüppel. Bis ins Detail ähnelte Fritz' Wagen Lilos früherem Adler. Erinnerungen an Ausflüge mit ihrer Mutter an die Seen im Voralpenland stiegen in ihr auf. An vielversprechende Fahrten im Morgengrauen zum Wandern in die Berge, aber auch an weniger schöne Touren, auf denen sie in Streit geraten waren über Lilos enge Bekanntschaft mit Vertretern der damaligen braunen Elite. Viel zu gern hatte sich ihre Mutter in den einschlägigen Kreisen bewegt und als Jüdin ganz bewusst mit dem Feuer gespielt. Bei Lilos Stippvisite im letzten Herbst in Europa hatte Billa versucht, das anlässlich Lilos Verwicklungen in die Mordserie im vergangenen Sommer endgültig mit ihr zu klären, doch das hatte nur zu weiteren heftigen Diskussionen zwischen ihnen geführt. Nicht zuletzt deswegen war Billa auch zu Emil auf Distanz gegangen. Wenigstens das hatte sie gestern Abend wiedergutmachen können. Beseelt seufzte sie.

»Ein Königreich für Ihre Gedanken!«, vernahm sie im selben Augenblick eine nur zu vertraute Stimme. Schon stieg Fritz wieder zu ihr ins Auto.

»Sie machen es mir viel zu leicht«, spottete er lachend. »Wenn Sie derart verliebt aussehen, denken Sie gewiss gerade an meinen kleinen Bruder. Der Glückspilz! Was hat er nur an sich, dass er Ihr Herz im Handumdrehen erobert hat? Verdient hat er es jedenfalls nicht. Das behaupte ich als großer Bruder, der noch die kleinsten seiner Schwächen kennt. Übrigens weiß ich jetzt, wo dieser Großmann wohnt. Dafür müsste ich extrem in Ihrer Gunst steigen.«

Er nannte ihr eine Adresse in der nahe gelegenen Gräfstraße, wohin sie in wenigen Minuten gelangten. Billa parkte den Wagen am Straßenrand gegenüber. Als sie ausstieg, machte Fritz Anstalten, sie zu begleiten. Das lehnte sie ab.

»Das erledige ich besser allein. Es gehört zu meinem Job.«

»Wie Sie meinen. Ich warte hier. Falls etwas sein sollte, rufen Sie laut. Ich werde Sie tatkräftig verteidigen.«

»Allein Ihr Anblick schlägt jeden Ganoven in die Flucht.«

»Danke für das Kompliment. Sie werden immer freundlicher zu mir.«

Sie überquerte die Straße, beobachtete aus dem Augenwinkel, wie er sich auf der Fahrerseite gegen den Kotflügel lehnte, den Hut provozierend in den Nacken schob und sich eine Zigarette anzündete. Als er ihren Blick bemerkte, winkte er ihr lässig zu. In der Pose hatte er tatsächlich etwas von einem Helden aus einem billigen amerikanischen Detektivroman. Er schloss den Wagen ab und schlenderte ein Stück die Straße hinunter. Amüsiert schüttelte sie den Kopf und betrat das Mietshaus durch die weit offen stehende Haustür.

Drinnen empfing sie der übliche Geruch frisch gewischter Stiegenhäuser. Mit jeder Stufe, die sie auf der ausgetretenen, feucht glänzenden Holztreppe nach oben stieg, wurde ihr bewusst, wie leichtsinnig sie gerade agierte. Das Geplänkel mit Fritz im Wagen hatte sie viel zu sehr davon abgelenkt, sich rechtzeitig eine Strategie zurechtzulegen, wie sie Großmann am geschicktesten gegenübertrat. Lambrechts deutlich zu spürende Furcht vor ihm ließ vermuten, dass er wahrscheinlich kein harmloser, sonderlich hilfsbereiter Zeitgenosse war. Zwar trug sie nach wie vor eine Pistole in der Handtasche, allerdings wollte sie die möglichst niemals ziehen müssen.

Viel zu schnell erreichte sie die zweite Etage, auf der Großmanns Wohnung lag, wie das Klingelschild an der Tür verriet. Auf ihr Läuten öffnete ein schmächtiger Mann in hellem Hemd und viel zu weiter Hose, der sie aus seinen blassblauen Augen argwöhnisch anblinzelte.

»Herr Großmann?«, erkundigte sie sich überrascht.

Er nickte. Sie musterte ihn. Er war in ihrem Alter und erschien ihr nicht sehr bedrohlich. Kaum vorstellbar, dass es einem Greenhorn wie ihm gelungen sein sollte, Lambrecht derart in Angst und Schrecken zu versetzen. Vielleicht war er ihm nie persönlich begegnet. Jedenfalls wirkte Großmann eher wie der hilfsbereite Abiturient von nebenan denn wie ein gerissener Halunke. Sie schöpfte Hoffnung, womöglich schneller als gedacht an ihr Ziel zu gelangen.

»Ignaz Niedermeier aus der Siedlung Am Hart schickt mich«, folgte sie Lambrechts Empfehlung und registrierte mit Genugtuung ein erstes Zucken um Großmanns Mundwinkel. »Wir könnten miteinander ins Geschäft kommen, hat er gemeint.«

»Wir beide? Wie das?«

Ihre Worte machten ihn sichtlich neugierig. Zugleich gewann er an Sicherheit. Breitbeinig baute er sich nun in der halb offenen Tür vor ihr auf, schob die Hände in die Hosentaschen und betrachtete sie seinerseits ungeniert.

Zweifelsohne wirkte sie in dem gut sitzenden Kostüm, den farblich darauf abgestimmten Pumps und dem dezenten Make-up eindeutig amerikanisch.

»Ich bin gebürtige Münchnerin. Jüdin. Meine Mutter und ich sind im Herbst 1938 gerade noch rechtzeitig von hier weggekommen.«

»Freut mich für Sie. Warum erzählen Sie mir das?«

»Niedermeier meint, Sie könnten damit etwas anfangen. Jetzt, da einige hier in der Stadt auf dem Fragebogen zur Entnazifizierung angeben müssen, was sie in der Vergangenheit getan haben, schadet es nicht, jemanden wie mich zu kennen.«

»Denjenigen, die Ihnen in schwerer Zeit geholfen haben, sicherlich nicht. Aber wie Sie schon sagten, sind Sie 1938 gerade noch rechtzeitig geflohen. Andere hat es später schlimmer erwischt.«

»Und deshalb wiegt die Hilfe, die diejenigen dann erfahren haben, schwerer«, ergänzte sie. Das hatte sie in der Tat zu wenig bedacht.

»Zu einigen unserer früheren Freunde, die geblieben sind und Unterstützung gebraucht haben, habe ich Kontakt«, setzte sie nach einer Pause nach. »Da kann ich gut vermitteln.«

Ihr Herz raste. Wahrscheinlich war ihm ihr Zögern aufgefallen. Er zog die Hände aus den Taschen, verschränkte die Arme vor der Brust und maß sie noch einmal gründlich von oben bis unten.

»Zum Vermitteln brauche ich aber niemanden«, stellte er barsch klar.

»Aber zum Bezeugen.« Sie rang sich ein gewinnendes Lächeln ab.

»Sie lassen nicht locker. Also gut. Geben Sie mir Ihren Namen und die Anschrift, unter der Sie zu erreichen sind. Vielleicht melde ich mich bei Gelegenheit, um mir Ihre Geschichten anzuhören. Oder die Ihrer Freunde.«

Das war wohl das Höchste, was sie vorerst bei ihm erreichen konnte. Ehe er es sich anders überlegte, notierte sie rasch Emils Anschrift in Laim als die ihre auf einen Zettel von ihrem Notizblock und riss ihn ab. Die Reportervilla in Bogenhausen würde ihn als Kontaktadresse gewiss abschrecken. Ihre Finger waren eiskalt, zitterten aber zumindest nicht, als sie ihm das Papier reichte.

»Lügen können Sie, ohne rot zu werden. Das hätte ich Ihnen gar nicht zugetraut«, merkte Fritz an, als sie wieder aus dem Haus kam.

»Haben Sie mich etwa belauscht?«

Verärgert sah sie ihn an. War er ihr etwa tatsächlich gefolgt? Wie hatte sie nur vergessen können, die Haustür hinter sich zu schließen!

»Berufsgeheimnis eines verhinderten Ermittlers«, erwiderte er sichtlich triumphierend.

»Geben Sie mir lieber den Türschlüssel zum Öffnen, damit wir schnell von hier wegkommen.«

Auffordernd hielt Billa ihm die flache Hand hin. Sofort kam er der Bitte nach.

Kaum hielt sie den vergoldeten Schlüssel in der Hand, erstarrte sie. Lilos Schlüssel – eindeutig! Jederzeit und überall würde sie den wiedererkennen. Voller Stolz, sich den Adler Trumpf Sport in der auffallenden Version mit burgunderroter Karosserie und champagnerfarbenen Felgen, Ledersitzen und Verdeck leisten zu können, hatte Lilo seinerzeit die Tür- und Kofferraumschlüssel vergolden und mit ihren Initialen versehen lassen. Die beiden verschlungenen L für Lilo Löwenfeld fanden sich weiterhin gut sichtbar auf dem flachen Schlüsselgriff.

Plötzlich drehte sich alles um Billa in schwindelerregendem Tempo. Sie stützte sich am Wagen ab, versuchte, tief durchzuatmen.

»Die ganze Zeit schon wollte ich es Ihnen sagen.«

Fritz' Stimme drang aus weiter Ferne zu ihr. Langsam hob sie den Blick.

Wie Emil war Fritz nur wenig größer als sie. Seine Augen besaßen zudem ebenfalls einen maronifarbenen Ton wie seine. Unverwandt sah er sie daraus an.

»Wie schon erwähnt, waren Ihre Mutter und ich flüchtig miteinander bekannt. Über gemeinsame Freunde, um genau zu sein. Das wird Lilo Ihnen letzten Herbst bei ihrem Besuch vielleicht schon erzählt haben. Hin und wieder sind wir uns begegnet, haben miteinander geplaudert. Ihr Auto hat mir schon immer sehr imponiert. Die extravagante Ausstattung war legendär und einer so glamourösen Frau wie Ihrer Mutter mehr als angemessen. Kurz vor ihrem Weggang nach New York hat sie dafür einen Käufer …«

»Und die Gelegenheit haben Sie natürlich genutzt. Wie die meisten unserer ›arischen‹ Landsleute damals. So billig wären Sie sonst nie an einen solchen Wagen gekommen«, unterbrach sie ihn aufgebracht.

Sie wusste, wie ungerechtfertigt es war, ihm daraus einen Strick zu drehen. Lilo war kein unschuldiges Lämmchen gewesen und hatte sich trotz ihrer schwierigen Situation bestimmt nicht über den Tisch ziehen lassen.

»Natürlich war es ein Schnäppchen«, gab Fritz unverblümt zu. »Doch ich versichere Ihnen, Ihrer Mutter sehr wohl einen angemessenen Preis …«

»Lassen Sie uns eine Runde im Stadtpark spazieren gehen«, schlug sie vor. »Mitten auf der Straße bieten wir nur dem falschen Publikum beste Unterhaltung. Sie hatten recht. Wir sollten uns unbedingt einmal ausführlich unterhalten.«

17

Erschöpft verharrte Emil noch eine Weile auf dem Beifahrersitz und stierte in den vom abziehenden Gewitter weiterhin grau bedeckten Wolkenhimmel. Zum zweiten Mal an diesem Tag hatte Jake ihn in die Siedlung Am Hart vor die Häuser der Loibls und Niedermeiers chauffiert. Dieses Mal parkte er auf der gegenüberliegenden Straßenseite direkt vor der bauklötzchenförmigen Kirche.

Den gesamten Weg zurück aus Dachau, der sie anders als auf dem Hinweg über die Landstraße und nicht mehr durch das dämmrige Schwarzhölzl geführt hatte, war Emil in beharrliches Schweigen versunken. Zu vieles war in den letzten Stunden an Beobachtungen und Eindrücken auf ihn eingeprasselt. Vorerst sträubte er sich dagegen, auch nur ansatzweise Ordnung in das Chaos zu bringen. Zu deutlich stand ihm die Gefahr vor Augen, die das barg: sich zu früh auf eine bestimmte Deutung festzulegen. Wenn er eins in den letzten Monaten von seinem Lehrmeister Joe gelernt hatte, dann, sich jedes vorzeitige Schubladendenken zu versagen, jedes allzu hastige Vorsortieren zu vermeiden, um so lange wie möglich offen zu bleiben für jeden noch so winzigen Hinweis. Und für das scheinbar Abseitige, das sich womöglich als die ersehnte Lösung des Rätsels entpuppen mochte.

So logisch sich das anhörte, musste er sich letztlich allerdings eingestehen, dass er Angst hatte, einmal mehr denjenigen als Täter überführen zu müssen, der am wenigsten dafür taugte. Weil das Schicksal wieder einmal unerbittlich zugeschlagen und die Rollen selbstherrlich vertauscht hatte.

Wie so oft hatte Jake ohne weitere Erklärung gespürt, wie ihm zumute war, und auf jede Nachfrage, was er bei dem Haus in Dachau überhaupt gesehen hatte, verzichtet. Sogar seine geliebte Jazzmusik aus dem Radio hatte er auf der Fahrt nicht aufgedreht. Offenbar waren ihm die meist fröhlichen, übermütigen Rhythmen unpassend erschienen für die Situation, in der Emil sich befand. Selbst die Fahrt war nahezu ruhig und ohne größere Zwischenfälle, Brems- oder Ausweichmanöver verlaufen.

»Okay«, sagte Emil irgendwann nur und stieg aus.

»Keep strong!« Aufmunternd nickte Jake ihm zu.

Als Emil die Straße überquerte, meinte er, hinter der Gardine am Küchenfenster der Loibls eine Bewegung wahrzunehmen. Er winkte hinüber, machte jedoch niemanden mehr am Fenster aus, der darauf hätte reagieren können.

Vor der Haustür der Niedermeiers musste er nach dem Klingeln geduldig warten. Fast wollte er sich schon zum Gehen wenden, um bei den Kaninchenverschlägen nach Franz zu sehen, da hörte er endlich Schritte hinter der Tür, die sich langsam näherten.

Ursi öffnete. Sie sah so ganz anders aus als am Vortag. Weitaus jünger und verletzlicher. Was vor allem an dem ungeschminkten Gesicht, aber auch an dem ungekämmten, offenen Haar und der viel zu großen Männerkleidung lag. Sie trug ein helles Hemd und eine grobe Arbeitshose, um die sie in der schmalen Hüfte eine dicke Kordel als Gürtelersatz gebunden und die sie zusätzlich an den Beinen nachlässig aufgekrempelt hatte. Obendrein war sie barfuß. Zum Glück hatte sie keine rot verweinten Augen, registrierte er erleichtert.

Sie begrüßte ihn mit fester Stimme, im Vergleich zu ihrer Redseligkeit am Vortag jedoch fast schon unfreundlich abweisend.

»Heute können wir Ihnen nicht helfen. Meinem Vater geht es nicht gut. Und mit Franzl haben Sie doch gestern schon ausgiebig gesprochen.«

Das klang, als wollte sie ihm den Eintritt von vornherein verwehren. Wie fürsorglich sie Ignaz gegenüber war! Dabei machte es nicht den Eindruck, als hätte der sich je zu ihr auch nur annähernd so verhalten.

»Trotzdem muss ich kurz zu Ihrem Vater«, beharrte Emil. »Es gibt etwas zu klären, bei dem nur er mir helfen kann. Ich verspreche Ihnen, sehr rücksichtsvoll mit ihm umzugehen.«

»Versuchen können Sie es. Ich glaube allerdings kaum, dass er überhaupt mit Ihnen redet.«

Sie führte ihn in die Küche, deren Gesichtslosigkeit ihn schon am Vortag bedrückt hatte. Nun schlug ihm die unwirtliche Atmosphäre noch unerbittlicher entgegen.

Der kräftige Ignaz Niedermeier war weiterhin jämmerlich anzusehen. Das Haar zerrauft, graue Bartstoppeln im unrasierten Gesicht und die Augen trostlos-müde in unbestimmte Fernen gerichtet, hatte er nicht mehr das Geringste gemein mit dem arroganten, überheblichen Berserker, als der er am Vortag ins Präsidium in der Ettstraße gerauscht war. Selbst der geheimnisvolle Ausdruck auf seinem Gesicht, der einen sonst auf Anhieb in Bann zog, war verschwunden. In sich zusammengesunken kauerte er unter dem Herrgottswinkel auf der Bank. Kaum hob er den Blick, als Emil sich zu ihm setzte. Dennoch verriet die Anspannung seiner ineinander gefalteten Finger auf dem Tisch eine erste Reaktion.

Zunächst schwiegen sie beide. Nach der Entdeckung in Dachau fiel es Emil noch schwerer als zuvor, in Niedermeier den lebenslangen, treuen Freund und, nach Gretes Schilderung, vor allem den aufrechten Kameraden von Korbinian Loibl zu sehen. Auf einmal war es nicht mehr allein die eklatant konträre politische Einstellung, die dabei eine Rolle spielte. Wusste Niedermeier über seinen Freund vollends Bescheid? Hatten er und Loibl sich auch einmal leidenschaftlich in den Armen gelegen? Hatten sie Zärtlichkeiten ausgetauscht, waren sie miteinander intim geworden? Nur vorsichtig wagte Emil, Niedermeier anzusehen, als fürchtete er, schon das Denken reichte aus, um die Fragen in den Raum zu stellen.

Am liebsten hätte er sich jetzt ähnlich verzweifelt das Haar gerauft, wie Niedermeier es gerade tat. Stattdessen nahm er seinen Hut ab und legte ihn neben sich auf den Tisch. Ursi stellte ihm ein Glas Wasser hin. Nur zu gern stillte er erst einmal seinen Durst. Niedermeier behielt er dabei die ganze Zeit im Blick.

Unbestreitbar ein attraktiver Mann. Selbst in seinem grenzenlosen Leid war das Anziehend-Geheimnisvolle, das er ausstrahlte, noch gut erkennbar. Emil war sicher, dass er eher auf Frauen stand als auf Männer. Obwohl er sich von neuem fragte, wie ein Mann wie er zu einer Frau wie Gundl gekommen und ihr anscheinend derart verfallen war.

Gewiss trugen die derzeitigen Umstände dazu bei, dass sie sich nicht sonderlich hatte pflegen und herrichten können. Allerdings bewiesen Ursi und selbst die Nachbarin Grete, dass Gundl sich im Vergleich zu ihnen weitaus mehr hatte gehen lassen, als nötig gewesen wäre. War sie also hinter das Geheimnis der innigen Freundschaft ihres Mannes zu Korbinian gekommen und hatte sie das aus der Bahn geworfen?

Unbedingt musste er ein genaueres Bild von Gundl und ihrer Beziehung zu Ignaz bekommen, bevor er sich weitere Gedanken machte. Noch einmal wanderte sein Blick durch die Küche, über die geblümte Tapete mit dem Familienfoto an der Wand hin zu Niedermeier.

»Ihre Frau und Sie waren schon lange verheiratet?« Beiläufig zückte er die Zigarettenpackung und zündete sich eine Zigarette an. »Wo haben Sie sich kennengelernt? Erzählen Sie mir mehr von Ihrer Frau. Leider weiß ich bislang viel zu wenig über sie.«

»Was?«

Verblüfft hob Niedermeier den Kopf und sah ihn an, als würde er just in dem Moment aus einem langen Traum erwachen. Er schien seine Gedanken zu sortieren, wenn auch nur sehr langsam. In seine bernsteinfarbenen Augen kehrte ein Glanz zurück, der das Besondere an ihm unterstrich. Emil hatte exakt das richtige Stichwort geliefert. Allein der Gedanke an Gundl schien zu genügen, Niedermeier zu neuem Leben zu erwecken.

»Ladnerin beim Uhlfelder im Rosental ist die Gundl gewesen«, begann er leise. »Lehrmädchen sogar noch, damals, als wir uns kennengelernt haben. Kurz nach dem ersten Großen Krieg ist das gewesen. Aus dem Westend stammt sie. Ganz eine fesche Person war sie. Wenn auch nicht so strahlend schön wie unsere Ursi, jedenfalls nicht auf den ersten Blick. Aber mit einem gewissen Charme. Und mit einem Auftreten. Damals schon. Platt wären Sie gewesen, sag ich Ihnen, wenn Sie sie gekannt hätten. Der hat keiner was vorgemacht. Gefallen lassen hat die sich nichts. Und das zu Recht. Schwer genug hat sie es daheim gehabt mit ihrem versoffenen Vater und den vier Brüdern. Das einzige Mädel ist sie gewesen, die Mutter früh verstorben. Ganz eine üble Männerwirtschaft ist das bei denen gewesen. Immerzu geprügelt haben sich die Buben. Und mehr als einmal in Stadelheim eingesessen. Der Vater aber hat alles gleich versoffen, das ganze mühsam verdiente Geld. Bierkutscher beim Löwenbräu ist er gewesen. Trotzdem hat die Gundl ihren Weg aus dem Elend gefunden. Weil sie es gewollt hat. Ganz einen starken Willen hat sie gehabt. Allweil.«

Versonnen hielt er inne. Schürzte die Lippen. Nahm dankbar die Zigarette, die Emil ihm reichte. Rauchte. Sah dem nach oben aufsteigenden Rauch lange nach. Und sprach sehr leise weiter.

»Kaum fünfzehn ist sie gewesen, als ich mich verliebt hab in sie. Keine andere Wahl hat sie mir gelassen, nachdem ich sie zum ersten Mal angeschaut hab. Hätten Sie sie damals gekannt, täten Sie jetzt wissen, was ich mein. Auf der Dult sind wir uns begegnet. Gerade ein Jahr, als das mit der Räterepublik nach dem ersten Großen Krieg so furchtbar ausgegangen ist bei uns in München. Nur deshalb weiß ich es noch so genau, weil wir jungen Burschen damals alle nicht gewusst haben, wie es weitergehen soll mit uns. Und überhaupt mit allem. Die Gundl aber ist anders gewesen. Obwohl sie so viel jünger gewesen ist als ich. Längst gewusst hat sie da schon, was sie gewollt hat. Nicht lockergelassen hat sie, bis wir 1925 geheiratet haben. Zwanzig Jahre ist das jetzt her. Und jetzt ist sie tot. Ermordet! So ein Ende hat sie nicht verdient. Ganz egal, was sonst gewesen ist.«

Den letzten Satz murmelte er kaum mehr verständlich vor sich hin, schlug die Hände vors Gesicht und versank plötzlich wieder ganz in seiner Trauer. Er begann zu weinen. Seine breiten Schultern bebten. Er schluchzte, seufzte, schniefte.

»Was ist denn sonst gewesen?«, hakte Emil nach einer gebührenden Pause behutsam nach, hin- und hergerissen zwischen Mitleid und Ablehnung. War das echt oder spielte Niedermeier ihm etwas vor? Falls ja, besaß er ein verdammt großes Talent für die Bühne. Zugleich fiel Emil wieder Billas gestriger Hinweis ein, Ursi hätte ihrem Vater vorgeworfen, sie hätten »den Hals nicht voll genug« bekommen. Sofort erfasste ihn Hoffnung, die düstere Befürchtung, die ihn seit Dachau bedrückte, könnte sich damit erledigen.

»Ist etwas vorgefallen, was für den schrecklichen Tod Ihrer Frau wichtig sein könnte? Hat ihr jemand gedroht, sie beschimpft, mit bösen Geschichten aus der Hitlerzeit konfrontiert?«

»Was?«

Von neuem schien Niedermeier sich erst mühsam besinnen zu müssen, bevor ihm wieder bewusst wurde, dass Emil neben ihm saß und ihn etwas gefragt hatte.

»Was Besseres hat die Gundl allweil sein wollen«, räumte er schließlich zögernd ein.

Angespannt zündete Emil sich die nächste Zigarette an, um seinen inneren Aufruhr zu verbergen. Der hatte bei einer solchen Befragung nichts verloren. Das gelang ihm jedoch nur schwer. Niedermeier gebärdete sich einfach zu nervenaufreibend umständlich.

»Nicht jedem hat das gefallen«, fuhr Niedermeier fort. »Auch wenn das letztlich doch ein jeder genauso will. Gehofft hat sie, mit mir könnte sie es schaffen. Unbedingt wollte sie einmal selbst in die großen Warenhäuser in der Stadt zum Einkaufen gehen, am liebsten als Stammkundin. Nicht zum Uhlfelder im Rosental, wo ein jeder aus München hingeht, eher zum Oberpollinger in der Neuhauser Straße. Oder am besten gleich zum Tietz am Bahnhofplatz. Wie die feinen Damen halt. Davon hat die Gundl allweil geträumt.«

Abermals stockte er. Wischte sich mit der Hand übers Gesicht, als müsste er das Bild von Gundl als feiner Dame wegwischen, bevor er weiterreden konnte.

»Vieles ist dann leider doch nicht so geworden wie gedacht. Obwohl sie es gern so gehabt hätte. Aber zwischen haben wollen und wirklich kriegen ist eben doch ein gewaltiger Unterschied. Kinder haben wir leider nur zwei zustande gebracht, weiß der Himmel, warum. Probiert haben wir es. Aber es hat eben nicht sollen sein. Manch anderes ist uns aber zumindest halbwegs gut gelungen. Vor allem, nachdem der Hitler an die Macht gekommen ist, wir das Grundstück hier in der Siedlung bekommen haben und ich Aufseher im Haus der Deutschen Kunst geworden bin. Mit so einer schönen Uniform. Und einmal im Jahr Besuch vom Führer persönlich. Ganz nah bei mir gestanden ist er dann und hat sich die Bilder und Figuren angeschaut. Einmal hat er sogar mich dabei direkt angeschaut. Stellen Sie sich das einmal vor! Und Blockwart in der Siedlung bin ich geworden. Und die Gundl hat die NS-Frauenschaft in der Siedlung angeführt. Das war schon was für solche wie uns zwei. Die Gundl ist ja nur die Tochter von einem besoffenen Bierkutscher aus dem Westend, und ich bin ein einfacher Mechaniker aus der Au. Mit ganz dreckigen Händen und Schmieröl im Gesicht. Angesehen waren wir schon in der Siedlung. Auch wenn es jetzt keiner mehr hören mag. Dabei haben wir uns nie was zuschulden kommen lassen. Das müssen Sie mir glauben, Herr Kommissär.«

Geradezu trotzig suchte er Emils Blick. Nickte, als wollte er sich selbst ermutigen, mit seinem Bericht fortzufahren. Dennoch war seine Stimme bei den nächsten Worten merklich leiser, verzagter.

»Als es dann wieder vorbei war mit dem Hitler und dem allen, ist die Gundl in ein riesiges Loch gefallen. Regelrecht gehen hat sie sich da lassen. Bitter ist das für sie gewesen. Sehr bitter.«

Sacht schüttelte er den Kopf, ob vor Mitleid oder Unverständnis über Gundls Verhalten war nicht eindeutig zu entscheiden.

»Vor allem, als Korbinian Loibl mit seiner Familie ins Haus nebenan gezogen ist«, kam Emil ihm mit weiteren Stichworten ungeduldig zu Hilfe, sobald er verstummte und mit den Gedanken von neuem in weite Ferne abzugleiten drohte. »Ausgerechnet Ihr alter Freund aus der Au, der rote Sozi, der Ihrer Frau schon immer ein Dorn im Auge gewesen ist. Dem Sie aber jederzeit tatkräftig unter die Arme gegriffen haben. Selbst als er im KZ gelandet ist und seine Frau Grete Sie um Beistand angefleht hat. Das war wirklich sehr ehrenvoll von Ihnen, und ganz und gar nicht selbstverständlich damals. Bis heute lässt Grete Loibl übrigens nichts auf Sie kommen. Lobt Sie immerfort in den höchsten Tönen. Was aber muss das für Ihre Frau für eine Geduldsprobe gewesen sein, Grete immer wieder als Bittstellerin hier im Haus zu sehen? Ausgerechnet die Frau von einem Roten, einem KZler obendrein! Zudem haben die Loibls vier Kinder. Ein wahrer Segen, der Ihrer Frau gewiss ein Dorn im Auge gewesen ist. Warum die und nicht ich?, wird sie sich gefragt haben. Geradezu ein Wunder, wenn man bedenkt, wie viele Jahre Korbinian im KZ verbracht hat und wie er überhaupt ...«

Mitten im Satz brach Emil erschrocken ab. Ging er zu weit?

Um Ignaz' Mundwinkel zuckte es. Er verzog den Mund, knetete die Hände vor sich auf dem Tisch wieder energischer.

Nachdenklich betrachtete Emil ihn. Auf einmal dachte er an Grete. Und an ihre Entschlossenheit, für Korbinian und die Kinder alles zu tun. Unattraktiv war auch sie nicht. Und wahrscheinlich weitaus entgegenkommender als eine Frau wie Gundl. Ein neuer Verdacht nahm auf einmal vage in seinem Kopf Gestalt an.

Im selben Moment hob Niedermeier den Blick. Sie sahen sich an, und Emil erkannte, dass er offenbar gerade dasselbe dachte wie er.

Ignaz begriff, dass Emil Bescheid wusste – nicht nur über Grete und ihn, auch über Korbinian und seine Neigung zu Männern. Als ältester Freund aus Kindheitstagen, ja fast sogar als Bruder, war Ignaz von Anfang an darüber informiert. Vielleicht war das sogar der Grund, warum er seine Hand stets schützend über den einige Jahre Jüngeren gehalten hatte, und später auch über dessen Frau.

»Raus!«, presste Ignaz plötzlich gefährlich leise zwischen den Zähnen hervor. Zugleich erhob er sich, stützte die eine Hand auf dem Küchentisch ab und ließ den Zeigefinger der zweiten Richtung Tür schnellen, um Emil den Weg zu weisen. »Raus aus meiner Küche! Sofort!«

Zwar versuchte die sichtlich erschrockene Ursi, ihren Vater zu besänftigen, doch Emil hatte ohnehin schon erfahren, was er wissen musste. Vorerst zumindest. Rasch griff er seinen Hut, gab Ursi ein beschwichtigendes Zeichen mit der Hand und eilte hinaus.

»Zurück ins Präsidium?«

Abfahrbereit saß Jake am Steuer, als er die Straße überquerte. Der Motor lief bereits. Aus dem Radio tönte leise Musik.

»Ja«, erwiderte Emil, kletterte auf den Beifahrersitz und drehte das Radio lauter.

Für heute hatte er genug. Er wollte nicht mehr nachdenken.

Er lehnte sich zurück, schloss die Augen und konzentrierte sich ganz auf den Rhythmus des Songs, das Schnippen von Jakes Fingern und sein lauter werdendes Mitsummen.

Erst als Jake wieder einmal viel zu schnell um eine Kurve bog und der Jeep von dem Schwung ins Schlingern geriet, riss Emil die Augen wieder auf. Auf einmal wusste er, was er tun musste: Er würde nicht ins Präsidium fahren und den Kollegen begegnen, die ihm nur wieder von ihren Ermittlungen zu Gundl Niedermeier in der Siedlung berichten würden, sondern mit Billa reden. Er würde ihr in Ruhe erzählen, was er heute gesehen, gehört und erlebt hatte, vor allem in Dachau. Er würde sich ihre Einschätzung anhören, bevor er nachher im Büro ein Protokoll anfertigte.

Bestimmt konnte Billa ihm helfen, das Ganze in eine sinnvolle Ordnung zu bringen. Und hoffentlich würde sie ihn im Anschluss noch einmal ähnlich leidenschaftlich küssen wie am Vorabend.

Kaum freute er sich auf das Wiedersehen, huschte ihm die

Erinnerung an den Beinahezusammenstoß mit dem burgunderroten Adler gegen Mittag in der Siedlung durch den Kopf. Rasch verdrängte er sie. Das musste eine Täuschung gewesen sein. Er konnte es gar nicht mehr erwarten, Billa wiederzusehen.

18

Die Stille im Stadtpark tat gut. Auf dem breiten Weg unter den uralten Bäumen war kaum jemand unterwegs. Dabei kämpfte sich die Sonne immer vorwitziger zwischen den endgültig abziehenden Gewitterwolken durch.

Ein Entenpaar nutzte die Gelegenheit für einen Ausflug zur Blumenwiese östlich der Würm. Stolz watschelte der Erpel mit seinem im Sonnenlicht grün-violett glänzenden Köpfchen vorweg. Die braun gefiederte Entendame folgte ihm in gebührendem Abstand, durch nichts und niemanden aus der Ruhe zu bringen.

Fritz zündete erst Billa, dann sich eine Zigarette an. Schweigend und rauchend liefen sie nebeneinander her, ein jeder in seine Gedanken versunken.

»Lilo hätte das Auto selbstverständlich wiederhaben können. Natürlich exakt zu denselben Konditionen, die sie mir damals beim Kauf eingeräumt hat«, knüpfte er nach einer Weile an das vorhin unterbrochene Gespräch an. »Das habe ich ihr sofort zugesagt, als wir uns letzten Oktober im Officers' Club begegnet sind.«

»Aber sie hat abgelehnt. Was sollte sie mit dem Wagen auch anfangen? Sie will nicht wieder hierher zurück. Und in New York besitzt sie längst einen besseren.«

»Ihre Mutter hat es wirklich geschafft, auch in den Staaten erfolgreich zu sein. Eine großartige Leistung.«

»Seltsam, das ausgerechnet aus Ihrem Mund zu hören.«

»Weil Sie in mir immer noch den überzeugten Nazi sehen? Gar den bösen SS-Mann?«

Das klang eher amüsiert als verärgert. Sie fühlte sich ertappt. Zum Glück kam ihnen gerade in hohem Tempo ein Radfahrer entgegen. Der erforderte ihre gesamte Aufmerksamkeit, weil er erst knapp vor ihnen mit einer gewagten Kurve auswich und sie dabei in eine dichte Staubwolke einhüllte. Danach mussten sie beide erst einmal ihre Kleidung ausklopfen.

»Wenn Sie Lilo schon vor dem Krieg gekannt haben, wissen Sie, wie zielstrebig sie sich aufs Exil vorbereitet hat«, fuhr Billa endlich fort. »Das war ein hartes Stück Arbeit. Monatelang haben wir bei einem Privatlehrer Englisch gelernt. Mehrere Stunden täglich. Außerdem hat sie sich bereits von hier aus um Kontakte zu amerikanischen Zeitungen und Magazinen bemüht, hat in New York Kollegen sowie andere Exilanten über ihre Pläne informiert.«

»Als erfolgreiche Gesellschaftsreporterin hat Lilo genau die richtigen Leute gekannt. Hier wie drüben.«

»In einer solchen Situation nutzt jeder alle zur Verfügung stehenden Vorteile und Beziehungen.«

»Ich bin der Letzte, der ihr deswegen einen Vorwurf macht. Mich wundert allerdings, wie lange sie gezögert hat, tatsächlich wegzugehen.«

»Weil es sie enorme Überwindung gekostet hat, ihre Heimat und letztlich auch ihre Existenz aufzugeben. Wir sind Deutsche. Wir sind hier genauso verwurzelt wie alle anderen. Bis zuletzt haben wir gehofft, bleiben zu können. In unserer Heimat. Trotz allem.« Billas Stimme begann zu beben. »Außerdem gab es keinerlei Garantie, ob es Lilo wirklich gelingen würde, drüben Fuß zu fassen. So mancher Emigrant, der hier ein anerkannter Professor oder ein erfolgreicher Geschäftsmann gewesen ist, schlägt sich drüben bis heute als Tellerwäscher oder Nachtportier durch. Von den Frauen ganz zu schweigen. Die stürzen oft komplett ab, erst recht, wenn sie auf sich gestellt sind.«

»Lilo hat immer schon ein besonderes Format besessen.« Nachdem er die Zigarette zu Ende geraucht hatte, verschränkte er im Weitergehen die Hände hinter dem Rücken. »Allein die Tatsache, dass es ihr damals gelungen ist, nahezu ihren gesamten Hausstand mit in die Staaten zu nehmen, spricht für sich. So etwas schafft nur Lilo Löwenfeld. Hundert Kisten hat man ihr zugestanden. Und die hat sie eigenhändig gepackt. Nicht eine angeschlagene Tasse Nymphenburger Porzellan hat sie freiwillig zurückgelassen.«

»Sie sind wirklich bestens informiert. Das spricht für weitaus mehr als nur eine flüchtige Bekanntschaft mit meiner Mutter vor dem Krieg.«

Abrupt blieb Billa stehen. Fritz hielt ebenfalls an, blickte ihr ins Gesicht, als könnte er kein Wässerchen trüben. Und schwieg.

Eine alte Frau trottete vorbei, zog einen klapprigen Handkarren hinter sich her, beladen mit einem dicken Bündel Reisig. Ungeduldig wartete Billa, bis sie außer Hörweite war, als befürchtete sie, ausgerechnet von ihr belauscht zu werden.

»Worauf wollen Sie eigentlich hinaus? Was wollen Sie wirklich von mir? Hat es etwas mit meinen Recherchen zur Fragebogenaktion im Rahmen der Entnazifizierung zu tun?«

»Jetzt sind Sie diejenige, die ein herausragendes detektivisches Gespür beweist. Lassen Sie uns das lieber bei einer Erfrischung auf meiner Terrasse bereden. Mein Haus ist gleich auf der anderen Seite der Würm in der Waldkolonie, nur wenige Gehminuten von hier.«

Da sich die Gewitterwolken inzwischen endgültig verzogen hatten und die Sonne unerbittlich vom spätnachmittäglichen Himmel brannte, ging sie nur zu gern auf den Vorschlag ein. Ohnehin verspürte sie große Neugier zu sehen, wie Fritz lebte. Obwohl sie wusste, dass Emil seinen zehn Jahre älteren Bruder verabscheute, musste sie dem Drang nachgeben.

Gemeinsam liefen sie westwärts aus dem Stadtpark.

Das Haus in der nahe gelegenen Pfeivestlstraße stand in Gegensatz zu Emils bescheidener Unterkunft als Untermieter einer Kriegerwitwe in Laim. Als Staatsanwalt hatte Fritz bereits vor dem Krieg über ein ansehnliches Gehalt verfügt und sich gutbürgerlich etablieren können. Dementsprechend verriet das Gebäude einen gewissen Hang zur Solidität. In Anlehnung an den zur Jahrhundertwende beliebten Heimatstil war es überraschend schlicht gehalten. Das Auffälligste daran waren das geschwungene rote Walmdach, die grün gestrichenen Fensterläden sowie der verspielte gusseiserne Zaun um den weitläufigen Garten.

Die Einrichtung im Innern passte zu der Unauffälligkeit des Äußeren und bewies einen sehr zurückhaltenden, gediegenen Geschmack: Sitzgelegenheiten aus dunklem Leder im Wohnzimmer, klassische Kirschholzmöbel in Ess- und Herrenzimmer, dazu schnörkellose Glasvitrinen für das gute Porzellan, die Kristallgläser und andere Kostbarkeiten sowie an den Wänden einige wenige Landschaftsgemälde der Münchner Malerschule von der Jahrhundertwende.

Nach einem kurzen Rundgang durchs Erdgeschoss führte

Fritz sie zur überdachten Terrasse, die von einem sorgfältig gepflegten Blumengarten umgeben war, und verschwand noch einmal im Innern. Wenige Minuten später servierte er auf einem Tablett einen Krug Limonade und eine Schale Kekse.

»Not leiden Sie keine«, stellte Billa fest, nachdem sie auf einem der weißen Holzstühle Platz genommen hatte. »Dabei ist es ungewöhnlich genug, dass Sie ganz allein hier leben.«

»Bislang hatte ich tatsächlich Glück und wurde von den üblichen Einquartierungen verschont«, bekannte er. »Ein Lieutenant der amerikanischen Streitkräfte hat das Haus für sich entdeckt und ist schon letzten Herbst eingezogen. Seither bewohne ich zwar lediglich noch zwei Kammern unterm Dach, darf mich aber im restlichen Haus frei bewegen und profitiere zudem von der Versorgung meines neuen Hausherrn.«

Während er die Limonade in die Gläser goss, verkniff Billa sich den Kommentar, dass manche Menschen stets auf die Füße fielen. Angesichts seiner Andeutungen zu Lilos und ihrem Schicksal würde er den nur zu gern nutzen, um sie auf Parallelen zwischen ihnen hinzuweisen. Und das nicht einmal völlig zu Unrecht.

»Der Lieutenant ist übrigens Kunsthistoriker und einer der Monument Men im Central Collecting Point«, erzählte er unterdessen weiter. »Sein Name ist Bob McIntosh. Falls Sie einmal zu diesem Aspekt …«

»Danke, nicht nötig«, winkte sie eilig ab. »Ich habe meine eigenen Kontakte. Doch apropos Recherchen. Was wollten Sie mir noch zum Thema Entnazifizierung erzählen? Hat es mit Ihrer früheren Arbeit als Staatsanwalt zu tun?«

»Falls Sie jetzt aufregende Enthüllungen erwarten, muss ich Sie leider enttäuschen. Als einfacher Staatsanwalt war ich ein viel zu kleines Licht, um in spektakuläre Verfahren verwickelt zu sein.«

»Das behaupten jetzt alle«, erwiderte sie leicht verärgert. »Wenn es danach ginge, fragt man sich allmählich wirklich, wer überhaupt unter Hitler den ganzen Apparat in Gang gehalten hat. Sie waren doch schon früh Parteimitglied …«

»Ab 1937, um genau zu sein. Wenn Sie das als früh bezeichnen wollen, bitte. Es kommt leider immer auf den Standpunkt an. Seinerzeit hat man es als langes Zögern betrachtet. Mit einer Neuregelung im Beamtengesetz hat man damals fast alle Staatsbediensteten mehr oder weniger gezwungen, in die NSDAP einzutreten, sofern sie ihre Posten behalten wollten.«

»Wirklich?« Nun war sie irritiert. »Das habe ich anders verstanden. Ich dachte, Sie wären bereits zu Beginn Ihres Studiums hier in München, also 1930, eingetreten? Waren Sie nicht auch in einer dieser Studentenverbindungen?«

»Wie kommen Sie darauf? Hat Emil das …«

»Natürlich werden Sie das am besten wissen«, lenkte sie hastig ein, um ein Gespräch mit ihm über Emil zu vermeiden. »Ohnehin lässt es sich leicht nachprüfen. Die Mitgliedslisten mitsamt den entsprechenden Nummern und Eintrittsdaten liegen den amerikanischen Behörden inzwischen nahezu vollständig vor. Mitglied der SS waren Sie ebenfalls, oder?«

»Das will ich gar nicht abstreiten, obwohl ich mehr oder weniger zufällig über Kameraden, die mich von früher, teilweise aus Zeiten meines Studiums, kannten, da hineingeschlittert bin. An der Front versprach ich mir persönliche Vorteile davon. Was tut man nicht alles in der Hoffnung, zu überleben? Auch wenn es jetzt eine viel bemühte Entschuldigung sein mag, bin ich zu keiner Zeit ein fanatischer Parteigänger gewesen. Wohl eher tatsächlich die Variante typischer Mitläufer. Ein elender Opportunist eben, der aus allem seinen persönlichen Nutzen zu ziehen versucht. Fragen Sie bei Gelegenheit Ihre Mutter, die kann Ihnen das bestimmt bestätigen.«

»Ich dachte, Sie kannten sich nur flüchtig?«

»Wir hatten, wie gesagt, gemeinsame Bekannte. Lilo war eine sehr gesellige Frau, die das gute Leben ebenso genoss wie meine Freunde und ich.«

Er lächelte. Billa wurde mulmig. Solche Andeutungen hatte sie seit ihrer Rückkehr schon mehr als einmal gehört. Und mehr als einmal bestätigt gefunden. So beispielsweise ausgerechnet bei den spektakulären Mordfällen um Viktor von Dietlitz im letztem Sommer. Sie trank einige Schlucke von der eisgekühlten Limonade und biss in einen Keks.

»Um keinen falschen Eindruck entstehen zu lassen: Lilo hat natürlich stets sehr genau darauf geachtet, mit wem sie enger verkehrt hat. Sonst hätte sie es als Frau allein ausgerechnet in den turbulenten zwanziger Jahren in München wohl kaum so weit gebracht.«

»Das klingt, als wären Sie selbst dabei gewesen. Zu der Zeit sind Sie aber noch ein Schuljunge in Breslau gewesen und haben kaum geahnt, eines Tages in München zu leben.«

»Wann sind Sie geboren? 1922, nicht wahr?«

»Woher wissen Sie das?«

»Oh, ich weiß sogar noch mehr. Sie würden staunen.«

Nun nahm auch er einen langen Schluck aus dem von der Eiswürfelkälte beschlagenen Glas, zwinkerte ihr über den Rand hinweg zu. Hastig hob sie ebenfalls wieder die Limonade an die Lippen.

»Gemeinsame Bekannte, wie gesagt«, fuhr er im Plauderton fort, lehnte sich gemächlich zurück und schlug die Beine übereinander. »Ich glaube, der Name Schratzler sagt sogar Ihnen etwas? Das waren einmal Nachbarn von Lilo und Ihnen, in Ihrer ersten Wohnung in der Klenzestraße, nicht wahr? Gustl Schratzlers Tochter Rosl dürfte im selben Alter sein wie Sie, höchstens ein oder zwei Jahre älter, vermute ich.«

»Woher kennen Sie die Schratzlers?« Alarmiert horchte Billa auf. Ihr Puls begann zu rasen. »Haben Sie noch Kontakt? Wissen Sie, was aus Ihnen …?«

»Tut mir leid, ich will keine Gerüchte in die Welt setzen, deshalb höre ich jetzt besser damit auf. Sollten Sie demnächst mit Ihrer Mutter telefonieren, richten Sie ihr bitte herzliche Grüße von mir aus. Und fragen Sie sie, wann ich mit der im letzten Herbst zugesagten Bestätigung rechnen darf.«

»Welche Bestätigung?«

Das war es also, worauf er eigentlich hinauswollte. Fast hätte sie sich an der Limonade verschluckt. Rasch setzte sie das Glas ab, tupfte sich die Lippen mit einem Taschentuch trocken und sah ihn forschend an. »Was genau ist meine Mutter Ihnen schuldig?«

»Können Sie sich das nicht denken? Sie sind doch schon länger mit dem Thema betraut. Im Rahmen meines Entnazifizierungsverfahrens würde es mir sehr helfen, wenn Ihre Mutter mir schriftlich bezeugt, wie fair ich mich ihr gegenüber verhalten habe.«

»Aber Sie haben doch nur das Auto von ihr …«

»Hat Sie Ihnen nie davon erzählt? Nicht einmal im letzten Herbst, nachdem wir uns alle wiederbegegnet sind? Nur deswegen weiß ich überhaupt so genau über die Umstände Ihres

Umzugs in die Staaten Bescheid. Lilo hat mir seinerzeit die Abwicklung einiger Verkäufe anvertraut. Und war mehr als zufrieden mit meinem Beistand.«

»Und das soll sie Ihnen jetzt bestätigen?«

»Exakt.«

Einen Moment trafen sich ihre Blicke. Der leicht ironische Zug um seinen Mund, den sie auch schon bei Emil gelegentlich beobachtet hatte, war verschwunden. Ein ihr bislang unbekannter Ausdruck breitete sich stattdessen auf seinem Gesicht aus. Den hatte sie an Emil noch nicht gesehen. Sie meinte, darin eine gewisse Härte auszumachen.

»Warum hat Lilo das nicht sofort erledigt? Nichts hasst sie mehr, als Dinge vor sich herzuschieben. Aber das wissen Sie vermutlich schon, schließlich waren Sie ›flüchtige‹ Bekannte.«

Täuschte sie sich oder verhärtete sich Fritz' Miene nach ihrer Bemerkung noch stärker? Etwas stimmte nicht. Sie versetzte sich zurück in den vergangenen Oktober. Auf einmal hatte Lilo es sehr eilig gehabt, wieder aus München wegzukommen. War das nicht kurz nach ihrem Zusammentreffen im Officers' Club gewesen? Da musste also weitaus mehr dahinterstecken. Und Billa hatte immer geglaubt, es hätte an Emil gelegen! Weil Lilo sich an ihrer Liebe zu ihm gestört hatte.

»Bitten Sie Lilo einfach, es zu erledigen, wenn Sie das nächste Mal mit ihr sprechen«, kam er noch einmal auf das Thema zu sprechen. »Vielleicht hilft es, sie daran zu erinnern, dass ich noch einige Aufzeichnungen von ihr aus früheren Zeiten habe. Die hat sie im Eifer des Gefechts bei ihrem Aufbruch nach New York im Geheimfach eines Damenschreibtischs vergessen. Zum Glück habe ich vor dem Verkauf des guten Stückes alles gründlich durchgesehen. Bei mir sind die Notizen selbstverständlich in besten Händen.«

»Um welche Notizen handelt es sich? Geben Sie sie mir einfach mit.«

Natürlich wusste sie, wie sinnlos die Aufforderung war, dennoch musste sie es probieren.

»Zuvor würde ich gern von Lilo hören, ob ihr das recht ist. Wenn ich mich recht entsinne, reichen sie bis in die Jahre Ihrer Geburt zurück. Es könnte gut sein, dass sie nicht alles aus dieser Zeit vor Ihnen ausbreiten will. Schließlich haben wir alle unsere kleinen Geheimnisse, nicht wahr?«

»Haben Sie etwa darin gelesen?«

»Was halten Sie von mir?«, entrüstete er sich.

Das nahm sie ihm nicht ab. Sie hätte sich ihre Neugier vermutlich kaum verkneifen können, wäre sie auf solche Notizen gestoßen. Was gäbe sie darum, die jetzt zu sehen! Lilos frühe Jahre an der Isar waren ein schwarzes Loch für sie. Nie sprach sie mit ihr darüber. Lilo hatte ihr nie verraten, wer ihr Vater war. Billa wusste nicht, warum ihre Mutter ihr das verschwieg. Oft hatte sie sich gefragt, was aus ihm geworden war und ob er überhaupt noch lebte, in München oder sonst wo. Längst befürchtete sie das Schlimmste, vor allem seit sie mehr über Lilos Kontakte vor dem Krieg herausgefunden hatte.

Noch einmal sah sie zu Fritz, der sich erneut eine Zigarette anzündete. Sollten diese Notizen tatsächlich existieren und sich in seiner Obhut befinden, wusste er deutlich mehr über ihre Vergangenheit, als er zugab. Doch sie würde ihm nicht den Gefallen tun, ihn um die Preisgabe anzuflehen. Er sollte mit Lilos Bescheinigung mindestens so zappeln wie sie mit den Notizen.

»Höchste Zeit, dass ich gehe.« Abrupt erhob sie sich.

»Ich bringe Sie gern zurück nach Bogenhausen.«

Zu ihrem Leidwesen blieb ihr keine Wahl, als das Angebot anzunehmen, wollte sie nicht eine wahre Odyssee mit der Tram quer durch die Stadt bis zur Reportervilla auf sich nehmen. Fritz war jedoch taktvoll genug, sowohl auf ihrem Fußweg zurück zum Wagen in der Gräfstraße als auch während der gesamten Fahrt auf die rechte Isarseite hinüber nur mehr harmlosen Small Talk mit ihr zu betreiben. Dennoch war sie froh, endlich vor der Möhlstraße anzukommen.

Und sah beim Aussteigen in Emils perplexes Gesicht.

19

Korbinian verbarg sich in einem Gebüsch vor dem Haus und starrte zum Küchenfenster. Licht fiel von dort nach draußen in den dämmrigen Garten. Ihm blutete das Herz, als er sah, wie unbefangen sich die Kinder am Tisch um Grete scharten, wie selbstverständlich sie ohne ihn funktionierten. Die einen vor aufgeschlagenen Büchern und Heften in ihre Hausaufgaben vertieft, die anderen mit Strick- oder Flickzeug ebenso fleißig beschäftigt. Und Grete zwischen ihnen, vor sich einen Stapel Wäsche zum Ausbessern.

Wahrscheinlich vermisste ihn keiner von ihnen. Wahrscheinlich war das all die Jahre, die er im Lager dahinvegetiert war und sich vor Sehnsucht nach ihnen verzehrt hatte, schon so gewesen. Wahrscheinlich hatten sie nicht einmal an ihn gedacht. Das war wohl auch besser so, nach allem, was er getan hatte.

Er schloss die Augen, und plötzlich sah er das entsetzte Gesicht des Kommissärs vor sich. In seiner Leidenschaft hatte er sich völlig vergessen und gar nicht darüber nachgedacht, dass ihn jemand beobachten könnte. Welch Schande! Undenkbar, ihm oder seiner Familie je wieder unter die Augen zu treten. Seine Gedanken wanderten wieder zu seiner Frau und den Kindern. Besser, er verschwand aus ihrem Leben. Für immer und in Ewigkeit. Sonst brachte er nur ständig neues Unglück über sie.

Ein letztes Mal streifte sein Blick jeden Einzelnen von ihnen.

Der Älteste, Sepp, mit seinen sechzehn Jahren fast schon ein er-
wachsener Mann und der drei Jahre jüngere Wiggerl ebenfalls
auf dem besten Weg, ihm über den Kopf zu wachsen. Die beiden waren bereits stärker und kräftiger als er. Ebenso war die
Zweitälteste, Annamirl, längst kein Kind mehr. Nur Philomena
hängte sich mit ihren elf Jahren erstaunlich eng an ihn. Dabei
hatte sie ihn bis zu seiner Befreiung aus Dachau im letzten Jahr
am wenigstens von allen vieren gekannt. Er wäre ihr gerne ein
besserer Vater gewesen. Nicht nur ihr, sondern all seinen Kindern. Er war ein ehemaliger KZler, der für seine Überzeugun-
gen gekämpft hatte, ohne Rücksicht auf die Konsequenzen, die
das für seine Familie gehabt hatte. Er war nicht für sie da gewesen, als sie herangewachsen waren und ihn am meisten gebraucht hatten. Nicht einmal, als sie kurz vor Kriegsende ausgebombt worden waren und mit ihrem Zuhause ihr gesamtes
Hab und Gut verloren hatten. Und vermutlich weitaus mehr
als das.

Doch er hatte nicht anders gekonnt. Er hatte gespürt, dass
zumindest Grete das verstand und ihm auf bewundernswerte
Weise beistand, indem sie immer wieder zu Ignaz ging und ihn
um Hilfe bat. Dabei wusste Korbinian selbst am besten, welchen Preis der dafür verlangte. Daran hatte sich bis zum heutigen Tag nichts geändert. Wenigstens damit aber sollte jetzt
Schluss sein. Das war das Einzige, was er noch für Grete und
die Kinder tun konnte.

»Was willst du denn hier? Warum bist du nicht zur Nachtschicht im Haus der Kunst? Allweil kann ich dich nicht vor
dem Ärger bewahren, den du kriegst, wenn du nicht hin-
gehst«, brummte Ignaz Korbinian von seinem Platz auf der

Eckbank aus entgegen, als er die Küche betrat. Jetzt, da Gundl nicht mehr da war, wirkte der Raum noch unpersönlicher als vorher. Dabei hatte auch sie nie viel Talent fürs Gemütliche, Entgegenkommende besessen.

»Reden muss ich mit dir«, ignorierte Korbinian seine Bemerkung.

Ignaz seufzte. »Lass uns allein«, befahl er Ursi, die zweifelnd zwischen ihnen hin- und hersah, bevor sie hinausging. Als ob sie ahnte, wie das Gespräch enden mochte: im heftigen Streit oder gar tiefen Zerwürfnis der einst besten Freunde.

»Deine Vorwürfe kannst du dir sparen«, versuchte Ignaz, Korbinian von vornherein den Wind aus den Segeln zu nehmen. »Ich kann mir schon denken, was du sagen willst.«

»Sei dir da mal nicht so sicher«, widersprach Korbinian.

Umständlich rückte er sich den Stuhl gegenüber zurecht, zog die Mütze vom Kopf und legte sie auf den Tisch. Dann betrachtete er Ignaz schweigend.

Er hatte es geahnt: Auf den ersten Blick war Ignaz anzusehen, wie sehr er litt. Aber nicht, wie Grete meinte, vor Kummer und Schmerzen über den Verlust seiner geliebten Ehefrau, sondern vor Gram über das eigene Versagen. Er hätte Gundls Tod verhindern können. Das wusste er. So wie Korbinian es wusste. Und Ignaz wusste, dass er es wusste.

»Ich höre auf«, erklärte er, solange er noch den Mut dazu aufbrachte. »Im Schwarzhölzl heute hab ich zum letzten Mal den Boten für dich gespielt. Denken kannst du dir eh, was die zwei dir ausrichten lassen. Neues sag ich dir damit nicht.«

»Lass mich bloß in Ruhe mit dem Schmarren. Willst du jetzt etwa abhauen? Die Grete und die Kinder im Stich lassen?« Verärgert schnaubte Ignaz. »Wäre ja nicht das erste

Mal. Denkst ja allweil nur daran, was für dich am besten ist. Wenn du aber meinst, ich würde ihnen wieder ...«

»Lass sie einfach in Ruhe«, fuhr Korbinian ihm über den Mund. »Das wäre sowieso das Beste für sie.«

»Und dann? Meinst du, damit wär's getan? Und du könntest tatsächlich so einfach weg? Angewiesen bist du auf mich, und tun musst du, was ich dir sage. Weil ich dich in der Hand hab. Schon immer. Und jetzt erst recht.«

»Hast du nicht. Nicht mehr. Letztens in der Hirschau hab ich dir schon ...«

»Hör auf mit dem Unfug!« Ohne Vorankündigung sauste Ignaz' Faust auf den Tisch. »Schon in der Hirschau habe ich dir gesagt, dass das ein Schmarren ist. Und dass es nicht geht. Basta.«

»Und ich hab dir gesagt, dass es geht. Basta. Weil's keinen Sinn nicht hat, weiterzumachen. Siehst doch, wohin es führt. Die Gundl ist tot. Das hätte nicht sein müssen. Aber du hast ja nicht auf mich hören wollen.«

»Und du nicht auf mich!«

Noch einmal schlug Ignaz die flache Hand auf die Holzplatte und sah Korbinian aus grimmig zusammengekniffenen Augen an.

Eine Weile verschränkten sich ihre Blicke ineinander.

»Wenn du jetzt abhaust, sag ich dem Kommissär, dass ich dich gesehen hab in der Nacht, in der die Gundl gestorben ist«, schob Ignaz leise nach. »Vorhin war er schon mal da. Der glaubt mir sofort. Ein jeder hier in der Siedlung weiß schließlich, wie sehr die Gundl dich gehasst hat. Und wie wenig du sie hast ausstehen können. Mehr als ein guter Grund ist das, warum du ihr den Strick um den Hals gelegt und zugezogen hast.«

Gegen seinen Willen zuckte Korbinian zusammen. Zwang sich mit aller Kraft zur Ruhe. Das konnte nicht sein. Durfte nicht sein. Ganz genau hatte er in jener Nacht aufgepasst. Hatte sich mehr als einmal umgesehen, ob ihn einer beobachtete, wie er sich hinterm Haus versteckte und abwartete, bis es Zeit war, reinzugehen. Als käme er wie immer von der gewohnten Schicht im Haus der Kunst.

»Völlig verwirrt hast du ausgeschaut«, fügte Ignaz hinzu. Seine Stimme klang drohend. »Genau so, wie einer ausschaut, der was Entsetzliches erlebt hat. Oder gar selbst getan hat. Hast nicht einmal reagiert, als ich dich gefragt hab, wo du herkommst. Von deinem Nachtwächterdienst war's jedenfalls nicht. Das hat mir der Schuster Valentin schon bestätigt. Richtig sauer war der, weil er dich extra wie von dir verlangt für die Nacht zur Wache eingeteilt hat und dann bist du da gar nicht im Haus der Kunst aufgetaucht. Aber mir war auch vorher schon klar, dass du nicht vom Dienst gekommen bist. So wirr, wie du in der Nacht ausgeschaut hast, als ich dich gesehen hab. Viel zu früh war es dafür obendrein. Und zugleich zu spät, um zu behaupten, du kämst von einem harmlosen Spaziergang. Gerade wo du dich immerzu so auffällig nach allen Seiten umgeschaut hast.«

»Was hast du davon, wenn die Polizei mich verhaftet?«, brachte Korbinian nach einer Weile mühsam heraus.

Seit jener Nacht quälten ihn die krudesten Befürchtungen. Seine Hand tastete nach der Mütze auf dem Tisch. Halt suchend krallten sich die Finger in den Stoff, bis die Knöchel schmerzten.

»Wer hilft dir dann noch bei deinen Geschäften?«, setzte er nach. »Dann stehst du genauso allein da, wie wenn du mich jetzt einfach aufhören lässt. Dann aber hast du mich ans Messer geliefert. Dabei riskierst du, dass ich dem Kommissär erzähle, was du so treibst. Und dann wirst du auch verhaftet und kommst ins Loch.«

»Das machst du nicht.«

»Warum nicht?«

»Weil du kein Verräter nicht bist.«

»Aber du!«

Von neuem sahen sie einander wortlos, aber drohend in die Augen.

»Lass es einfach gut sein, Ignaz!«, versuchte Korbinian nach einer Weile noch einmal betont ruhig, den Freund zur Vernunft zu bringen. »Hör auf mit dem verfluchten Zeug. Gib endlich nach und sag den anderen, was sie wissen wollen. Und dann lass die Finger davon. Dass die Gundl dabei draufgegangen ist, ist schlimm genug. Denk jetzt wenigstens an deine Kinder, an die Ursi und den Franzl, und lass es gut sein.«

»An wen soll ich denken? An die Ursi und den Franzl?« Bitter lachte Ignaz auf. »Verloren hab ich die zwei doch schon, da hat die Gundl hier noch fröhlich geschnauft. Schau dir an, was aus denen geworden ist! Der Franzl ist völlig deppert. Redet lieber mit dem Federvieh im Stall als mit einem Menschen. Und die Ursi ist ein schamloses Flitscherl, die mit jedem mitgeht, der sie hinterher ordentlich mit Zigaretten oder Seidenstrümpfen bezahlt oder ihr verspricht, sie mit nach Amerika zu nehmen.«

Auf einmal hielt er inne, stützte den schweren Kopf zwischen die Hände und stierte eine Weile ziellos vor sich hin.

»Jetzt, wo die Gundl tot ist, ist sowieso alles einerlei«, fing er nach einer Weile wieder an, den Blick weiter in die Ferne gerichtet. »Also ist es auch einerlei, ob ich weitermache oder nicht. Lebendig wird sie sowieso nicht mehr.«

Er hob den Kopf, wandte sich Korbinian zu.

»Nur ihretwegen hab ich das alles doch überhaupt angefangen. Wenigstens einen Trost hat sie haben sollen, wenn ich schon kein Blockwart und sie keine Frauenschaftsführerin nicht mehr war. Wenigstens Geld genug hat sie haben sollen, um ein bisserl was Schönes für sich zum Anziehen oder zum Essen kaufen zu können. Das ist ihr früher doch allweil wichtig gewesen. Jetzt aber hat sie gar keine Freude an gar nichts mehr gehabt. Nichts hat ihr mehr getaugt. Gehofft hab ich trotzdem, dass es ihr eines Tages wieder besser geht. Dass sie doch wieder eine Freude an was findet. Nur deshalb hab ich weitergemacht. Nur für sie. Auch als wir den anderen in die Quere gekommen sind und die mir gedroht haben. Aber jetzt ist sie tot. Jetzt gibt's erst recht keinen Grund nicht aufzuhören für mich. Jetzt muss ich auf niemanden mehr Rücksicht nehmen. Jetzt ist eh schon alles einerlei.«

Mit seinen bernsteinfarbenen Augen fixierte er Korbinian, wie er es früher immer schon getan hatte. Über sein wettergegerbtes Gesicht mit den hohen Wangenknochen und der markanten Linie um den Mund huschte dabei dieser gewisse Ausdruck, dem Korbinian sich noch nie so recht hatte entziehen können.

»Um mich ist es nicht schade«, setzte Ignaz nach. »Ohne meine Gundl und meine Kinder bin ich niemand mehr. Zu verlieren hab ich nichts mehr. Und du erst recht nicht. Schau dich doch nur an: Wer bist du denn noch? Ein ehemaliger KZler, ein roter Gewerkschafter und ein hinterfotziger Hundertfünfundsiebziger obendrein! Was meinst du, sagt deine Grete, wenn einer ihr erzählt, dass du es lieber mit Männern treibst? Dass sie sich all die Jahre für einen schwulen Lumpen abgerackert, gezittert und gebibbert hat? Und was sagen deine Kinder erst? Die beiden Buben und die zwei schönen Mädel? Ekeln werden sie sich vor dir. Und zutiefst schämen. Für ihren eigenen Vater. Nein, mein Lieber, aus der Geschichte kommst du nimmer raus!«

»Wahnsinnig bist du!«

Korbinian war fassungslos. Er setzte sich die Mütze auf den Kopf und sprang auf.

Blitzschnell schoss Ignaz' Hand vor und umklammerte sein Handgelenk. Korbinian drehte und wendete sich, um ihn abzuschütteln. Durch das Gerangel fielen die Gläser auf dem Tisch um. Eins kullerte zu Boden und zersprang.

»Lass mich los!«, rief Korbinian.

»Niemals, du gemeiner Hund!«, entgegnete Ignaz und erhob sich ebenfalls. Stieß den Tisch um und stürzte sich auf ihn.

Sie keuchten, brüllten, fluchten und beschimpften sich.

»Aufhören!«, gellte plötzlich Ursis Stimme durch die Küche. Der Krach musste sie alarmiert haben. »Seid ihr verrückt?«

Tapfer versuchte sie, sich zwischen sie zu werfen und sie zu trennen.

»Franzl!«, brüllte sie. »Hilf mir! Der Vater und der Korbinian sind durchgedreht.«

Tatsächlich gelang es ihr mithilfe ihres jüngeren Bruders, der zwar seelisch ein Wrack, körperlich aber weiterhin ein stämmiger Bursche war, Ignaz von Korbinian wegzuzerren.

Heftig nach Atem ringend standen sie da, mühsam von Franzl und Ursi mit weit ausgebreiteten Armen auf Abstand gehalten.

Korbinian zitterte am ganzen Leib und wagte kaum, einen von den anderen anzusehen. Zu sehr fürchtete er, Ursi hätte die ganze Zeit nebenan gesessen und alles mit angehört, was Ignaz ihm an den Kopf geschleudert hatte.

»Dass ihr euch nicht schämt!«, zischte sie empört. »Die Mutter ist noch nicht unter der Erde und ihr zwei habt nichts Besseres zu tun, als miteinander zu raufen wie zwei hirnlose Rotzlöffel. Es ist immer dasselbe! Hat das denn nie ein Ende?«

20

Die Luft stand in dem schmalen Raum. Dabei waren die drei doppelflügeligen Fenster weit geöffnet. Laut drang der längst vertraut gewordene Abbruchlärm aus der engen Straßenschlucht herauf. Seit einigen Wochen wurde in der Altstadt zwischen Isartor und Bahnhofsplatz der Schutt systematisch geräumt. Dabei wurden instabile Mauerreste eingerissen, zersplitterte Fensterscheiben herausgeschlagen, verbogene Metallträger abmontiert und abgeklopfte Steine in die Kipploren der Bockerlbahn geworfen. Darunter mischte sich jetzt auch noch Motorenlärm. Kräftige Männerstimmen brüllten Befehle. Vor dem zur Löwengrube gelegenen Seitenflügel des Polizeipräsidiums versuchten sich bereits seit Dienstbeginn um acht in der Früh einige Schutzleute beharrlich darin, ein uraltes Dienstfahrzeug wieder flottzumachen.

Zunächst hatten die Männer von der Mordkommission deswegen die Fenster geschlossen, doch es saßen eindeutig zu viele Männer in dem schmalen Besprechungszimmer im dritten Stock, um das lange auszuhalten. Ebenso eindeutig rauchten sie alle zu viel. Dichter Qualm hing in der Luft, vernebelte die Sicht und erschwerte das Atmen. Außerdem war es viel zu warm für Ende April, noch dazu für halb zehn Uhr morgens. Damit die Hitze und der Gestank drinnen nicht zu unerträglich wurden, musste der Lärm also wohl oder übel ertragen werden.

Die morgendliche Besprechung zog sich länger hin als üblich. Statt der gewohnten halben dauerte sie inzwischen bereits eine ganze Stunde. Und das lag nicht allein daran, dass es Samstag war und ein Fazit der zurückliegenden Woche anstand. Seit Wochen waren nahezu alle verfügbaren Kräfte auf die Klärung einer Serie von schweren, bewaffneten Raubüberfällen konzentriert. Die Schutzleute hatten einen Teil der Täter zwar auf frischer Tat ertappt. Dabei war allerdings einer von ihnen schwer verwundet worden und vier hatten das sogar mit ihrem Leben bezahlt. Nun hatten Huber und Fellner wenigstens in einem der Fälle eine überraschend heiße Spur zu drei der Geflüchteten aufgedeckt. Allerdings führte sie in die Ukraine. Das ließ heikle Verwicklungen bei den weiteren Ermittlungen befürchten, wie die langatmige Diskussion über das weitere Vorgehen zeigte.

Deshalb stürzten sich die Kollegen des K 1 und allen voran ihr Leiter Andreas Grasmüller umso bereitwilliger auf die Mordsache Gundl Niedermeier. Die wirkte gegen den anderen Fall wie erholsame Routine.

»Die neuen Entwicklungen machen ein Motiv im Zusammenhang mit dem Handel gefälschter Leumundszeugnisse für ehemalige Parteigenossen und sonstige mögliche ›Belastete‹ bei den anstehenden Entnazifizierungsverfahren immer plausibler«, begann Emil seine Ausführungen. Am Vorabend hatte er sich diesbezüglich mit Billa beraten und einige weitere Informationen von ihr erhalten. »Ignaz Niedermeier hat seinen langjährigen Freund Korbinian Loibl fest in der Hand. Dessen Frau Grete wird nicht müde, uns darauf hinzuweisen, wie sehr er ihnen in der Hitlerzeit beigestanden hat. Mit Lebensmitteln, Vermittlung von Arbeit oder bei Behördenkontakten. Und auch nach Kriegsende hat er ihnen geholfen: Vor Kurzem hat er ihnen das Haus in der Siedlung verschafft, ebenso die lukrative Nachtwächterstelle für Loibl im Haus der Kunst. Auf den ersten Blick sieht es nach selbstlosen Freundschaftsdiensten aus, immerhin kennen sich die beiden seit ihrer Kindheit. Niedermeier hat den jüngeren Loibl stets wie ein großer Bruder beschützt. In Wahrheit aber verlangt er nun den Tribut dafür und zwingt Loibl zur Ausstellung der Bescheinigungen, die er dann weiterverkauft. Im Schwarzhölzl wurden Jake Woods und ich Zeuge, wie Loibl zwei Männern in schwarzer Lederkluft etwas übergeben hat – möglicherweise ein dicker Packen solcher Bescheinigungen.«

Geflissentlich unterschlug er in seinem Bericht den Hinweis auf Loibls Homosexualität. Sollte die bekannt werden, würde das für ihn und seine Familie als Vergehen gegen den berüchtigten Paragraphen 175, der auch nach dem Ende der Nazizeit gültig geblieben war, schlimme Konsequenzen nach sich ziehen. Es war zwar durchaus denkbar, dass Niedermeier die Information als Druckmittel gegenüber seinem Kindheitsfreund verwendete. Ebenso lieferte das womöglich auch ein Motiv für den Mord an Gundl, falls sie das Geheimnis aufgedeckt und den Kindheitsfreund ihres Mannes zur Rede gestellt hatte. Allerdings sträubte sich alles in Emil dagegen, sich vorzustellen, dass Niedermeier Loibl damit wirklich erpresst hatte. Warum hatte er ihn dann all die Jahre beschützt, gerade in der Hitlerzeit? Ebenso wehrte er sich beharrlich dagegen, Loibl deswegen als möglichen Täter zu verdächtigen, obwohl er wusste, dass er damit den schlimmsten Fehler beging, den ein Ermittler begehen konnte.

»Den Handel mit diesen Bescheinigungen sehen Sie also schon als bewiesen an?«, erkundigte sich Kriminaldirektor Grasmüller unterdessen. Nachdenklich zupfte er an den Enden seines hellen Schnauzers.

»Die Aussage des Bertl Lambrecht, die meinen Informanten zu Rudolf Großmann nach Pasing geführt hat, lässt diesen Schluss zu. Ausdrücklich hat er Niedermeier als Referenz genannt, und Großmann hat wiederum entsprechend reagiert. Wir können das entweder durch eine direkte Befragung bei ihm aufklären oder abwarten, bis er sich meldet, und ihn dann sozusagen in flagranti …«

»Vorerst warten wir ab, ob Großmann von sich hören lässt, und uns damit von sich aus den Beleg liefert, dass er solche Geschäfte macht und dabei mit Niedermeier zusammenarbeitet«, entschied Grasmüller. »Brinkmeier und Schmied, Sie beide finden mehr über ihn heraus, damit wir wissen, mit wem wir es zu tun haben. Vielleicht haben wir Glück, und er ist bereits bei uns aktenkundig.«

»Und was hat es mit dieser mysteriösen Übergabe auf sich, bei der Sie und Captain Simons Fahrer Loibl beobachtet haben?«, wandte Grasmüller sich gleich wieder an Emil.

»Das könnte tatsächlich ein weiteres Indiz für Loibls und Niedermeiers krumme Geschäfte sein. Warum sonst wollte seine Frau mir verheimlichen, wohin ihr Mann unterwegs ist? Das Schwarzhölzl eignet sich bestens für solche Treffen ohne Zeugen. Es liegt abgelegen und ist sehr unübersichtlich.«

»Haben Sie die anderen Beteiligten genauer gesehen?«

»Nur aus der Ferne«, bedauerte Emil. »Leider passt die Beschreibung unseres Informanten von diesem Großmann nicht dazu.«

»Schade. Dann heißt es für uns also vorerst wirklich abwarten, ob er sich meldet, um falsche Bescheinigungen zu bestellen.« Grasmüller schien nicht sonderlich erfreut über diese Erkenntnis. »Wollen wir hoffen, Ihr Informant täuscht sich nicht und ist außerdem vertrauenswürdig.«

Einen Moment länger als nötig ruhten seine schmalen, leicht schräg stehenden Augen auf Emil.

Emil setzte alles daran, dem Blick standzuhalten. Sein Herz pochte bis zum Hals. Dass es sich bei seinem Informanten um Billa handelte, hielt er jetzt ebenso zurück wie vorhin die heikle Information zu Loibl. An den Mienen seiner Kollegen Brinkmeier und Schmied las er allerdings ab, dass ihnen längst bewusst war, woher er seine Informationen bezog. Sie kannten Billa wie auch sein Verhältnis zu ihr bereits aus dem vergangenen Jahr. Joe zog zum Zeichen, dass auch er ihn durchschaute, mahnend die Augenbraue nach oben.

Ihm blieb jedoch keine Wahl, als den einmal eingeschlagenen Weg vorerst weiterzuverfolgen. Nachdem er am gestrigen Abend den ersten Schock über Billas Zusammentreffen mit seinem Bruder Fritz überwunden und ihre harmlose Erklärung, er habe ihr lediglich etwas für Lilo ausrichten wollen, akzeptiert hatte, hatte sie ihm bei einem Spaziergang ihre neuesten Rechercheergebnisse zu Haller, Lambrecht und Großmann offenbart. Obwohl es nüchtern betrachtet vor allem der Versuch gewesen war, die Sache mit Fritz herunterzuspielen, hatte er ihr nur zu gern zugehört. Und sich umso mehr gefreut, dass sie ihn schließlich darin bestärkt hatte, Loibls Homosexualität im Präsidium vorläufig zu verschweigen.

»Das macht ihn nur unnötig verdächtig. Die andere Spur ist viel logischer. Sobald Großmann sich entscheidet, auf mein

Angebot einzugehen, erfährst du es direkt«, hatte sie ihm beim Abschied versichert. »Als Kontakt habe ich ihm deine Anschrift gegeben. Meine wäre zu riskant. Daran könnte er gleich ablesen, dass ich zu den amerikanischen Kriegsreportern gehöre, die in Bogenhausen untergebracht sind.«

»Ein kluger Schachzug!«, hatte er sie gelobt und leidenschaftlich geküsst.

Bei der Erinnerung wurde ihm heiß. Unauffällig fuhr er sich mit dem Zeigefinger zwischen Hals und Hemdkragen entlang. Am liebsten hätte er sich die Krawatte gelockert und den obersten Knopf geöffnet. Das aber war nach Major Browns Anweisung für die Kriminalbeamten in Zivil absolut undenkbar. Selbst in einer internen Besprechung. Seufzend sah er zu Joe, der seine luftig-leichte Sommeruniform trug.

Der verzog den Mund, sobald er seinen Blick bemerkte. Da erst wurde Emil bewusst, dass seine Wangen glühten. Joe interpretierte das offenkundig als Hinweis auf seine Unaufrichtigkeit. Beschämt wandte er sich Grasmüller am Kopfende des Tisches zu.

»So eindeutig sich jetzt eins ins andere fügt, müssen wir uns trotz allem hüten, voreilige Schlüsse zu ziehen«, warnte sein deutscher Chef im selben Moment. »Wenn das Motiv wirklich im Handel mit den falschen Leumundszeugnissen liegt, stellt sich unterm Strich immer noch die Frage, warum Gundl Niedermeier so brutal erdrosselt wurde und nicht ihr Mann. Ihn zu töten wäre die weitaus näher liegende Variante.«

Emil erstarrte. Er hatte es befürchtet. Grasmüller ließ nicht so leicht locker. Das war exakt der wunde Punkt.

»Bei ihr tut sich derzeit allerdings kein wirkliches Motiv auf«, schaltete Brinkmeier sich ein.

Wie so oft tönte sein tiefer Bass weitaus lauter als nötig durch den Raum. Der Lärm, der durch die offenen Fenster eindrang, machte ihm sichtlich zu schaffen. Sein Gesicht war puterrot und auf der Stirn glänzten Schweißtropfen, derart angestrengt versuchte er, den Ausführungen der anderen trotz seines eingeschränkten Gehörs zu folgen. Entsprechend schlecht konnte er die eigene Lautstärke, mit der er sprach, einschätzen. Und entsprechend bestimmt klang seine Bemerkung dadurch.

»Schmied und ich haben bei unseren Befragungen in der Siedlung zwar überall bestätigt bekommen, wie unbeliebt sie ist, aber das allein reicht gewiss nicht, um ihr nachts am Bahndamm den Strick um den Hals zuzuziehen.«

»Noch dazu hätte uns dann nicht ein jeder seinen Ärger auf sie derart offensichtlich auf dem Silbertablett serviert«, pflichtete Schmied bei.

»Und irgendwer hätte uns bestimmt auch einen konkreten Tipp gegeben, wer sie am meisten gehasst oder noch ein Hühnchen mit ihr zu rupfen hat und deshalb zu einer solchen Tat fähig wäre«, schob Brinkmeier nach. »Da oben in der Siedlung gärt es wegen der Entnazifizierung derzeit gefährlich. Ein jeder schielt auf den anderen, was der auf dem Fragebogen über die Hitlerzeit angibt, und scheint zu allem bereit, solange er nur die eigene Haut retten und am Ende als unbelastet oder höchstens als Mitläufer durchgehen kann.«

»Das beste Umfeld, um sich mit einer hilfreichen Aussage zur Mordermittlung bei den Behörden beliebt zu machen, wenn man sich schon keine Aussage von einem wie dem Loibl leisten kann«, ergänzte Schmied.

»Wahrscheinlich ist Niedermeier mit seinen Geschäften irgendwem in die Quere gekommen. Der hat ihm entweder mit dem Mord an seiner Frau eine böse Warnung erteilt oder sich bitter an ihm gerächt«, beeilte Emil sich, eine Theorie beizusteuern, ehe jemand auf die Idee verfiel, die nicht sonderlich warmherzige Verbindung zwischen Gundl und Loibl anzusprechen.

»Denken Sie dabei an diesen Großmann?«, hakte Grasmüller zu seiner Beruhigung gleich ein.

»Möglicherweise«, gab Emil sich vorsichtig und verdrängte sofort den Gedanken, inwieweit Billa dann womöglich in Gefahr schwebte. Schon als sie ihm gestern von der Sache berichtet hatte, war ihm ihre Leichtfertigkeit aufgestoßen. Sie aber hatte nichts davon wissen wollen, so harmlos, wie Großmann ausgesehen habe. »Wie ein Schulbub«, hatte sie ihm versichert.

»Bei Niedermeier scheint die Botschaft angekommen zu sein, sonst wäre er nicht derart dramatisch über der Leiche seiner Frau zusammengeklappt«, stellte er an Grasmüller gerichtet fest. »Wenn es Rache war, hat es funktioniert: Bis an sein Lebensende wird er nicht mehr froh, weil er weiß, dass Gundl seinetwegen auf fürchterliche Weise umgekommen ist.«

Rasch übersetzte er Joe die wichtigsten Stichworte, woraufhin der bestätigend nickte.

»Bei Niedermeiers heftiger Reaktion steckt wirklich mehr dahinter als nur der unermessliche Schmerz über den Tod seiner geliebten Frau«, stimmte er auf Englisch zu.

Emil übersetzte für die Kollegen.

»Wenn das ein so erfahrener Kollege wie Captain Simon meint, gebe ich grünes Licht für Ihre weiteren Ermittlungen in diese Richtung«, erklärte Grasmüller. »Niedermeier selbst sollte deshalb allerdings ab sofort auch genau beobachtet werden. Das übernehmen am besten die Kollegen Huber und Fellner, weil die bislang noch niemand in der Siedlung kennt. Bei den Morden an den Polizisten scheint übers Wochenende kein Handlungsbedarf zu bestehen.«

Ergeben nickten die zwei. Ohnehin gehörte der halbe Sonntag zum Dienst.

»Und Sie, Graf«, wandte Grasmüller sich von neuem an Emil, »schreiben jetzt zuallererst den schriftlichen Rapport für Major Brown, bevor Sie weiter außer Haus ermitteln. Wir müssen ihn unbedingt heute noch auf den neuesten Stand bringen. Der Handel mit Leumundszeugnissen im Zusammenhang mit der Entnazifizierung wird sicher noch Ermittlungen an anderer Stelle nach sich ziehen.«

»Hoch lebe die Bürokratie! Du weißt, was du als Nächstes zu tun hast. Als Tippmamsell an eurem Museumsstück von Schreibmaschine machst du immer eine gute Figur«, foppte Joe ihn eher sarkastisch denn belustigt, wie sonst nach der Besprechung auf dem Flur, nachdem Emil ihm wie stets alles auf Englisch zusammengefasst hatte.

Das klang nach schlechter Laune. Wahrscheinlich schlug ihm die düstere Umgebung aufs Gemüt. Das konnte Emil gut nachvollziehen. Das schwer vom Krieg gezeichnete Polizeipräsidium, ein ehemaliges Augustinerkloster, war ein trostloser Ort. In den zu Büros umfunktionierten früheren Mönchszellen neigte man leicht zu Platzangst. Die labyrinthisch angelegten Gänge raubten einem die Hoffnung, je wieder an frische Luft zu gelangen, und die winzigen Fenster, die noch dazu wegen fehlender Scheiben größtenteils mit Brettern vernagelt waren, sperrten jeden winzigen Sonnenstrahl nahezu komplett aus. Außerdem türmten sich in den Ecken und Nischen des

Gebäudes auf dem Schwarzmarkt beschlagnahmte Waren sowie Raubgut aus der Nazizeit. Ein heilloses Durcheinander aus Kisten, Säcken, Kunstwerken, Möbeln und Teppichrollen war das, dessen ständiger Anblick einen ebenfalls in die Verzweiflung treiben konnte.

»Vielleicht kommt dir beim Abfassen des Berichts die Erleuchtung, wie du deine beeindruckende Theorie zu Niedermeiers Zusammenbruch vor seiner toten Frau noch schlüssiger beweisen kannst«, setzte Joe nach einer Pause nach.

Emil erschrak. Das hörte sich an, als hätte Joe sein unaufrichtiges Verhalten in der Besprechung durchschaut. Doch statt ihn offen für das Zurückhalten von Informationen zu maßregeln, sah er nur mehrmals nervös auf die Uhr.

»Mildred kommt gleich«, brummte er und zündete sich missmutig eine Zigarette an. »Unbedingt will sie mit mir und einem Kollegen aus der Army sowie dessen Ehefrau zu diesem seltsamen Markt an der Blumenstraße.«

»Du meinst die *Maidult*?« Die Vorstellung amüsierte Emil. Das war also der Grund für Joes seltsame Laune. Zu gern hätte er die Bezeichnung des traditionsreichen Münchner Marktes, der erstmals seit dem Krieg wieder stattfand, einmal von Joe in dessen lustigem Deutsch gehört.

»Erspar mir, das Wort auszusprechen«, erwiderte Joe jedoch gereizt. »Dabei verknote ich mir nur die Zunge. Und das wäre schlimm. Denn wenn Mildred sich einbildet, wir müssten soziale Kontakte pflegen, duldet sie nicht, dass ich schweige. Dann muss ich das dämlichste Zeug vor mich hin plappern. Hauptsache, ich mache einen geselligen Eindruck und strecke meine mit Orden dekorierte Brust weit genug in die Sonne, um den anderen zu imponieren. Du ahnst nicht, zu was amerikanische Ehefrauen fähig sind, wenn sie sich im Wettstreit miteinander befinden, wer den erfolgreicheren Ehemann hat.«

»Mildred wird entzückt sein von dem Angebot auf der Dult«, überging Emil diplomatisch den Unmut seines Vorgesetzten.

»Du meinst, sie entdeckt dort ähnlich beeindruckende Scheußlichkeiten, die sich als Kunstwerke ausgeben, wie das, was sie letztens dank Lieutenant McIntoshs Empfehlung völlig überteuert angeschleppt hat?« Joes Miene verfinsterte sich weiter.

»So kurz nach dem Krieg wird die Auswahl an ›Graffel‹, wie man hierzulande zu nutzlosem Plunder und Gerümpel sagt, wohl eher bescheiden ausfallen. Wer etwas von Wert anzubieten hat, verkauft das derzeit eher unter der Hand über den Schwarzmarkt oder tauscht es irgendwo ein. Trotzdem wird Mildred bei der Dult auf ihre Kosten kommen. Zu gern würde ich dir beistehen, um sie in ihrer Begeisterung über vermeintliche Schnäppchen zu bremsen. Aber leider ruft mich die Pflicht.«

»Das will ich meinen«, knurrte Joe, dem die Lust zu scherzen angesichts des bevorstehenden Dates mit seiner Frau und den Bekannten völlig abhandengekommen schien. »Bis Montagfrüh will ich in der Mordsache Niedermeier konkretere Beweise als nur unser beider Bauchgefühl, weil wir Niedermeier vor seiner toten Frau haben weinen sehen und Billa dir diesen mysteriösen Kontakt nach Pasing geknüpft hat. Grüß sie übrigens herzlich von mir. Ich spare mir jetzt zu fragen, auf wessen Mist der Vorstoß zu diesem Großmann gewachsen ist. Auch wenn Billa als emigrierte Jüdin ein ausgezeichneter

Lockvogel ist, um irgendwem falsche Leumundszeugnisse anzubieten, soll sie nicht Kopf und Kragen für eine gute Story riskieren. Das ist schon letztes Jahr beinahe schiefgegangen.«

»Ich passe auf sie auf. Versprochen!«

Emil bemühte sich, energisch zu klingen, dabei wussten sie beide, wie schwierig es war, Billa aufzuhalten, wenn sie einmal Witterung aufgenommen hatte.

Natürlich hatte Joe recht. Dass sie letzten Sommer bei der Aufklärung der Heimkehrermorde unverletzt davongekommen war, war Glück im Unglück gewesen. Gestern waren sie darüber fast wieder in Streit geraten. Letztlich hatte Billa ihm blinde Eifersucht vorgeworfen, weil er die Tatsache, dass Fritz sie nach Pasing begleitet und anschließend nach Bogenhausen zurückgebracht hatte, völlig falsch interpretiere.

»Hoffen wir, es gelingt dir dieses Mal«, sagte Joe trocken und klang dabei zweifelnder, als es Emil lieb war.

»Unser Captain Simon hat unser großes Ermittlertalent wieder einmal kaum gehen lassen wollen, was?«, lästerte Wiggerl Schmied, als Emil einige Minuten später endlich das Büro im zweiten Stock erreichte, das er sich mit ihm und Eugen Brinkmeier teilte.

»Dabei warten wir zwei hier schon ungeduldig, damit du uns endlich die Adresse von diesem Großmann in Pasing gibst, den dein geheimnisvoller *Informant* angeschleppt hat«, stimmte Brinkmeier in den lockeren Ton ein, wobei er das Wort ›Informant‹ besonders betonte. Beflissen zückte er seine Kladde, um aufzuschreiben, was Emil ihm noch im Stehen aus seinem eigenen Notizbuch diktierte.

Die beiden dienstälteren Kollegen saßen sich an wuchtigen

Schreibtischen gegenüber. Emil hatte seinen Platz an einem weitaus niedrigeren dritten, der früher als Schreibmaschinentisch gedient hatte.

Wie um seine rangniedrigere Position zu unterstreichen, diente ihm derzeit ein wackliger Klappstuhl als Notbehelf. Irgendwer hatte in einem günstigen Moment seinen Stuhl entwendet. Inzwischen war ein regelrechter Sport unter den Kollegen ausgebrochen, sich die raren Ausstattungsstücke in dem kriegslädierten Präsidium gegenseitig abspenstig zu machen. Die begehrte Schreibmaschine aus Prinzregentenzeiten, die einzige funktionierende in der gesamten Mordkommission, schlossen sie deswegen abends vorsorglich im Schrank ein. Für ihr Zimmer aber fehlten Schloss und Schlüssel, deshalb kamen ihnen immer wieder Stühle, Garderobenhaken und dergleichen leicht zu transportierende Einrichtungsgegenstände abhanden.

Um den erforderlichen schriftlichen Bericht über seine bisherigen Erkenntnisse für Major Brown zu tippen, musste Emil jetzt die schwere Olympia aus dem Schrank vor sich auf den Tisch wuchten. Dahinter verschwand er wie ein Zwerg vor den belustigten Blicken der beiden Kollegen.

»Denk dran, ausreichend Kohlepapier einzulegen«, riet Brinkmeier ihm wie immer eine Spur zu laut und sichtlich amüsiert, als er begann, erst einmal die verschiedenen Lagen Papier und Durchschlagpapier vor dem Einspannen zu sortieren. »Siebenfach wie immer musst du es oben abgeben.«

»Und bittschön auf Englisch, damit es der Major Brown auch versteht«, pflichtete Schmied bei und legte den Bleistift beiseite, mit dem er sich gerade Stichpunkte für das weitere Vorgehen aufgeschrieben hatte. »Aber das ist für dich im Gegensatz zu uns sturen alten Ermittlerknochen zum Glück kein Problem. Gerade weil du so gut Englisch kannst, bist du ja überhaupt erst hier bei uns gelandet.«

»Worüber ich für meinen Teil bis heute richtig froh bin, und du doch auch, Wiggerl, was?«

Brinkmeiers kräftige Stimme hallte in dem winzigen Büro wider. In der Frage schwang ganz eindeutig Lob mit, was Emil in Verlegenheit brachte.

»Das kannst du ruhig laut sagen!«, neckte Schmied den schwerhörigen Brinkmeier vergnügt. »Wobei ich das im letzten Juli erst nicht gedacht habe. Weißt du noch, wie eingeschüchtert unser Emil im Schlepptau von Captain Simon, dem ausgekochten Fuchs von Mordermittler aus dem fernen Florida, in der Tür gestanden ist? Gerade einmal vier Wochen waren wir selbst erst zurück in der Ettstraße, um mit einer Handvoll Kollegen und unter Führung von unserem guten Oberinspektor Andreas Grasmüller die Kriminalpolizei ohne die alten Nazis wieder aufzubauen. Wenn man sich anschaut, wen die Amis damals alles quasi von der Straße weg als Polizisten bei uns im Präsidium angeschleppt haben, Hauptsache, sie sind so wie wir zwei weder Partei- noch SS-Mitglied gewesen und haben einigermaßen geradeaus schauen können, ist unser Emil schon ein echter Glücksgriff für uns im K 1. Zumindest hat er vor seiner Einberufung an die Front ein halbes Jurastudium absolviert und weiß grob, um was es geht, wenn einer ein Verbrechen begeht und wir ihm das nachweisen müssen. Auch wenn er selbst eigentlich nie hat Ermittler werden wollen.«

»Soldat im Krieg hat er auch nie werden wollen. Und das völlig zu Recht«, stellte Brinkmeier mit einem väterlichen Blick auf Emil klar und ignorierte dabei geflissentlich dessen Schamesröte auf den glatt rasierten Wangen. »Gut für ihn wie für uns, dass tilgen Captain Simon ihn rechtzeitig in dem Gefangenenlager in der Normandie aufgespürt und mit hierhergebracht hat.«

Am liebsten wäre Emil, peinlich berührt von der übertriebenen Lobhudelei der Kollegen, die vom Alter her schon fast seine Väter sein konnten, gänzlich hinter der hoch aufragenden Schreibmaschine abgetaucht. Dass sie ausgerechnet jetzt damit anfingen! Joe war er zuerst tatsächlich vor allem seiner Sprachkenntnisse wegen aufgefallen. Dann allerdings hatte er mehr und mehr auch persönlich einen Narren an ihm gefressen. Das machte die ganze Angelegenheit natürlich noch heikler. Von Joes Armykollegen war Emil als Anführer eines Spähtrupps der Wehrmacht aufgespürt worden, der mit dem Befehl ausgerückt war, für einen Anschlag der Résistance auf einen Eisenbahnabschnitt bei Caen tödliche Rache an der Zivilbevölkerung zu nehmen. Noch oft träumte Emil nachts von den blutjungen Burschen mit dem ersten Bartflaum auf den Wangen, die er damals befehligt und beinahe zu Mördern an unschuldigen Zivilisten gemacht hatte. Dank Joes Fürsprache war er bislang unbehelligt davongekommen. Aber war er deshalb überhaupt berechtigt, andere des Mordes zu überführen? Natürlich gab es die Gewissenlosen, zu allem Entschlossenen, bei denen er das sofort rundheraus bejahte. Gelegentlich aber hatte er es mit Tätern zu tun, die aufgrund bestimmter Umstände und gewiss nicht freiwillig zu Mördern geworden, sondern letztlich immer Opfer geblieben waren. Dennoch landeten sie wie die gemeinen Verbrecher unterm Scharfbeil, weil das die von der amerikanischen Besatzung angeordnete Strafe für Mord war. Wenn er an Korbinian Loibl dachte, fürchtete er tief in sich drinnen bereits ein ähnliches moralisches Dilemma, das ihn zu der Unaufrichtigkeit gegenüber so wohlwollenden Kollegen wie Brinkmeier und Schmied, Kriminaldirektor Grasmüller und natürlich Joe verleitet hatte.

Für einige Sekunden schloss er die Augen und sah die Reihe der in den letzten Monaten von Joe und ihm in enger Zusammenarbeit mit den Kollegen überführten Täter vor sich. Dazwischen schoben sich plötzlich die jeden Tag in der Zeitung zu findenden Aufnahmen der Angeklagten vom Hauptkriegsverbrecherprozess in Nürnberg. Ihm wurde übel, wenn er daran dachte, was in deren Namen geschehen war und auf welch hanebüchene Weise sie versuchten, sich aus der Verantwortung zu stehlen. Kein Wunder, dass auf einmal jeder versuchte, sich mit allen nur denkbaren Mitteln als ›Mitläufer‹ der Entnazifizierung zu entziehen. Dagegen war es lächerlich, sich wegen einiger im Mordfall Gundl Niedermeier vorerst verschwiegener Fakten Sorgen zu machen.

Auf einmal begriff er, wie er Joes Worte vorhin auf dem Flur zu deuten hatte: Über dem ständigen Kreisen um Loibls Geheimnis und Billas Kontakt zu Großmann hatte er eine weitere wichtige Spur bislang vernachlässigt, der er unbedingt noch auf den Grund gehen musste, bevor er sich ans endgültige Zusammensetzen des Puzzles machen konnte. Er sprang so hastig auf, dass der Klappstuhl hinter ihm zusammenkrachte. Überrascht von dem Lärm sahen Schmied und Brinkmeier von ihren Schreibarbeiten auf.

»Ich muss los«, erklärte Emil überflüssigerweise das Offensichtliche. Längst war er an der Tür und angelte nach seinem Hut auf dem Garderobenständer.

»Und was ist mit dem Bericht für Major Brown?«, versuchte Schmied ihn aufzuhalten. »Unser Grasmüller hat dich eben ausdrücklich angewiesen …«

»Du siehst doch, dass unser Emil jetzt Wichtigeres zu tun hat, als die Tasten unserer tapferen Prinzessin Olympia zu quälen«, schaltete Brinkmeier sich ein. »Hast du nicht eben selbst gesagt, unser Emil wär' ein ganz großes Ermittlertalent? Dann lass ihn mal beweisen, wie gut er sich drauf versteht, so einen vermeintlichen Routinefall zu klären.«

21

Dieses Mal ließ sich die zweite große Überraschung wenigstens bis nach dem Frühstück Zeit. Dennoch fühlte Billa sich ähnlich wie schon am Donnerstag auch am Samstag bereits vom Tag überfordert, ehe er überhaupt richtig begonnen hatte. Fassungslos starrte sie zwischen dem burgunderroten Adler und Fritz hin und her.

Lilos früherer Wagen glänzte im Sonnenschein. Das champagnerfarbene Verdeck hatte Fritz zurückgeklappt. In der frisch polierten Karosserie spiegelten sich aufgeplusterte Schäfchenwolken.

Die Hände locker in die Hosentaschen geschoben, die Füße lässig überkreuzt, unter dem schräg ins Gesicht gezogenen Hut ein triumphierendes Grinsen auf dem Gesicht lehnte Fritz am Kotflügel des vor der Reportervilla geparkten Wagens und ließ keinen Zweifel daran, dass er zum Wochenendausflug bereit war.

Den Blick auf die Rückbank konnte Billa sich nicht verkneifen. Erleichtert atmete sie auf, als sie dort keinen Picknickkorb entdeckte. Zumindest den Vorschlag ersparte er ihr. Trotzdem brachte sein Auftauchen sie in größte Verlegenheit. Noch dazu vor Publikum, das aus ihren Lieblingskollegen Lydia, Daniel und Kurt bestand – sowie wahrscheinlich Felicitas Zur Mühlen, die das Geschehen vor der Reportervilla von ihrem Beobachtungsposten hinter den Gardinen des Herrenzimmers aus verfolgte. Zur Begrüßung überreichte Fritz Billa mit einer theatralischen Verbeugung die Wagenschlüssel und überrumpelte sie damit vollends. Sie kam gerade noch dazu, ihn den anderen mit heiserer Stimme als Emils älteren Bruder Fritz Graf vorzustellen, ehemaliger Staatsanwalt in München.

Das alles geschah ausgerechnet in einem schwierigen, für sie ohnehin sehr aufwühlenden Moment. Eben noch hatte sie mit den anderen beim Frühstück gesessen, als Lydia ihnen den Grund für ihre ungeplante Rückkehr von den Nürnberger Prozessen verraten hatte: Zufällig sei sie bei ihren Recherchen auf den Namen Schratzler gestoßen – »Gustl Schratzler«, wie sie mit einem nachdrücklichen Luftholen hinzugefügt hatte. »Er wird als Zeuge der Anklage auftreten.«

Sie hatte nach Billas Hand gegriffen, die neben der Kaffeetasse auf dem Tisch lag, und ihr einen besorgten Blick zugeworfen. »Das musste ich dir unbedingt sofort erzählen.«

Billas Finger hatten gezuckt. Ruckartig hatte sie Lydias Hand abgeschüttelt. Dabei hatte sie gegen die frisch gefüllte Tasse geschlagen und den heißen Kaffee über das weiße Damasttuch ausgegossen.

»Am besten fahren wir heute noch hin und überprüfen, ob es tatsächlich der Vater deiner früheren Freundin ist«, setzte Lydia nach.

Hektisch hatte Billa angefangen, mit der Serviette den sich rasch vergrößernden Fleck zu bearbeiten. Nach allem, was derzeit auf sie eingeprasselt war – der Mordfall und vor allem das Wiedersehen mit Emil – hätte sie am liebsten laut »Stopp!« gerufen und um eine Auszeit gebeten, um alles in Ruhe zu verarbeiten. Stattdessen aber hatte Lydia ihr gerade die nächste aufwühlende Überraschung präsentiert. Wie sollte sie darauf reagieren? Sechzehn Jahre hatte sie Gustl Schratzler nicht gesehen. Mehrere Male hatte sie in den letzten Monaten vor den kläglichen Resten des einstigen Wohnhauses in der Klenzestraße gestanden, im Oktober war sie sogar mit Lilo dort gewesen. Schratzler kannte sie noch als achtjähriges Schulmädchen. Wollte sie ihn jetzt, nach all den Jahren, wirklich wiedersehen? Und das ausgerechnet in Nürnberg im Umfeld der Hauptkriegsverbrecherprozesse? Noch dazu, da sie gerade dabei war, mit Emil einen weiteren Mordfall aufzuklären? In ihrem Kopf war trotz des milden Frühlingswetters ein verwirrendes Unwetter ausgebrochen. Ihr wurde abwechselnd heiß und kalt.

»Du musst nach Nürnberg. Wir müssen das jetzt klären, sonst wirst du dir später nie verzeihen, die Chance nicht genutzt zu haben«, hatte Lydia insistiert und sie am Arm gepackt, als wollte sie sie auf der Stelle mit sich fortreißen.

Just in dem Augenblick hatte Frau Zur Mühlen ihr »Herrenbesuch« angekündigt und sie nach draußen gebeten, »weil der Herr, der ausschaut wie dieser Kommissär, der Sie in letzter Zeit ständig besucht, nur einige Jahre älter, partout nicht reinkommen will«, wie sie leicht verärgert bemerkt hatte.

»Ab sofort ist das Ihrer«, hatte Fritz ihr dann also nach einem knappen »Guten Morgen« erklärt und ihre willenlosen Finger um den vergoldeten Türschlüssel mit Lilos verschlungenen Initialen LL geschlossen.

»Sie hatten recht. Ich kann den Wagen nicht noch einen Tag länger fahren. Schon gestern habe ich das gespürt. Nach einer schlaflosen Nacht bin ich zu dem Schluss gekommen, dass es die beste Lösung ist, ihn Ihnen zu geben. Ihre Mutter ist ja leider wieder in New York und hat dort keine Verwendung dafür, wie Sie gestern gesagt haben.«

»Vor allem für Sie ist es die einfachste Lösung«, hatte sie erwidert. Und befremdet das Zittern registriert, das ihren Leib durchlief, wenn sie den einst so vertrauten Wagen betrachtete. Es war doch nur ein Auto! Ein seelenloser Gegenstand. Dennoch stürzte es sie in Verwirrung. Was war in den letzten acht Jahren mit ihm geschehen? Wen hatte Fritz in dem Adler herumchauffiert? Wohin war er damit gefahren?

Aus seiner Sicht mochte es stimmen, dass die Rückgabe für ihn unerlässlich war, trotz des seinerzeit angeblich korrekt und fair abgeschlossenen Verkaufs mit Lilo. In Billa aber regte sich heftige Abneigung gegen die Vorstellung, auf sein Angebot einzugehen. So einfach wollte sie es Fritz nicht machen. Außerdem ahnte sie, dass er damit den Druck auf sie erhöhen wollte, Lilo zum Ausstellen der gewünschten Bestätigung für seine Unterstützung vor ihrer Emigration zu überreden. Welch perfider Schachzug von ihm! Dabei musste es einen Grund haben, warum Lilo, die ungern jemandem etwas schuldig blieb oder Dinge auf die lange Bank schob, zögerte, ihm das gewünschte Schreiben auszustellen. Bislang war sie allerdings noch nicht dazu gekommen, ihre Mutter in New York anzurufen, um sie darauf anzusprechen. Auch Emil hatte sie gestern Abend nichts von Fritz' Anliegen erzählt. Zu leicht konnte sie sich ausrechnen, wie er den Vorstoß seines Bruders aufnehmen würde: mit heftigster Empörung. Es hatte schon genügt, dass er sie und Fritz zusammen zur Reportervilla zurückkehren gesehen hatte, um ihn zu verärgern.

»Wow! Was ein Wagen.« Begeistert klatschte Lydia in die Hände und ging mit Daniel langsam um den Adler herum, um ihn aus allen Blickwinkeln gründlich zu inspizieren.

»Fühl nur, wie weich das Leder der Sitze ist!« »Erstklassig

gepflegt!« »Sogar mit Autoradio!« »Und ausreichend Platz auf der Rückbank!«, spielten sie sich gegenseitig wie beim Pingpong die Stichworte zu.

»Da gibt es wohl einen sehr großen Haken an der Sache«, flüsterte unterdessen Kurt Billa hinter vorgehaltener Hand ins Ohr.

»So ist es«, erwiderte sie und lächelte bittersüß zu Fritz.

»Wie beruhigend, dass es mir gelungen ist, Ihnen zumindest in puncto Auto ein schlechtes Gewissen zu machen. Leider kann ich Ihr Angebot dennoch nicht annehmen. Sie wissen, warum.«

Schon hielt sie ihm mit ausgestreckter Hand die Schlüssel entgegen. Er machte jedoch keinerlei Anstalten, nach ihnen zu greifen.

»Sie haben mich gestern offenkundig falsch verstanden. Die Sache mit dem Adler ist eine völlig andere Geschichte.«

»Eine völlig andere Geschichte als Ihr Versuch, mich beziehungsweise meine Mutter mit angeblich in einem Möbelstück gefundenen Notizen zu erpressen? Als ehemaliger Staatsanwalt kennen Sie die juristische Bezeichnung für ein solches Verhalten selbst am besten. Wie tief sind Sie gesunken, dass Sie zu solchen Mitteln greifen müssen?«

»Jetzt wird es interessant.« Neugierig sah Lydia zwischen ihnen hin und her.

Am liebsten hätte Billa sich auf die Zunge gebissen. Das kostete sie gleich eine ausführliche Erklärung der Freundin gegenüber. Das hatte sie eigentlich verhindern wollen. Sie wollte die Geschichte mit Fritz vorerst weit von sich schieben, erst recht nach Lydias Hinweis auf das mögliche Auftauchen Gustl Schratzlers eben beim Frühstück.

»Richten Sie Ihrer verehrten Frau Mama beim nächsten Telefonat die herzlichsten Grüße von mir aus«, gab Fritz sich unbeirrt. »Und erzählen Sie ihr von den Aufzeichnungen aus ihren Anfangsjahren in München. Aus naheliegenden Gründen werden die ihr sehr am Herzen liegen. Selbstverständlich gebe ich sie ihr gern zurück. Erinnern Sie sie bei der Gelegenheit allerdings bitte auch daran, was sie mir letzten Herbst zugesagt hat. Den Wagen lasse ich hier stehen. Ihre Kollegen können ihn jederzeit Probe fahren. Lilo wird gewiss nichts dagegen haben. Sie war immer sehr großzügig mit solchen Dingen. Alles Rechtliche rund um die Rückgabe habe ich übrigens schon in die Wege geleitet. Sie müssen sich um nichts kümmern. Einen schönen Tag allerseits!«

Kurz lupfte er den Hut, verabschiedete sich mit einer leichten Verbeugung in die Runde und ging einfach davon.

»Also los, wer will zuerst ans Steuer?«

Übermütig wollte Daniel sich die Schlüssel schnappen, die Billa nach wie vor mit spitzen Fingern in der Luft hielt. Lydia war jedoch schneller.

»Gar keine Frage«, erklärte sie. »Das mit dem Wagen trifft sich gut. Sozusagen ein Wink des Schicksals. Billa und ich fahren damit sofort nach Nürnberg. Hol deine Sachen, Liebes. Eine Nacht werden wir mindestens wegbleiben.«

»Ausgeschlossen!«, protestierte Billa. »Ich kann jetzt nicht hier weg. Emil und ich stecken mitten in der Aufklärung des Mordfalls. Es gibt da noch eine wichtige Spur, die sich möglicherweise …«

»Netter Versuch.« Lydia stemmte die Hände in die Seiten und suchte ihren Blick. »Emil ist der Kriminalpolizist, der den Mord aufzuklären hat. Du bist nur eine Zeugin. Welch wichtige Spur sich da gerade neu aufgetan hat, kannst du mir gleich auf der Fahrt erzählen. Zwischenzeitlich wird sich Emil hier in München um alles kümmern. Wenn es für ihn allein zu viel wird, kann er Joe hinzuziehen. Du musst jetzt nach Nürnberg zu Gustl Schratzler. Ich bin mir sicher, dass dir die Begegnung mit ihm auch bei dem, was Fritz über Lilos Notizen andeutet, weiterhilft. Schließlich kennen er und deine Mutter sich seit ihren Anfangsjahren in München.«

»Oder auch nicht.« Zweifelnd schüttelte Billa den Kopf. Auf einmal verspürte sie wieder jene Beklemmung, die sie stets beschlich, wenn sie an Lilos beharrliches Schweigen über die Identität ihres leiblichen Vaters dachte. Und daran, wie viel bewundert ausgerechnet die jüdische Gesellschaftsreporterin Lilo Löwenfeld in deutschnationalen und insbesondere nationalsozialistischen Kreisen der besseren Münchner Gesellschaft gewesen war.

Allen Bedenken zum Trotz war es die richtige Entscheidung, München einmal für ein oder zwei Tage hinter sich zu lassen. Das begriff Billa schon nach der ersten halben Stunde auf der Autobahn nach Nürnberg. Mit jedem Kilometer, den sie zwischen sich und die Stadt brachte, fühlte sie sich plötzlich freier.

Am Steuer von Lilos Adler zu sitzen trug das Seine dazu bei, musste sie sich eingestehen. Wie oft hatte sie sich danach gesehnt, als sie in New York ihre Fahrerlaubnis erworben und mit den dortigen Wagen unterwegs gewesen war! Keiner von ihnen war auch nur im Entferntesten an Lilos mondänen Vorkriegsstolz herangekommen. Der schnittige Sportwagen fuhr sich tatsächlich traumhaft leicht. Die zweispurige Autobahnstrecke befand sich außerdem in überraschend gutem Zustand, so dass Billa unbekümmert Gas geben konnte. Lediglich die Holledaubrücke bei Pfaffenhofen war von der Wehrmacht in den letzten Kriegstagen gesprengt worden. Die dadurch erforderliche Umleitung über kleinere Straßen war jedoch dank des regen Verkehrs der US-Streitkräfte auf dieser Route bestens ausgeschildert und ebenfalls gut zu fahren.

Während Billa das Cabrio durch die hügelige Landschaft mit den inzwischen wieder charakteristischen Hopfenfeldern lenkte, lauschte Lydia ihrem Bericht über die neuesten Entwicklungen im Mordfall Gundl Niedermeier.

»Vernünftig, dass du diesem Großmann Emils Adresse gegeben hast«, klopfte Lydia ihr anerkennend auf die Schulter. »Sollte er sich melden, wird Emil eine Erklärung parat haben, warum du kurzzeitig nicht erreichbar bist. Falls Großmann halbwegs professionell ist, wird er dich aber noch ein bisschen zappeln lassen. Gestern erst bist du bei ihm gewesen. Wenn er zu schnell auf dein Angebot eingeht, würde das nur beweisen, wie dringend er darauf angewiesen ist. Und das will er ganz bestimmt vermeiden. Außerdem wird er sowieso vorher Erkundigungen über dich einziehen. Das braucht selbst in solchen Kreisen mindestens zwei Tage.«

Das klang logisch. Lydia ließ Billa jedoch keine Zeit, lange darüber nachzudenken.

»Was genau hast du eigentlich gegen Fritz?«, bohrte sie auch schon nach. »Er scheint doch ein angenehmer, wohlerzogener Zeitgenosse. Und außerdem ist er Emils Bruder. Wie aber ist er an den Wagen deiner Mutter gekommen? Noch dazu mit irgendwelchen Notizen im Gepäck? Und was hat sie ihm versprochen, worauf er so dringend wartet?«

Billa entschied sich für die kürzeste und wahrscheinlich

harmloseste Version. Selbst Lydia konnte sie nicht anvertrauen, was sie zu Lilos Vergangenheit und der Identität ihres Vaters befürchtete. Darüber hatte sie bislang mit niemandem gesprochen. Nicht einmal mit Emil. Also erwähnte sie beiläufig Fritz' Tätigkeit als Staatsanwalt vor dem Krieg, seine Partei- und SS-Mitgliedschaft sowie seine flüchtige Bekanntschaft mit Lilo, die sie als Grund für das von ihm gewünschte Empfehlungsschreiben angab.

»Als beliebte Gesellschaftsreporterin hat sich natürlich jeder gern mit ihrer Bekanntschaft geschmückt. Niemand wollte riskieren, von ihr nicht beachtet oder gar missliebig geschildert zu werden. Fritz hat ihr angeblich vor unserer Emigration im November 1938 beim Verkauf einiger Möbel geholfen. Zum Dank habe sie ihm den Adler zum Freundschaftspreis überlassen, behauptet er. Das hätte er jetzt gern schriftlich von ihr. Für seine Entnazifizierung wäre das natürlich sehr hilfreich.«

»Wie nobel, dass er dir den Wagen schenkt. Das muss seinerzeit also ein überaus guter Freundschaftspreis gewesen sein«, spottete Lydia. »Kannst du dich daran erinnern, Fritz damals schon einmal begegnet zu sein? Wenn er für Lilo …«

»Nein«, fiel Billa ihr hastig ins Wort. »Nie habe ich ihn je bei uns gesehen. Bestimmt hätte ich mich sonst gleich an ihn erinnert. Zwar war ich damals ein recht aufmüpfiger Backfisch, und Lilos Getue mit all den angeblich so wichtigen Herrschaften, die letztlich doch nichts gegen unsere Ausgrenzung als Jüdinnen unternommen haben, ist mir reichlich zuwider gewesen. Aber die wenigen, die wirklich bis zuletzt offen zu uns gehalten haben, sind mir umso stärker im Gedächtnis geblieben.«

»Also lügt er?«

»Nicht unbedingt«, räumte sie ein. »Einige haben es vorgezogen, uns verdeckt zur Seite zu stehen. Lilo und er haben sich in jedem Fall gekannt. Im vergangenen Herbst haben sie wohl länger miteinander geredet, allerdings hat Lilo mir hinterher nichts davon erzählt. Die letzten Monate vor unserer Emigration waren eine entsetzliche Zeit. Du kannst dir nicht vorstellen, wie schlimm es ist, aller Rechte beraubt und im eigenen Land wie Aussätzige behandelt zu werden.«

Bei der Erinnerung kochte auf einmal alles wieder hoch: die unermessliche Wut, Furcht, Empörung und Enttäuschung, die sie jeden Tag mehr von den Menschen um sie herum entfernt und immer einsamer hatten werden lassen. Lilo und sie hatten bis heute nicht darüber geredet, auch nicht bei ihrem Besuch in der früheren Heimat im Herbst.

»Echte Freundinnen habe ich nach Hitlers Machtergreifung sehr schnell keine mehr gehabt«, erzählte sie Lydia, die ihr verständnisvoll zuhörte. »Die einen sind früh aus Nazideutschland weg, die anderen haben sich abgewendet, voller Misstrauen, weil Lilo und ich trotz allem noch sehr privilegiert gewesen sind. Das aber hat es für mich nur schwerer gemacht, das Leben in München zu ertragen. Nirgendwo habe ich dazugehört – weder zu den jüdischen Klassenkameradinnen aus der Schule, noch zu den ›arischen‹ Gleichaltrigen. Hinzu kam die ständige Angst, es könnte übel für uns ausgehen, weil wir den rechten Moment verpassen, doch noch wegzugehen. Ganz abgesehen von der Ungewissheit, was Exil eigentlich für uns bedeutet. Wir wussten nicht, wo wir landeten und wie wir dort zurechtkämen. Eine Gewähr für Erfolg und Sicherheit hat es schließlich nirgendwo für uns gegeben.«

»Das muss furchtbar gewesen sein.« Lydia legte ihr die Hand auf den Arm, drückte sacht zu.

»Es war die Hölle!«

Billa biss die Lippen zusammen, schaltete unvermittelt in den höchsten Gang und trat das Gaspedal durch. Der Adler schnitt in einer Senke mit quietschenden Reifen eine Kurve, schoss den Anstieg hinauf und raste in beängstigendem Tempo auf ein Fuhrwerk zu, das gemächlich den Berg hinaufzockelte. Erst im letzten Moment bremste sie den Wagen ab, überholte in angemessener Geschwindigkeit und setzte danach die Fahrt in normalem Tempo fort.

»Im Gegensatz zu Emil ist Fritz also ein echter Nazi gewesen«, fasste Lydia noch einmal zusammen. »Aber nicht aus Überzeugung, sondern aus Karrieregründen. Das soll keine Entschuldigung für das sein, was er getan hat. Du weißt, wie sehr auch ich jeden einzelnen der braunen Mitläufer hasse. Schon allein dafür, dass sie es hingenommen haben, was in Dachau, Auschwitz, Theresienstadt und an der Ostfront alles geschehen ist. Allerdings läuft Fritz frei herum, bekennt sich zu seiner Vergangenheit und pflegt offensichtlich die besten Kontakte zu unseren Leuten. Da steckt noch eine sehr interessante Geschichte für uns dahinter.«

»Manchmal machst du mich sprachlos.« Billa schüttelte den Kopf.

»Warum? Fürchtest du, für eine gute Geschichte würde ich meine Prinzipien über Bord werfen?« Lydia klang amüsiert.

»Keine Sorge! So weit kommt es nicht. Wir behalten Fritz genau im Auge. Bestimmt ist er einer von denen, die es mit Charme und guten Manieren schaffen, unsere Jungs um den Finger zu wickeln und am Ende unbehelligt aus der Sache herauszukommen. Einer wie der hat keine Prinzipien, die ihm im Weg stehen könnten. Mich würde nicht wundern, wenn er schon einen exakten Plan hat, wie er unbehelligt durch die Entnazifizierung und anschließend in Rekordzeit auf seinen früheren Posten bei der Staatsanwaltschaft zurückkommt. Lilos Bescheinigung ist nur eines von vielen Puzzlestücken, das er dabei braucht. Das ist genau die Story, über die wir schreiben wollen. Und wir beide haben sie exklusiv.«

»Noch ist es meine Geschichte. Und noch habe ich Lilo nicht ausgerichtet, was er von ihr haben will«, stellte Billa in einem Anflug von Trotz klar.

»Und noch wedelt Fritz mit irgendwelchen Aufzeichnungen durch die Luft, die für Lilo angeblich wichtig und für dich sehr aufschlussreich sein könnten.«

Billa seufzte. Lydia durfte sie nicht unterschätzen.

Sie erreichten die Abzweigung, von der aus es wieder zur Autobahn zurück ging. Die Gegend war menschenleer.

»Und Gustl Schratzler ist jetzt tatsächlich als Zeuge bei den Kriegsverbrecherprozessen geladen?«, wechselte sie zum eigentlichen Grund ihrer Fahrt nach Nürnberg.

Geschickt fädelte sie zugleich auf die Autobahn ein und beschleunigte, um eine Kolonne Militärfahrzeuge zu überholen. Sobald sie sie in dem schicken Adler erblickten, hupten und winkten die GIs ihnen übermütig zu.

»Wie kommt ein ehemals einfacher Schandi zu einem solchen Auftritt?«, setzte sie nach.

»Wann hast du zuletzt von ihm gehört? Vor sechzehn Jahren, oder? Wer weiß, welche Karriere er inzwischen gemacht hat.«

»Dazu hätte er aber spätestens 1937 in die Partei eintreten

müssen. Ich kann mir nicht vorstellen, dass er das je getan hat. Nicht ein so aufrechter Mann wie Gustl Schratzler.«

»Weil du es dir nicht vorstellen willst. Weil er für dich immer noch der Held deiner Kindheit ist, nicht wahr? Der ideale Vater, den du selbst nie gehabt, dir aber immer gewünscht hast.«

22

Gelegentlich hatten die Schuttwüsten in der Innenstadt auch ihr Gutes. So sehr manche Ecken einem riesigen Irrgarten glichen, in dem sich einst vertraute Straßen jäh als Sackgasse entpuppten, weil nach der nächsten Biegung ein unverhoffter Trümmerhaufen den weiteren Durchgang versperrte, so vorteilhaft eröffnete andernorts die rapide voranschreitende Schutträumung völlig neue Wege, die im Vergleich zu den früheren Strecken willkommene Abkürzungen darstellten. So verhielt es sich auch auf dem Weg vom Präsidium in der Ettstraße zum Haus der Kunst in der Prinzregentenstraße. Emil meinte, diagonal in Luftlinie dorthin zu fliegen, statt im umständlichen Zickzack dem früheren Verlauf der Grundstücke am Promenadeplatz, an der Theatinerstraße und dem Hofgarten folgen zu müssen. Nach einer knappen Viertelstunde erreichte er bereits sein Ziel.

Und kam dennoch zu spät, wie er erfuhr. Direktor Ade, der sich außer um das Haus auch um das zivile Personal kümmere, sei kurzfristig zu einem Termin außer Haus, beschied ihn der Pförtner, der für den nicht von den US-Streitkräften genutzten Teil des Gebäudes zuständig war.

»Wenden Sie sich an Frau Schönpflug, seine Sekretärin. Die sitzt gleich im Gang links hinter der zweiten Tür.«

»Frau Schönpflug?«, echote Emil. Der Name kam ihm bekannt vor. Der Pförtner nickte nur und winkte ihn ungeduldig beiseite, weil hinter ihm bereits die Nächsten für eine Auskunft anstanden.

»Die haben Sie knapp verpasst«, hörte Emil von einer älteren Dame ganz in Grau, die er hinter der besagten Tür an einem der beiden akkurat aufgeräumten Arbeitsplätze antraf. »Lieutenant McIntosh von den Monument Men hat sie vor wenigen Minuten abgeholt. Sie soll ihm bei einer fachlichen Angelegenheit behilflich sein. Frau Schönpflug ist eigentlich studierte Kunsthistorikerin, müssen Sie wissen. Hat mit ihrem Mann in Königsberg sogar eine eigene Galerie besessen. Erstaunlich oft hat der Lieutenant in letzter Zeit schon Auskünfte von ihr eingeholt. Über kurz oder lang wirbt er sie bestimmt vorher für den Central Collecting Point in der Arcisstraße ab.«

»Vielleicht können Sie mir weiterhelfen.« Emil hoffte trotzdem, den Weg nicht völlig umsonst gemacht zu haben.

»Was brauchen Sie denn?«

Die Frau rückte ihre golden eingefasste Brille oberlehrerinnenhaft auf der Nase zurecht, faltete die schlanken Hände vor sich auf dem Schreibtisch und sah ihn auf einmal unerwartet streng an.

»Informationen zu einem hier im Haus beschäftigten Nachtwächter namens Korbinian Loibl sowie zum früheren Aufseher Ignaz Niedermeier«, erwiderte Emil knapp. »Es ist dringend. Ich ermittele in einem Mordfall.«

»Sie meinen, Sie brauchen Informationen zu einem der Nachtwächter für den Teil des Gebäudes, der von der amerikanischen Militärverwaltung für die zivile Nutzung der Münchner Bevölkerung freigegeben ist«, präzisierte die Grauhaarige seine Frage. Ein Ruck ging durch ihren leicht pummeligen Leib. Kerzengerade richtete sie sich auf und stellte sich als Elisabeth Koch vor. »*Fräulein* Elisabeth Koch«, wie sie betonte, während sie ihren Dutt am Hinterkopf richtete. »Direktor Ade kümmert sich höchstpersönlich um sämtliche Personalangelegenheiten und Frau Schönpflug geht ihm dabei zur Hand. Ich bin eigentlich nur für die Buchhaltung zuständig.«

»Und uneigentlich?«

Nun bemühte Emil sich ebenfalls um einen strengen Blick. Mit Erfolg.

»Weil Sie den Ignaz Niedermeier erwähnen ... Seit dem ersten Jahr bin ich hier tätig ... Bestimmt hat Direktor Ade nichts dagegen ... Immerhin geht es um polizeiliche Ermittlungen, wie Sie sagen ... Einen Mordfall sogar«, geriet sie unerwartet ins Stammeln.

»Sie kennen Ignaz Niedermeier also schon länger?«

»Von Anfang an. Also vom Anfang vom Haus der Kunst oder damals noch vom Haus der *Deutschen* Kunst. Als Aufseher bei den Kunstschauen hat er seinerzeit hier angefangen und ist durchgängig im Haus beschäftigt gewesen, bis ...«

»Bis er im letzten Herbst als Parteigenosse von den Amerikanern entlassen wurde«, ergänzte Emil ungeduldig. »Warum sind Sie noch hier?«

»Die amerikanische Militärregierung hat uns Verwaltungsmitarbeiter schon bald wieder zurückgeholt. Vor allem diejenigen von uns, die nie in der Partei oder in einer sonstigen NS-Organisation gewesen sind so wie ich. Wir sind mit der Rückabwicklung der letzten großen Kunstschau beschäftigt und inventarisieren die noch im Depot gelagerten Kunstwerke, überprüfen mögliche Verkäufe, sichten die Korrespondenz mit den Künstlern, Kaufinteressenten, Museen ...«

»Hat Niedermeier seinerzeit eine besondere Position als Aufseher innegehabt?«

»Nein, warum?«

»Es heißt, Korbinian Loibl, der seit letztem Herbst hier beschäftigt ist, verdanke seine Einstellung Niedermeiers Fürsprache. Das ist doch eigenartig, wenn man bedenkt, dass der als Parteigenosse vor die Tür gesetzt wurde.«

»Behauptet er das? Pah, da maßt er sich mal wieder ein bisschen was zu viel an, der alte Wichtigtuer!« Elisabeth Koch reagierte empört. »Das sieht ihm ähnlich. Der denkt halt immer gern, er hätte was zu sagen. Aber seit Direktor Ade im Haus ist, kümmert der sich um solche Sachen. Und dabei braucht er gewiss niemanden wie den Niedermeier, der ihm dabei reinredet, selbst wenn so mancher ihn für zu jung hält. Aber das Alter spielt bei einem wie ihm, der sich so gut auskennt in der Welt, keine Rolle. Und so ein einfacher Aufseher wie der Niedermeier, der höchstens zu den Parteitagen in Nürnberg aus München herausgekommen ist und noch dazu aus den alten Zeiten ...«

»Aus denen auch Sie selbst stammen«, konnte Emil sich nicht verkneifen einzuwerfen. Dafür erntete er zwar einen entrüsteten Blick, dennoch ließ Elisabeth Koch sich nicht lange beirren.

»Jedenfalls weiß Direktor Ade, was er tut, wenn er jemanden wie den Loibl hier arbeiten lässt«, setzte sie nach. »Im KZ ist der nämlich gewesen. Als überzeugter Sozialdemokrat und Gewerkschafter hat er fast die gesamte Zeit der angeblich so glorreichen tausend Jahre ...«

»Sie wissen gut Bescheid«, unterbrach Emil ihren neuerlichen Redeschwall. »Das ist uns alles bereits bekannt. Gibt es jenseits von Direktor Ade vielleicht noch einen Oberaufseher, der für sämtliche Aufsichtskräfte und Nachtwächter zuständig ist und der mir noch einige weitere Details zu den beschäftigten Herrschaften ...?«

»Den Valentin Schuster natürlich«, ging sie nun ihrerseits energisch dazwischen. »Der teilt die Männer zum Dienst ein und schaut, dass sie ihren Pflichten entsprechend der Vorgaben von Direktor Ade nachkommen.«

»Und wo finde ich diesen Valentin Schuster?«

»Zu Hause. Der hat bis Montag keinen Dienst.«

»Und wo befindet sich sein Zuhause?«

»Das habe ich natürlich nicht im Kopf. Was denken Sie, wie viele Leute hier inzwischen wieder angestellt sind? Dazu muss ich ins Büro von Direktor Ade gehen und in den Personalunterlagen nachsehen.«

Es genügte ein mahnender Blick von ihm, damit sie von ihrem Stuhl aufstand, sich den Rock glatt strich und hoch erhobenen Hauptes den Raum verließ, um das zu erledigen.

Unschlüssig verharrte er mit dem Hut in der Hand in dem engen Büro, das wie die Zimmer in der Ettstraße einer Mönchszelle ähnelte. Nur dass das Haus der Kunst im Gegensatz zum Polizeipräsidium nie ein Kloster gewesen war. Für Hitler und seine Getreuen war es jedoch ebenfalls ein geradezu sakraler Ort gewesen, ein ›Weihetempel‹ für das, was sie unter Kunst verstanden hatten. Welch bittere Ironie des Schicksals, dass ausgerechnet dieses Gebäude wie auch der Führer- und Verwaltungsbau der NSDAP am Königsplatz die Luftangriffe nahezu unbeschadet überstanden hatte, während ringsum fast die gesamte Stadt in Schutt und Asche versunken war. Und wie gut, dass die US-Streitkräfte die Bauten sofort beschlagnahmt und einer völlig neuen Nutzung erschlossen hatten. Gerade die einst von den Nazis verfemte Kunst sollte hier bald einen neuen Raum finden, hieß es. Nichts wünschte Emil sich sehnlicher.

Über diesen Gedanken wanderte sein Blick durch den Raum, der durch die extrem hohe Decke noch beengter wirkte, als er eigentlich war. Dabei schwirrte ihm plötzlich der Name von Direktor Ades rechter Hand und Elisabeth Kochs Bürokollegin durch den Sinn. Woher kannte er den Namen? Sein Blick blieb auf dem zweiten Schreibtisch hängen.

Zwischen den Kante auf Kante ausbalancierten Aktendeckeln stach ihm eine bunte Kinderzeichnung ins Auge. Neugierig nahm er das Blatt in die Hand. Ein windschiefes Haus mit einer dreiköpfigen Familie in einem von riesigen Blumen und einem Baum ausgefüllten Garten. MAMA, PAPA, SONJA stand in unbeholfenen Großbuchstaben über den Figuren.

Kaum betrachtete Emil das Bild genauer, meinte er, das Mädchen mit den langen Zöpfen und dem blauen Faltenrock, das als Sonja gekennzeichnet war, schon einmal gesehen zu haben, und zwar auf einem Bild in der Küche seiner Zimmerwirtin. Im selben Moment sah er das kleine Mädchen, das es gemalt hatte, vor sich: die fünf- oder sechsjährige Sonja, die Tochter einer Freundin von Hilde Grieshaber. Seit einigen Wochen passte Hilde tagsüber auf sie auf, wenn deren Mutter arbeitete. Sie, die Freundin seiner Zimmerwirtin, hieß Schönpflug, Freya Schönpflug. Die Frau eines Studienkollegen von Hildes im Krieg gefallenen Mann. Emil war ihr bislang höchstens zwei- oder dreimal zwischen Tür und Angel begegnet und hatte auch das Mädchen selten gesehen. Meist kam sie später und war längst gegangen, bevor er aus dem Dienst heimkehrte. Wie klein die Welt war!

Kaum dachte er an Hilde Grieshaber, rührte sich sein Magen. Mittagszeit. Das Kantinenessen im Präsidium verpasste er wohl. Seit Neuestem versuchte die Militärverwaltung mit Sonderzuteilungen die ärgste Not der Münchner Polizisten einzudämmen. Dennoch reichten die Portionen selten für alle. Zur Ablenkung zündete er sich eine Zigarette an.

»Hier ist die Anschrift von Valentin Schuster.«

Mit einem triumphierenden Lächeln kehrte Elisabeth Koch ins Büro zurück und reichte ihm ein Blatt, wedelte dabei übertrieben den Zigarettenrauch weg. Trotzig rauchte Emil weiter. Der Aschenbecher auf dem Schreibtisch verriet, dass er keinesfalls der Einzige war, der das in diesem Raum tat.

»Heißt Frau Schönpflug zufällig Freya mit Vornamen und hat eine kleine Tochter namens Sonja?«, erkundigte er sich, nachdem er den Zettel mit der Adresse eingesteckt hatte.

»Wenn Sie das Bild angeschaut haben, wissen Sie das doch schon«, entgegnete Elisabeth Koch und deutete auf das Bild, das er nicht mehr an seinen ursprünglichen Platz zurückgelegt hatte, wie ihm nun selbst auffiel.

»In welchem Mordfall ermitteln Sie eigentlich? Und was haben Ignaz Niedermeier und Korbinian Loibl damit zu schaffen?«, fragte sie.

»Niedermeiers Frau Gundl wurde umgebracht.«

»Was?« Erschrocken schlug sie sich die Hand vor den Mund. »Warum das?«

»Um das herauszufinden, bin ich hier«, erwiderte er.

»Bei mir? Aber was soll ich Ihnen dazu …«

»Kennen Sie Gundl Niedermeier persönlich?«

»Wir sind uns einige Male bei den Kunstschauen begegnet.

Damals hat Niedermeier sich gern aufgespielt wie der Hausherr persönlich. Verdächtigen Sie etwa den Loibl?«

»Trauen Sie ihm eine solche Tat zu?«

Einen Moment starrte sie ihn an, fassungslos, wie er sich einbildete.

»Ich kenne ihn eigentlich kaum. Er kommt erst abends zum Dienst, und meine Arbeitszeit endet um drei Uhr nachmittags. Allerdings laufen wir uns gelegentlich in der Früh über den Weg. Um sieben Uhr fange ich an. Wenn es etwas mit der Buchhaltung zu regeln gibt, kommt er bei mir vorbei, weil ich immer die Erste aus der Abteilung bin. Er und Niedermeier kennen sich schon von Kindheit an, hat er mir einmal erzählt. Seltsam, wenn man bedenkt, wie verschieden die zwei sind. Aber umbringen würde der Loibl gewiss niemanden, erst recht nicht die Frau seines Freundes. Für einen wie den ist Freundschaft heilig.«

Das klang fast schon bewundernd, registrierte Emil erstaunt und insgeheim erleichtert. Eilig verabschiedete er sich von ihr.

»Was tust du hier? Hat es jetzt etwa doch Mord und Totschlag wegen des verschwundenen Naziplunders gegeben?«

Kurz vor dem Ausgang aus dem säulen- und marmorüberladenen Gebäude, das in seinen gewaltigen Dimensionen jeden Menschen zum Zwerg degradierte, lief Emil unerwartet Joes Fahrer Jake in die Arme. Mit ausgebreiteten Armen kam der dunkelhäutige GI auf ihn zu und klatschte ihn übermütig ab wie einen Basketballspieler. Emil freute sich ebenfalls, ihn zu sehen.

»Von welchem verschwundenen Naziplunder redest du?

Weshalb sollte es deshalb zu Mord und Totschlag gekommen sein?«, erkundigte er sich irritiert.

»Nichts von Belang«, beeilte Jake sich abzuwiegeln und tätschelte ihm die Schulter.

»Schön, dich hier zu sehen. Um uns bei der Probe zuzuhören, bist du leider zu spät dran«, fügte er mit einem bedauernden Lächeln hinzu.

»Das habe ich fast schon befürchtet.«

Emil bemühte sich um einen lockeren Ton, während er über seine weitere Strategie grübelte. Insgeheim hoffte er, mit Jakes Hilfe an etwas Essbares zu gelangen. Allerdings wollte er es geschickt anstellen, um nicht wie ein Bettler zu klingen. Sein Magen knurrte immer heftiger. So viele Zigaretten hatte er auch nicht mehr, um sich damit bis zum Abend von seinem Hunger abzulenken. Zwar war auch Jake der Zugang zum Officers' Club und dem angeschlossenen Restaurant jenseits der pompösen Ehrenhalle im Nordflügel des Gebäudes verwehrt, er konnte aber wenigstens im PX Store einkaufen, der sich ebenfalls im Haus befand.

»Soll ich dich mit dem Jeep ein Stück mitnehmen?«, bot Jake an.

»Gern, aber kannst du zufällig vorher etwas zu essen …?«, entschlüpfte Emil nun doch reichlich direkt.

»Hungrig, was?« Jake grinste und wandte sich an seine Bandkollegen. »Obacht, Leute! Nur ein satter Ermittler ist ein guter Ermittler. Wenn ein Kommissär ausgehungert ist, ist nicht mit ihm zu spaßen. Am Ende hängt er uns das Verschwinden der ominösen Spendertafel an und behauptet, wir hätten die beiseitegeschafft, um damit künftig jeden Officer zu erschlagen, der uns zu wenig Gage bietet. Statt um ein paar lausige

Dollar reicher sind wir schneller einen Kopf kürzer, als wir unsere Instrumente für das nächste Konzert stimmen können.«

Jakes Kameraden lachten auf. Im Gegensatz zu Emil kapierten sie die Anspielung.

»Du hast Glück«, wandte Jake sich ohne weitere Erklärung wieder an ihn. »Eine der blonden Küchenfeen steht darauf, wie ich vom Fis in die Obertöne wechsle. Ein dickes Sandwich dürfte es ihr wert sein, sich das heute Abend wieder live anzuhören. Am besten wartest du gleich hinterm Haus beim Jeep auf mich.«

Ehe Emil sich auch nur ansatzweise bedanken konnte, drückte er ihm schon seinen Instrumentenkasten in die Arme und verschwand zum nächstgelegenen Treppenhaus eingangs der Ehrenhalle.

23

Das Gedränge rund um den Hochbunker nahe des Viktualienmarktes war enorm. Das weiterhin warme Frühlingswetter tat das Seine, die Massen anzulocken. Im ersten Moment scheute Freya davor zurück, sich in das Getümmel zu stürzen. Erklären konnte sie sich das nicht. Bob McIntosh, der sie vorhin unter der Ankündigung, sie »dringend vom trockenen Aktenstaub befreien zu müssen« nach Rücksprache mit ihrem Chef vorzeitig aus dem Büro geholt hatte, zog sie jedoch einfach mit.

»Ist das nicht herrlich?« Er strahlte sie an wie ein übermütiger Junge. Sein Enthusiasmus war ansteckend. Einmal mehr spürte sie in seiner Gegenwart das vertraute Flattern in der Brust, das sie sich viel zu lange schon versagte.

»Seit den frühen Morgenstunden geht es hier so trubelig zu«, sagte er.

»Unfassbar«, war alles, was sie zunächst herausbrachte.

Das fröhliche Treiben irritierte sie. Wahrscheinlich war sie noch nicht unbekümmert genug, um nicht an jeder Ecke das Auftauchen von Schwarzmarktwaren oder der von den US-Soldaten begehrten Nazidevotionalien zu befürchten. Auf den ersten Blick bot sich jedoch tatsächlich ein unschuldiges Bild.

»Lassen Sie es uns einfach genießen«, schlug Bob vor und tauchte in das Treiben ein. Ihr blieb nichts anderes übrig, als ihm zu folgen. Zum Glück überragte er die meisten ringsumher, so dass sie ihn leicht im Auge behalten konnte.

Dicht an dicht schoben sich die Menschen durch die schmalen Gänge zwischen den Ständen, als gäbe es etwas umsonst. Dabei war das Angebot erwartungsgemäß bescheiden, zumindest von dem, was offiziell an den Ständen auslag. Woher hätten auch fast auf den Tag ein Jahr nach Kriegsende die Waren kommen sollen? Und erst recht das Geld, sie zu bezahlen? Noch versank ein Großteil des Landes und auch der Stadt in Schutt und Asche. Die in nächster Nachbarschaft um den Hochbunker aufgeschichteten Trümmer sowie die halb beladenen Loren der Bockerlbahn zum Abtransport erinnerten weiterhin eindrücklich daran.

Nach wenigen Schritten gelang es auch Freya, das Dultgeschehen weniger misstrauisch zu betrachten. Bald verdrängte sie sämtliche Bedenken und ihr Blick wanderte gerührt über die liebevoll auf klapprigen Tischen und Bänken präsentierten Schnitzfiguren aus Holz, die aus Lappen und Stoffresten zusammengenähten Bälle, die gestrickten Puppen sowie die aus Kellern oder Speichern hervorgekramten Bücher, die beneidenswert unbeschwerte Abenteuer aus einer besseren Welt verhießen. Das phantasievoll aus allen nur denkbaren Materialien fabrizierte Spielzeug machte den Großteil des Angebots aus. Daneben fanden sich vereinzelt allerdings auch schon die ersten Tandler mit einfachen Pfannen und grob getöpfertem Geschirr, Reisigbesen, Bürsten und anderen nützlichen Dingen für den Alltag. Alles gewiss keine Schwarzmarktangebote.

Erst vorsichtig, dann immer zielsicherer inspizierte Freya die Waren, wog ab, was davon sie sich für ihren langsam wieder einzurichtenden Hausstand als Erstes leisten sollte. Unter der strengen Miene eines Schandis, der aufmerksam die Richtigkeit der Geschäfte kontrollierte, legte sie ein gerade entdecktes Bündel Holzlöffel wieder zurück, als handelte es sich tatsächlich um zwielichtige Hehlerware. Ohnehin verlangte die Verkäuferin einen unverschämten Wucherpreis, den Freya nicht zu zahlen bereit war.

»Wenn Sie etwas brauchen, sagen Sie Bescheid. Ich mache Ihnen gern eine Freude«, ermutigte Bob sie, als er ihre Reaktion bemerkte.

»Danke, sehr großzügig, aber nicht nötig.«

Der Gedanke, sich von ihm etwas bezahlen zu lassen, missfiel ihr, auch wenn es als Geschenk gemeint war. Allein aus Prinzip stand sie ungern in der Schuld eines anderen. Leider kam das seit ihrer Flucht aus Königsberg vor anderthalb Jahren sowieso schon viel zu oft vor. Sie wandte sich wieder den behelfsmäßig zusammengezimmerten Marktständen zu.

Man musste wahrlich kein geborener oder alteingesessener Münchner sein, um eine geradezu kindlich-ungestüme Begeisterung für die erstmals seit drei Jahren wieder stattfindende Maidult aufzubringen. Als wäre es gestern gewesen, erinnerte Freya sich lebhaft an die Dulterlebnisse aus ihren Studientagen an der Isar. Nur zehn Jahre lag das zurück – und doch ein ganzes Leben. Zuckerwatte, gebrannte Mandeln und Kräuterbonbons waren stets die ersten Dinge gewesen, nach denen sie Ausschau gehalten hatte. Auf diese Köstlichkeiten musste sie dieses Mal verzichten, ebenso auf das Kramen nach verborgenen Schätzen bei den Altwarenhändlern oder eine ausgelassene Fahrt auf dem Karussell. Selbst die vertraute Umgebung am Mariahilfplatz in der Au fehlte schmerzlich, das markante Geläut von der dortigen Kirche und der aufdringliche Malzgeruch der nahen Brauerei. Noch dazu weckte das Ausweichquartier vor dem klobigen Hochbunker an der Blumenstraße schlimme Erinnerungen an Bombennächte. Dennoch erfasste sie rasch das altbekannte Vergnügen am Umherschlendern, Staunen und Stöbern. Auf jedem Gesicht, in das sie blickte, lag dasselbe breite Lächeln, in jeder Stimme schwang Fröhlichkeit mit.

Gerade wollte sie Bob für diese Freude danken, die ihr noch dazu unverhofft einen freien Nachmittag beschert hatte, da stach ihr auf einem Tisch mit einem bunten Sammelsurium aus Zinnsoldaten, Modelleisenbahnwaggons und verblichenen Brett- und Kartenspielen eine kleine Puppe mit scharlachrotem Kleid und blond gelocktem Engelshaar ins Auge. Eine echte Kostbarkeit!

Ein lang verdrängter Schmerz durchfuhr ihren Leib. Fast die gleiche hatte Sonja besessen. Irgendwo auf dem Weg zwischen Thorn und Posen war sie verloren gegangen. Wenn Freya die Augen schloss, sah sie zu ihrem Leidwesen viel zu deutlich vor sich, in welch albtraumhafter Situation das gewesen war. Eine einigermaßen attraktive Frau wie sie war damals für die berüchtigte Vorhut der Roten Armee Freiwild gewesen. Dennoch wusste sie, wie sehr Sonjas Herz an der Puppe namens Tinka gehangen hatte. Und welch Überraschung es wäre, ihr eine Art Münchner Schwester von Tinka von der Dult mitzubringen.

»Das wäre wohl genau das Richtige für Ihre kleine Sonja.«

Bob musste ihre Gedanken erraten haben. Er griff nach der Puppe und musterte sie, als handelte es sich um ein zu begutachtendes Kunstwerk. Seine Uniform wie auch die großen, schlanken Hände, in denen die Puppe fast vollständig versank, ließen die Geste noch komischer wirken.

Die Händlerin hinter dem Tisch witterte bereits, welch gutes Geschäft sich da anbahnte. Ein amerikanischer Offizier zahlte natürlich in Dollar!

Beschämt über diese Gier musste Freya sich abwenden. Dabei kreuzte ihr Blick den einer fremden Frau. Allein das Blond ihres Haares, die Art, sich dezent, aber gekonnt zu schminken, und natürlich das Kleid, das ihre gertenschlanke, von täglicher Gymnastik in Form gehaltene Figur betonte, verrieten ihre Herkunft aus den Staaten. Ganz selbstverständlich hatte sie sich bei einem imponierend großen, gegen sie jedoch etwas grobschlächtig wirkenden Mann eingehakt, ein Captain, wie die Rangabzeichen auf seiner Uniform verrieten.

Eine zweite, ebenfalls unverkennbar amerikanische Frau mit kastanienbraunem, frisch onduliertem Haar, etwas kleiner, rundlicher und im Vergleich zur Blonden eher hausbackener gekleidet, wiederum am Arm eines höherrangigen Officers musterte Freya unverblümt von oben bis unten, ließ ihre Augen ebenso direkt zu Bobs Uniformrücken wandern und verfolgte ungeniert, wie er der Händlerin die Dollar für die Puppe auf die Hand zählte und Freya das gute Stück mit einem betörenden Lächeln überreichte.

»Sieh an, schon wieder eine deutsche Kriegerwitwe, die sich einen von unseren tapferen Männern geschnappt hat. Unter einem Lieutenant macht sie es natürlich nicht«, erklärte die Kastanienbraune ihrer blonden Freundin auf Englisch, offenkundig sicher, dass Freya sie nicht verstehen würde, denn sie bemühte sich gar nicht erst, leise zu sprechen. Wahrscheinlich beabsichtigte sie, dass Bob und die beiden anderen Offiziere ihre Bemerkung hörten.

»Geschickt bezirzt sie ihn mit der rührenden Sorge um ihr halb verwaistes Töchterchen«, fuhr sie abfällig fort. »Dabei geht es ihr doch einzig darum, sich gutwilligen Ersatz für ihren gefallenen Nazi zu verschaffen. So, wie sie den einst aus blindwütiger Schwärmerei für den Führer in den Krieg geschickt hat, um wie die ideale deutsche Vorzeigefrau dazustehen, so angelt sie sich nun mit kalter Berechnung einen von den Unsrigen, um sich als angebliche Unschuld in den Staaten ein komfortables Leben für sich und ihre ›arische‹ Brut zu sichern. Es ist so beschämend, wie sich die deutschen Frauen unseren tapferen Jungs an den Hals werfen.«

»Da kann ich Sie beruhigen«, erwiderte Freya ihr in akzentfreiem Englisch, woraufhin die Frau so leuchtend rot wie das Kleid der Puppe anlief. »Weder habe ich vor, mir in Ihrer gelobten Heimat ein unverdient gutes Leben zu sichern, noch bin ich auf Männerfang. Nach wie vor hoffe ich auf die Rückkehr meines Mannes, den ich genauso wenig freiwillig an die Front habe ziehen lassen wie wahrscheinlich Sie den Ihren.«

Die Frau schnappte nach Luft, während ihre blonde Freundin betreten zur Seite sah und erblasste.

»Mildred«, begrüßte Bob sie auch schon und brachte sie damit erst recht in Verlegenheit. »Wie schön, Sie hier zu treffen. Und Ihr Mann Joe ist auch dabei!«

Über das Gesicht des als Joe begrüßten Captains zog sich in rascher Abfolge ein Gemisch aus Entsetzen, tiefer Scham bis hin zu plötzlich losbrechendem Amüsement. Letzteres siegte, weil es vermutlich sein Hauptcharakterzug war, die Dinge von der humorvollen Seite zu nehmen.

»Bob McIntosh! Welch wunderbarer Zufall. Und dann in so reizender Begleitung.«

Kameradschaftlich zwinkerte er Bob zu.

»Das ist Freya Schönpflug, die Mitarbeiterin von Direktor Ade aus dem Haus der Kunst«, beeilte Bob sich, sie vorzustellen. »Ebenfalls eine studierte Kunsthistorikerin. Und außerdem frühere Galeriebesitzerin.«

»Freut mich sehr, Sie kennenzulernen.« Joe deutete eine Verbeugung an. »Verzeihen Sie die forsche Bemerkung unserer Freundin. Hortense Syrkus hat leider einige weniger schöne Erfahrungen mit Ihren Landsmänninnen hinter sich. Und außerdem bislang noch keine deutsche Frau mit so exzellenten Sprachkenntnissen getroffen wie Sie.«

Das klang sehr vergnügt.

»Wir alle lieben Hortense für ihre Ehrlichkeit«, pflichtete Joes Frau Mildred bei und rang sich endlich ein Lächeln ab. Dennoch wagte sie kaum, Bob direkt anzusehen.

»Wenn Sie sich hier auf der Dult herumtreiben, kapiere ich endlich, woher die Sachen stammen, die Sie meiner Frau neuerdings als Kunst andrehen«, wandte Joe sich dagegen an Bob und grinste so breit, dass klar war, wie wenig ernst er das meinte. »Viel Erfolg beim Aufspüren der nächsten Schätze. Freya wird Sie hoffentlich gut beraten. Künftig werde ich Ihnen allerdings höchstens die Hälfte des von Ihnen verlangten Preises zahlen. Mit eigenen Augen sehe ich jetzt, welche Preise für den Plunder eigentlich üblich sind.«

Freya bildete sich ein, dass Bob erstarrte. Dann aber erwiderte er Joes Grinsen mindestens ebenso breit.

Froh, das Scherzen der Männer als Zeichen zum Weitergehen auffassen zu können, verabschiedeten sich Hortense Syrkus und ihr vor Schreck über die peinliche Szene nach wie vor stummer Ehemann. Auch die blonde Mildred drängte Joe nach einem entschuldigenden Seufzer Bob gegenüber zum Gehen. Dabei schenkte sie Freya ein leichtes Stirnrunzeln, wohl nach wie vor in Zweifel, ob in den gehässigen Bemerkungen ihrer Freundin nicht doch ein Körnchen Wahrheit steckte.

»Sie müssen entschuldigen.« Bob schürzte die Lippen, als er sich wieder Freya zuwandte. »Die braven Ehefrauen unserer tapferen Offiziere sind angesichts der bildhübschen und sehr kultivierten deutschen Frauen in ständiger Habachtstellung. Die meisten von ihnen sind Ende letzten Jahres ins zerbombte München gekommen, um fortan persönlich auf ihre ständig in Versuchung geführten Ehemänner aufzupassen. In den Staaten kursieren die abenteuerlichsten Gerüchte über die Verführungskraft der blonden deutschen *Frowleins*. Angesichts des Überangebots an weiblichen Reizen und der unbestreitbar großen Prüderie unter amerikanischen Frauen fürchten die Amerikanerinnen das Schlimmste für das sittliche Heil ihrer Gatten.«

»Aus ihrer Sicht durchaus verständlich. Wahrscheinlich würden wir deutschen Frauen es im umgekehrten Fall nicht anders halten.«

»Damit geht der Krieg also auf einer anderen Ebene weiter. Nur dass es nicht mehr um Gebietsgewinne, sondern um die Gunst von uns Männern geht.«

Er lachte und nutzte zugleich geschickt die Gelegenheit, ihr wegen des Gedränges näher zu rücken. Er fasste ihre Hand, hauchte einen Kuss darauf. Dabei sah er ihr tief in die Augen.

Erschrocken stellte sie fest, dass sie es viel zu sehr genoss.

Sie wusste, dass es falsch war. Unfair Hendrik gegenüber. Der schon so lange nicht mehr da war, vielleicht nicht einmal mehr lebte.

»Schon jetzt bin ich eifersüchtig auf Ihren Mann«, raunte Bob ihr leise zu und beugte sich dabei dicht an ihr Ohr. Sie spürte seinen warmen Atem auf der Haut.

»Danke für die Puppe.« Sie trat einen Schritt zurück und richtete ihr ganzes Augenmerk auf das blond gelockte, sich erstaunlich seidig anfühlende Kunsthaar, das aus feinem Stoff genähte leuchtend rote Kleid. »Das wäre wirklich nicht nötig gewesen. Sonja wird jauchzen vor Glück, weil sie fast die gleiche auf der Flucht verloren hat.«

»Sonjas Jauchzen ist mir Musik in den Ohren. Und ein sanfter Hoffnungsschimmer, meine Chancen noch nicht ganz dahinschwinden zu sehen.«

»Wenn ich diesen Captain eben richtig verstanden habe, handeln Sie bei Ihren Offizierskollegen mit Kunst?«, wechselte sie das Thema. »Warum haben Sie nie davon erzählt? Als Sachverständiger der Monument Men ...«

»Jetzt sind Sie mir zuvorgekommen.« Sacht legte er ihr die Hand auf den Arm und schob sie ein wenig aus dem Gedränge. »Längst wollte ich mit Ihnen darüber reden. In den letzten Wochen hat es sich mehr oder weniger zufällig ergeben. Die Ehegattinnen einiger höherrangiger Offiziere wie beispielsweise Joe Simons Frau Mildred interessieren sich für die Kunst und Kultur hier vor Ort. Seit sie neuerdings in eigens für sie beschlagnahmten Häusern leben, wächst der Wunsch, sich dort mit einigen besonderen Stücken behaglicher einzurichten. Dabei stehe ich den Damen beratend zur Seite, vermittle Kontakte zu Galeristen und übernehme in seltenen Fällen auch den Ankauf. Ihre kompetente Mithilfe wäre mir dabei mehr als willkommen.«

»Das hört sich spannend an. Allerdings wage ich zu bezweifeln, ob Damen wie Mildred oder Hortense sich von mir ...«

»Die Damen weniger, aber Ihre Ehemänner.«

»Oh, ich verstehe!« Amüsiert schüttelte sie den Kopf. »Mit meiner Hilfe wollen Sie auch Ihre männlichen Armykollegen stärker für die Kunst und Kultur hier vor Ort begeistern.«

»Genau.«

»Und natürlich für die damit verbundenen Preise.«

»Ich sehe schon, wir beide wären ein phantastisches Team.«

»Es wäre traumhaft!« Sie strahlte ihn an. »Eine Art Rückkehr in meine eigentliche Branche.«

»Natürlich bei Weitem nicht mit dem Kunsthandel vergleichbar, den Sie einst mit Ihrem Mann in Königsberg betrieben haben.«

»Aber allemal näher dran als meine aktuelle Tätigkeit im Haus der Kunst«, begeisterte sie sich weiter. »Die konzentriert sich inzwischen leider ganz auf Organisatorisches sowie Sekretariatsarbeiten für Direktor Ade. Im Vordergrund steht die Verwaltung, Planung und Durchführung von Veranstaltungen, um das Haus von den düsteren Schatten seiner Vergangenheit zu befreien, und außerdem die Rückabwicklung der letzten Kunstschauen unter der früheren Direktion. Natürlich habe ich nicht den geringsten Grund, mich zu beklagen. Besser als Kartoffelschälen in der Küche des Officers' Club ist es allemal, aber ...«

»Aber Sie vermissen den Reiz, der im Handel mit Kunstwerken liegt. Das Entdecken von unbekannten Schätzen, das

Zusammenbringen von Sammlern und Werken, die Einschätzung des Marktes, das Abwägen von Preisen ...«

In seinen grünbraunen Augen glomm ein verräterischer Funke. Am liebsten wäre sie ihm um den Hals gefallen vor Freude. Er sprach ihr aus dem Herzen.

»Lassen Sie uns an die Isar gehen«, schlug er vor. »Dort ist es schattiger, und wir können ungestörter reden.«

24

Jake hatte nicht zu viel versprochen. Die Aussicht, seinen schrillen Obertönen schon am Abend wieder lauschen zu dürfen, war der unbekannten Küchenhilfe eine Extraportion Butter, Schinken und Käse auf dem labbrigen Weißbrot wert gewesen. Emil genoss wenig später auf dem Beifahrersitz des Jeeps jeden einzelnen Bissen, während Jake sie vom Südende des Englischen Gartens nordwärts chauffierte. Die einzige Herausforderung beim Essen bestand darin, zwischen dem für Jake typischen plötzlichen Abbremsen und dem ruckartigen Wiederanfahren sowie den rasant geschnittenen Kurven nicht allzu viel des kostbaren Belags zu verlieren. Als Ziel hatte Emil ihm Valentin Schusters Adresse nahe der Kunstakademie in der Georgenstraße genannt.

»Das ist ja nur ein Katzensprung«, bemerkte Jake enttäuscht. »Dann warte ich dort auf dich, um dich anschließend ins Präsidium oder wohin auch immer zurückzufahren.«

»Kann es sein, dass du dich vor einer weitaus unangenehmeren Tour drückst?«

»Wie kann ich mich vor etwas drücken, wenn ich den deutschen Lieblingskommissär meines Captains bei einer dringenden Ermittlung begleite?« Sein Grinsen wurde so breit, dass die blendend weißen Zähne in der Sonne blitzten.

Emil mochte den schmächtigen, stets fröhlichen GI. Die Aussicht, den restlichen Nachmittag mit ihm gemeinsam zu bestreiten, verbesserte seine eigene Laune spürbar. Dank Jake konnte er sich außerdem in den nächsten Stunden weitaus schneller durch die Stadt bewegen und Joes Auftrag, bis Montag konkretere Ergebnisse im Mordfall vorzulegen, spielend erfüllen. Nebenbei würde er sich gut unterhalten und die beste Musik hören.

Viel zu schnell stopfte er das Sandwich in sich hinein. Ebenso rasch rückten die spärlichen Überreste des Siegestores in Höhe der Universität in Sichtweite.

»Was hast du vorhin eigentlich mit der verschwundenen Spendertafel gemeint? Ist das eine größere Sache?«, erkundigte er sich beiläufig bei Jake, als er aufgegessen hatte.

»Eigentlich sind es nur Gerüchte. Keine Ahnung, ob wirklich etwas dran ist. Aber amüsant ist es in jedem Fall.«

»Dann schieß mal los. Ich lasse mich gern von dir unterhalten.«

»Stets zu Diensten, Sir.« Die Kupplung gab ein bedenkliches Geräusch von sich, als Jake einen Gang nach unten schaltete und das Tempo drosselte. »Erinnerst du dich an die dicke Bronzetafel, die gut sichtbar im Foyer vom Haus der Kunst gehangen hat, als es noch das Haus der *Deutschen* Kunst gewesen ist? Darauf sind die Namen derjenigen aufgelistet, die eurem wahnsinnigen Führer Geld für die Errichtung seines monströsen Kunsttempels gespendet haben. Als ›Grundsteinstifter‹ haben sie sich einst stolz auf der Tafel verewigen lassen, darunter so illustre Herren wie Siemens, Reemtsma, Bosch, Flick und noch einige weitere.«

»Du kennst die Namen auswendig?«

»Nicht alle. Ich weiß nur, dass einige sehr angesehene Unternehmer und Bankiers dabei sind, die das inzwischen bitter bereuen, vor allem, dass es für alle Zeit in Stein gemeißelt oder vielmehr in Bronze gegossen ist. Mir hat der Klang der Namen gefallen. Man kann sie in einem guten Rhythmus singen. Meine Jungs und ich haben mit dem Gedanken gespielt, daraus einen neuen Song zu machen.«

Zum Beweis begann er, mit den Fingern zu schnippen und einige der Namen mit seinem amerikanischen Akzent zu intonieren. Es ergab tatsächlich eine eingängige Melodie.

»Ziemlich schnell nach dem wenig glorreichen Ende eures ›Tausendjährigen Reichs‹ wurde die Tafel abmontiert und irgendwo im Keller eingelagert. Und jetzt ist sie weg. Zuerst haben unsere Jungs ihre Witze darüber gemacht. Von wegen die hätte einer geklaut, um damit dem fetten Göring oder dem fanatischen Heß in Nürnberg auf der Anklagebank eins überzubraten. Verdient hätten sie es ja. Dann hieß es, die hätte jemand tatsächlich als Souvenir für seinen Garten daheim in Wyoming oder Arkansas abgeschraubt.«

Die Linkskurve zur Akademie nahm er derart rasant, dass Emil fast um den Inhalt seines frisch gefüllten Magens fürchtete.

»Du weißt, wie gern sich so mancher GI im letzten Jahr zur Erinnerung einen Wasserhahn aus dem Führerbau oder eine Kaffeetasse aus dem Parteigebäude eingesteckt hat. Vom Silberbesteck im Restaurant des Hauses der Kunst ganz zu schweigen. Selbst verbeulte Schirmständer aus der Garderobe haben ihre Anhänger gefunden. Gleich bei Kriegsende war es ein großes Thema, welch erschreckend hoher Wert ein Fußabtreter von Hitler oder gar der Klopapierhalter von Goebbels als Trophäe besitzen. Auf dem Schwarzmarkt am Sendlinger Tor oder in der Möhlstraße findet man bis heute das ein oder andere Teil zu horrenden Preisen wieder. Bestimmt auch auf der Dult am Hochbunker. Mal sehen, ob Joe heute etwas angeboten wird. Der wird sich freuen!«

Plötzlich riss er das Lenkrad herum, um einem mitten in der Straße aufklaffenden Loch auszuweichen. Fast hätte er dadurch den Jeep gegen einen hüfthohen Geröllhaufen vor den Überresten der schwer beschädigten Akademie gefahren. Nach einer Vollbremsung atmete er einmal tief durch, setzte dann den Jeep zurück und fuhr in Schritttempo weiter.

»Die drakonischen Strafen, die die Militärverwaltung für den Handel mit dem Nazizeugs verhängt hat, bewirken relativ wenig«, fügte er hinzu, während sie an der ausgebrannten Ruine der ehemaligen Capitol-Lichtspiele vorbeizockelten und endlich in die Georgenstraße einbogen. »Seit einiger Zeit scheint eine raffinierte Systematik hinter dem Verschwinden des Plunders zu stecken. Und jetzt ist auf einmal die gigantische Spendertafel nicht mehr auffindbar. Du kannst dir denken, dass die zuständigen Herren Offiziere alles andere als entzückt sind. Manche aus der Band behaupten, da hätte wohl einer der Herren, dessen Name auf der Tafel gelistet ist, ein hübsches Sümmchen springen lassen, um sie rechtzeitig aus dem Verkehr zu ziehen, bevor sie demnächst für alle Welt sichtbar in einem Hollywoodfilm ihren Auftritt hat.«

»Unfassbar!« Emil schüttelte den Kopf. »Dabei ist im Haus der Kunst und in den Nazibauten am Königsplatz längst alles akribisch inventarisiert, um genau solche Beutezüge zu verhindern. Theoretisch kann keine Staubflocke Reißaus nehmen, ohne dass es auffällt. Tag und Nacht gehen Angehörige der Army im Gebäude ein und aus. Wie soll da ein so gigantisches Teil mit dem Gewicht unbemerkt davongeschleppt werden?«

»Irre, was? Offiziell wird das natürlich geleugnet. Angeblich wird die Tafel weiter in einem der unzähligen Kellerräume aufbewahrt. Da der Westteil inzwischen wieder zivil genutzt und von eigenem Personal betreut wird, kann es natürlich sein, dass sie sich dort befindet und die Militärverwaltung es nicht genau weiß. Für sie ist es schlichtweg zu peinlich, zuzugeben, dass ein solch prominentes Stück quasi aus ihrer Obhut verschwunden sein könnte. Kein Wunder also, dass unter den Jungs deshalb die dicksten Gerüchte und die gehässigsten Witze kursieren.«

Endlich erreichten sie die gesuchte Adresse oder vielmehr den traurigen Steinhaufen, der von dem ehemals prächtig verzierten Wohnhaus übrig geblieben war. Umständlich manövrierte Jake den Jeep in eine Einbuchtung am Straßenrand.

»Danke, dass du mir von der Sache erzählt hast«, erklärte Emil, bevor er ausstieg. »Passenderweise treffe ich jetzt den Oberaufseher der Nachtwächter. Vielleicht hat der eine Idee, wie das gute Stück weggeschafft werden konnte.«

»Von mir hast du kein Wort darüber gehört.«

»Von was redest du?«

Verschwörerisch schlugen sie die Handflächen gegeneinander und zwinkerten sich zu.

Über die niedrige Seitentür schwang Emil sich aus dem Jeep und inspizierte ratlos die nächste Umgebung, zunächst unschlüssig, wohin er sich am geschicktesten wenden sollte. Das Anwesen, in dessen Rückgebäude Valentin Schuster angeblich wohnte, existierte nur noch als Schutthaufen. Allerdings handelte es sich um einen sehr begehrten Schutthaufen, wie Emil feststellte. Knapp ein Jahr nach Kriegsende waren noch immer

Schatzsucher unterwegs, die hofften, aus den Ruinen Verwertbares wie Metallteile, Töpfe, Teppiche, Rohre oder gar Wertgegenstände auszugraben.

Vorsichtig folgte Emil einem schmalen Weg in den hinteren Teil des Grundstücks, der sich lediglich in der Höhe der aufgetürmten Trümmer vom vorderen Teil unterschied. Auch hier kletterten gut ein Dutzend Mutige, Männer wie Frauen und vor allem Kinder, auf der Suche nach brauchbaren Dingen zwischen den Steinen umher. Einen Moment rang Emil mit sich, ob er ihrem Beispiel folgen und sich ebenfalls hinaufbegeben sollte, um dort oben nach einem verborgenen Eingang zu suchen. Oft hörte man jedoch vom Einsturz der nur vermeintlich sicher wirkenden Gebilde. Immer wieder waren dabei Tote zu beklagen.

»Suchen Sie wen?«, sprach ihn eine ältere Frau mit Kopftuch an, die mit einem gesprungenen Waschbecken unterm Arm aus den Steinen hervorkroch, sichtlich stolz über ihre Ausbeute.

»Valentin Schuster«, erwiderte er.

»Den Nachtwächter Schuster?« Über ihr runzliges, von schwarzen Dreckschlieren verschmiertes Gesicht huschte ein schwer zu deutendes Lächeln. »Bei dem geht es heute zu wie im Taubenschlag. Und das bei dem Loch, in dem er haust.«

»Er hat Besuch?«

»Das fragen Sie den Schuster am besten selbst. Ich weiß von nichts. Heutzutage will man keinem zu nahe treten.« Offenbar ärgerte sie sich bereits über die Voreiligkeit, mit der ihr die Bemerkung herausgerutscht war. Ihr Gesicht verschloss sich, die Lippen wurden schmal.

»Vorn am Eck ist der Eingang zu seinem Keller. Um die Zeit

müsste er da sein«, setzte sie noch nach, dann beeilte sie sich, mit ihrem Fundstück davonzustampfen, ehe Emil noch mehr von ihr zu erfahren versuchte.

Weitere Hinweise waren ohnehin überflüssig, wie er rasch feststellte. Nachdem er in forschen Schritten über das gefährlich nachgebende Geröll zur angegebenen Stelle balanciert war, fand er dort tatsächlich sowohl eine Art in die Erde eingegrabene Falltür als auch gleich nach dem ersten Klopfen den Gesuchten, jedenfalls nickte der Mann zustimmend, als er ihn mit »Herr Valentin Schuster?« ansprach.

Misstrauisch beäugte er die Polizeimarke und hörte sich mit gesenktem Blick Emils Erklärung an, er ermittle in einem wichtigen Fall und hätte dazu einige Fragen an ihn in seiner Funktion als Oberaufseher im Haus der Kunst. Rasch zog er die behelfsmäßige Tür hinter sich zu und wies auf einen Fliederbusch wenige Schritte entfernt.

»Gehen wir dahin«, schlug er vor und schlurfte los.

Emil folgte ihm.

Schuster war ein mittelgroßer, abgemagerter Glatzkopf Anfang vierzig mit reichlich grau melierten Bartstoppeln im ausgezehrten Gesicht. In dem fadenscheinigen Anzug, den er ohne Hemd darunter trug, versank er geradezu. Auch die ausgetretenen Schuhe waren mindestens eine Nummer zu groß für seine Füße.

Unter dem duftenden Flieder fand sich eine aus sauber abgeschlagenen Steinen aufgeschichtete Sitzgruppe, die eine Bank, einen Hocker wie auch eine Art Tisch improvisierte. Ein unverhofftes Idyll inmitten der Trostlosigkeit des Hofs. Der zerlumpte Schuster wirkte darin wie ein Fremdkörper, schien die Ecke aber öfter zu nutzen.

»Was können Sie mir über Korbinian Loibl erzählen?«, begann Emil, sobald sie auf den Steinen Platz genommen hatten.

»Ein anständiger Bursche«, erwiderte Schuster. »Zuverlässig, pünktlich. Immer beim Dienst, wenn er eingeteilt ist.«

Das kam fast zu schnell und zu glatt. Vor allem Letzteres, obwohl Emil sich noch gar nicht danach erkundigt hatte.

»Auch in den vergangenen Tagen?«

»Immer.«

Wieder eine Antwort wie aus der Pistole geschossen. Zugleich meinte Emil, Schuster versuchte, unauffällig zum Eingang seines Kellerlochs zu spähen. Kurz drehte er sich ebenfalls dorthin um, entdeckte aber nichts Auffälliges.

»Muss man immer im Blick haben«, knurrte Schuster. »Die klauen wie die Raben.«

»Verstehe«, räumte Emil ein. Womöglich hatte Schuster seine Erfahrungen mit den Schatzsuchern im Hof gemacht. Warum aber hatte er ihn dann nicht einfach hineingebeten?

»Können Sie bestätigen, dass Loibl in der Nacht von Dienstag auf Mittwoch wie vorgesehen im Dienst gewesen ist?«, kam er auf den eigentlichen Anlass des Gesprächs zurück.

»Ja.«

Verblüffenderweise musste Schuster keine Sekunde überlegen, um sich besagte Nacht in Erinnerung zu rufen. Einige Male strich er sich mit der Hand über den kahlen Schädel, versuchte sich in einem schiefen Lächeln. In seinem vergilbten Gebiss fehlten zwei, drei Zähne.

»Haben Sie Loibl auf die Empfehlung von Ignaz Niedermeier als Nachtwächter eingestellt?«

»Nein«, wehrte Schuster fast schon entrüstet ab. »Die Amerikaner natürlich.«

»Wann?«

»Im Herbst.«

»Und warum nicht Direktor Ade? Ich dachte, der kümmert sich um das Personal für den zivilen Bereich.«

»Aber erst seit Dezember.«

In ihrem Rücken gab es ein verräterisches Geräusch. Erschrocken fuhren sie beide herum. Auf dem Geröllhaufen waren einige Steine ins Rutschen geraten. Jemand schrie auf, plumpste zu Boden, ein anderer fluchte und half ihm wieder auf. Emil meinte, einen dritten Mann nahe der Brandmauer zum Nachbarhof davonhuschen zu sehen. Er kniff die Augen zusammen, konnte aber nichts Näheres erkennen.

Wahrscheinlich hatte er sich getäuscht. Schon kletterten die Männer auf die Steine zurück. Emil wandte sich wieder Schuster zu.

»Und Sie haben Loibl also vorher schon bei den Amerikanern als Nachtwächter vorgeschlagen?«

»Ja.«

»Nachdem Niedermeier ihn Ihnen empfohlen hat?«

»Ja.«

»Das hat Sie nicht gewundert?«

»Warum?«

»Er selbst hat seinen Posten wegen seiner Parteizugehörigkeit räumen müssen. Letztlich hat Ihnen also ein ehemaliger Nazi einen ehemaligen KZler ans Herz gelegt.«

»Der Loibl ist ein alter Freund vom Niedermeier.«

»Hat er Ihnen das so erklärt?«

»Das weiß ich.«

»Woher kennen Sie Ignaz Niedermeier?«

»Von früher. Aus der Au.«

»Sind Sie dort ebenfalls aufgewachsen?«

Als Schuster nickte, fuhr Emil verärgert fort: »Dann haben Sie Korbinian Loibl doch sicher auch schon von damals gekannt?«

»Ja.«

»Sind Sie zufällig etwa auch mit ihm groß geworden?«

»In der Schule waren wir zusammen. Am Mariahilfplatz.«

Emil musste an sich halten, sich nicht auf ihn zu stürzen, um ihn zu schütteln, damit er endlich mehr sagte. Das aber hätte gewiss nur den gegenteiligen Effekt. Er atmete tief durch, wechselte von neuem das Thema.

»Sie selbst waren nie in der Partei?«

Verneinend schüttelte Schuster den Kopf.

»Waren Sie wie Loibl bei der SPD? Oder in der Gewerkschaft? Oder sogar ebenfalls im KZ?«

»Keins davon.«

Es war zum Wahnsinnigwerden! Hastig tastete Emil nach den Zigaretten, hatte zum Glück noch welche, musste allerdings auch Schuster eine anbieten, derart gierig glotzte der darauf.

»Wie sind Sie an Ihre Stelle gekommen? Wann sind Sie Oberaufseher geworden?«

Er gab Schuster Feuer.

»Ich hab mich beworben.«

»Und dann wurden Sie genommen?«

»Genau.«

Genüsslich rauchte Schuster einige Züge, sah den Dunstwolken nach, die er gegen die Sonne ausstieß, was ihm sichtlich Vergnügen bereitete.

Emil kochte vor Wut. Und spürte, wie sich auch sein Magen

wieder meldete. Das labberige Sandwich hatte nicht lange vorgehalten. Am liebsten hätte er auf der Stelle mindestens ein halbes Schwein verschlungen. Oder wenigstens noch ein weiteres Sandwich. Allein der Gedanke daran reichte aus, ihm schummrig werden zu lassen, was seinen Missmut weiter steigerte.

»Es war reines Glück, dass ich die Stelle bekommen habe«, meldete Schuster sich unerwartet von selbst zu Wort. »Muss einer wie ich auch einmal im Leben haben. Einem der Amis bin ich aufgefallen und der hat mich dem damals noch zuständigen Offizier vorgeschlagen.«

Offenbar hatte er vorerst genug von seinen eigenen Rauchkringeln und wollte sich in gewisser Weise für die Zigarette erkenntlich zeigen. Auf seinem schlecht rasierten Gesicht breitete sich ein zufriedenes Schmunzeln aus, als gäbe er sich schönsten Erinnerungen hin.

»Womit sind Sie ihm aufgefallen?«, bohrte Emil nach. »Können Sie Englisch? Oder verfügen Sie sonst über eine besondere Qualifikation?«

»Angestanden sind wir seinerzeit vor dem Büro. In einer langen Schlange. Sie wissen doch, wie begehrt die Jobs bei den Amis sind. Einmal am Tag kriegt einer da was Warmes zu essen. Gold ist das wert! Jedenfalls ist der Lieutenant vorbeigegangen und hat mich angesprochen und dann gleich mitgenommen, direkt zum Büro von dem Officer, der sich um solche Sachen gekümmert hat. Das Wichtigste war, dass ich nicht in der Partei gewesen bin. Auch sonst hab ich nie was mit den Nazis zu tun gehabt. That's it, wie der Ami so schön sagt.«

Abrupt erhob er sich, drückte die Zigarette auf den Steinen aus und steckte den Stummel in die Jackentasche.

Emil sprang ebenfalls auf, riss die Zigarettenpackung in die Höhe, wedelte damit dicht vor Schusters Nase herum.

»Erinnern Sie sich noch an den Namen des Lieutenants?«

»McIntosh. Bob McIntosh.«

Wieder musste Schuster keinen Moment nachdenken. Flink schnappte er nach der Schachtel, ließ sie in seiner ausgebeulten Tasche verschwinden und wollte fort. Im letzten Augenblick gelang es Emil, ihn am Jackenärmel festzuhalten.

Es gab ein hässliches Geräusch. Der mürbe Stoff riss entzwei. Instinktiv wickelte Emil sich das faserige Ende des halben Ärmels um die Finger und zog Schuster nah zu sich heran.

»Wissen Sie was über die verschwundene Bronzetafel mit den Namen der sogenannten Grundsteinstifter für Hitlers Kunsttempel?«

»Was hat das mit dem Mord an der Gundl zu tun?«

Schuster versteifte sich, kniff die dunkel umschatteten Augen zusammen.

»Dann wissen Sie also schon über den Mord Bescheid?«

»Der Loibl hat mir davon erzählt.«

»Warum?«

»Das macht einer so, wenn einer einen von früher kennt.«

»Warum haben Sie mir das eben nicht gleich gesagt?«

»Sie haben nicht danach gefragt.«

»Und was ist jetzt mit der Tafel?«

»Keine Ahnung.«

»Lügen Sie mich nicht an!«, brüllte Emil plötzlich los und schüttelte Schuster kräftig. Er hatte genug. Der Mann sollte endlich aufhören mit seinem schlechten Schauspiel und den Mund aufmachen.

»Seit Längerem verschwindet beständig Zeug aus dem Haus der Kunst«, zischte er ihn an. »Garderobenhaken, Geschirr, Wasserhähne. Sie wissen schon, genau solcher Kram, der für manchen nur deshalb ungeheuren Wert besitzt, weil Göring seinen fetten Arsch draufgesetzt oder Hitler ihn einmal berührt hat. Erzählen Sie mir nicht, dass ausgerechnet Sie als Nachtwächter nichts davon mitbekommen haben! Wann, wenn nicht nachts, wird der Kram weggeschafft?«

Noch einmal versetzte er Schuster einen kräftigen Stoß. Entsetzt bemerkte er, wie der auf einmal jäh unter seinem Griff erschlaffte. Wie ein willenloser Mehlsack hing er vor ihm.

War er von Sinnen? Was tat er da nur?

Endlich besann er sich, ließ Schuster los und murmelte eine verstörte Entschuldigung.

»Ich weiß doch gar nichts«, jammerte Schuster und wagte nicht, Emil anzusehen. Stattdessen zog er sich die zerrissene Jacke glatt, bevor er leise hinzufügte: »Die einen sagen, die Tafel wär' weg, die anderen sagen, sie wär' noch da. Weiß ja keiner, in welchem Teil des Kellers sie zuletzt gewesen ist. In dem, wo die Amis aufpassen, oder in dem, wo wir das tun. Müsst einer wahrscheinlich nur einmal gescheit aufräumen in dem Keller, dann wüssten sie, was mit der verdammten Tafel ist.«

»Wer sind die einen und wer die anderen?«

»Die Amis halt. Die müssen Sie fragen. Die haben doch das ganze Haus im Griff. Gehört doch jetzt denen.«

»Wen genau? Bob McIntosh zum Beispiel?«

»Wenn Sie meinen.«

»Aber McIntosh arbeitet doch gar nicht im Haus der Kunst.«

»Was weiß denn ich. Ich bin doch nur der Nachtwächter. Hab mit dem Ganzen gar nichts zu tun. Gehen Sie halt selbst hin und fragen nach. Einen schönen Tag noch.«

Damit trottete er einfach fort.

Emil wagte kein weiteres Mal, handgreiflich zu werden, um ihn aufzuhalten, und ließ ihn ziehen.

25

In der Küche hing eine bedrohliche Stille. Das Kratzen der Löffel in den geleerten Tellern klang umso vorwurfsvoller. Kaum wagte Korbinian einem seiner Kinder ins Gesicht zu sehen. Er fürchtete, Ignaz hätte seine Drohung wahr gemacht und ihnen über ihn Bescheid gegeben.

Natürlich war das Unsinn. Natürlich hatte Ignaz das nicht getan, zumindest noch nicht. Umso schlimmer hing das ungewöhnliche Schweigen in der Luft. Er dachte an all die kostbaren Jahre ihrer Kindheit, in denen sie ihn gebraucht hatten und er nicht für sie da gewesen war.

»Schleicht euch!«, erlöste Grete die vier und scheuchte sie nach draußen.

Das erleichterte Aufatmen der beiden Buben und Mädchen war nicht zu überhören. Noch ehe Korbinian doch vorsichtig das Gesicht anheben und nach ihnen sehen konnte, waren sie bereits zur Tür hinaus.

»So geht das nicht weiter«, erklärte Grete, stapelte die vor Hunger nahezu blank ausgeputzten Teller übereinander, wischte mit dem Handrücken die wenigen übrig gebliebenen Krümel auf dem Tisch zusammen und wandte sich dann ihm zu. Sah ihm schweigend in die Augen.

»Wüsste ich es nicht besser, könnte ich glatt meinen, du trauerst um die Gundl wie um deine eigene Frau«, fuhr sie fort. »Dabei weiß ich doch, dass ihr zwei euch auf den Tod nicht habt ausstehen können. Und jetzt ist sie tatsächlich tot, und du tust, als wäre ich gestorben. Verrat mir um Himmels willen endlich, was los ist mit dir!«

Verzweifelt hob sie die Hände in die Luft.

»Die Ursi sagt, du und der Ignaz seid gestern in der Küche aufeinander losgegangen«, setzte sie nach. »Muss das sein? Ausgerechnet jetzt? Noch nicht einmal unter der Erde ist die Gundl. Dein bester Freund ist der Ignaz. Nie werde ich ihm vergessen, was er für uns in der Zeit, als du in Dachau im Lager ...«

»Schluss! Aus!«

Korbinians Faust sauste auf die Tischplatte. Die Teller schepperten. Grete zuckte entsetzt zusammen.

»Schluss damit ist jetzt! Ein für alle Mal und in Ewigkeit.«

Ein zweites Mal schlug er auf den Tisch.

»Aber ich hab doch nur ... Stimmen tut's doch. Allweil hab ich hingehen können zu ihm ... Der Einzige ist er gewesen, der für uns da gewesen ist. Obwohl die Gundl ihm gewiss die Hölle heißgemacht hat deswegen ...«, stammelte sie, sichtlich verblüfft über seinen schroffen Ausbruch.

Beschämt biss er sich auf die Lippen und senkte von neuem den Blick. Alles machte er falsch. Und wieder schaffte er es nicht, die einzig richtige Konsequenz zu ziehen und wegzugehen, wie er das gestern Abend eigentlich längst beschlossen hatte, bevor er mit Ignaz aneinandergeraten war. Ein elender Feigling war er!

»Schon gut!« Behutsam tastete Grete nach seiner Hand, drückte sie sanft und lächelte ihn zaghaft an. »Alles wird gut. Wirst es schon sehen. Das mit der Gundl ist wirklich schlimm. So einen furchtbaren Tod wünscht man keinem nicht. Nicht einmal einem bösen Besen wie ihr. Aber es ist, wie es ist, und egal, was wir jetzt tun, lebendig machen wir sie nicht wieder. Umso wichtiger ist es, dem Ignaz und den Kindern beizustehen. Die Ursi ist wirklich tapfer. Aber noch so jung ist sie. Und dem Franzl geht es ohnehin schon so schlecht, seit er aus dem Krieg heimgekommen ist. Was für ein Elend! So ein strammer Bursche war er früher. Und jetzt ist er so ein armer Hund. Die drei brauchen uns. Viel können wir ihnen leider nicht geben. Zu essen haben die eher als wir. Aber trotzdem müssen wir ihnen beistehen. Am besten gehst du rüber und redest noch einmal mit dem Ignaz. Vertrag dich wieder mit ihm. Damit er weiß, dass er jetzt, wo er selbst einmal Hilfe braucht, auf uns zählen kann. So wie wir all die Jahre auf ihn haben zählen können.«

Sacht versetzte sie ihm einen aufmunternden Stoß in die Seite.

Einige Atemzüge lang blieb er noch sitzen, spürte ihren Blick auf sich ruhen. Er wusste, dass er nicht anders konnte, als zu tun, was sie von ihm verlangte. Nach allem, was sie und die Kinder durchgemacht hatten, war er es ihnen schuldig. Ohnehin hatte er nicht den Mut, zu tun, was er eigentlich tun wollte.

Er schnaubte und erhob sich umständlich von der Bank. Auf steifen Beinen stakste er aus der Küche, schnappte sich draußen im Flur die Mütze von der Garderobe und ging hinaus auf die Straße. Dann stand er vor Ignaz' Haustür.

»Du?«, begrüßte Ursi ihn nicht sonderlich erfreut, als sie die Tür öffnete. »Was willst du schon wieder …?«

»Ist dein Vater da?« Hastig zog er die Mütze vom Kopf, hielt sie sich wie einen Schutzschild vor den Leib. »Lass mich rein. Ich muss mit ihm reden.«

Schon wollte er sie beiseiteschieben und einfach ins Haus hineingehen.

»Nein«, erwiderte sie und verbaute ihm den Weg.

»Was heißt nein?«

Erstaunt sah er sie an. Noch nie zuvor hatte sie ihm den Eintritt verwehrt.

»Dass er nicht da ist, der Vater.«

»Wo ist er hin? Und wann kommt er zurück?«

»Weiß ich nicht.«

»Hat er nichts gesagt?«

»Nein.«

Sie verschränkte die Arme vor der Brust.

Einen Moment sahen sie einander in die Augen, dann wich sie ihm aus, sah an ihm vorbei auf einen unbestimmten Punkt hinter seinem Rücken und spitzte den Mund.

»Was ist los, Ursi? Hat der Vater dir oder dem Franzl …«

»Nein, nein. Uns geht es gut«, erwiderte sie hastig und wollte die Tür schließen. Instinktiv streckte er den Ellbogen aus und hielt sie damit auf.

»Was weißt du, Ursi? Was hat dein Vater dir …?«

»Nichts hat er mir gesagt. Du kennst ihn doch. Mit niemandem redet er, schon gar nicht mit mir. Und nach dem Tod von der Mutter erst recht nicht.«

»Wann ist er denn weg?«

»Das weiß ich nicht.«

Auf einmal keimte Hoffnung in Korbinian. Ob Ignaz sich ihren Streit doch zu Herzen genommen und endlich kapiert hatte, dass es besser wäre einzulenken? Wenigstens der Ursi und dem Franzl zuliebe? Das wäre zu schön, um wahr zu sein! Doch das passte leider gar nicht zu ihm, musste er sich gleich eingestehen. Erst recht nicht, nachdem Ignaz gestern Abend so erbost reagiert hatte, als er ihm das vorgeschlagen hatte. Regelrecht darum angefleht hatte er ihn, einmal vor allem an seine Kinder zu denken. Genutzt aber hatte es trotzdem nichts. Im Gegenteil.

»Wahrscheinlich ist er gleich in der Nacht noch fort«, sagte Ursi mitten in seine Gedanken hinein.

»Was?« Erschrocken sah er auf. »Warum hast du das nicht gleich …?«

»Im Bett geschlafen hat er nicht«, überging sie seine Frage. »Als er heute in der Früh nicht in die Küche gekommen ist, hab ich nachgesehen. Da muss er schon lange weg gewesen sein.«

»Bist du sicher? Und gehört hast du nichts? Oder der Franzl?«

»Der kriegt doch gar nichts mehr mit. Hockt nur bei seinen Viechern im Garten. Du kannst ihn gern selbst fragen. Ich glaube aber, der ist sogar ganz froh, dass jetzt ein bisserl Ruhe ist. Ich übrigens auch, zumindest für eine Weile. Solange bis der Vater wieder heimkommt.«

Wie aus weiter Ferne drangen ihre Worte an sein Ohr. Was bedeutete das? Was hatte Ignaz vor? Würde er sich noch einmal mit den beiden Männer treffen? Aber wie hätte er ein Treffen mit ihnen verabreden sollen? Am Mittag erst hatte Korbinian ihnen im Schwarzhölzl neue Ware übergeben. Wollten sie Ignaz sprechen, hätten sie ihn so wie die anderen Male zuvor als Boten benutzt. Oder nahm Ignaz auf andere Weise Kontakt mit ihnen auf? Vielleicht sollte er in der Hirschau oder im Schwarzhölzl nach ihm suchen, um ihm beizustehen? Was aber würde das nutzen? Die anderen hatten Waffen und waren weitaus kräftiger als er. Gegen die richtete er im Zweifelsfall nichts aus, ebenso wenig wie Ignaz. Aber was, wenn er das gar nicht wollte? Hatte Ignaz gestern Abend nicht gesagt, er habe nach Gundls Tod nichts mehr zu verlieren?

Plötzlich verspürte Korbinian einen reichlichen Druck im Kopf. Er presste die Finger gegen die Schläfen. Das war einfach alles zu viel für ihn. In jedem Fall hatte Ignaz sich da in etwas verrannt und zog ihn immer tiefer mit hinein in den ganzen Irrsinn.

»Denkst du, der Vater stellt etwas Dummes an? Weil die Mutter umgebracht worden ist und er sich womöglich dafür rächen will? Weiß er, wer's war?«

Auf einmal schien Ursi doch in Sorge.

»Meinst du, ihm passiert etwas? Etwas Schlimmes vielleicht?«, setzte sie sehr leise nach.

Als er den Kopf hob, entdeckte er zu seiner Überraschung nicht die geringste Spur von Angst in ihrem Blick. Wüsste er es nicht besser, würde er es für eine vage Hoffnung, wenn nicht gar Erleichterung halten, was er meinte, auf ihrem schönen jungen Gesicht abzulesen.

Er ertappte sich dabei, wie er sich davon anstecken ließ und sich ebenfalls auf einmal sehr erleichtert fühlte. Wäre es nicht die beste Lösung für alle? Ursi und Franzl wären außer Gefahr und hätten endlich ihre Ruhe, um sich auf ihren Weggang nach Amerika zu konzentrieren. Und er könnte bei seiner Familie bleiben und müsste nicht mehr befürchten, dass sein angeblich bester Freund ihn nach all den Jahren doch noch verraten würde. Nach dem, was Ignaz gestern von sich gegeben hatte, schien er sich nichts anderes zu wünschen, als seinen Frieden zu finden. Bei Gundl. Wo immer sie jetzt war.

»Nein, ich glaube nicht«, erwiderte Korbinian ebenso leise wie Ursi vorhin und schenkte ihr ein aufmunterndes Lächeln. »Er weiß doch, dass die Polizei ihr Möglichstes tut, um den Mörder zu finden. Bestimmt kommt er nachher wieder zurück.«

Ursi nickte. Ob enttäuscht oder beruhigt, wollte er gar nicht genauer wissen.

»Leider muss ich jetzt weg«, erklärte er und setzte sich die Mütze auf den Kopf. »Höchste Zeit, dass ich zum Nachtdienst komme. Die mögen es nicht, wenn ich zu spät dran bin. Wenn was ist, kannst du jederzeit rüber zur Grete und den Kindern. Die sind allweil für euch da. Das weißt du hoffentlich.«

»Danke. Natürlich weiß ich das.«

Ursi lächelte zurück.

Langsam wandte er sich um und trottete gemächlich vor zur Trambahnhaltestelle an der Knorrstraße, um in die Stadt zum Dienst zu gelangen.

Ausnahmsweise war er sogar einmal zu früh dran. Schuster würde sich wundern.

26

SONNTAG, 28. APRIL 1946
NÜRNBERG

Billa ärgerte sich. Richtig wütend war sie. Auf Emil, auf Lydia und vor allem auf sich selbst. Trotz der geringen Aussicht auf Erfolg, Gustl Schratzler unter den Zeugen des Nürnberger Prozesses zu finden, hatte sie sich auf den absurden Ausflug eingelassen, und jetzt saß sie in der Zwickmühle.

Zu Schratzler gab es bislang eher beunruhigende Informationen, denen sie erst in den nächsten Stunden endgültig auf den Grund gehen konnte. Deshalb kam sie vorerst nicht von hier weg. Dabei wäre sie am liebsten auf der Stelle in den Wagen gesprungen und nach München gebraust, um Emil zur Rede zu stellen. Sofort.

Stattdessen konnte sie nach dem unerquicklichen Telefonat mit ihm nur den Hörer wieder auf die Gabel legen und sich zwingen, Ruhe zu bewahren und eins nach dem anderen zu erledigen. Wie verabredet musste sie als Nächstes mit Lydia ins Lager nahe dem ehemaligen Reichsparteitagsgelände fahren. Dort hoffte sie Gustl Schratzler zu treffen und von ihm Antworten auf die Fragen zu seiner jüngsten Geschichte zu erhalten. Anschließend erst würde sie nach München zurückfahren und zu Emil ins Präsidium gehen, um ihn zur Rede zu stellen. Bis dahin hatte er hoffentlich wieder Vernunft angenommen. Wenn nicht, musste sie dafür sorgen, dass er es tat. Und das schnellstmöglich.

Betont langsam ging sie in den Frühstücksraum zurück. Ihre Finger zitterten, als sie an ihrem Platz am langen Tisch die gestrige Ausgabe der *Nürnberger Nachrichten* beiseiteschob. »Rätselhafte Erkrankungen unter Internierten im US-Lager Langwasser« lautete die Überschrift, die ihr vorhin gleich ins Auge gesprungen war. Zum aufmerksamen Lesen des kurzen Artikels fehlte ihr nun jedoch der Kopf. Fahrig klappte sie das goldene Feuerzeug auf und hielt die Flamme an die Zigarette. Es war bereits die vierte Tasse Kaffee. Sie trank ihn schwarz, ohne Milch und Zucker. Dabei war es gerade einmal neun Uhr morgens, wie ihr der Blick auf die schmale Armbanduhr be- stätigte. Gierig sog sie den Rauch ein, nahm einige viel zu hek- tische Züge, die sie nicht weniger hektisch wieder ausstieß.

Nervös wanderten ihre Augen durch den quadratischen Frühstücksraum. Mit den dicken Teppichen, den holzgetäfel- ten Wänden, der rauchgeschwängerten Luft, dem staubig-son- nigen Licht und den nikotingelben Gardinen vor den boden- tiefen Fenstern zum weitläufigen Garten ähnelte er verblüffend dem in der Bogenhausener Reportervilla. Wie dieser gehörte er ebenfalls zu einem für die Unterbringung amerikanischer Kriegs- oder in diesem Fall Prozessberichterstatter beschlag- nahmten Privathaus aus dem Besitz eines verdienten NS-Par- teigenossen. Mit größter Wahrscheinlichkeit hatte der es vor dem Krieg den jüdischen Besitzern abgeluchst. Die Nähe zum Nürnberger Justizpalast in der Fürther Straße machte es da- mals wie heute zum idealen Wohnsitz für diejenigen, die bei Gericht zu tun hatten. Bei dem Gedanken, wie nah die Haupt- angeklagten von Bormann über Göring bis hin zu Speer und den mehr als zwanzig anderen NS-Größen ihr dadurch gerade waren, schnürte sich Billa die Kehle zu. Was machte sie nur hier in Nürnberg? Hier gehörte sie keinesfalls hin. Das war nicht ihr Thema, erst recht nicht in diesem Moment.

Von neuem dachte sie an Emil. Und an ihr verkorkstes Telefonat vorhin. Was war auf einmal nur mit ihm los? Was war überhaupt los in München? Was ging vor im Mordfall Gundl Niedermeier? Es fiel ihr schwer zu ertragen, vorerst keine Antworten darauf zu haben. Dabei hatte es vor ihrer Abfahrt gestern Vormittag so gut ausgesehen. Als stünden sie kurz vor der Lösung. Emil und sie gemeinsam.

Freitagabend noch hatten sie sich offen über ihre neuesten Erkenntnisse ausgetauscht, nun aber weigerte Emil sich, ihr zu erzählen, ob Großmann sich inzwischen gemeldet hatte. Er tat gar, als ginge sie das nichts mehr an, und versteckte sich hinter der offiziellen Begründung, es handele sich um laufende polizeiliche Ermittlungen, über die er ihr als Reporterin keine Auskunft erteilen dürfe. Dabei war es ihr gutes Recht als Informantin, auf dem Laufenden gehalten zu werden! Ohne sie wäre er mit den »laufenden Ermittlungen« niemals so weit gekommen, hätte nicht die geringste Ahnung von dem, was Niedermeier trieb und womit er womöglich das Verbrechen an seiner Frau provoziert hatte.

»Du hörst von mir, sollten wir deine Hilfe benötigen«, hatte Emil betont förmlich erklärt, als sie ihn endlich in seinem Büro an die Strippe bekommen hatte. Seltsam fremd und unwirsch hatte seine Stimme geklungen. Mit keinem Wort war er auf ihre Frage eingegangen, was er den ganzen Samstag getrieben und herausgefunden hatte.

»Ich war dienstlich unterwegs«, war alles, was er erwiderte, als sie wissen wollte, warum sie ihn nicht wenigstens nach Feierabend bei seiner Zimmerwirtin Hilde Grieshaber hatte erreichen können. Wie eine Bittstellerin war Billa sich vorgekommen, als sie mehrere Male bei Hilde angeklingelt und sich nach ihm erkundigt hatte.

»Herr Graf ist noch immer nicht aus dem Dienst zurück. Am besten rufen Sie ihn morgen in der Früh direkt im Präsidium an«, hatte sie schließlich enerviert erklärt.

Das hatte sich angehört, als müsste sie den angehenden Kriminalkommissär vor der aufdringlichen Reporterin beschützen.

»Mach dir keine Gedanken«, wischte Lydia ihre Bedenken gut gelaunt beiseite, nachdem sie endlich am Frühstückstisch erschienen war und Billa ihr von ihren Erlebnissen mit Emil berichtet hatte. »Wie ich dir schon auf der Herfahrt prophezeit habe, verpasst du dieses Wochenende in München nicht das Geringste. Großmann lässt sich bewusst Zeit, ehe er sich wegen deines Angebots meldet. Und Emil hält sich schlichtweg an die Vorschriften.«

»Da muss etwas im Busch sein, wenn er sich neuerdings mir gegenüber derart ziert«, entrüstete Billa sich. »Gestern Abend um zehn war er noch nicht zu Hause, wie mir seine Zimmerwirtin bestätigt hat.«

»Daher weht also der Wind! Du bist eifersüchtig, Liebes«, neckte Lydia sie. »Sei froh, dass er um diese Uhrzeit dienstlich unterwegs gewesen ist und sich nicht die Nacht in irgendwelchen zwielichtigen Clubs bei zu viel Alkohol und in Gesellschaft fremder Frauen um die Ohren geschlagen hat. Du weißt doch, wie begehrt die wenigen intakten und noch dazu attraktiven jungen Männer derzeit in München sind.«

Die letzte Bemerkung begleitete sie mit einem frechen Augenzwinkern und nickte zugleich zum anderen Tischende, wo eine Handvoll amerikanischer Kollegen in ein angeregtes Gespräch vertieft saß. Die Herren hatten sich am Abend zuvor galant erboten, Lydia und Billa das spärliche Angebot an Vergnügungsstätten in der Frankenmetropole zu zeigen. Angesichts der allgegenwärtigen Trümmerwüste und der stets präsenten Verbindung der Stadt als Ort der Reichsparteitage mit den derzeit stattfindenden Hauptkriegsverbrecherprozessen war es Billa zunächst schwergefallen, sich darauf einzulassen.

»Sie müssen diese düsteren Gedanken beiseiteschieben, zumindest für diesen Abend, sonst drehen Sie komplett durch«, hatte ihr der Älteste aus der Runde der Kollegen weise geraten. »Irgendwie wollen und müssen Sie hier in Deutschland weitermachen. Gelingt Ihnen das nicht, haben Hitler und seine Schergen erst recht gewonnen. Den Sieg aber dürfen wir ihnen keinesfalls gönnen.«

»Lass uns endlich losfahren und der bitteren Wahrheit ins Gesicht sehen«, forderte Billa Lydia auf, um die Erinnerung an die verschiedenen Eindrücke der letzten Tage für eine Weile zu verdrängen. Im Aufstehen raffte sie Zigaretten, Feuerzeug und Notizbuch samt Kuli vom Tisch zusammen und stopfte alles in ihre Handtasche.

»Ob alles wirklich so bitter ist, wie du befürchtest, weißt du noch gar nicht. Solange du keine endgültigen Beweise hast, solltest du dir deine Zuversicht bewahren«, mahnte Lydia, kippte eilig den letzten Schluck Kaffee hinunter und schnappte sich ein Butterhörnchen aus dem Korb auf dem Tisch, bevor sie ihr nach draußen folgte.

»Dein Optimismus ist wirklich beneidenswert«, erwiderte Billa, sobald sie in Lilos burgunderrotem Adler saßen und sie den Motor startete. »Seit wir gestern im Justizpalast erfahren haben, dass Gustl Schratzler nicht wie die anderen Zeugen im Nordostflügel des benachbarten Zellengefängnisses, sondern im Internierungslager Langwasser untergebracht ist, fürchte ich das Schlimmste. Dort sollen sich hauptsächlich SS-Angehörige aufhalten.«

»›Hauptsächlich‹ bedeutet, dass es auch einen Teil Gefangener gibt, die nicht zur SS gehören«, entgegnete Lydia, während sie sich auf dem Beifahrersitz einrichtete. »Nach allem, was du von Schratzler erzählt hast, besteht durchaus die Hoffnung, dass er zu dieser Minderheit gehört.«

»Du hast recht. Die Hoffnung stirbt zuletzt. Er war immer ein sehr aufrichtiger Mensch. Es wäre zu schön, wenn ich später meine Mutter anrufen und ihr erzählen könnte, dass er es geblieben ist.«

»Das wären in der Tat tolle Neuigkeiten für Lilo«, stimmte Lydia zu.

Schweigend legten sie die Strecke vom Nordwesten Nürnbergs am komplett zerbombten Stadtkern vorbei bis zum Südwesten zurück. Billa war froh, sich ganz aufs Fahren konzentrieren zu können. Der Blick auf die traurigen Ruinen von Stadtmauer, Häusern, Kirchen und der einst so imposanten Kaiserburg hoch über der Pegnitz war zu frustrierend, selbst an einem sonnigen Frühlingstag wie diesem.

Den Anblick der Kongresshalle am nördlichen Ende des vormaligen Reichsparteitagsgeländes empfand sie dagegen als regelrecht beklemmend. Geradewegs steuerten sie mit dem Wagen darauf zu.

Der hufeisenförmige Ziegelsteinbau, der mit Granitplatten verkleidet war, war zwar unvollendet geblieben und hatte nur etwas mehr als die Hälfte der ursprünglich geplanten Höhe erreicht, wirkte aber dennoch erschreckend monumental. Im Gegensatz zur restlichen Stadt war er nicht in Schutt und Asche versunken. Die aberwitzigen Dimensionen des nationalsozialistischen Größenwahns wurde Billa beim Passieren der sich daran anschließenden Aufmarschplätze, Straßen, Tribünen und Stadien bewusst. Welch ein Hohn, dass ausgerechnet diese Anlagen wie auch die opulenten Münchner NS-Bauten den Untergang des Tausendjährigen Reichs überdauert hatten. Hoffentlich gelang es möglichst bald, den zersetzenden Geist der Hitlerzeit daraus zu vertreiben.

Über diesen Gedanken erreichten sie das im Süden gelegene, von mannshohem Stacheldraht umzäunte Lager. Ursprünglich hatte es während der Reichsparteitage als Zeltplatz für die Hitlerjugend, die SA, SS und das nationalsozialistische Kraftfahrerkorps gedient und verfügte dementsprechend über rudimentäre sanitäre Anlagen. Fast fünfzehntausend deutsche Internierte sollten sich mittlerweile in den Baracken und Zeltunterkünften befinden.

»Sie können derzeit nicht rein«, wies der wachhabende GI Billa und Lydia gleich am Haupteingang jedoch schroff ab, obwohl sie ihre Kriegsreporterinnenausweise sowie eine am Vortag im Justizpalast erhaltene Gesprächserlaubnis mit dem Insassen Gustl Schratzler vorzeigten.

So kurz vor dem Ziel wollte Billa nicht aufgeben. Entrüstet bestand sie darauf, dass er telefonisch einen höherrangigen Offizier herbat. Das tat er mit größter Verachtung im Blick, wurde im Verlauf des Telefonats allerdings zunehmend kleinlauter, wie sie mit Genugtuung registrierte.

In federnden Schritten und mit einem zuvorkommenden breiten Lächeln auf dem sonnengebräunten Gesicht kam wenig später ein Lieutenant namens Charles Remington aus dem Lagerinneren auf sie zu. Ehe sie ihm ihr Anliegen in eigenen Worten vorbringen konnten, lud er sie bereits nach drinnen ein, als hätte es die Weigerung des GIs nie gegeben.

Während Remington einen harmlosen Small Talk über das viel zu warme, ungewöhnlich sonnige Frühlingswetter begann, führte er sie zielsicher auf eine Baracke etwas abseits der anderen zu und bot ihnen dort zwei Stühle sowie Kaffee, Wasser, Coke und Zigaretten an. Billa erkannte, wie geschickt er sie damit von einem ersten, flüchtigen Blick auf das Lagergeschehen abzuhalten versuchte. Ihr Misstrauen war geweckt. Etwas stimmte nicht.

»Bis Ostern war ich übrigens auch in München stationiert«, erzählte Remington. »Und jetzt verspüre ich so etwas wie Heimweh. Selbst als Trümmerfeld ist es noch eine aufregende Stadt. Allein die Bars, die sich neuerdings in den Kellerlöchern auftun, sind der helle Wahnsinn. Aber auch der offizielle Officers' Club im Haus der Kunst ist eine Wucht. An den Bands, die dort auftreten, erkennt man, welche Talente in den Jungs unserer Army schlummern. Zum Glück haben sie den Krieg heil …«

»Was geht hier eigentlich vor, Lieutenant?«, unterbrach Billa ungeduldig seinen munteren, allerdings sehr einseitigen Plausch und ignorierte sämtliche Versuche Lydias, sie zu mehr Diplomatie zu mahnen.

»Gestern noch schien es kein Problem, dass meine Kollegin und ich mit dem Zeugen Gustl Schratzler sprechen, und heute werden wir hier empfangen, als wollten wir zum amerikanischen Präsidenten persönlich. Warum wird uns erst der Zutritt verwehrt, und nun holen Sie uns doch herein und plaudern mit uns wie mit alten Freundinnen? Was soll das Theater?«

»Gewiss haben Sie die jüngsten Meldungen in der *Süddeutschen Zeitung* und den *Nürnberger Nachrichten* verfolgt, die von rätselhaften Erkrankungen unter den Häftlingen im Lager berichten«, erwiderte Remington und nahm plötzlich Haltung an. »Seither ist das gesamte Lager in Alarmbereitschaft. Zu Ihrer Beruhigung kann ich Ihnen jedoch versichern, dass Schratzler nicht betroffen ist.«

»Wunderbar«, schaltete Lydia sich ein. »Dann möchten wir gern mit ihm sprechen.«

»Aus Sicherheitsgründen werden Reporter nicht mehr vorgelassen.«

»Das wird wohl kaum für uns gelten, wie Sie an unseren Unterlagen sehen.« Zum Beweis breitete Billa die entsprechenden Papiere vom Vortag auf dem Tisch aus. Remington schenkte ihnen keinerlei Beachtung, gab sich zugleich jedoch wieder verbindlicher.

»Ich verstehe Ihren Ärger. Wenn es nach mir ginge, würde ich Ihnen Schratzler einfach holen. Dafür ist es nun aber zu spät. Er hat das Lager verlassen.«

»Was?« Billa musste an sich halten, um Ruhe zu bewahren. Sollten sie am Ende einen ganzen Tag vergeblich in Nürnberg auf das Treffen mit Schratzler gewartet haben?

»Major Brown vom Public Safety Office hat Schratzler heute früh kurzfristig nach München zurückbeordert.«

Bei Nennung des obersten amerikanischen Dienstherrn der Münchner Polizei horchte Billa auf.

»Heißt das, er soll doch nicht mehr bei den hiesigen Prozessen vernommen werden? Warum war er als Zeuge überhaupt hier im Lager für Kriegsgefangene interniert?«

»Das entzieht sich leider meiner Kenntnis.« Bedauernd hob

Remington die Hände. »Am besten wenden Sie sich für weitere Fragen direkt an das Büro von Major Brown in der Ettstraße.«

»Das tun wir. Vielen Dank.«

Billa sprang auf. Es kostete sie viel Kraft, den Ärger über das sich damit als absolut sinnlos erwiesene Nürnberg-Abenteuer im Zaum zu halten. So schnell wie möglich sollten sie nach München zurückfahren. Zwar endete die offizielle Dienstzeit im Präsidium in der Ettstraße sonntags bereits um zwölf Uhr mittags, aber da Major Brown es offenbar sehr eilig mit Schratzler gehabt hatte, bestand durchaus die Möglichkeit, ihn dort noch anzutreffen. Ebenso wie Emil.

Remington begleitete sie zum Auto, das sie vor der Eingangsbaracke des Lagers geparkt hatte.

»Sie fahren den burgunderroten Adler? Noch dazu in dieser exquisiten Ausstattung?«

Anerkennend pfiff er durch die Zähne, strich mit den Fingerspitzen andächtig über die in der Sonne glänzende Karosserie.

»Davon dürfte es nicht mehr viele geben. Ich glaube, ich weiß, wie Sie darangekommen sind.«

Über Remingtons Gesicht huschte ein verschwörerisches Lächeln. Im ersten Moment wollte Billa empört jeden Verdacht von sich weisen. Gerade noch rechtzeitig beschloss sie, sich auf ein Wagnis einzulassen.

»Sie kennen Fritz Graf?«, fragte sie und ignorierte ihr ängstlich pochendes Herz. Mit einem flehenden Blick gab sie Lydia zugleich zu verstehen, sich vorerst zurückzuhalten.

»Dann ist es tatsächlich sein Wagen?« Erstaunt klopfte Remington auf das Blech, als wollte er damit dessen Echtheit prüfen. »Sie machen mich neidisch. Nie hätte ich gedacht, dass er sich davon trennt. Sie ahnen nicht, was ich ihm dafür geboten habe. Ruiniert hätte ich mich für den Wagen. Aber ich hatte keine Chance. Wahrscheinlich hat Bob es bei Fritz geschickter angestellt als ich. Um einer so charmanten Lady wie Ihnen den Herzenswunsch nach einem solchen Wagen zu erfüllen, wird Bob Himmel und Hölle in Bewegung gesetzt haben.«

»Bob?«, hakte sie nach. Zum Glück war Remington zu sehr mit dem Bewundern des Adlers beschäftigt, um zu bemerken, wie verblüfft sie war, und ergänzte automatisch: »Bob McIntosh.«

»Der Lieutenant von den Monument Men«, fügte sie erleichtert hinzu und erinnerte sich daran, wie Fritz ihr Freitagnachmittag auf der Terrasse von seinem innigen Verhältnis zu dem Offizier der US-Streitkräfte erzählt hatte, der seine Villa am Pasinger Stadtpark für sich beanspruchte.

»Genau der. Ein echter Teufelskerl!« Anerkennend nickte Remington. »Der hat Ihnen den Wagen also von Fritz besorgt. Wer, wenn nicht er, kann einen so erlesenen Wunsch erfüllen? Verspüren Sie auch diesen Reiz, wenn Sie sich vorstellen, welche Geschichte in diesen Dingen steckt? Wer hat ein solches Auto hier in Deutschland wohl zuletzt gefahren? Was frage ich! Genau darum ist man letztlich bereit, solch horrende Summen für diese Art von Souvenirs hinzublättern. Sie atmen den Geist der jüngsten Geschichte.«

Billa hielt die Luft an. Ihr schauderte bei seinen Worten.

»Man muss diese besonderen Stücke zu schätzen wissen«, gelang ihr nach einer Pause zu ihrem eigenen Erstaunen in einem erschreckend beiläufigen Plauderton anzumerken. In ihrem Innern tobte jedoch ein Sturm der Entrüstung. Der Handel mit Nazidevotionalien war mit das Abstoßendste, was sie sich derzeit vorstellen konnte. Aber leider sahen viel zu viele das anders.

»Was hat Bob Ihnen denn Schönes zum Trost besorgt?«, bemühte sie sich, mehr von Remington zu erfahren. Bei aller Abscheu tat sich hier ein sehr interessanter Aspekt auf. »Wenn ich Ihnen schon den Adler vor der Nase weggeschnappt habe, hat er sich gewiss etwas Besonderes einfallen lassen, um Sie dafür zu entschädigen.«

»Selbstverständlich. Ein Ledersessel aus der Bar im Haus der Deutschen Kunst.«

»Echt?«

»Ehrensache.« Remington räusperte sich, schenkte der etwas abseits stehenden Lydia einen prüfenden Blick, bevor er sich näher zu Billa vorbeugte und ihr zuraunte: »Ich sehe schon, wir haben denselben Geschmack. Falls Sie auch Interesse an solch außergewöhnlichen Einrichtungsgegenständen haben, sprechen Sie Bob am besten direkt darauf an. Er sitzt an einer zuverlässigen Quelle direkt aus Hitlers Kunsttempel. Einige Nachtwächter dort sind ihm aus verschiedenen Gründen zu Dank verpflichtet. Sie verstehen, was ich meine. Da lauert eine regelrechte Schatzkammer, hat Bob mir versichert. Anscheinend ist er inzwischen sogar an etwas ganz Besonderem dran. Wenn Sie Bob kennen, wissen Sie, dass er für einen guten Deal über Leichen gehen würde.«

»Danke für den Tipp.«

27

Schon beim Öffnen der Wohnungstür hörte Emil zwei Frauenstimmen. Fröhlich drangen sie aus dem Wohnzimmer in den Flur hinaus, dazwischen das glockenhelle Stimmchen eines kleinen Mädchens. Seine Zimmerwirtin Hilde Grieshaber hatte also Besuch von ihrer Freundin Freya, die vor einigen Wochen wieder in München aufgetaucht war.

Unschlüssig verharrte er einige Sekunden an der Garderobe, bevor er auf die geschlossene Tür zuschlenderte. Jetzt, da er wusste, dass Freya Schönpflug als rechte Hand des Direktors im Haus der Kunst arbeitete, bot sich ihm eine überaus günstige Chance, ganz beiläufig mehr über die Nachtwächter Korbinian Loibl und Valentin Schuster herauszufinden. Er konnte die Damen begrüßen und einen harmlosen Plausch beginnen, in dessen Verlauf er geschickt einige Fragen einflechten konnte. Hilde würde sich über seine Gesellschaft freuen. Gelegentlich protzte sie mit ihm. Zu gern wies sie darauf hin, dass er, der schon als Jurastudent bei ihr und ihrem Mann Matthias als Untermieter gewohnt hatte, wieder zu ihr zurückgekehrt war. Wenigstens er. Nachdem Matthias leider viel zu früh im Krieg gefallen war.

Abrupt hielt Emil auf halbem Weg zur Wohnzimmertür inne. Was war er nur für ein Trottel! Wieder einmal hatte er das Naheliegendste fast übersehen: Als Ehefrau eines engen Studienfreundes von Hildes verstorbenem Mann kannte Freya natürlich auch seinen Bruder Fritz, über den Emil vor dem

Krieg zu seinem Zimmer bei den Grieshabers und damit letztlich auch zu seinem Juraprofessor an der Universität gekommen war. Matthias war dessen Assistent gewesen. Schon hörte er, wie Freya und Hilde das gleich auch entzückt feststellen und sich über die frappierende Ähnlichkeit zwischen seinem zehn Jahre älteren Bruder und ihm austauschen würden.

Darauf hatte Emil allerdings gerade nicht die geringste Lust. Fritz drängte sich ohnehin schon viel zu stark in sein Leben, angefangen bei seinem Besuch bei Joes Ehefrau Mildred bis hin zu seinem ständigen Scharwenzeln um Billa. Zu allem Überdruss hatte Emil gestern von ihrem Kollegen Daniel erfahren, dass Fritz ihr aus heiterem Himmel den schnittigen burgunderroten Adler überlassen hatte, um übers Wochenende mit ihrer Kollegin Lydia nach Nürnberg zu fahren. Angeblich hatte er den Wagen vor dem Krieg von Billas Mutter Lilo günstig übernommen und nun sein schlechtes Gewissen deswegen entdeckt.

Fritz und ein schlechtes Gewissen! Empört schnaubte Emil. Es gab Dinge, die schlossen sich prinzipiell gegenseitig aus. Dennoch war Billa auf das Angebot eingegangen. Emil merkte, wie tief ihn das nach wie vor verletzte. So sehr, dass er heute Vormittag am Telefon unfähig gewesen war, ruhig mit ihr zu reden, und sich stattdessen feige hinter Vorschriften versteckt hatte. Besser, er ging deshalb jetzt der Möglichkeit, auf Fritz angesprochen zu werden, aus dem Weg. Nicht, dass er abermals derart kindisch reagierte.

Zu spät! Er hatte noch nicht kehrtgemacht, um sich den Rest des Sonntags in seinem Zimmer zu verkriechen, da öffnete sich die Wohnzimmertür und Hilde begrüßte ihn freudestrahlend.

»Sie sind endlich zurück? So lange nach dem offiziellen Dienstschluss? Kommen Sie doch bitte herein! Meine Freundin Freya und ihre Tochter Sonja sind da. Wir sitzen bei Kaffee und Kuchen. Echtem Bohnenkaffee übrigens, den Freya dank eines großzügigen amerikanischen Lieutenants von der Arbeit mitgebracht hat. Davon müssen Sie eine Tasse trinken. Und natürlich müssen Sie auch den Kuchen kosten. American Cheesecake. Ein Gedicht. Ebenfalls ein großzügiges Geschenk.«

Natürlich auch von Bob McIntosh, ergänzte Emil im Stillen. Dass es sich bei dem ominösen Lieutenant nur um ihn handeln konnte, daran zweifelte er keine Sekunde.

Am liebsten hätte er bei dem Gedanken laut aufgeschrien. Schon wieder war ihm über seinem Verdruss ein weiteres Detail fast entgangen. Der Offizier und Angehörige der Monument Men kreuzte in den letzten Tagen ständig seinen Weg, wenn schon nicht persönlich, so doch dank gemeinsamer Bekannter wie seines Bruders Fritz, dessen Haus McIntosh letzten Herbst für sich requiriert hatte. Nun tauchte McIntosh als Kunstlieferant von Joes Frau Mildred und als Fürsprecher Valentin Schusters bei dessen Einstellung als Wächter im Haus der Kunst auf, außerdem in Verbindung mit Freya Schönpflug. Wie hatte Freyas Kollegin Elisabeth Koch spitz bemerkt? Ständig hole Bob sie zu besonderen Aufträgen ab und erbitte von ihr als studierter Kunsthistorikerin und ehemaliger Galeriebesitzerin fachliche Auskünfte. Über kurz oder lang werbe er sie noch von Direktor Ade für den Central Collecting Point ab. Und privat versorgte er sie mit besonderen Köstlichkeiten wie Kaffee und Kuchen.

Bei Freya Schönpflug war Emil gewiss an der richtigen Adresse, um endlich mehr über Bob herauszufinden. Dass er ihm inzwischen so oft begegnete, konnte kein Zufall mehr sein. Vielleicht half er ihm, das Puzzle zu seinem Fall zu lösen. Mit einem besonders lauten Knurren pflichtete sein Magen dem bei.

»Wie schön, Sie einmal sozusagen bei Sonntagsruhe anzutreffen. Hilde hat bereits viel von Ihnen erzählt.«

Freya zeigte sich ehrlich erfreut über sein Erscheinen. Ihre Tochter Sonja dagegen gab ihm mit gesenktem Blick nur schüchtern die Hand, dann verkroch sie sich mit ihrer Puppe, die ein leuchtend rotes Kleid trug und einen goldenen Haarschopf hatte, hinter dem Sessel ihrer Mutter.

»Das meint sie nicht so«, beeilte Freya sich zu erklären. »Ihre Puppe ist neu. Lieutenant McIntosh hat sie ihr geschenkt. Ein Fundstück von der Dult. Nachdem Sonja sich deswegen gestern schon bei ihm artig bedanken musste, ist es ihr heute wohl zu viel mit dem Bravsein gegenüber fremden Herren.«

»Das kann ich verstehen.«

Emil lächelte. Freya war ihm auf den ersten Blick sympathisch. Offensichtlich war Freya diskret, verständnisvoll und klug, und sie sparte sich jeden Hinweis auf seinen Bruder.

»Gestern habe ich versucht, Sie dienstlich zu erreichen«, begann er, »aber Sie waren schon außer Haus, als ich in Ihr Büro im Haus der Kunst gekommen bin.«

»Habe ich es dir nicht gesagt? Herr Graf ist immer im Dienst«, schaltete Hilde sich mit einem leichten Tadel ein. »Dabei ist Sonntagnachmittag. Da sollte nicht mehr über Berufliches gesprochen werden. Ohnehin haben Sie schon wieder viel zu viele Überstunden, Herr Kommissär. Wenn Sie nicht aufpassen, arbeiten Sie am Ende rund um die Uhr. Bis gestern Abend um zehn gingen übrigens noch Anrufe für Sie ein.«

»Davon haben Sie mir noch gar nichts gesagt.« Erstaunt wandte er sich an seine Zimmerwirtin. Das sah ihr gar nicht ähnlich. Sonst war sie in diesen Dingen die Zuverlässigkeit in Person.

»Natürlich habe ich alles ordentlich aufgeschrieben. Nichts davon war wirklich dringend, wie mir die Anrufer versichert haben, sonst hätte ich Sie selbstverständlich gleich informiert. Gestern Nacht sind Sie allerdings zu spät heimgekommen. Da konnte ich Ihnen nicht mehr Bescheid geben, weil ich schon geschlafen habe. Und heute früh sind Sie sehr eilig ohne Frühstück aus dem Haus. Mir blieb bislang gar keine Möglichkeit, Ihnen den Zettel zu geben.«

»Tut mir leid. Das war nicht als Vorwurf gedacht«, beeilte er sich mit einer Entschuldigung.

Hilde hatte recht: Tatsächlich war er erst viel zu spät nach Hause gekommen. Nachdem er am frühen Abend in der Reportervilla von Billas spontaner Abreise nach Nürnberg erfahren hatte, noch dazu mit Fritz' Wagen, war er nur zu gern auf Jakes Vorschlag eingegangen, mit ihm, Daniel und Kurt durch die Jazzclubs in der Maxvorstadt und Schwabing zu ziehen. Die Musik war hervorragend gewesen, die Drinks erst recht. Und geraucht hatten sie sowieso zu viel. Entsprechend schlecht hatte er sich nach viel zu wenig Schlaf in der Früh gefühlt, als er wie üblich um acht zum Dienst im Polizeipräsidium antreten musste.

»Schon gut. Ich hole Ihnen die Notizen.«

Schon erhob Hilde sich wieder und eilte zurück in den Flur, wo der Notizblock lag, auf dem sie Nachrichten für ihn festzuhalten pflegte. Freyas Tochter Sonja hüpfte flink mit ihr hinaus.

»Was wollten Sie denn gestern dienstlich bei mir?«, brachte Freya sich in Erinnerung. »Solange Hilde draußen ist, dürfen Sie Ihre Fragen gern stellen.«

»Inzwischen hat es sich weitgehend erledigt«, entschied Emil sich für den umständlicheren, aber gewiss auch sichereren Weg, an sein Ziel zu gelangen. »Ihre Kollegin Elisabeth Koch war so freundlich, mir weiterzuhelfen. Es ging um Korbinian Loibl und Valentin Schuster, die im Haus der Kunst als Nachtwächter beschäftigt sind.«

»Schön, dass sie Ihnen helfen konnte. Eigentlich haben wir beide gar nichts mit dem Aufsichtspersonal zu tun. Erst recht nicht mit denjenigen, die nur nachts im Haus arbeiten.«

»Darauf hat sie mich auch hingewiesen. Sie konnte mir Schusters Adresse aus den Personalakten heraussuchen. Hat Lieutenant McIntosh Sie gestern eigentlich wegen der verschwundenen Bronzetafel früher aus dem Büro geholt? Ist er damit beauftragt, sie wiederzubeschaffen?«

»Wovon reden Sie?«

»Von der Bronzetafel mit den Namen der sogenannten ›Grundsteinstifter‹ für Hitlers Kunsttempel.«

»Wie kommen Sie auf die abwegige Idee, die Tafel sei verschwunden?« Irritiert sah sie ihn an.

»Das wurde mir aus sicherer Quelle gesagt. Neuerdings verschwindet offenbar einiges aus dem Haus der Kunst.«

»Spielen Sie auf den Kleinkram an, Tassen, Besteck und dergleichen, das sich die GIs gern als Souvenir aus ›Hitlers Drittem Reich‹ mit nach Hause nehmen?«

»Bei der Tafel dürfte es sich nicht um solchen ›Kleinkram‹ handeln.«

»Wieso sollte ich etwas über sie wissen? Oder gar Lieutenant McIntosh helfen, sie wiederzubeschaffen? Wenn sie denn überhaupt wirklich verschwunden sein sollte. Nicht einmal das weiß ich. Und McIntosh gehört zu den Monument Men.«

Bildete er sich das ein oder kniff Freya tatsächlich die Lippen zusammen, als wollte sie sich das Weiterreden versagen?

»Ich weiß. Aber Lieutenant McIntosh sucht Sie in letzter Zeit auffällig oft auf und bittet Sie um fachliche Unterstützung, wie mir Fräulein Koch erzählt hat.«

»Wir haben beide Kunstgeschichte studiert. Er in den USA, ich hier in München. Deshalb unterhalten wir uns ganz gern. Übrigens auch über seine Arbeit im Central Collecting Point. Aber was sollte er jetzt mit der Tafel zu tun haben?«

Sie wedelte mit der Hand durch die Luft, um eine Fliege zu verscheuchen. Das geschah derart abrupt, dass sie dabei fast die Kaffeetasse vom Tisch gefegt hätte.

»Als einer der Monument Men hat er schließlich mit Kunstwerken ...«

»Die Bronzetafel fällt ganz gewiss nicht unter die Kategorie Kunstwerke, um deren Wiederbeschaffung die Monument Men bemüht sind«, unterbrach sie ihn leicht verärgert.

»Aber sie stellt ein sehr wichtiges Dokument dar, das sowohl für diejenigen, die namentlich darauf aufgeführt sind, wie auch für manchen Sammler einen immensen Wert besitzt. Wir reden jetzt nicht von GIs, die sich einen Bleistift aus dem Parteigebäude zur Erinnerung einstecken, sondern von Verrückten, die für das, was mit besonders einflussreichen Nazis zu tun gehabt hat, hohe Summen zu zahlen bereit sind.«

»Um solche Vorgänge kümmert sich die Militärverwaltung. Darauf stehen hohe Strafen. Warum wollen Sie das alles überhaupt wissen? Sind Sie nicht eigentlich bei der Mordkommission?«

»Es könnte sein, dass das Verschwinden der Tafel in Zusammenhang mit einem Mordfall steht.«

»Was?«, schrie sie entsetzt auf. Es gelang ihr kaum, die Kaffeetasse in Händen zu halten. Er registrierte, wie emsig sie darauf bedacht war, seinem Blick auszuweichen und zugleich wieder ruhiger zu werden.

Im Flur läutete das Telefon. Wie auf Kommando drehten sie sich beide zur Tür. Nach kurzem Klingeln hob Hilde ab, kam wenig später erwartungsgemäß ins Zimmer und bat Emil an den Apparat. Es sei dringend, wie sie betonte. Zugleich gab sie ihm den Zettel mit den Anrufen vom Vorabend. Achtlos steckte er ihn in die Außentasche seines Jacketts.

»Ich muss leider auch dringend weg«, hörte er im Hinausgehen Freya sagen. »Kannst du bitte eine Weile auf Sonja aufpassen?«

Die Tür schloss sich hinter Emil. Er erreichte das Telefon und meldete sich. Sein Kollege Wiggerl Schmied war in der Leitung.

»Niedermeier und Loibl sind verschwunden.«

»Ich denke, Huber und Fellner passen in der Siedlung auf …?«

»Aber nicht rund um die Uhr. Nachdem Niedermeier die ganze Zeit brav im Haus geblieben und Loibl zum Nachtdienst gegangen ist, haben sie gestern Abend abgebrochen. Und heute Vormittag war nichts Auffälliges zu sehen. Sie dachten ja, der eine hockt weiterhin drinnen in der Küche bei seiner Tochter und der andere im Dienst.«

»Und woher wisst ihr dann überhaupt …?«

»Die Ursi Niedermeier und die Grete Loibl sind eben im Präsidium aufgetaucht und haben die zwei als vermisst gemeldet.«

»Ich bin schon unterwegs. Ruft derweil bei Joe in Harlaching an. Der Captain will das sicher auch gleich wissen.«

Hastig legte er auf, schnappte sich den Hut von der Garderobe und wandte sich zur Tür. Aus dem Augenwinkel sah er, wie Freya sich inzwischen in der Küche von Sonja verabschiedete. Aus Hildes verwundertem Gesichtsausdruck schloss er, dass der Nachmittag eigentlich anders geplant gewesen war.

28

Gewiss wäre es geschickter gewesen, sie hätte sich vorhin Emil
Graf gegenüber besser im Griff gehabt. Sein lapidarer Hinweis
auf einen Mordfall möglicherweise in Zusammenhang mit
dem Verschwinden der Bronzetafel hatte sie jedoch schockiert.
Konnte das sein? War jemand tatsächlich bereit, über Leichen
zu gehen, um in den Besitz des Stückes zu gelangen? Was ging
da vor?

Sie kannte nur einen, der ihr die Frage beantworten konnte:
Bob McIntosh. Es gab eine direkte Verbindung zwischen Bob
und der verfluchten Tafel, wie Emil instinktiv richtig vermutet
hatte. Warum, hatte sie selbst noch nicht herausgefunden. In
jedem Fall aber musste sie mit ihm darüber sprechen. Deshalb
wollte sie jetzt so schnell wie möglich zu ihm. Hoffentlich traf
sie ihn zu Hause an. Sich vorher telefonisch anzukündigen,
wagte sie nicht. Insgeheim befürchtete sie, er könnte versuchen, ihr aus dem Weg zu gehen, wenn er mitbekam, dass sich
nicht nur sie, sondern auch Emil oder vielmehr die Kriminalpolizei für die Tafel interessierten.

Auf dem Weg zur Straßenbahnhaltestelle beruhigte sie sich
allmählich etwas. Zum Glück musste sie nicht lange auf die
Tram warten. Sie erwischte sogar einen Sitzplatz im schattigen
Innern am Fenster.

Sinnierend glitt ihr Blick nach draußen, wanderte über das
barock anmutende Ensemble des Laimer Schlösschens und die
einigermaßen intakt aussehenden Häuser mitsamt ihrer ge-

pflegten Vorgärten entlang der Strecke westwärts nach Pasing. Gleich befand sie sich wieder mittendrin im Gedankenkarussell. Zu gut konnte sie sich vorstellen, was Emil nun von ihr dachte. Denken musste. So kopflos, wie sie vorhin in Hildes Wohnzimmer aufgetreten war. Dabei hatte sie nichts zu verbergen. Und Bob auch nicht.

Ganz legal handelte er neben seiner Aufgabe bei der Army mit Kunstwerken. Das hatte er ihr gestern nach der Begegnung mit dem Captain auf der Dult explizit versichert. Zwar kamen ihm die Objekte im Rahmen seiner Tätigkeit der Monument Men unter, standen aber keinesfalls in Zusammenhang mit der von den Nazis in ganz Europa aus Museen und vor allem von jüdischen Sammlern und Händlern geraubten Kunst, die im Central Collecting Point im ehemaligen Parteigebäude der NSDAP von Fachleuten wie ihm begutachtet wurden. Unbescholtene Privatleute baten ihn darum, die ihnen verbliebenen Schätze zu Geld zu machen, um sich über die schwierigen Zeiten zu retten. Abnehmer waren vor allem amerikanische Offiziere und deren seit letztem Herbst in Deutschland ansässigen Ehefrauen. Deren Interesse an europäischer Kunst war groß. Sie in den frisch requirierten Villen und großherrschaftlichen Wohnungen herzuzeigen eine Frage des Prestiges. Der Bedarf an Beratung, um beim Kauf solcher Objekte nicht übers Ohr gehauen zu werden, war ebenso immens.

Wieder und wieder rekapitulierte Freya Bobs Worte, mit denen er ihr das alles ausführlich geschildert hatte. Dennoch wurde sie das von neuem in ihr aufsteigende mulmige Gefühl nicht los. Zu ihrer Zeit als Galeristin hatte sie den Kunsthandel anders erlebt. Aber die Zeiten änderten sich. Erschöpft lehnte sie die Stirn an die kühle Fensterscheibe, schloss die

Augen. Oder lag es daran, dass sie Bob bei all seinem Charme, seiner Leidenschaft für Kunst und seinem galanten Verhalten ihr gegenüber auf einmal doch nicht mehr so ganz über den Weg traute? Weil er sich eine Spur zu eifrig darum bemühte, sie von seiner Aufrichtigkeit zu überzeugen?

Freyas Augen wanderten über die englisch anmutenden Reihenhäuser draußen, streiften die baumbestandenen Straßenränder und registrierten die abweisend wirkenden Wohnblöcke kurz vor dem Willibaldplatz.

Die Geschichte vom angeblichen Verschwinden der berüchtigten Bronzetafel mit den Namen der Grundsteinstifter war ihr in den letzten Tagen von verschiedener Seite zu Ohren gekommen. Tatsächlich hatte auch Bob sie einige Male darauf angesprochen. Allerdings hatte sich das bislang nicht so angehört, als wüsste er Genaueres oder wäre gar darin involviert. Wieso sollte er sie in dem Fall danach fragen? Damit würde er nur riskieren, schlafende Hunde zu wecken. Oder redete sie sich das alles nur ein, weil sie es glauben wollte? Immerhin war es auffällig, wie sehr ihn die Tafel interessierte. Wie sehr er überhaupt darauf bedacht war, von ihr Informationen über die Vorgänge im Haus der Kunst zu erhalten. Warum sprach er stets mit ihr, nicht aber mit seinen Offizierskollegen von der Army darüber, die im Haus stationiert waren und eigentlich an der besseren Quelle saßen?

Mit keinem Wort hatte ihr Chef, Direktor Ade, bislang das Verschwinden der Tafel erwähnt. Wie ihre Kollegen hielt Freya es deshalb eher für einen schlechten Witz, mit dem so mancher hausieren ging, um Unruhe zu stiften. Gerade weil bekannt war, wie viel Geld einige Amerikaner für solch abstruse Devotionalien aus der Hitlerzeit zu zahlen bereit waren.

Und wie chaotisch trotz aller nach außen hin akribischen Ordnung beim Umgang mit dem ehemaligen NS-Besitz so manches letztlich doch von der Militärverwaltung gehandhabt wurde. Sie persönlich hielt es durchaus für denkbar, dass die Tafel einfach nur gedankenlos von ihrem bisherigen Standort an einen anderen geräumt worden war. Und nun wusste keiner, wo genau sie steckte. Von wegen »im Haus verschwindet nicht einmal eine Büroklammer, ohne dass wir das wissen«. Und jetzt sollte das sogar mit einem Mord zusammenhängen!

Von neuem flammte Unruhe in ihr auf. Erst gestern hatte sie Bob wieder begreiflich zu machen versucht, wie absurd es war, davon auszugehen, jemand habe die schwere Bronzetafel unbemerkt aus dem Haus der Kunst entwenden können, um sie gewinnbringend zu verkaufen. Verblüffend unbeherrscht hatte er das als »billige Taktik, das eigene Versagen zu kaschieren« bezeichnet und dann, als ihm sein Ausrutscher bewusst geworden war, emsig herunterzuspielen versucht. Es war einfach höchste Zeit, noch einmal mit ihm darüber zu reden und Emils Verweis auf einen Mordfall zu erwähnen. Nur so konnte sie sichergehen, dass Bob wirklich nichts damit zu tun hatte.

Kurz vor der Endstation am Pasinger Marienplatz befand sie sich als einziger Fahrgast in der Tram. Noch ehe der Triebwagen zum Stillstand gekommen war, sprang sie zum Missfallen der Schaffnerin bereits vom Perron und hastete die Planegger Straße südwärts, bis sie in den schmalen Weg am Klostergarten einbog und entlang der Würm quer durch den Pasinger Stadtpark zur Pfeivestlstraße hinüberlief.

Auf ihr Läuten öffnete Fritz die Tür und begrüßte sie erstaunt. Noch erstaunter war er, als sie ihn ungeduldig beiseitedrängte und Bob zu sehen wünschte. Der saß bei einem Sundowner auf der Terrasse.

»Warum so aufgeregt?«, hieß er sie mit einem nachsichtigen Lächeln willkommen. »Obwohl es mich natürlich ehrt, wenn eine Frau wie du sich derart beeilt, um in meine Arme zu fliegen.«

Als er sie so selbstverständlich duzte, fiel ihr siedend heiß ein, wie nah sie sich am Vortag gekommen waren und wie weit sie Hendrik schon aufgegeben hatte. Ein schmählicher Verrat! Wie hatte sie sich nur derart vergessen und auf Bobs Werben einlassen können? Zugleich wurde ihr bewusst, wie verschwitzt und derangiert sie aussehen musste. Eine erwachsene Frau, verheiratet und Mutter einer sechsjährigen Tochter noch dazu! Hastig wischte sie sich den Schweiß von der Stirn, ordnete zumindest die blonden Locken und strich ihr geblümtes Sommerkleid glatt.

»Wir müssen noch einmal reden«, erklärte sie.

»Jederzeit gern. Doch ich sehe, dir geht es nicht gut. Setz dich erst mal hin, trink etwas, rauch eine Zigarette. Sobald du dich wieder beruhigt hast, erzählst du mir in Ruhe, was passiert ist.«

»Es geht um die Bronzetafel mit den Grundsteinstiftern, über die wir mehrfach geredet haben«, kam sie gleich auf den Punkt, sobald sie ein Glas Wasser getrunken und einige Züge geraucht hatte. Kaum gelang es ihr, Bob dabei anzusehen.

Sie saßen sich in eleganten Korbsesseln gegenüber, die der Veranda einen Hauch von Südstaatenromantik verliehen. Gewiss ein Einfall von Bob. Fritz' Geschmack war es eher nicht, wie sie von früher erinnerte.

»Ist die Tafel wieder aufgetaucht?«

Bob gab sich eher desinteressiert, schlug betont lässig die Beine übereinander und zupfte die Bügelfalten seiner Hose glatt.

»Fritz' Bruder Emil hat mich vorhin darauf angesprochen«, entgegnete sie. »Wie du weißt, arbeitet er bei der Kriminalpolizei. Vermutlich hat es der Tafel wegen einen Mord gegeben.«

»Einen Mord? Wie kommt er darauf?« Seine Stimme überschlug sich. Dann aber hatte er sich wieder im Griff und fügte nach einem Räuspern hinzu: »An wem? Und wieso belästigt Emil damit ausgerechnet dich?«

Er bemühte sich um ein Lächeln, doch es erschien ihr seltsam falsch.

Unbehaglich rutschte sie in dem viel zu tiefen, weichen Sessel herum, drückte die Zigarette allzu vorschnell im Aschenbecher aus.

»Weißt du etwas?«

Er beugte sich vor, legte ihr die Hand auf den Arm. Die Berührung traf sie wie ein Schlag.

»Ich sehe, das beschäftigt dich alles sehr. Am besten klären wir das Thema endgültig, noch heute. Was hältst du davon?«

»Wie stellst du dir das vor? Willst du jetzt, am Sonntagabend, Direktor Ade deswegen …? Mit welcher Begründung …?«

»Du hast recht. Ausgeschlossen, den Direktor deswegen in seiner Sonntagsruhe zu stören. Das ist auch nicht nötig. Du bist doch seine rechte Hand. Du hast Zutritt zu seinem Büro.«

»Worauf willst du hinaus?«

Im ersten Moment begriff sie nicht. Dann aber wurde ihr klar, was er von ihr wollte.

»Ausgeschlossen! Ich kann nicht am Sonntag in sein Büro gehen. Die Tafel finden wir dort ohnehin nicht.«

»Aber die Schlüssel für die verschiedenen Kellerräume im Westteil des Gebäudes. Zu denen haben die US-Streitkräfte mittlerweile keinen Zutritt mehr. Angeblich wurde die Tafel nach dem Abhängen im Foyer dorthin gebracht. Ungestört von den wachhabenden GIs können wir beide dort nach ihr suchen.«

»Und die Nachtwächter?«

»Vermutlich haben Loibl und Schuster Dienst, nicht wahr?«

»Du kennst sie?«

»Mindestens so gut wie du.«

Sein Schmunzeln wurde süffisant.

»Das ist absurd. Völlig unmöglich«, entschied sie. »Das Beste ist, ich spreche Direktor Ade gleich morgen früh auf den Verbleib der Tafel an. Das genügt. Wahrscheinlich kommt Emil Graf als Ermittler der Mordkommission ohnehin …«

»Nein!«, unterbrach Bob sie und umklammerte plötzlich ihr Handgelenk wie ein Schraubstock. »Das wirst du nicht tun. Wir beide fahren jetzt sofort dorthin.«

»Und wenn ich mich weigere?«

»Das wirst du nicht.«

»Warum nicht?«

»Denk an Hendrik. Und an euren Kunsthandel damals in Königsberg. Als Monument Man kann ich mich durchaus an Unterlagen erinnern, die einige heikle Transfers von Gemälden und Plastiken aus ehemals jüdischem Besitz …«

»Solche Unterlagen gibt es nicht. Niemals haben wir solche Geschäfte …«

»Wie kannst du dir so sicher sein? Kannst du für alles, was

dein Mann getan hat, blindlings die Hand ins Feuer legen? Du ahnst nicht, was ich in den letzten Jahren hier in Europa alles zu sehen bekommen habe. Denk außerdem an eure Tochter. Eines Tages wird die Wahrheit über ihre Eltern …«

»Lass mein Kind aus dem Spiel.«

»Komm einfach mit ins Haus der Kunst. Was ist schon dabei, wenn die rechte Hand des Direktors am Sonntagabend im Büro nach dem Rechten sieht?«

29

Auf dem Weg in den zweiten Stock in der Ettstraße nahm Emil zwei Stufen auf einmal. Wie ausgestorben lagen die sonst so wuseligen Gänge in diesem Teil des Polizeipräsidiums da, wenn auch aus einigen Zimmern Stimmen der Wachhabenden drangen. Leicht außer Atem erreichte Emil die Etage der Mordkommission und hastete den Flur entlang bis zur dritten Tür rechts, hinter der sich sein Büro verbarg.

Als er im Eifer des Gefechts die Tür viel zu brüsk aufriss, sahen Grete Loibl und Ursi Niedermeier ihm erschreckt entgegen. Brinkmeier und Schmied hatten sie auf Klappstühlen direkt vor seinem Schreibtisch platziert. Beschwichtigend nickte er den Frauen zu, legte den Hut ab und lehnte sich an die Kante von Brinkmeiers Schreibtisch.

»Seit wann sind die Männer verschwunden?«, kam er gleich nach der Begrüßung auf den Punkt.

»Der Korbinian seit heute früh«, antwortete Grete. »Aus dem Nachtdienst ist er nicht nach Hause gekommen.«

»Seine Schicht hat er aber noch beendet?«

»Ganz gewiss. Als der Korbinian bis Mittag nicht zurückgewesen ist, hab ich den Sepp mit dem Radl zum Haus der Kunst geschickt. Zum Glück fährt der Korbinian immer mit der Tram hin. Deshalb war das Radl noch da und der Sepp hat es nehmen können.«

»Mit wem hat er dort deswegen gesprochen?«, bohrte er nach.

»Mit dem Valentin Schuster natürlich, der für die Wachleute zuständig ist.«

»Valentin Schuster? Heute? Am Sonntagmittag?«

»Ja.«

Erstaunt über sein Insistieren starrte Grete ihn an.

»Sind Sie sicher?«

»Würde ich es sonst sagen? Extra aufgetragen hab ich dem Sepp, er soll zum Valentin gehen. Von früher aus der Au kenne ich den noch. Und der Korbinian sowieso. In der Schule sind sie zusammen gewesen. Letztes Jahr haben sie sich als Nachtwächter im Haus der Kunst wiedergetroffen. Der Valentin ist jetzt aber sein Chef.«

Gedankenverloren strich Emil sich das dunkle Haar aus der Stirn, ließ die Hand eine Weile im Nacken liegen.

»Und Ihr Vater ist ebenfalls seit heute weg?«, wandte er sich an Ursi.

Die senkte den Blick und wisperte kleinlaut: »Seit Freitagnacht schon.«

»Was?«

Emil meinte sich verhört zu haben, las aber an Ursis zerknirschter Haltung wie auch am verärgerten Kopfschütteln von Brinkmeier und Schmied ab, dass dem leider nicht so war.

Er schlug mit der flachen Hand auf den Tisch, unterdrückte einen Fluch. Das hieß, die beiden auf ihn angesetzten Kollegen hatten den ganzen Samstag über jemanden bewacht, der schon längst nicht mehr da gewesen war! Grasmüller würde sich freuen, das zu erfahren. Damit war wertvolle Zeit verstrichen. Und die Gefahr gewachsen, dass Niedermeier zwischenzeitlich etwas passiert sein konnte.

»Warum melden Sie uns das erst jetzt?«, versuchte er, Ursi

ruhiger anzusprechen, als er sich fühlte. Er wollte sie nicht noch stärker verunsichern. Zum Zeichen des Einlenkens bot er beiden Frauen eine Zigarette an. Dankbar griff Ursi zu, ließ sich Feuer geben. Grete winkte ab. Sich selbst zündete er ebenfalls eine an, betrachtete Ursi schweigend, wartete.

»Erst hab ich mir nichts dabei gedacht.« Arglos zuckte sie die Schultern, nahm noch einige hektische Züge und traute sich endlich wieder aufzublicken. »Der Franzl und ich haben es genossen, eine Weile allein zu sein. Dass der Vater die Nacht über weg war, haben wir sowieso erst gestern Vormittag gemerkt.«

»Und dass er dann immer noch nicht heimgekommen ist, sogar eine zweite Nacht außer Haus verbracht …«

»Früher hat er so was öfter gemacht«, erwiderte sie auf seinen Einwand nicht weniger aufgebracht als er. »Wir haben uns erst gewundert, als die Grete zu mir gekommen ist und mir erzählt hat, dass der Korbinian heute früh auch nicht vom Nachtdienst heimgekommen ist.«

»Freitagabend haben die zwei alten Deppen sich heftig gestritten«, schaltete Grete sich ein.

»Aber der Vater hat angefangen«, stellte Ursi klar, während sie den Zigarettenstummel fest im Aschenbecher ausdrückte. »Der Korbinian hat noch versucht, ihn zu beruhigen, aber der Vater ist gleich auf ihn losgegangen.«

»Warum haben die beiden gestritten? Hatte es etwas mit dem Mord an Ihrer Mutter zu tun?«, hakte Emil nach und sah Ursi streng an, bot ihr trotz ihres sehnsüchtigen Blicks auf die Zigarettenpackung keine weitere mehr an. »Ging es darum, wer der Täter sein könnte? Hatte einer der beiden einen konkreten Verdacht?«

Plötzlich klopfte ihm das Herz bis zum Hals. Er selbst hatte stets versucht, den sich aufdrängenden Verdacht auf Korbinian kleinzuhalten. Sollte er sich damit getäuscht und Niedermeier in Gefahr gebracht haben, würde er sich das nie verzeihen.

Ursi biss sich auf die Lippen, sah zu Grete. Die beiden Frauen wechselten lange Blicke, sagten jedoch nichts.

Schwere Schritte näherten sich draußen auf dem Flur. Die Tür öffnete sich und Joe schob sich herein. Alle drehten sich zu ihm um. Knapp grüßte er, gab Emil ein Zeichen, mit der Vernehmung fortzufahren, und lehnte sich mit vor der Brust verschränkten Armen gegen das Türblatt.

Schmied räusperte sich an seinem Schreibtisch, Brinkmeier holte tief Luft. Emil schob die Hände in die Jackentasche, fühlte Hildes Zettel mit der Anrufliste, holte ihn heraus und überflog ihn hastig. Wie vermutet mehrmals Billa und ein Fragezeichen, ergänzt durch den Hinweis »falsch verbunden – hat gleich wieder aufgelegt«. Hilde war wirklich äußerst zuverlässig. Er knüllte den Zettel zusammen, um ihn wieder in der Tasche verschwinden zu lassen.

Ob das dieser Großmann gewesen war? Um den konnte er sich jetzt nicht kümmern. Huber und Fellner sollten das später in Erfahrung bringen, schließlich hatten sie noch etwas gutzumachen. Brinkmeier und Schmied hatten gestern allerdings nichts Auffälliges über Großmann herausgefunden, wie sich am Morgen bereits herausgestellt hatte.

»Sagt Ihnen der Name Rudolf Großmann etwas?«, wandte er sich dennoch zuerst noch einmal sicherheitshalber an die beiden Frauen. Joe, der nur den Namen verstehen konnte, zog die Augenbraue hoch, nickte bedächtig.

»Hat Ihr Mann oder Ihr Vater ihn jemals erwähnt?«, setzte Emil nach. »Oder irgendwelche Geschäfte, die sie mit jemandem diesen Namens machen?«

Einvernehmlich schüttelten die beiden Frauen die Köpfe.

»Haben die zwei Ihnen gegenüber überhaupt von irgendwelchen Geschäften gesprochen, die sie gemeinsam betrieben haben?«

Wieder nur stummes Kopfschütteln.

»Hat Niedermeier Sie je gebeten, weitere Bestätigungen für ihn über Hilfe oder Unterstützung in der Nazizeit auszustellen?«

Eindringlich sah er Grete an. Irritiert riss sie die Augen auf.

»Welche Bestätigungen?«

»Solche, die Sie ihm für seine Hilfe in der Zeit, als Ihr Mann im KZ …«

»Sie meinen falsche Bestätigungen für die Entnazifizierung? Die es jetzt angeblich unter der Hand zu kaufen gibt? Niemals! Nie hätte ich so was gemacht. Für alles Geld der Welt nicht. Das weiß der Ignaz.«

Entrüstet schnaubte sie, drehte sich auf dem Stuhl halb weg.

»Und Ihr Mann? Hat der Ihnen einmal erzählt, dass sein Freund ihn darum gebeten oder vielmehr gezwungen hätte …«

»Nein!«, erwiderte Grete mit einem kategorischen Kopfschütteln. »Auch der Korbinian würde so etwas nie tun. Im Leben nicht! Anständige, ehrliche Leute sind wir. Wieso sollte der Ignaz ihn überhaupt je zu so etwas zwingen? Freunde sind die zwei. Allerbeste Freunde. Von Kindheit an.«

»Jetzt begreife ich …«, begann dagegen Ursi laut zu denken. Ein unverhohlenes Leuchten huschte über ihr feines Gesicht. Joe, der lediglich die Reaktionen während des auf Deutsch geführten Gesprächs verfolgen konnte, signalisierte erhöhte Aufmerksamkeit. Darüber vergaß er sogar, die Zigarette, die er sich gerade zwischen die Lippen geschoben hatte, anzuzünden.

»Schon die ganze Zeit hab ich mich gefragt, was der Vater und der Korbinian miteinander ausgeheckt haben«, schob Ursi nach. »Oft haben sie mich losgeschickt, Papier und Schreibzeug zu besorgen, und dann immer so geschäftig getan.«

»Hatten Sie das im Sinn, als Sie letztens angedeutet haben, Ihre Eltern hätten den Hals nicht voll genug gekriegt? Sie wissen schon, bevor Sie letzten Donnerstag mit der Reporterin ins Polizeipräsidium gekommen sind?«

Aufgeregt blickte Emil sie an. Sein Verdacht bestätigte sich also. Triumphierend zwinkerte er Joe zu. Der nickte zufrieden.

»Ich weiß nicht«, gab Ursi sich auf einmal jedoch wieder verunsichert, knetete die Hände in ihrem Schoß und fixierte die Wand vor sich, als erhoffte sie sich von dort die passenden Antworten.

»Neuerdings ist wohl noch etwas anderes im Busch gewesen«, fügte sie zögernd hinzu. »Die Mutter hat sich auf einmal eingemischt. Dem Korbinian ist das überhaupt nicht recht gewesen. Ziemlich deutlich hat sie ihm aber gesagt, er soll froh sein, dass der Vater ihm beisteht und ihm sogar die Stelle als Nachtwächter besorgt hat. Ein bisserl was müsst er schon auch dafür tun. Und dem Vater hat sie vorgeschwärmt, wie leicht einer doch an mehr Geld kommen könnt, richtig viel mehr Geld sogar, wenn er es nur gescheit genug anstellt. Und wie gut es gewesen wär, dass sie sich drum gekümmert hätte, dass sich jetzt noch etwas Neues auftun würde für sie. Und dass er überhaupt seine alten Verbindungen noch hätte. Und dass die Amis sich für den alten Naziplunder interessieren würden, den keiner von uns hier nicht mehr haben will. An den keiner je mehr dran erinnert werden will, dass er ihn selbst einmal unbedingt hat haben wollen. Um jeden Preis.«

Das war es! Emil glaubte, seinen Ohren nicht zu trauen. Hatte Ursi ihm gerade wirklich das fehlende Teil für die Aufklärung des Falles geliefert? Jetzt durfte er nur keine voreiligen Schlüsse ziehen, sondern musste sorgfältig überlegen, was zu tun war und wie er den beiden Männern helfen konnte. Denn dass sie in Gefahr waren, davon war er überzeugt.

»Hat Ihre Mutter mehr darüber verraten? Hat sie Ihnen vielleicht sogar Namen von Amerikanern genannt, die den alten Naziplunder von ihr und Ihrem Vater kaufen könnten? Sagt Ihnen der Name Bob McIntosh etwas?«

»Bob wie? Ist das vielleicht so ein großer Sportlicher? Fast so ein SS-Typ, allerdings nicht richtig blond, eher braunhaarig? Mit einem ziemlich eckigen Kinn?«

»Dann kennen Sie ihn also?«

»Den hab ich einmal getroffen. Ein Lieutenant ist das«, erwiderte sie. »In einem Club hat er mich angesprochen und nach meinem Vater gefragt.«

»Er kennt Ihren Vater?« Emil horchte auf. »Hat er erwähnt, woher? Wissen Sie vielleicht noch, wann genau Sie dem Lieutenant im Club begegnet sind?«

»Kurz vor Ostern ist das gewesen, als wir alle gerade die Fragebögen zum Ausfüllen gekriegt haben. Das hat er zum Anlass genommen, mich anzusprechen. Eine ziemlich plumpe Geschichte, habe ich noch gedacht. Keine Ahnung, woher er gewusst hat, wer mein Vater ist. Wahrscheinlich hat's ihm einer von den anderen Amis erzählt. Sind ja genug da gewesen im Club, die gewusst haben, dass mein Vater Blockwart gewesen ist und als Aufseher in Hitlers Haus der Deutschen Kunst gearbeitet hat.«

»McIntosh auch?«

»Ja, der auch.«

»Haben Sie den Lieutenant danach noch einmal wiedergesehen? Vielleicht sogar in der Siedlung bei Ihren Eltern?«

»Nein. Sehr recht gewesen ist mir das dann allerdings auch. Zu alt war er mir nämlich eigentlich. Und obendrein zu viel an meinem Vater interessiert.«

»Schade«, entschlüpfte Emil, bevor er nachsetzte: »In jedem Fall sind das wichtige Informationen für uns. Erzählen Sie das bitte noch einmal meinen beiden Kollegen hier, fürs Protokoll. Captain Simon und ich machen uns in der Zwischenzeit auf die Suche nach Ihrem Vater und Korbinian Loibl. Haben Sie zufällig noch eine Idee, wohin sie gegangen sein könnten, um sich eine Weile ...«

»Meinen Sie wirklich, denen will einer was antun?« Gretes Stimme klang auf einmal ungewohnt zaghaft.

»Im Schwarzhölzl und der Hirschau haben die Buben schon geschaut. Und die Mädels haben überall in der Siedlung herumgefragt. Sogar der Franzl war mit«, erwiderte Ursi, eifrig bemüht, weiterhin ihren Teil zur Aufklärung beizutragen. Dass sie bereits so wichtige Details hatte beisteuern können, machte sie sichtlich stolz. »Herausgefunden haben sie nichts. Niemand hat die zwei gesehen oder von ihnen gehört.«

»Wir werden sie finden«, versprach Emil und nickte ihnen zu, bevor er ins Nachbarbüro verschwand. Joe folgte ihm.

Wie zwei begossene Pudel saßen Huber und Fellner an ihren Schreibtischen. Als Emil und Joe eintraten, holten sie Luft, um zu einer umständlichen Entschuldigung anzusetzen. Emil winkte jedoch ab.

»Macht euch auf den Weg nach Pasing und knöpft euch Rudolf Großmann noch einmal vor.«

»Aber Brinkmeier und Schmied haben doch gestern ...«, warf Huber ein.

»Du meinst, Niedermeier und Loibl könnten bei ihm ...?«, unterbrach ihn der weitaus schwerfälligere Fellner, woraufhin Huber bereits aufsprang und erklärte: »Wir meinen nichts, bevor wir nichts wissen. Auf geht's, Kamerad! Allweil besser, als hier herumzuhocken und zu wissen, dass wir's verbockt haben.«

Amüsiert über ihr Gebaren schüttelte Joe den Kopf. Emil aber zupfte ihn am Ärmel.

»Wir müssen auch los! Jake steht hoffentlich unten mit dem Jeep bereit. Den Rest erkläre ich dir unterwegs.«

30

»So gefragt wie Bob heute Abend bei den Frauen ist, möchte ich auch einmal sein«, spottete Fritz, nachdem er Billa und Lydia auf ihr viel zu stürmisches Läuten hin die Tür seiner Pasinger Villa öffnete. »Leider sind Sie zu spät dran. Er ist längst weg. Mit einer anderen Frau übrigens.«

»Wissen Sie zufällig, wo wir ihn finden?«, fragte Billa.

»Vor wenigen Minuten ist er mit Freya weggefahren. Fast wären Sie den beiden noch begegnet.«

»Wer ist Freya?«

»Freya Schönpflug. Eine gemeinsame Freundin. Sie ist Kunsthistorikerin, wie Bob. Außerdem ist sie mit Hilde Grieshaber befreundet, Emils Zimmerwirtin. Er dürfte sie ebenfalls kennen.«

»Das freut mich«, sagte Billa, war aber herzlich wenig an Freya und ihren weitverzweigten Bekanntschaften interessiert. Und erst recht nicht an ihrem Werdegang. Das hieß – Billa stutzte. War es Zufall, dass sie wie Bob ebenfalls Kunsthistorikerin war? Wahrscheinlich witterte Billa auf einmal überall Verdächtiges, nur weil ihr vorhin in Nürnberg dank Lieutenant Remingtons Tipp die möglichen Hintergründe zum Mordfall Niedermeier und vor allem Bobs wahrscheinliche Rolle darin aufgegangen waren.

»Arbeitet Freya zufällig im Haus der Kunst?«, erkundigte sie sich.

Lydia spitzte den Mund, nickte kaum merklich, als würde

sie im selben Augenblick begreifen. Auf der Fahrt von Nürnberg nach München hatte Billa ihr ausführlich ihre neuen Überlegungen zum Mord an Gundl Niedermeier geschildert und dabei erstmals die Vermutung geäußert, Ignaz wäre über Korbinian, der als Nachtwächter im Haus der Kunst arbeitete, in Bobs Devotionalienhandel verstrickt. Außerdem hinge Gundls gewaltsamer Tod womöglich damit zusammen, denn Bob sei bereit, für einen guten Deal über Leichen zu gehen, wie Remington scherzhaft, aber gewiss mit einem Körnchen Wahrheit, gemeint hatte.

»Ja, natürlich. Freya ist die rechte Hand von Direktor Ade«, beantwortete Fritz Billas Frage, wechselte dann jedoch abrupt das Thema. »Sind Sie mit dem Zustand des Adlers zufrieden? Ich habe den Wagen immer sehr gern gefahren und mein Bestes getan, um ihn in dem hervorragenden Zustand zu halten, in dem Ihre Mutter ihn mir überlassen …«

»Alles bestens«, unterbrach Billa ihn ungeduldig. »Aber jetzt müssen wir wirklich dringend mit Bob McIntosh sprechen. Haben Sie nicht doch eine Idee, wohin er …«

»Ich bin nicht sein Kindermädchen«, stellte Fritz beleidigt klar.

»Sie sind doch Staatsanwalt …«, schaltete Lydia sich ein.

»Derzeit allerdings außer Dienst«, entgegnete er.

»Aber daran interessiert, wieder in den Dienst zu gelangen«, griff Billa das Stichwort auf, sobald ihr klar wurde, worauf Lydia hinauswollte.

»Und sicherlich sehr daran interessiert, kriminellen Machenschaften auf die Spur zu kommen, um gemeinen Verbrechern das Handwerk zu legen«, fügte Lydia hinzu. »Das könnte sich schließlich positiv auf Ihr Entnazifizierungsverfahren auswirken.«

»Selbstverständlich.«

»Auch die noch ausstehende Bestätigung von Billas Mutter Lilo wäre hilfreich für Sie.« Lydia schmunzelte süffisant.

Billa biss die Lippen fest aufeinander, um nicht laut zu widersprechen. Den Preis musste sie wohl zahlen.

»Wohin ist Bob mit seiner Begleiterin gefahren?«, hakte sie nach.

»Wollen Sie damit andeuten, er könnte etwas mit unlauteren Machenschaften zu tun haben?«

Das klang nicht so, als würde er ob dieser Aussicht aus allen Wolken fallen.

»Wohin?«, beharrte Lydia.

»Wenn ich Sie begleiten darf, verrate ich es Ihnen. Zwei so attraktive Damen wie Sie sollten sich nicht ohne männlichen Schutz in Gefahr begeben. Warten Sie bitte kurz. Ich hole noch etwas.«

»Wenn Sie eine Pistole mitnehmen, scheinen Sie Ihrem Mitbewohner Übles zuzutrauen«, stellte Billa fest.

»Leider fürchte ich, er hat Freya nicht zum Tanzen ausgeführt. Sie wirkte bereits reichlich aufgebracht, als sie eben hierhergekommen ist. Und bevor sie gegangen sind, gab es einen heftigen Disput zwischen den beiden auf der Terrasse. Freya schien alles andere als begeistert darüber, dass er auf ihrer Begleitung bestand.«

»Und Sie haben nicht versucht, ihr beizustehen und ihn davon abzuhalten, sie gegen ihren offensichtlichen Willen mitzunehmen?«

»Lieutenant McIntosh ist nicht mein Mitbewohner, sondern ein amerikanischer Offizier, der mein Haus beschlagnahmt hat. Seine Gesellschaft habe ich mir nicht ausgesucht. Er ist und bleibt ein Vertreter der Besatzungsmacht. Den Teufel würde ich tun, mich ihm in den Weg zu stellen. Wissen Sie, welche Konsequenzen das haben kann?«

»Vor Kurzem haben Sie noch weitaus freundlicher von ihm gesprochen«, überging Billa seinen Einwand.

»Da habe ich auch noch nicht geahnt, dass er in zwielichtige Geschäfte verwickelt sein könnte.«

»Was bislang nur ein Verdacht ist«, betonte Billa. »Als Staatsanwalt ist Ihnen der wichtige Grundsatz der Unschuldsvermutung sicherlich noch bestens vertraut.«

»Oder hängen Sie etwa doch weiter alten Denkmustern an?« Eindringlich musterte Lydia ihn.

»Ich hole mein Jackett und dann fahren wir am besten sofort los«, wich er der Bemerkung aus und eilte nach drinnen.

»Vergessen Sie die Pistole nicht«, rief Lydia ihm nach.

»Ich benutze derweil Ihr Telefon«, sagte Billa und fügte, an Lydia gerichtet, hinzu: »Vielleicht erwische ich Emil im Präsidium oder bei seiner Zimmerwirtin und kann ihm kurz unsere neuesten Informationen über Bob und Freya durchgeben.«

»Vergiss nicht zu erwähnen, dass sein Bruder Fritz sich als unerschrockener Kämpfer für Recht und Gesetz auf unsere Seite geschlagen hat«, erinnerte Lydia augenzwinkernd.

»Das wird ihn wenig begeistern.«

»Umso wichtiger, dass er Bescheid weiß.«

31

In rasantem Tempo steuerte Jake den Jeep vom Polizeipräsidium durch die größtenteils noch immer den amerikanischen Militärfahrzeugen vorbehaltenen Straßen der Innenstadt in die Maxvorstadt. Auf dem Rücksitz klammerte Emil sich an den Griffen fest, während er sich zugleich so weit wie möglich vorbeugte, um Joe das Wichtigste aus der Vernehmung von Ursi und Grete auf Englisch zusammenzufassen.

»Du glaubst also tatsächlich nicht, dass Großmann etwas mit dem Verschwinden der beiden Männer zu tun hat?«, fragte Joe.

»Andernfalls hätte ich kaum Huber und Fellner zu ihm geschickt«, erwiderte Emil und registrierte aus dem Augenwinkel, wie sie die Brienner Straße mitsamt der Ruine des Braunen Hauses passierten, in dem sich die berüchtigte NSDAP-Parteizentrale befunden hatte.

»Bei Großmann können sie nichts falsch machen«, fuhr er fort. »Er muss derjenige sein, der gestern über meine Telefonnummer Billa erreichen wollte und aufgelegt hat, sobald Hilde sich meldete. Vermutlich wollte er Billas Angebot annehmen, ihm weitere Leumundszeugnisse für die Entnazifizierung zu besorgen. Das hätte er nicht getan, wenn er zeitgleich mit Niedermeier beschäftigt gewesen wäre. Nach Billas Beschreibung ist er ein eher schmächtiger Typ, Niedermeier aber sehr stattlich. Einen Mann wie den hält man nur mit reichlich Kraft in Schach.«

»Oder mit weiterer Hilfe«, warf Joe ein. »Trotzdem ein guter Gedanke. Huber und Fellner werden es herausfinden. Und wir fahren jetzt direkt zu Bob McIntosh? Bei ihm ist höchste Vorsicht geboten. Er ist nicht irgendwer, sondern ein verdienter Lieutenant unserer Army. Jemanden wie ihn in eine solche Geschichte hineinzuziehen verlangt verdammt gute Argumente. Noch dazu, wenn es um die Verstrickung in einen Mordfall geht.«

»Damit wir ganz sichergehen, knöpfen wir uns erst einmal Valentin Schuster vor.«

»Das klingt, als hättest du schon eine Theorie, wie alles zusammenhängen könnte.«

»Allmählich scheint sich eine eindeutige Spur abzuzeichnen. Gestern wurde mir im Büro von Direktor Ade gesagt, Schuster habe bis Montag keinen Dienst. Vorhin aber hat Grete erzählt, ihr Sohn habe ihn heute Mittag im Haus der Kunst getroffen, wo er ihm bestätigt habe, dass Korbinian ordnungsgemäß im Nachtdienst gewesen sei. Also war Schuster außerhalb seines eigenen Dienstes dort. Und das an einem so strahlend schönen Frühlingssonntag. Da muss etwas im Busch sein. Schon als ich gestern Nachmittag bei ihm gewesen bin, hatte ich das Gefühl, er hat etwas zu verbergen. Womöglich hat er jemanden bei sich versteckt, den ich nicht sehen sollte. Eine Nachbarin hat Besuch erwähnt, von dem er mir nichts gesagt hat. Stattdessen hat er alles getan, mich von seinem Kellerloch abzulenken.«

»Du meinst, Ignaz Niedermeier könnte bei ihm sein?«

»Würde doch gut passen.«

»Was aber hat das mit Lieutenant Bob McIntosh zu tun?«

»Der hat Schuster letzten Herbst aus der Schlange der Bewerber für den Nachtwächterposten herausgefischt. Schuster steht tief in seiner Schuld. Und McIntosh hat ein ausgeprägtes Faible für deutsche Kunst, wie mir Freya Schönpflug bestätigt hat, die Mitarbeiterin von Direktor Ade.«

»So ein Zufall! Gestern habe ich Freya und Bob auf der Dult getroffen. Du ahnst nicht, welchen Plunder es dort zu kaufen gab. Gewiss auch die ein oder andere Nazidevotionalie, gut versteckt unter dem anderen Zeug. In jedem Fall hat Bob bei der Gelegenheit erwähnt, dass Freya ebenfalls Kunsthistorikerin ist.«

»Und die rechte Hand von Direktor Ade im Haus der Kunst. Was für ihn noch viel entscheidender sein dürfte.«

»Wirklich eine günstige Fügung. Wie aber kommen wir über diese Geschichten zu Niedermeier und letztlich vor allem zu seiner ermordeten Frau?«

»Wie Ursi vorhin erwähnt hat, haben ihre Eltern jüngst offenbar ebenfalls den Handel mit Nazidevotionalien für sich entdeckt, der weitaus lukrativer sein dürfte als der Handel mit Leumundszeugnissen. Zumindest in den Kreisen, in denen sie sich bislang mit ihren Gefälligkeitsschreiben bewegt haben, also hauptsächlich bei Blockwarten, niederrangigen Parteigenossen, Frauenschaftsführerinnen und dergleichen. Die zahlen dafür allenfalls eine Stange Zigaretten, ein Dutzend Paar Seidenstrümpfe oder ein Bündel Dollarscheine. Nach allem, was Ignaz mir jedoch von seiner Frau erzählt und Ursi uns vorhin bestätigt hat, wollte Gundl endlich an das ganz große Geld. Sozusagen als Entschädigung für den Verlust ihrer herausgehobenen Stellung als Frau des Blockwarts und NS-Frauenführerin in der Siedlung. Auf der anderen Seite sind deine Landsleute bereit, für den widerwärtigen Nazikram sehr hohe Summen hinzublättern. Sofern man ihnen das Richtige anbietet. Über

Korbinian Loibl und Valentin Schuster haben die Niedermeiers immer noch einen direkten Draht ins Haus der Kunst. Korbinian ist Ignaz seit Langem zu größtem Dank verpflichtet. Wieso Schuster mitgemacht hat, wäre noch zu klären. Vielleicht eine ähnliche Geschichte von früher, schließlich sind alle drei im selben Viertel aufgewachsen. Oder Schuster ist schlichtweg am Gewinn beteiligt. Während ihrer Nachtdienste können Loibl und er relativ unbemerkt Dinge abzweigen, die Ignaz und Gundl an amerikanische Interessenten weiterverkaufen. Jake und ich haben Korbinian Freitag im Schwarzhölzl vermutlich bei der Übergabe der Ware an Kunden beobachtet.«

»Demzufolge wäre Schuster das Verbindungsglied zwischen Niedermeier und Bob? Er hat die beiden irgendwie zusammengebracht?«

»Oder Schuster steckt in der Bredouille, weil er beiden zuarbeiten muss.«

»Warum ist dann nicht er das Mordopfer gewesen, sondern Gundl?« Nachdenklich rieb Joe sich das Kinn.

»Weil Ignaz und Bob ihn noch brauchen.«

»Und wozu?«

Emil stockte, räusperte sich und sah kurz zu Jake, bevor er Joe erklärte: »Es sieht so aus, als wäre die ominöse Bronzetafel mit den Namen der Grundsteinstifter für Hitlers Haus der Deutschen Kunst verschwunden.«

Auf einmal bremste Jake scharf und warf Emil über die Schulter einen mahnenden Blick zu. Emil winkte beruhigend ab. Natürlich würde er nicht verraten, von wem die Information stammte. Schon schaltete Jake mit krachender Kupplung einen Gang hoch, umfuhr extrem vorsichtig ein Schlagloch und gab anschließend unter aufheulendem Motor erneut Gas.

»Klingt nach einem echten Liebhaberstück, für das so mancher sicher viel Geld zu zahlen bereit ist«, stellte Joe fest.

»Und für das ein anderer womöglich gar einen Mord begeht, um es in seinen Besitz zu bringen.«

»Entweder um es selbst zu behalten oder um es gewinnbringend weiterzuverkaufen.«

»Sofern ihm kein anderer dazwischenfunkt und das teure Teil quasi vor der Nase wegschnappt, um es auf eigene Rechnung zu verhökern.«

»Bei Geld hört die Freundschaft leider auf.«

»Und auch die Moral.«

»Das ist es! Großartig!« Joe boxte Emil in die Seite. »Wie sagt man zu jemandem wie dir noch auf bayrisch? ›Ein Hund bist du schon!‹ Dir entgeht einfach kein Detail, um dem Rätsel auf den Grund zu gehen.«

»Meistens jedenfalls«, murmelte Emil und schob hastig den Gedanken beiseite, wie viele Hinweise er im Lauf der letzten Tage viel zu leichtfertig missachtet oder falsch eingeschätzt hatte. Hoffentlich lag er dieses Mal richtig und spürte Korbinian und Ignaz rechtzeitig auf.

In dem Hinterhof in der Georgenstraße bot sich Emil und Joe nahezu exakt dasselbe Bild wie am Vortag. Nur, dass die im Westen untergehende Sonne ein bizarres Schattenspiel auf dem Trümmerberg inszenierte. Mehr als ein Dutzend Menschen verschiedenen Alters betätigten sich wieder als Schatzsucher und geisterten als finstere Schattenwesen umher. Offenbar gab das, was einmal mindestens ein stattliches Wohngebäude gewesen war, immer noch Brauchbares her. Emil erspähte sogar wieder die ältere Frau, die ihm am Vortag den Weg gewiesen hatte.

Dieses Mal hatte sie ein etwa armlanges, nahezu unverbeultes Ofenrohr sowie eine gusseiserne Pfanne ausgegraben. Freudig winkte sie ihm damit zu.

»Der Schuster ist da. Eben habe ich ihn heimkommen sehen. Klopfen Sie nur bei ihm.«

Das Klopfen erübrigte sich. Die Tür oder vielmehr das, was Valentin Schuster in der Funktion benutzte, stand weit offen und gab den Blick in das unwirtliche Kellerloch frei. Letztlich war es mehr ein Unterschlupf als ein Wohnort.

In sich zusammengesunken kauerte Schuster auf einer zerfledderten Matratze und hob kaum den Blick, als Emil dicht gefolgt von Joe zu ihm in den beengten Raum mit den grob getünchten Wänden, der niedrigen Decke und dem festgestampften Lehmboden hinunterkroch. Licht fiel durch den offenen Einstieg hinein. Vermutlich hatte er einmal als Luke für das Kohleeinfüllen gedient. Deutlich zeichnete sich noch eine schwarze Spur an Wand und Boden ab. Die Feuchtigkeit der letzten Jahrzehnte kühlte den Keller auch an einem so warmen Frühlingstag wie diesem unangenehm aus. Das aber war vermutlich nicht der Grund, warum Schuster den Kopf tief zwischen die Schultern gezogen, den speckigen Jackenkragen am Hals hochgeschlagen und die Arme eng um die angewinkelten Beine geschlungen hatte.

»Wo stecken Ignaz Niedermeier und Korbinian Loibl? Haben Sie sie vorhin getroffen? Wann und wo genau?«, fragte Emil, während seine inzwischen an die Düsternis gewöhnten Augen umherwanderten.

Mehr als einige windschiefe, leere Regale vor schmutzigen Wänden sowie drei, vier leere Kartons entdeckte er nicht. Vor allem keinen Winkel, in dem sich jemand verbergen konnte.

»Hier sind sie nicht.«

»Sind sie noch im Haus der Kunst?«

»Wenn Sie's eh wissen, warum fragen Sie dann?«

»Und warum sind Sie wieder hier? Hat Niedermeier Sie gehen lassen? Oder Bob McIntosh?«

»Nichts hab ich mit all dem zu tun, gar nichts!« Jäh sprang Schuster auf, postierte sich vor ihm und sah ihn mit weit aufgerissenen Augen flehentlich an. »Nicht gewollt hab ich das. Gewarnt hab ich den Ignaz, gleich als er damit angefangen hat. Eine Nummer zu groß war das für ihn. Einer wie er legt sich besser nicht mit solchen Leuten an. Und jetzt ist es zu spät.«

»Geht es um die Bronzetafel?«

»Wenn einer doch nur wüsste, wo das verdammte Ding steckt! Fort ist es! Wie die Wahnsinnigen suchen es alle.«

»Wurde Gundl deshalb erdrosselt?«

»Der McIntosh hat wohl gedacht, sie wüsste, wo der Ignaz die Tafel hat. Aber der sucht sie ja genauso. Und der Korbinian hat's gesehen.«

»Was hat er gesehen?«

»Wie der Lieutenant und einer seiner Männer die Gundl nachts zum Bahndamm geschleppt und ihr den Strick um den Hals gelegt haben, damit die ihnen sagt, wo die verdammte Tafel …«

»Sind Sie sicher?«

»Schaut so aus. Verrückt ist der Ignaz geworden, weil die Gundl tot ist. Völlig verrückt! Hergekommen ist er gestern und hat mich gezwungen, zum Haus der Kunst mit ihm zu laufen und da die verdammte Tafel mit ihm und dem Korbinian zu suchen. Mitten in der Nacht! Überall gesucht haben wir danach. Gefunden haben wir sie wieder nicht. Und jetzt hält der Ignaz den Korbinian fest und will ihn nicht gehen lassen, bis die verfluchte Tafel aufgetaucht ist.«

»Und Sie hat er gezwungen, Korbinians Sohn zu sagen, er hätte das Haus der Kunst pünktlich nach Dienstschluss verlassen. Damit niemand auf die Idee kommt, dort nach ihm zu suchen.«

»Am Mittag ist der Sepp plötzlich aufgetaucht und hat nach seinem Vater gefragt. Abwimmeln musste ich ihn. Raus vor die Tür bin ich dazu mit ihm. Auf einmal hab ich selbst so eine verdammte Angst gekriegt, dass ich gar nicht mehr zurück bin. Im Stich gelassen hab ich den Korbinian. Ganz feige im Stich gelassen«, jammerte Schuster.

»Und dann?«, fragte Emil ungeduldig, obwohl er ahnte, wie es weiterging.

»Nichts ›und dann‹! Losgerannt bin ich dann. Einfach nur fort. Durch den Englischen Garten. Gewusst hab ich doch gar nicht, was ich machen soll. Wie ich dem Korbinian helfen könnt. Irgendwann bin ich doch wieder zurück. Da habe ich dann gesehen, wie der amerikanische Lieutenant ...«

»Sie haben McIntosh gesehen? Wann?«

»Vorhin erst. Den Hintereingang hat er genommen, gleich unter der Terrasse. Direkt in den Keller geht es da rein. Eine Frau hat er dabeigehabt. Die Freya Schönpflug, glaub ich. Sie wissen schon, die Sekretärin aus dem Büro vom Direktor Ade. Wahrscheinlich denkt er, die weiß über die Tafel Bescheid.«

»Verdammt!«, fluchte Emil.

Von Hildes Wohnung aus musste Freya zu McIntosh gefahren sein, um ihn zu warnen. Wenn das nur gut ging!

»Los!« Abrupt stieß Emil Schuster fort und riss Joe am Arm mit sich hinaus.

»Fahren Sie hin!«, rief Schuster ihnen nach. »Dem Korbinian müssen Sie helfen. Wenigstens der soll für den ganzen Schmarren nicht auch noch den Kopf hinhalten. Nicht nach allem, was der durchgemacht hat. Schnell! Nicht, dass Sie zu spät kommen. Verrückt ist der Ignaz. Völlig verrückt. Und der McIntosh gleich auch!«

32

Kaum bog Jake auf den Parkplatz auf der Rückseite des Hauses der Kunst ein, sprangen Emil und Joe wie auf Kommando gleichzeitig aus dem noch ausrollenden Jeep. Joe zückte bereits seine Pistole, Emil hielt sich mangels eigener Waffe dicht hinter ihm. Nach Joes Zuruf riss der wachhabende GI ihnen die Tür auf und hechtete beiseite, auf dem Gesicht eine Mischung aus Schreck und Verwunderung, als sie wie von Sinnen an ihm vorbei nach drinnen rannten.

Nach einigen Metern verlangsamten sie ihre Schritte. Zu laut hallten ihre Sohlen auf dem teilweise rissigen Betonboden wider.

Die niedrige Deckenhöhe und die diffus flackernden Leuchtstoffröhren an den grob getünchten Wänden verliehen dem Kellergeschoss etwas Unfertiges. Zahllose Stahltüren gingen beidseits von dem überraschend breiten Gang ab. Geradeaus offenbarten zwei Querflure eine Vielzahl weiterer Türen.

»Wo verdammt nochmal stecken die zwei?«, fragte Joe leise und ließ die Augen suchend umherwandern, die Pistole weiterhin schussbereit im Anschlag.

»Lass uns im westlichen Trakt beginnen«, schlug Emil ebenso leise vor. »Für den sind die deutschen Nachtwächter zuständig. Vielleicht suchen Ignaz und Korbinian dort nach der Tafel. Um diese Uhrzeit sind noch zu viele Amerikaner im ganzen Haus unterwegs. Sollten sie die beiden entdecken, können sie sich damit herausreden, ihren Wachdienst zu verrichten.«

Emil ging weiter, blieb aber einen halben Schritt hinter Joe, wieder einmal froh, noch immer keine Waffe tragen zu müssen. Er hoffte, nie wieder im Leben auf jemanden schießen zu müssen. Nicht einmal in Notwehr. Und erst recht nicht im Dienst eines Staates. Oder des angeblichen Gesetzes. Zu fatal waren seine jüngsten Erinnerungen daran.

»Dann also rechts hinüber«, stimmte Joe zu und beschleunigte seine Schritte wieder.

Auch in dem Bereich lag der breite Gang wie ausgestorben da. Außer dem gleichmäßigen Rauschen der Lüftungsanlage hinter der doppelflügeligen Tür zum Maschinenraum war nichts zu hören.

Unvermittelt hielt Joe an. Fast wäre Emil in ihn hineingerannt. Mahnend hob Joe die linke Hand, um zu zeigen, dass er lauschte. Auch Emil spitzte die Ohren, dabei ließ er seine Umgebung nicht aus den Augen.

Doch er hörte nichts.

Verzweiflung packte ihn. Es waren einfach zu viele Türen. Wenn sie anfingen, jede einzelne zu öffnen, um in die dahinter liegenden Räume zu sehen, würden sie sich entweder viel zu schnell durch den dabei verursachten Lärm verraten oder die nächsten Stunden nur mit Suchen verbringen. Stehen zu bleiben und dabei kostbare Zeit zu verlieren war allerdings auch keine Option.

Also schlichen sie weiter.

Was, wenn sie doch im falschen Flügel suchten? Sie bewegten sich im Zuständigkeitsbereich der Deutschen. Hatten Ignaz und Korbinian den nicht schon in der vorherigen Nacht durchsucht? Wahrscheinlich kämmten sie sich inzwischen im östlichen Teil voran. Wahrscheinlich gab es dort weitere Lager für die noch vorhandenen Objekte aus der letzten Kunstschau und all die anderen Gegenstände, die aus den Büros der Nazimitarbeiter nach unten geschafft worden waren. Dazwischen würde die Tafel kaum auffallen. Ein ausgezeichnetes Versteck also.

In ihrem Rücken waren plötzlich Geräusche zu vernehmen. Schritte. Gedämpfte Stimmen.

Von einem Mann und zwei Frauen.

Emil und Joe hielten an und erstarrten. Tauschten entsetzte Blicke.

Ehe sie sich langsam umgedreht hatten, wussten sie bereits, wer da näher kam.

Billa, Lydia und Fritz!

Alle drei zu Emils Schreck ebenfalls mit Pistolen bewaffnet.

»Bob ist hier. Mit Freya«, wisperte Billa ihnen aus einigen Metern Entfernung zu. Sofort legte Emil den Zeigefinger über die Lippen, um ihnen zu signalisieren, leiser zu sein.

»Wir sollten Krach schlagen, um ihn aus seinem Versteck zu locken, sonst haben wir hier unten keine Chance, ihn rechtzeitig zu finden, bevor er Freya etwas antut«, entgegnete Fritz.

»Ehe sie die Tafel nicht gefunden haben, wird er ihr nichts tun«, widersprach Emil.

Es fiel ihm schwer, seine Wut zu zügeln, weil Fritz sich wieder einmal ungebeten in seine persönlichen Angelegenheiten einmischte. Dieses Mal sogar direkt in seine Arbeit als Kriminalkommissär.

»Es sind noch zwei andere hier unten«, fügte Joe hinzu.

»Niedermeier und Loibl?«, erkundigte sich Billa.

»Woher weißt du …?«, fragte Emil.

»Ich habe vorhin versucht, dich im Präsidium zu erreichen. Brinkmeier hat mir gesagt, dass ihr die beiden sucht.«

»Verschwindet besser. Das ist ein Polizeieinsatz«, erklärte er plötzlich barsch, als fiele ihm das erst beim Stichwort Präsidium wieder ein. Er erschrak selbst, wie laut seine Stimme war.

Zu spät!

In einigen Metern Entfernung schwang eine Tür auf.

Ignaz Niedermeier schob Korbinian Loibl vor sich her in den Flur. Die eine Hand an dessen Jackenkragen, die andere in dessen Rücken, als bedrohte er ihn mit einer Pistole. Emil war sich jedoch sicher, er bluffte. Dennoch waren Korbinians Augen voller Angst. Kein Wunder. Aus Ignaz' Miene sprang einen der Wahnsinn an. Genau wie Schuster gesagt hatte. Ignaz hatte nichts mehr zu verlieren. Umso gefährlicher war er also.

»Gut, dass Sie kommen«, versuchte Emil sein Glück und gab den anderen, allen voran Joe, ein Zeichen, ihn gewähren zu lassen. Klopfenden Herzens trat er einen Schritt auf Ignaz zu und breitete die Hände zur Seite aus, damit er sah, dass er unbewaffnet war. Aus dem Augenwinkel bemerkte er, wie die anderen ihre Pistolen sinken ließen. Er atmete auf.

»Wir suchen Lieutenant McIntosh«, wandte er sich an Ignaz. »Er hat Freya Schönpflug entführt. Sie wissen schon, die Dame aus Direktor Ades Büro. Offenbar hofft er, sie wüsste, wo diese Bronzetafel steckt. Wie aber sollen wir die zwei in diesem riesigen Keller finden? Es gibt einfach zu viele Räume. Bitte helfen Sie uns.«

»Am anderen Ende vom Flur gibt es ein Möbeldepot. Direkt unter der Treppe«, meldete sich überraschend Korbinian zu Wort, ehe Ignaz das verhindern konnte. »Freya wird meinen, die Tafel wäre dort. Nur die Amis und der Direktor Ade haben einen Schlüssel dafür. Das richtige Versteck also, um die Tafel aus dem Verkehr zu ziehen.«

Es lag Emil auf der Zunge zu fragen, warum Ignaz und er sich dann nicht längst selbst oben im Büro den Schlüssel besorgt und dort gesucht hatten. Aber darum ging es nicht mehr.

»Zeigen Sie uns den Weg?«, bat er stattdessen.

Zunächst erhielt er keine Antwort. Angespannt sah er zwischen Korbinian und Ignaz hin und her. Korbinian zitterte. Ignaz überlegte. Dann versetzte er Korbinian einen Stoß nach vorn und gab ihn frei.

Der taumelte, stolperte nach vorn. Emil konnte ihn gerade noch auffangen.

»Danke«, murmelte er und richtete sich auf.

»Auf geht's«, erklärte Ignaz zu Emils Erstaunen und lief bereits vor, ehe jemand ihn aufhalten konnte.

Natürlich wusste Ignaz, welchen Raum Korbinian meinte. Also hatten er und Ignaz sich dort auch schon Zugang verschafft und nach der Tafel gesucht.

Kurz nur wunderte sich Emil, wie selbstverständlich Ignaz davon ausging, dass sie ihm folgten. Dann aber begriff er. Es ging ihm nicht mehr um die Tafel oder darum, Freya beizustehen. Er hatte einen anderen Plan. Doch es blieb keine Möglichkeit, Joe oder die anderen zu warnen.

Schon erreichten sie das Ende des östlichen Trakts. Eine der Türen war nur angelehnt, nicht verschlossen. Zielsicher steuerte Ignaz darauf zu.

Joe wollte ihn aufhalten, war aber nicht schnell genug. Ignaz stieß die Tür bereits auf.

Grelles Licht blendete Emil. Sobald sich seine Augen an die Helligkeit gewöhnt hatten, erkannte er in dem Raum brusthoch gestapeltes Mobiliar und dahinter zwei Gestalten.

Freya und Bob.

Erschrocken fuhren sie herum.

Schüsse krachten.

Schreie gellten durch die Luft.

Emil nahm kaum wahr, wie sich die anderen instinktiv zu Boden warfen.

Nachdem es einige Atemzüge lang ruhig blieb, hob einer nach dem anderen vorsichtig den Kopf, richtete sich halb auf und lief gebückt zu den Möbeln, um dahinter Schutz zu suchen.

Nur Ignaz Niedermeier blieb liegen.

Dünn zeichnete sich ein rotes Rinnsal auf dem Steinboden direkt neben seinem Körper ab.

Joe gab Emil Rückendeckung.

Emil schlich zu Niedermeier und untersuchte ihn.

Der regte sich nicht mehr. Er musste auf der Stelle tot gewesen sein. Behutsam schloss Emil ihm die Augen.

Ein Schrei schreckte sie alle noch einmal auf.

Er kam von der Wand, an der sich Freya und Bob befunden hatten.

»Hilfe! Er ist tot!«, kreischte Freya.

Ehe Emil und Joe es verhindern konnten, kletterten Billa und Lydia über die Sessel, Kisten und Tische in Windeseile zu ihr. Joe und Fritz blieb nichts anderes übrig, als ihnen abermals für alle Fälle Deckung zu geben.

»Tot!«, rief Billa nach wenigen Sekunden und schwenkte ihre Waffe zum Zeichen, dass es vorbei war, über dem Kopf durch die Luft.

»Was ein Wahnsinn!«, stieß Korbinian aus und sackte ohnmächtig auf dem Fußboden zusammen.

EPILOG

DIENSTAG, 30. APRIL 1946

Das Gespräch bei Major Brown, dem Leiter des Public Safety Office und Vorgesetzten der gesamten Münchner Polizei, war anstrengend gewesen. Ein Blick auf Kriminaldirektor Grasmüller und Joe genügte Emil, um zu wissen, dass nicht nur er das so empfunden hatte. Sichtlich erschöpft stapften sie alle drei hinaus, schwiegen.

»Was haltet ihr jetzt von einem Drink?«, schlug Joe schließlich vor, während er mitten auf der Treppe vom dritten in den zweiten Stock des Polizeipräsidiums stehen blieb, um sich eine Zigarette anzuzünden. »Nachdem uns der Major derart streng ins Gebet genommen hat, hätten wir uns jetzt sogar einen doppelten Whiskey verdient.«

»Doch nicht mitten am Tag!«, protestierte Grasmüller. Allerdings war sowohl seinem Gesicht wie auch seiner Stimme anzumerken, wie gern er auf den Vorschlag einginge.

»Heute ist der 30. April«, schaltete Emil sich ein.

»Der Tag der Befreiung«, griff Grasmüller den Hinweis auf. »Seit einem Jahr befindet sich unsere Stadt in der Obhut der amerikanischen Streitkräfte. Ein guter Grund, um auf unsere Freundschaft anzustoßen.«

»Erst recht, wenn es schon keine offiziellen Feierlichkeiten dazu gibt«, stimmte Joe augenzwinkernd zu. »In meinem Büro sollten wir das Jubiläum zumindest im kleinen Kreis begehen. Und außerdem das Glas auf unseren jungen Kollegen erheben, der mit der Auflösung des jüngsten Falls wieder einmal bewiesen hat, wie sehr er für die Tätigkeit als Mordermittler prädestiniert ist.«

Das Lob beschämte Emil. Um weder seinen amerikanischen noch seinen deutschen Chef direkt ansehen zu müssen, beschäftigte er sich ebenfalls mit dem Anzünden einer Zigarette.

»Obwohl ich mir gewünscht hätte, es wäre am Ende ohne Schießerei und vor allem ohne zwei weitere Tote ausgegangen«, warf Grasmüller ein und verschränkte die Hände hinter dem Rücken.

»Das hätten wir uns alle erhofft«, stimmte Joe zu und klopfte Grasmüller kameradschaftlich auf die Schulter. »Wie ich vorhin schon dem Major erklärt habe, können wir letztlich froh sein, dass es bei zwei Toten geblieben ist. In der unübersichtlichen Situation hatten wir leider gar keine andere Chance, als in Notwehr zu schießen. Denken Sie an die unbeteiligten Dritten, die in dem engen Kellerraum zugegen waren. Das Risiko, beim Öffnen der Tür genau in der Schusslinie zu stehen, ist Niedermeier bewusst eingegangen. Er wollte sterben. Er hat damit gerechnet, dass McIntosh bewaffnet ist und bei seinem Auftauchen sofort das Feuer eröffnet.«

»Wenigstens können wir nach den Untersuchungen ausschließen, dass die tödliche Kugel auf den Lieutenant aus der Waffe von Doktor Friedrich Graf abgegeben wurde«, sinnierte Grasmüller weiter. »Stellen Sie sich vor, was das bedeutet hätte! Ein deutscher Staatsanwalt außer Dienst, derzeit mitten im Entnazifizierungsverfahren, erschießt einen amerikanischen Lieutenant. Noch dazu ausgerechnet im Haus der

Kunst. Symbolträchtiger kann ein Ort in dem Zusammenhang leider nicht sein.«

»Allerdings hat dieser Lieutenant zwielichtiger Geschäfte wegen zuvor eine Mitarbeiterin des Hauses der Kunst gegen deren Willen im Keller …«, setzte Emil an, Joe aber fiel ihm betont begriffsstutzig ins Wort. »Wovon redest du? Die ominöse Bronzetafel, die Schuster erwähnt hat, ist seit Längerem schon an einem sicheren Ort im Haus der Kunst eingelagert und damit allen unrechtmäßigen Nachstellungen entzogen. Das haben Direktor Ade und der zuständige Officer der Militärverwaltung heute morgen noch einmal nachdrücklich versichert. Der vor einiger Zeit noch erschreckend schwunghafte Handel mit Einrichtungsgegenständen aus dem Gebäude ist inzwischen erfolgreich bekämpft. Die harten Strafen, die dafür verhängt werden, schrecken wirksam ab. Außerdem verweist Major Brown völlig zu Recht darauf, dass kein Anlass für irgendwelche Spekulationen oder Zweifel an Lieutenant McIntoshs Integrität besteht.«

»Hoffentlich«, merkte Grasmüller an. »Bei der Aktion waren außer Staatsanwalt a. D. Doktor Graf auch die beiden amerikanischen Reporterinnen mit dabei. Wer weiß, was die aus der Geschichte …«

»Die beiden sind sich ihrer Verantwortung für eine einwandfreie Berichterstattung vollauf bewusst«, stellte Joe klar und zwinkerte Emil zu. Schmunzelnd wies er mit dem Kopf die Treppe hinunter. »Sieh nur. Fast hätte ich jetzt gesagt, wenn man vom Teufel spricht. Aber das wäre Billa gegenüber nicht charmant. Die kommt nämlich gerade zu uns herauf. Bestimmt holt sie dich ab, um mit dir auf ganz besondere Weise den Tag der Befreiung zu begehen. Das habt ihr zwei euch verdient! So alte Knochen wie Grasmüller und ich werden uns den Whiskey auf dich und deinen jüngsten Ermittlungserfolg exakt ein Jahr nach der Befreiung Münchens wohl also allein genehmigen müssen.«

Vergnügt winkte er Billa zu, bevor er den begriffsstutzigen Kriminaldirektor am Fuß der Treppe in Richtung seines Büros fortzog.

Emil dagegen verharrte auf der letzten Stufe und sah ihr erwartungsfroh entgegen. Wenn er Joe und Grasmüller eben richtig verstanden hatte, durfte er sich den Rest des Tages freinehmen. Eine hervorragende Idee, um tatsächlich etwas mit Billa zu feiern. Nicht nur den Tag der Befreiung. Schon breitete er die Arme aus, um sie willkommen zu heißen.

Es trennten sie nur noch zwei oder höchstens drei Stufen, als das Lächeln auf ihrem Gesicht plötzlich erlosch und einer Mischung aus Überraschung und Ungläubigkeit wich. Anscheinend hatte sie dicht hinter ihm noch jemand anderen entdeckt. Verwundert fuhr er herum.

Ein älterer Herr im Anzug, einen aufgeschlagenen Aktendeckel in der einen, eine dicke Zigarre in der anderen, eilte von der Seite des Flurs, in dem sich die Büros der Kollegen vom K 6 – dem Kommissariat für Erkennungsdienst und Kriminaltechnik – befanden, zur Treppe. Emil erinnerte sich flüchtig an ihn. Er war einer der älteren Kollegen, die in der Zeit des Dritten Reichs ihrer Weigerung wegen, der Partei beizutreten und sich offen zu den Idealen der Nationalsozialisten zu bekennen, als unzuverlässig gegolten hatten und mit niederen Tätigkeiten wie Archiv- und Verwaltungsdienst kaltgestellt worden waren. Umso lieber setzten die Amerikaner sie nun beim Neuaufbau der Münchner Polizei wieder ein. Und seit einiger Zeit ebenso bei der Einrichtung eines sogenannten Landeserkennungsamtes, das die lokalen Polizeibehörden nachrichtendienstlich, labortechnisch und kriminalwissenschaftlich unterstützen sollte.

»Herr Schratzler?«, sprach Billa den Mann an.

Im selben Moment fiel auch Emil dessen Name ein. Gustl Schratzler. Bei der gestrigen Wochenanfangsbesprechung war er ihnen als einer der Verbindungspersonen für die Münchner Polizei beim Landeserkennungsamt vorgestellt worden.

Erstaunt sah Schratzler Billa an, begriff zunächst wohl nicht, wen er vor sich hatte.

Kein Wunder, nach all den Jahren, die seit ihrer Flucht aus Deutschland vergangen waren.

»Ich bin es, Billa. Billa Löwenfeld«, half sie ihm auf die Sprünge. »Ihre Tochter Rosl und ich sind einmal beste Freundinnen gewesen. Damals habe ich mit meiner Mutter Lilo in der Klenzestraße in der Wohnung neben Ihnen ...«

»Billa!« Nun schien auch Schratzler sie wiederzuerkennen. Unvermittelt fielen die beiden sich in die Arme. Emil sah beschämt weg. Sollte er sich besser zurückziehen? Die Heftigkeit der Umarmung ließ erahnen, wie bewegend der Moment für die beiden sein musste. Das bedurfte keiner Zeugen.

»Nie hätte ich gedacht, dich je wiederzusehen, Kind. Verzeih! Fräulein Löwenfeld natürlich. Oder sind Sie inzwischen gar verheiratet?«

Schratzler hatte sich als Erster wieder gefangen und sanft aus Billas Armen befreit, hielt sie jedoch auf eine Armlänge Abstand weiterhin fest, um sie neugierig zu mustern.

»Für Sie bitte immer noch Billa. Und bleiben Sie bitte auch unbedingt beim Du, so wie früher.«

»Wie lange ist das jetzt her, dass wir uns nicht mehr gesehen haben? Rosl und du seid damals noch in der Volksschule gewesen. Und dann bist du mit deiner Mutter in die feine Maximilianstraße umgezogen und Rosl und ich sind nach Pasing raus.«

»Sechzehn Jahre.«

»Eine lange Zeit!« Bedächtig nickte er. »Viel ist seither passiert. Viel zu viel. Aber darüber sollten wir uns einmal ganz in Ruhe unterhalten. Leider bin ich im Dienst. Vielleicht können wir uns heute Abend …?«

»Sehr gern! Was halten Sie davon, wenn wir in die Bar im Bayerischen Hof gehen? Heute ist schließlich ein Tag zum Feiern. Und außerdem möchte ich Ihnen gern meinen Verlobten, Emil Graf, vorstellen.«

Strahlend wies Billa auf Emil. Er meinte, seinen Ohren nicht zu trauen. Was hatte sie da gerade gesagt?

»Emil Graf?« Schratzler drehte sich zu ihm um. »Der vielversprechende junge Kollege aus dem Mordkommissariat. Herzlichen Glückwunsch! Einen Besseren hättest du dir nicht aussuchen können, Kind.«

»Bringen Sie doch heute Abend bitte auch Rosl mit, wenn sie Zeit hat«, bat Billa.

»Lass uns darüber in Ruhe reden«, wich Schratzler aus. Seine Miene wirkte plötzlich undurchdringlich. »Acht Uhr?«

Er tätschelte ihr die Schulter, nickte Emil noch einmal zu und eilte die Treppe hinunter.

»Hoffentlich bedeutet das nichts Schlimmes«, sagte Billa und lief endlich die letzten beiden Stufen zu Emil herauf.

»Das hoffe ich auch«, stimmte er zu und legte ihr den Arm um die Taille, zog sie näher zu sich und begrüßte sie mit einem Kuss auf die Wange. »Sollte das eben ein Antrag gewesen sein?«

»Was?«, tat sie unschuldig.

»Dass du mich Schratzler als deinen Verlobten vorgestellt hast.«

»Hab ich das? Der vielversprechende junge Herr Kommissäranwärter hat mal wieder Ohren wie ein Luchs. Vor dem lässt sich gar nichts verbergen. Lass uns gehen. Das Polizeipräsidium ist mir auch ein Jahr nach der Befreiung immer noch unheimlich.«

»Mir auch.«

NACHBEMERKUNG

Die Bronzetafel, auf der die Namen der achtzehn Spender und zwei Stiftungen verzeichnet sind, die mit ihren Barspenden maßgeblich zur Finanzierung von Adolf Hitlers Haus der Deutschen Kunst in München beigetragen haben, gibt es tatsächlich. Schon 1934 wurde die Anfertigung der »Ehrentafel« beschlossen und zur Eröffnung des Hauses 1937 im Foyer angebracht. Nach 1945 wurde sie entfernt und über Jahrzehnte im Keller des Gebäudes verwahrt. Seit 2003 wird sie wieder öffentlich präsentiert.

Der Historikerin Sabine Brantl, die maßgeblich zur Geschichte des Hauses geforscht hat, verdanke ich wichtige Hinweise dazu sowie zu einigen anderen Details rund um das Gebäude. Die von ihr publizierten Bücher, die Ausstellungen wie auch ihre Führungen im Haus der Kunst kann ich jedem Interessierten nur ans Herz legen.

Die letzte Schuld ist – wie der erste Band der Krimiserie um das Ermittlerduo Emil Graf und Billa Löwenfeld – ein Roman. Die Handlung ist frei erfunden. Ebenso sind fast alle Figuren mit Ausnahme von Major Brown, Chef des Public Safety Office, dem die Münchner Polizei damals unterstand, sowie Kriminaldirektor Andreas Grasmüller, der die Münchner Kriminalpolizei wie auch das Kommissariat K1 – Verbrechen wider das Leben leitete, meiner Phantasie entsprungen.

Heidi Rehn
Das doppelte Gesicht
Ein Fall für Emil Graf
Kriminalroman
352 Seiten. Klappenbroschur
ISBN 978-3-7466-3707-5
Auch als E-Book lieferbar

München, Stunde null – ein grausames Verbrechen und eine alte Schuld

München, August 1945. Der Krieg ist zu Ende, die Stadt versinkt im Chaos. Die Reporterin Billa Löwenfeld, eine aus dem Exil zurückgekehrte Jüdin, soll den Kriegsheimkehrer Viktor von Dietlitz interviewen – und findet ihn erschossen auf. Der junge und noch unerfahrene Ermittler Emil Graf soll den vermeintlichen Routinefall aufklären. Schon bald geschehen zwei weitere Morde nach demselben Muster. Und Emil findet heraus, dass ausgerechnet Billa die gesuchte Verbindung zwischen den drei Opfern sein könnte ...

Ein hervorragend recherchierter Kriminalroman im München der Nachkriegszeit über die Frage, was einen Menschen zum Täter macht.

**Regelmäßige Informationen erhalten Sie über unseren Newsletter.
Jetzt anmelden unter: www.aufbau-verlage.de/newsletter**

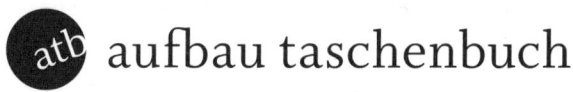